DREAM

Charles T. Warren

Copyright © 2022 by Charles T. Warren

All rights reserved.

No portion of this book may be reproduced in any form without written permission from the publisher or author, except as permitted by U.S. copyright law.

Contents

1. Chapitre 1 - Rêve éveillé — 1
2. Chapitre 2 - First Day — 9
3. Chapitre 3 - Solitude — 22
4. Chapitre 4 - Soirée — 40
5. Chapitre 5 - Bînome — 56
6. Chapitre 6 - Injures — 76
7. Chapitre 7 - Dépaysage — 91
8. Chapitre 8 - Larme d'injustice — 114
9. Chapitre 9 - Culture — 125
10. Chapitre 10 - Pardon "sincère" — 142
11. Chapitre 11 - Vengeance — 157
12. Chapitre 12 - Conflit — 174
13. Chapitre 13 - Halloween — 186
14. Chapitre 14 - Lost — 221
15. Chapitre 15 - Fatigue — 239
16. Chapitre 16 - Découverte — 254

17. Chapitre 17 - Tendresse   269
18. Chapitre 18 - Vérité insoutenable   286
19. Chapitre 19 - Médicament   298
20. Chapitre 20 - Løfte   312
21. Chapitre 21 - Déception   331
22. Chapitre 22 - Seule   347
23. Chapitre 23 - Danger   361
24. Chapitre 24 - Chagrin   373
25. Chapitre 25 - Intention   387
26. Chapitre 26 - Compassion   401
27. Chapitre 27 - Incompréhension   421
28. Chapitre 28 - Cicatrice   437
29. Chapitre 29 - Angoisse   449
30. Chapitre 30 - Rencontre   467
31. Chapitre 31 - Humiliation   490
32. Chapitre 32 - Balance   515

Chapitre 1 - Rêve éveillé

CHAPITRE 1

Un nouveau monde s'ouvrait à moi dans quelques jours. Je ne savais pas si j'appréhendais cette date, mais un étrange sentiment m'habitait.

Je me réjouissais de découvrir cette capitale qui me faisait tant rêver. Mes sorties avec mes copines étaient marquées par notre différence des habitants. Selon certains regards, notre présence n'était pas appréciée. Mais sincèrement, on ne sait jamais soucier de cela.

Pendant ces deux mois de vacances, je les avais passés à économiser et à me balader. Il fallait que je me fasse des repères dans cette grande ville appeler Londres.

- Shera tu peux y aller, m'informa mon manager. Je souriais intérieurement d'enfin dire adieu à ce travail infernal. Je me retournais vers la cliente qui était derrière son volant.

- C'est un collègue qui va prendre votre commande madame, l'informais-je avant de la gratifier d'un sourire et de partir. Je tapotais l'épaule d'Amir avant de lui pointer du doigt mon poste.

- T'es sérieuse, tu pars maintenant ? Se vexait-il. J'enlevais ma casquette Mcdo avant de lui offrir une révérence, le sourire aux lèvres.

Je rendais mon badge avec mon nom au manager avant de me tourner vers les vestiaires. Je sortais mon téléphone de ma poche pour voir que mon bus direction chez moi passer dans à peine sept minutes.

Je m'empressais de récupérer mes affaires avant de foncer entre mes collègues pour rejoindre la sortie. Alors que je passais en courant devant mon manager, il hurla :

- C'est ton dernier jour, dit nous au revoir au moins !

- Au revoir, criais-je sans me retourner. Des clients me regardaient mais je ne pouvais me résoudre à rater ce bus. Je descendais la longue vie à une vitesse grand V remerciant mon cousin qui m'avait initié au sport de salle. J'avais bien travaillé mon cardio ces trois derniers mois.

Je me tournais vers le bus qui arrivait derrière moi, j'accélérais donc la cadence. Mes cheveux bouclés volaient au vent alors que je tentais en même temps de démêler mes écouteurs.

Il ouvrit la porte et de justesse, je grimpais dedans. Je priais intérieurement qu'il n'y aille pas de contrôleurs car je n'avais ni de naviguo ni l'envie de payer un ticket deux euros pour trois arrêts.

Un mec de ma cité me saluait au loin et je le gratifiais d'un sourire. Je m'installais sur une place pour personne âgée avant de me perdre dans les paysages qui se teintaient d'orange. Die for you de The Weeknd passait dans mes oreilles alors que je regardais mon compte en banque sur mon téléphone.

J'avais économisé suffisamment pour dépenser pour les indispensables de la fac.

Quelques minutes plus tard à me perdre dans le paysage, je revoyais de nouveau mes piteux magnifiques immeubles. Je baissais légèrement le son de ma musique afin d'entendre ce qu'il se passait autour de moi.

Bien qu'il soit 22 heures, des enfants continuaient à jouer au foot dans un terrain avec une cage sans filet. Les petits me saluaient de la main en criant mon prénom.

Je voulais les prendre dans mes bras tellement ils étaient chou à respecter les plus grands. Je venais de toucher la majorité mais j'avais l'impression d'être leur maman à tous.

Un petit venait vers moi en m'offrant ses bras. Je l'acceptais en frottant son crâne.

- Ça va Aboubakar ? Lui demandais-je.
- Ça irait bien si tu me donnes un peu de sous pour m'acheter une sucette, m'amadouait-il. Depuis qu'il savait que je travaillais, il aimait trop me soutirer une pièce par ci une pièce par là. Mais comment résister face à ce petit bout chou.

- C'est la dernière fois, affirmais-je même si je savais que non. Je lui donnais une pièce de vingt centimes et il courait immédiatement vers l'épicier du coin.

Je passais devant les différents halls en saluant les grands sans trop discuter avec eux car j'étais épuisée. Quand je regardais ma banlieue qui était tant critiquée par les médias, je m'interrogeais sur la vraie nature de cette haine à notre égard. Tout ce qui était évoqué à la télévision ne reflétait en rien ma ville. Les jeunes ne se battaient pas constamment, les femmes ne faisaient pas les trottoirs. Et oui nous les jeunes de cités avions un avenir grandiose qui ne s'arrêtait pas à vendre des substances illicites...

J'entrais dans mon hall en checkant les mains des jeunes avant de me ruer vers mon ascenseur.

- Eh merde, m'enrageais-je sur ce dernier qui n'était toujours pas réparé.

- Y'a quoi, m'interpella Youssef, un mec qui habitait dans mon immeuble. Il regarda l'ascenseur et comprit rapidement. Donne-moi ton sac, m'ordonnait-il en tendant sa main. Je ne me faisais pas prier et nous montions ensemble les huit étages.

Il ne parlait pas trop et c'était préférable, j'étais vraiment épuisée par cette journée de dix heures. Il voyait que je fatiguais et me tendait sa main pour me pousser.

Arrivée devant ma porte, je toquais. Ma mère venait m'ouvrir et elle offrait un sourire à Youssef.

- Salem mon fils, le saluait-elle avant de tendre sa joue. Ce n'était pas son fils biologique mais dans un certain sens, tous les garçons de ma cité étaient ses enfants.

- Salem aleykoum madame, vous allez bien ?
Seigneur écourte cette discussion s'il te plaît.

- Je dois vous laisser, au revoir madame, s'écartait-il. Salut Shera, me saluait-il à mon tour en touchant mon épaule. Je le regardais descendre les escaliers avant d'entrer dans mon appartement.

Ma mère refermait la porte derrière moi pendant que j'enlevais mes chaussures.

- Il va te khotb (marier) ? Me demandait-il. Je riais à ces mots et elle poursuivait mon euphorie.

- Jamais de la vie, me moquais-je. J'appréciais Youssef, il était marocain comme moi...mais non. C'était notre seul point commun. Je fonçais dans ma chambre déposer mon sac et récupérer des vêtements propres. Je passais la porte de ma salle de bain et activais la musique sur mon téléphone avant d'entrer sous la douche.

Ma mère entrait dans la salle de bain et me demanda :

- Alors ta journée s'est bien passée ?

C'était ainsi avec ma mère, pas de gêne. Nous étions fusionnelles et elle était ma seule relation parentale. Je commençais à débiter les différentes disputes avec les clients en passant par la bagarre de nourriture entre des mamans. J'effectuais mes ablutions lorsqu'elle éteignait la musique tandis qu'elle me parlait du planning de demain.

Elle voulait absolument m'accompagner pour les fournitures scolaires pour la fac. J'appréciais sa compagnie mais elle était stressante. Je la voyais déjà hurler lorsque je dépenserais 1200 euros dans un mac alors qu'il y avait juste à côté un PC à 300 euros.

***

Une fois mes prières rattraper, je m'installais dans mon lit en scrollant sur les divers réseaux sociaux. Je reçois un appel Face Time de ma copine et malgré ma fatigue, je décrochais :
- Salut Shera, me salue Amina. Elle tressait son afro. T'as prié ?
- Oui et toi, lui demandais-je. Toutes les deux on se motivait mutuellement pour pratiquer aux mieux notre religion. Après le ramadan on s'était tenus à la prière.
- Ouais. Eh demain je peux t'accompagner finalement. Je dois m'acheter des écouteurs, m'informait-elle. Je souriais en lui montrant toutes mes dents.
- On raccroche dans dix minutes parce que je dois aller dormir, ordonnais-je.
Elle acquiesçait.

***

Je me maudissais. Mon réveil m'informait qu'il était dix heures et hier soir, j'avais raccroché seulement à deux heures du matin. Même avec notre vie platonique, on trouvait toujours une chose à se raconter.

Je grognais en roulant dans mon lit à la recherche de mon téléphone sur la commode pour l'éteindre. J'éteignais la sonnerie insupportable et regardais mes notifications.

Je riais quand je voyais que mes seules notifications étaient des mails de publicité. Je me redressais difficilement afin d'ouvrir mon volet. Le soleil agressait mes rétines.

Amina allait se lever que dans deux heures et elle avait minimum besoin d'une heure pour se préparer. J'avais donc trois heures devant moi. J'aurais très bien pu continuer à dormir mais je haïssais faire des grasses mâtinées.

Ma mère n'était pas là ce matin. Comme tous les jeudis, elle se levait extrêmement tôt. L'appartement était silencieux. Je me dirigeais vers ma cuisine, l'application tiktok ouverte.

Je déposais mon téléphone sur le comptoir laissant la musique My little Love de Adèle me bercer. Je n'aimais pas le silence, j'avais ce sentiment de vide sinon.

Je préparais mon bol de céréales en chantant les paroles. Adèle était vraiment mon artiste préférée, elle était indétrônable. J'étais partagée entre lire un peu ou me préparer pour cette après-midi.

En me baladant, je me mis à parler dans le vide comme si je m'adressais réellement à quelqu'un. Bien que j'étais une fanatique de la solitude, j'avais ce besoin constant et inexplicable de me sentir entourée. Même si ses personnes n'étaient que dans ma tête.

***

Il était dix-huit heures quand Amina me parlait de sa future rentrée à la fac. Posée autour d'un Starbucks, les sacs bien remplis, mon regard se perdait dans l'horizon.

- Oh tu m'écoutes, m'interpella Amina en passant sa main devant mon visage.

- J'ai mal au cœur d'avoir dépensé autant dans un PC, me plaignais-je. Amina riait et je la suivis. Nous n'étions pas nées avec une cuillère d'argent dans la bouche et chacune de nos dépenses nous affectait. J'avais travaillé pour cela mais j'aurais préféré conserver ses sous pour autre chose.

- Dans trois jours c'est la fac, m'avertissait-elle. T'es prête ?

- Pas vraiment. Imagine je suis la seule arabe...

- Tu le seras, m'informait-elle en riant. Mais tu l'as voulu Shera. Tu as obtenu cette bourse grâce aux efforts que tu as fournis, sois en fière. Montre qu'une petite arabe de quartier peut être aussi intelligente qu'une petite bourgeoise de Knightsbridge.

- Tu sais comment je suis Amina, l'informais-je. Pas de pitié que de la compétition.

- Voilà c'est ça que je veux, s'écriait-elle. J'adorais cette fille car elle plaçait tant d'espoir en moi. Elle me rappelait tous les jours ma valeur me propulsant au-dessus d'une simple confiance en soi. J'avais un putain de god complex.

- On y va, l'informais-je.

Chapitre 2 - First Day

M.z CHAPITRE 2

Demain c'était la prérentrée. J'ai reçu il y a quelques jours mon pass naviguo. Je pouvais enfin quitter la banlieue Southall en toute légalité.

J'avais compté une heure et vingt minutes de trajet entre chez moi et la fac. Je ne sais pas si cela me satisfaisait mais je devais m'y habituer.

Je peaufinais les derniers détails dans ma chambre afin d'être prête pour demain. Je ne revenais pas que j'allais réaliser mon rêve. Cette école n'autorisait que l'élite de l'élite. Un seul étudiant sur des centaines obtenait la bourse. Et cette année, je l'ai reçu. Autrement, je ne culpabilisais pas pour les autres qui s'étaient fait refuser, a contrario j'étais fière des efforts que j'avais fournis pour l'obtenir. Si je pouvais le clamer haut et fort que j'étais l'exception, je le ferais. Cependant, je ne connaissais que trop bien le mauvais œil.

Ma tenue de rentrée m'attendait sur un cintre, prête à accueillir mon corps. Seulement, il restait encore quatorze heures avant que je ne fasse mes premiers pas à la fac.

Une musique se diffusait dans ma chambre par ma baffe alors que je commençais à fermer les yeux. J'entendais crier mon prénom alors qu'il n'était que six heures de l'après-midi.

***

J'ouvrais les yeux en même temps que le soleil se levait. Je pris mon téléphone entre mes mains qui affichait six heures du matin. Je m'étirais sur mon lit avant de rattacher mes cheveux dans un chignon décoiffé. J'avais quarante minutes pour me préparer donc je ne tardais pas. Quand je passais la porte de ma chambre, l'appartement était plongé dans le silence. Je rejoignais ma salle de bain à petit pas pour ne pas réveiller ma mère.

Je retirais mes vêtements et entrais dans la douche. Une fois mes ablutions faites, je m'empressais de retourner dans ma chambre pour prier la prière du matin, le Fajr.

Par la suite, je m'étais vêtue d'un cargo vert qui faisait le double de mes cuisses en l'accompagnant d'un haut blanc large et d'air force one blanche. Mon tote bag de la même couleur que mon pantalon était remplie de trucs inutiles et de mon mac.

J'avais opté pour un maquillage soft pour cette prérentrée qui constituait du mascara et un gloss que j'enfournais par la suite dans mon sac.

Je passais devant ma cuisine pour réceptionner un candy up avant de démêler mes écouteurs. Comme à mon habitude, je m'arrêtais devant la chambre de ma mère pour chuchoter :

- J'y vais maman...maman...
- Hum, bafouillait-elle avant de se lever dans un sursaut.
- J'y vais, reprenais-je. Sans que cette habitude ne la quitte, elle se levait pour me rejoindre. Je marchais dans le couloir pour me diriger vers la porte d'entrée. Elle aimait me dire au revoir quand je quittais la maison avant elle. C'était une coutume pour elle de me regarder prendre l'ascenseur qui marchait de nouveau au passage.
- Bon courage ma fille.
- Love you, lançais-je en disparaissant dans l'ascenseur. Je lançais la chanson « I was never there de The Weeknd » afin de partir pour mon premier cours à la fac.

***

J'avais vingt minutes d'avance. Pour me faire au lieu, je me baladais dans les couloirs, les mains dans mes énormes poches. Vraiment les cargos des friperies étaient les meilleurs. Je repérais dans un coin un distributeur à boisson et foncer donc dessus.

Un grand garçon avec une capuche buvait son café adossé à la machine. Je regardais ce qu'elle proposait mais erreur de ma part, je n'avais pas encore regardé les prix. 2 dollars la canette de Lipton. Je pris un mouvement de recul, étonnée par ce prix exorbitant. Dans ma banlieue, ce n'était pas aussi cher.

Il était désormais impossible de me rétracter car le garçon attendait de voir ce que j'allais prendre. Je ne comprenais pas son intéressement soudain mais ses yeux sur moi me mettaient mal à l'aise. Je ne voulais pas que l'on me mette dans une case dès le premier jour.

Je faisais don de ma pièce à la machine et sélectionnais un Oasis. J'attendais patiemment qu'elle me l'offre et du coin de l'œil, je voyais le garçon hocher de la tête.

Il jeta au sol son gobelet de café avant de s'en aller.

- Eh, l'interpellais-je. Il se retournait. Il y a une poubelle juste là, l'informais-je en pointant du doigt cette dernière qui était littéralement à trois pas.

- Super, tu peux le faire pour moi, osait-il dire avant de me tourner le dos. Je récupérais donc son gobelet afin de le jeter dans ses cheveux blonds. Il caressait son crâne tout en se retournant d'une lenteur qui était censé me faire peur ?

- Super, il est juste à côté de toi désormais tu peux le faire, rétorquais-je sur le même ton enjoué que lui. Il me fixait l'air contrarié avant de pester et de ramasser son gobelet pour le jeter à la poubelle. Je ne camouflais pas mon sourire victorieux quand il se retournait vers moi.

Il réajustait son sac sur son épaule avant de partir vers un groupe de garçon. Je récupérais mon oasis et me dirigeais vers mon premier cours.

Crétin.

***

L'infrastructure de cet établissement était grandiose. Le matériel majoritaire était le bois rappelant l'ancienneté de cette fac. Le professeur nous congédia et je quittais ma place au fond de l'amphithéâtre. Je descendais l'escalier central en passant devant le bureau mais une personne m'interpella :

- Tu es nouvelle non ? Je me tournais vers un jeune homme blanc aux yeux qui aimaient vraisemblablement toiser ma tenue.

- On est tous nouveaux non ? Rétorquais-je en ne comprenant pas ses mots. Je me braquais immédiatement n'appréciant pas le ton condescendant qu'il avait utilisé.

- Euh oui c'est juste tu es celle qui a eu la bourse ? Il m'énervait sincèrement, cela se voyait tant que ça ?

- Oui, lâchais-je en reprenant ma marche pour quitter l'amphithéâtre. Sans que je ne comprenne, il me suivait dans les couloirs. Il colla sa marche à la mienne en articulant :

- Le prend pas mal, c'est juste que tu te démarques, m'informait-il. Je le toisais ouvertement prenant le temps de détailler chacun de ses traits pour me rappeler de ne jamais lui adresser la parole de nouveau. Ses yeux bleus matchaient avec le brun de ses cheveux. Son nez était légèrement tordu si l'on regardait bien mais restait invisible aux yeux du monde avec du recul.

- Ok, crachais-je en accélérant la marche.

- Tu verras par toi-même, m'informait-il avant de se retourner pour prendre le chemin inverse. Je n'eus le temps de lui demande voir quoi, qu'il était déjà bien trop loin.

Je regardais l'heure sur mon téléphone et remarquais qu'il me restait à peine cinq minutes avant d'être en retard pour mon rendez-vous. J'augmentais le son dans mes écouteurs avant de courir à travers les couloirs. Je n'avais pas pu repérer encore le bureau d'administration et je craignais de demander où il se trouvait par peur qu'on m'indique le mauvais chemin. Je ne pouvais faire confiance à personne.

Des regards se tournaient vers moi alors que je commençais à être essoufflée. Je m'arrêtais une seconde posant mes mains sur mes cuisses pour souffler un bon coup après avoir traversé trois bâtiments en courant.

- Tu cherches quoi ? Je relevais mes yeux pour voir un homme noir pour la première fois de la journée. Je retrouvais enfin mes repères.

- Le bureau de l'administration s'il te plaît, demandais-je entre deux respirations.

- Oh tu es celle qui a eu la bourse, c'est à toi que je dois faire la visite, m'informait-il.

- Oui probablement, admettais-je en souriant. Il devait être celui qui a eu la bourse de l'an dernier. J'appréciais qu'il ne se soit pas encore mélangé aux bourges en gardant son style vestimentaire de nos banlieues. C'était hyper cliché notre histoire mais c'était ainsi que cela fonctionnait ici. Peu importe vos notes, ils suffisaient d'avoir un peu d'argent pour accéder aux meilleures écoles. Malheureusement, nous n'avions pas cette chance et il fallait se battre contre ses frères pour obtenir cette fichue bourse.

- Ok suis-moi, m'invitait-il. Nous traversions un premier couloir avant d'atterrir devant une porte où une pancarte indiquait le bureau. Nous entrions ensemble et il me désignait une chaise où je m'installais. Je gardais mon regard sur le garçon alors qu'à côté de moi une fille et un garçon parlaient extrêmement fort.

- Edwin comment vas-tu ? Le saluait une dame derrière le comptoir. Il posait ses bras dessus avant de la gratifier d'un sourire. J'ôtais mes écouteurs afin d'entendre parfaitement. Une musique douce s'infiltrait dans le bureau.

- Très bien madame Johnson, répondait-il. Je viens ici parce que je dois faire la visite à la boursière, ajouta-t-il en me montrant de la main. La dame m'invitait à me lever et je la gratifiais d'un sourire.

- Ok ma jolie, comment t'appelles-tu ?

- Sherazade Refaat.

- Félicitations pour ta bourse, me dit-elle en cherchant mon nom sur l'ordinateur. Je vois que tu as pris la licence de cinéma.

- Oui, répondais-je.

- D'accord, tu ne préférais pas qu'une personne de ta filière te fasse la visite ? Je me tournais vers Edwin le suppliant du regard de ne pas m'abandonner. Je me fichais de quelle filière il était, je voulais lui et personne d'autre.

- Je suis en chimie Sherazade, annonça Edwin. Je ne connais pas les salles dédiées à cette filière. Il serait préférable que cela soit fait par quelqu'un qui s'y connaît.

- Ok, lâchais-je d'un ton las.

- Ma jolie patiente sur la chaise, j'appelle quelqu'un pour toi.

Avant que je m'en aille, Edwin posa sa main sur mon bras en m'offrant un sourire désolé.

- Moi aussi l'an dernier, je ne voulais pas me mélanger mais tu verras les blancs ne mordent pas tous, ricanait-il. Je ne rigolais pas.

- Bonne journée, le saluais-je en reprenant place sur ma chaise. Je sortais mon téléphone et envoyais un message à Amina

Message à Amina :

J'ai rembarré un blanc qui a jeté son gobelet au sol, comment je suis trop saucée parce qu'il l'a ramassé !

Message d'Amina à moi :

Ton futur mec moi je dis, genre ennemis to lovers comme dans tes livres !

Message de moi à Amina :

Ta gueule

Je relevais les yeux vers la porte qui s'ouvrait sur le garçon dont j'étais en train de parler avec Amina. Il se dirigea vers le comptoir, la capuche repliée sur sa tête et salua la dame le sourire aux lèvres. Je jugeais sa tenue qui ressemblait sur beaucoup de points à la mienne. Seulement son cargo à lui était blanc et il avait un gilet.

Son sourire s'effaça quand son visage se tournait vers moi. Je compris rapidement que c'était lui qui me ferait la visite quand il s'avançait vers moi.

- Tu es Sherazade ? Je hochais la tête. Je me relevais pour éviter qu'il me plombe de sa hauteur. Malgré mes un mètre soixante dix-sept, il me dépassait d'environ neuf centimètres.

Il n'ajoutait rien et prit le chemin retour. Je le suivais et avant de disparaître dans le couloir, je saluais de la main Madame Johnson.

Je tentais de caler mon rythme au sien alors qu'il ne voyait pas enchanter d'être ici. Je remis mes écouteurs dans mes oreilles et laissais BABYDOOL se diffuser dans mes oreilles.

Je pensais qu'il m'emmenait dans les salles de cinéma mais je fus surprise quand il tournait dans une salle de chimie. Il me fait entrer et referma la porte derrière lui. Je baissais légèrement le son de mes écouteurs pris de peur qu'il tente la moindre chose déplacer.

Il restait près de la porte, le dos dessus avant d'articuler :

- La visite du campus, je ne m'en fais pas pour toi, tu y arriveras. Seulement laisse-moi te donner deux, trois conseils de survie, lançait-il avant de s'avancer vers moi en baissant sa capuche. Des mèches blondes prenaient place à l'avant de son front. Je ne les regardais qu'un instant avant de revenir à ses yeux verts.

- Ici il n'y a pas de pitié...surtout pour les boursiers-

- C'est une menace, le coupais-je pas du tout impressionnée par ses mots. Je pus apercevoir un petit sourire avant qu'il ne reprenne son sérieux.

- Pas du tout. Comme je te l'ai dit, je te donne de simples conseils.

- Vas-y je t'écoute, le narguais-je en croisant mes bras autour de ma poitrine.

- La différence ne plaît pas et je vois bien que tu l'as compris, m'informait-il en prenant entre ses doigts une de mes mèches que j'avais exceptionnellement lissés. Je retirais violemment sa main avant qu'il ne reprenne :

- Deuxième conseil, ne fait confiance en personne. Si tu t'absentes ne compte pas sur les gens de notre licence pour qu'il t'envoie les cours.

- Tu as mon âge, demandais-je.

- Oui. Normalement c'est aux deuxièmes années de faire les visites mais étant donné que l'école appartient à ma mère, m'informait-il. Troisièmes conseils, les garçons sont des chiens.

- Ce n'est pas vraiment un conseil, reprenais-je.

- Je sais mais il le sera quand tu le comprendras. Et ça vaut aussi pour les filles, ajouta-t-il avant de me tourner le dos. Alors qu'il allait quitter la salle, j'ajoutais :

- Tu veux bien me faire la visite tout de même, je ne pourrais pas me repérer en l'espace de quelques heures.

Il ne prit pas ma demande en compte et gigota sa main pour me saluer tout en disant :

- Bon courage Sherazade.

Je sortais mon téléphone et envoyai immédiatement un message à Amina :

Message de moi à Amina :

Celui qui est pas écoresponsable est le fils de la directrice ! Finalement je crois que je vais le séduire pour avoir les bonnes grâces de sa mère.

Je ne pris pas le temps d'attendre sa réponse que je fonçais vers mon prochain cours. J'avais dix minutes pour trouver la salle, je me mis donc à courir à travers les couloirs, toujours ses foutus regards sur moi.

***

Je n'étais restée à mon retour que dix minutes chez moi avant de foncer voir mes amis. Alors que je marchais dans les rues de ma banlieue, la musique dans mes oreilles, je repensais à ma première journée à la fac qui s'était plutôt bien déroulée.

Je pensais me faire des amis le premier jour cependant sans succès. Je parcourais ma playlist et enclenchait can't remember to forget you version speed up. Je me perdais dans ma musique alors que son visage me revenait en tête. Ce blond là, je l'ai revu en cours puis me suis souvenue que je ne connaissais pas son prénom. Cela ne devrait trop tarder car lorsque je l'ai croisé de nouveau dans les couloirs, il était entouré de beaucoup de gens. Son bras était sur l'épaule d'une fille au passage qui était très jolie.

Beurk. On aurait dit un vieux remake de clueless.

Je serrais la main d'un mec de ma banlieue avant d'entrer sous un pont qui n'en était pas réellement un. C'était seulement deux bâtiments reliés à une plateforme en béton. Je détaillais les graffitis me rappelant du souvenir de mes quinze ans avec Amina. Notre cœur avec nos initiales était toujours là auprès de réelles chefs-d'œuvre.

Il était vingt et une heures et je regrettais déjà de ne pas avoir pris un gilet pour le mettre au-dessus de mon crop-top noir. Je rangeais mes mains dans les poches de mon jogging d'homme que ma mère qualifiait de sac poubelle car il est extra-large.

Je tournais et voyais finalement au loin mes amis. Je me mis à courir en les saluant de la main. Je me baissais pour passer dans le trou du grillage avant d'atterrir au centre du terrain de basket.

Je salue tout le monde en les checkant avant de m'arrêter devant mon petit groupe.

- Shera ! S'écria Aaron avant de me porter. Il me tournait sur lui-même et je serrais plus fort son cou. Je pris le temps de faire une accolade au reste, heureuse de les revoir après dix jours d'absence de leur part.

- Alors vous avez gagné ? Demandais-je empressée de connaître la réponse.

- On ne peut pas te dire, répondait Jessica. Je tirais une de ses longues tresses rouges. Mes cinq personnes préférées avaient participé à un concours de danse en Californie pour une émission télévisée. Il avait certes signé un contrat de confidentialité mais il pouvait tout de même me le dire à moi.

J'aurais dû participer à cela avec eux. Cependant, il était stipulé dans mon contrat que je ne devais pas rater la rentrée si je ne souhaitais pas perdre ma bourse.

- On regardera le programme ensemble, lâchais-je finalement. On fait quoi aujourd'hui ?

- Du basket, on a trop dansé ces dix derniers jours, répondait Aaron. Bems le seul blanc de la bande me lança le ballon et je ne perdais pas un instant pour aller marquer. Les équipes étaient formées depuis nos treize ans et jamais cela n'a changé.

C'était nos petites habitudes que je ne pourrais partager avec d'autres. Ceux que j'avais salués plus tôt s'écartaient pour nous laisser jouer. Ils allaient danser non loin de nous laissant une chanson de hip-hop percer nos tympans.

Notre terrain était au milieu de routes, nous n'avions donc aucun voisin à gêner. On pouvait rester ici pendant des heures à jouer, danser, parler... Si je souhaitais oublier ce qui m'entourait quotidiennement, je n'avais qu'à venir me réfugier ici.

Chapitre 3 - Solitude

CHAPITRE 3

Quand je voyais dans l'amphithéâtre que personne n'avait une autre marque autre qu'Apple pour leur PC, je ne regrettais plus d'avoir jeté mon smic dessus.

Une semaine s'était écoulée et je devais constamment faire la remarque aux gens de ne pas se dépasser dans la file indienne pour être mon ami.

Au fond de la salle sur la dernière rangée, je notais les œuvres cinématographiques que le professeur nous donnait sur le thème de la solitude. Cet amphi était mon préféré pour ces colonnes de bois et ce tableau de craie qui me rappelait mes années de primaire.

De mon point de vue, je pouvais distinguer les différents groupes qui s'étaient rapidement formés. A ma droite, les extrêmement riches, ceux dont les parents devaient diriger le monde. Le garçon sans nom y était. J'avais tenté de tendre l'oreille pour savoir son prénom mais sans succès. Sur ma colonne mais plus en bas, les geeks ceux qui étaient dans ma licence pour ensuite prendre un cursus graphisme l'an prochain. Je mettais ma main à couper. Puis à ma gauche, je ne sais pas.

- Dans une semaine et demie, j'aimerais que vous me rendiez un travail de groupe ou individuel sur la solitude. Vous filmerez une vidéo qui exprime ce sentiment. Seules conditions, vous devez tous apparaître sur la vidéo. On les passera devant tout le monde. La meilleure vidéo empochera un 20 immédiat dans son bulletin.

J'allais l'avoir ce 20 et personnes d'autres car il était évident que je travaillerais seule. Je ne souhaitais pas me mettre en groupe pour au final tout faire. Je ne supportais pas les fainéants et ne voulais mais certainement pas me les coltiner.

- Vous pouvez y aller, ajouta le professeur. Je pris mon PC sous mon bras et mon sac sur mon épaule avant de dévaler les marches.

- Eh, m'interpella quelqu'un du côté des riches. Je me tournais vers l'homme que je n'avais pas oublié. Celui qui avait osé dire que j'étais la boursière juste en se basant sur ma tenue. Tu veux te mettre en groupe avec nous ?

- Vous, demandais-je en lançant un regard à tous. Il était beaucoup trop pour former un seul groupe. Bizarrement plus personne n'osait parler. Tous les regards étaient sur moi. Le bruit mastiqué d'un chewing-gum me parvenait aux oreilles. Je me tournais vers la fille blonde qui me toisait sans gêne.

Putain ferme ta sale bouche !

- Oui moi Adam, se pointait-il du doigt et faisait de même pour son groupe. Eden et Liam.

Liam celui aux trois conseils merdique. C'était fascinant de voir plein de blanc au même endroit. Cela manquait terriblement de mélanine, je devrais peut-être y ajouter ma sauce marocaine, égyptienne.

- Non, lâchais-je avec un sourire avant de terminer ma descente des escaliers. J'avais pu entrevoir le visage étonné d'Adam avant de lui tourner le dos. Alors que je traversais la salle pour rejoindre la porte, des rires me parvenaient dans les oreilles que je ne pouvais réprimer un sourire.

Il était impossible de me retenir d'être insolente avec les blancs. J'avais l'impression d'avoir un superpouvoir. Désolé à Bems le seul blanc que j'aime.

J'avançais pour rejoindre la cafétéria. Arrivée à cette dernière, Je me servais une bonne assiette de pâtes avant de m'installer à une table seule. J'étais toujours accompagnée de mes écouteurs quand des cuillères de pâtes entraient dans ma bouche.

C'était si nul de manger sans avoir ni personne pour discuter ni de feuilleton à regarder. Je détestais cela et avoir mon téléphone dans la main me dérangeait plus qu'autre chose.

Allah s'il te plaît donne-moi un ami.

***

Ce que j'appréciais dans ma licence était le peu charge de travail. A part des travaux pratiques, je n'avais presque aucuns travaux écrits. J'étais actuellement dans l'immense bibliothèque de bois qui était rangé par matières quand je me faisais cette réflexion. Je marchais sur la grande lignée qui séparait les deux rangées de tables.

Je m'installais au bout d'une table où seul un mec qui lisait un livre était installé. J'augmentais le son de mes écouteurs qui diffusait du Billie Eilish, la meilleure pour exprimer la solitude.

Lorsque je déposais ma tête sur mes bras, mes yeux se fermaient presque immédiatement et je m'immergeais dans mon imagination. Des images que je pourrais m'être dans mon projet venaient me faire face.

- Comment vas-tu aujourd'hui ?

Installée sur le canapé, je ramenais mes jambes à moi. Je savais ce qu'il allait s'en suivre et je ressentais déjà l'envie de partir en courant laissant mes larmes dévaler mes joues. Elle me regardait toujours avec ce même air de sainte-nitouche qui me faisait froid dans le dos.

Elle était certainement très gentille et j'avais pu en être témoin mais Seigneur je ne l'aimais pas.

- Bien, lâchais-je après plusieurs minutes.
- Je suis très contente, répliquait-elle le sourire aux lèvres. Elle mentait. Elle mentait toujours quand il s'agissait de moi. J'enroulais mes bras autour de mes jambes ne me souciant qu'elle crie du fait que mes chaussures sales, abîment son doux canapé qui vaut la peau du cul.
- Bon, reprenait-elle. Tu fais quoi de tes journées ?
- Vous le savez très bien, crachais-je. Toujours ses mêmes questions. Qu'elle aille se faire foutre ! Pourquoi je devais l'écouter me débiter des conneries tous les jours. J'en avais assez et pourtant je ne m'étais jamais opposée à ses leçons. Je devais les accepter que je le veuille

ou non. J'étais contrainte à ouvrir les oreilles et à répondre à ces questions quand cela était nécessaire.

- Tu n'es pas seule Sherazade, je peux t'aider, lançait-elle toujours avec ce sourire.

C'est faux. Personne ne peut m'aider.

***

Le principal adjoint m'invitait à rentrer dans son bureau. Je m'installais sur la chaise en face de lui après qu'il m'y ait invité de la main. Il me regardait l'air intrigué de savoir pourquoi je me trouvais ici.

- Tout d'abord, je vous remercie de m'avoir accepté dans votre prestigieuse école, lui léchais-je les bottes. Si je me tiens ici devant vous c'est pour savoir s'il était possible d'emprunter du matériel de production afin d'aboutir à un projet que l'un des professeurs nous a donné, demandais-je en souriant comme une grosse bouffonne. Je tripotais mes doigts pour lui faire croire que j'étais anxieuse à la suite de cette demande.

- Mais il n'y a aucun problème Mademoiselle Refaat.

Madame gros batard !

- Je vous remercie du fond du cœur monsieur, le gratifiais-je. Encore heureux qu'il me prête leur matériel, de nos jours même une caméra sans viseur valait extrêmement cher.

- La salle 14 comporte un casier avec tout le matériel qu'il vous faudra, m'indiquait-il en se relevant.

- Merci, ajoutais-je en lui serrant la main. Cela fut rapide et efficace.

- Oh attendez Mademoiselle Refaat, m'interpellait-il. Il se tournait vers son bureau pour m'apporter un prospectus. Notre école propose beaucoup d'activités extrascolaires. Vous pourrez par la suite les mettre dans votre dossier scolaire comme bonus, m'informait-il.

J'acceptais le prospectus avant de le remercier pour la énième fois. Je quittais réellement la pièce et me mis à lire les différentes activités. De l'informatique était proposée, les geeks devaient certainement y être. Le problème de cela était que j'étais intéressée par toutes ses choses. Cependant il était stipulé que seulement deux activités étaient autorisées.

J'attrapais la pince qui se tenait à mon tote bag pour coincer mes cheveux bouclés qui me gênait. En marchant tout en lisant ce prospectus, je prenais soin de ne bousculer personne.

Seulement, je m'arrêtais quand je voyais THE activité. De la danse était proposée. Je lisais rapidement les petites lignes à la recherche de mon type. Lorsque je lisais hip-hop, je serrais le poing en signe de victoire. J'écrabouillais le prospectus et le jetais dans une poubelle à proximité. Les autres activités ne m'intéressaient plus finalement.

Je m'approchais du tableau où toutes les informations étaient affichées. Des affiches sur le sexisme banalisées y étaient accrochées mais aucune concernant le racisme, l'homophobie n'étaient mises en avant. Je devrais remédier à cela. Je prenais le stylo qui pendait et écrivais mon nom dans l'activité danse. Cela commençait dans quelques jours. Hâte de voir les potentiels danseurs de cette école.

Je repris chemin dans le couloir direction la salle 14. Je voulais dès maintenant commencer mon travail. Je m'approchais lentement de cette salle et remarquais qu'entre la salle 13 et 15, un couloir se tenait. Une seule porte et je compris sans même le voir que c'était la salle que je recherchais.

J'entrais et ce que je voyais faisait briller mes yeux. Des projecteurs, des perches, des caméras, un clap de cinéma, des rideaux rouges. La salle n'avait pas une seule fenêtre. Je repérais l'armoire et me dirigeais vers elle. La salle était même insonorisée.

Incroyable.

Ce que m'offrait cette armoire était plus que ce que j'espérais. J'ouvrais mon sac et pris une caméra DSLR avec un clap que je fis tomber par terre.

- Eh merde.

Je m'abaissais pour le ramasser.

- Tu fais quoi ?

- AAH, m'écriais-je. En voulant me relever vite, je cognais ma tête au placard. Je me retournais vers la voix et vu Liam qui avait tiré le rideau. Je me massais le crâne alors qu'il me détaillait. J'enlevais ma pince pour libérer mes cheveux. Par simple tic, je faisais gonfler mes boucles en répondant :

- On me prête du matériel.

- D'accord. J'avais peur que tu le voles, répondait-il.

- Parce que je suis arabe c'est ça, me vexais-je. Pauvre con, lâchais-je en me dirigeant d'un pas énervé vers la sortie. Je l'entendais rire dans mon dos et il ajouta :

- Non pas du tout. C'est juste qu'il y a vraiment des vols. Moi le premier. Je me retournais vers lui en espérant qu'il voit dans mes yeux noirs à quel point il m'avait énervé.

- Ouais bas ce n'est pas mon cas, lâchais-je avant de claquer la porte. Hmar.

***

Je traînais dehors avec mes amis. Nous étions sur le sol abîmé et jamais renouvelé du terrain de football. Les discussions changeaient rapidement et les critiques sur nos ennemis fusaient. Des garçons de ma cité nous rejoignaient et l'on formait rapidement un cercle.

Je posais ma tête sur l'épaule de Youssef regardant le soleil se coucher devant moi.

- Alors ton école de bourges, me questionna-t-il.

- Seule arabe je crois hein, lui faisais-je remarquer.

- Ah ouais dur, commentait-il. Le jeu de la bouteille commençait et des questions idiotes étaient posées. Nous avions chacun un grand respect l'un envers l'autre. Jamais ne sera demandé « embrasse untel » par exemple.

Je me perdais entre les rires de chacun et une image qui pourrait bien apparaître dans mon projet me venait en tête.

- Eh les gars, interpellais-je tout le monde. J'ai dû répéter trois fois cette phrase pour avoir l'intention de tout le monde. Il était difficile de focaliser une vingtaine de personnes sur une seule chose. J'aimerais que vous participiez tous à un projet que je dois rendre pour l'école.

- T'es en cinéma c'est ça, faisait remarquer quelqu'un.

- Oui.

- Ok meuf, répondait avec enthousiasme une fille. Tout le monde se sauçait pour me venir en aide. Chacun se relevait et je récupérais la caméra dans mon sac.

Je leur demandais de se mettre en rond et donnais la caméra à Noah car il était le plus grand. Youssef me tendait son gilet sous ma demande que j'enfilais en mettant ma capuche. Pour avoir un bon point de vue, Jessica courait récupérer une chaise avant de la tendre à Noah.

Je me plaçais au centre du grand cercle humain, la tête baissée. Tout le monde me regardait car je l'avais signifié. Je patientais quelques secondes avant de demander à tous de s'écarter. Je me retrouvais seule et Noah quitta la chaise en s'avançant vers moi. Je relevais la tête pour que le dernier plan soit sur mon visage.

- Solitude, lâchais-je.
- COUPER, cria Jessica avant de s'approcher vers moi. Désolée j'ai toujours voulu faire ça. Je souriais et récupérais ma caméra.

Mes amis m'entouraient pour regarder ce qu'on avait pris.
- Putain tu vas les éclater ces blancs, s'exclamait Jessica.

Je la fusillais du regard et Youssef la réprimandait à ma place. La nuit venait de s'installer au-dessus de nous. Je disais adieu à mes amis avant de m'en aller. Je regardais en boucle sur le chemin la prise de mon projet. Elle me satisfaisait en tous points.

J'entrais dans mon hall et m'empressais de monter chez moi. Je passais le seuil et saluais ma mère qui préparait à manger.

- Je vais me laver pour prier et je te rejoins après, l'informais-je en tournant dans le couloir.

- D'accord, tu pourras déboucher le levier, me demanda-t-elle gentiment.

- Encore bordel, lâchais-je en enlevant mon haut. Ne pas avoir de père pour le laisser faire ces tâches pénibles retombait forcément sur moi. J'enclenchais l'album Igor et laissais la pression redescendre à travers les gouttes d'eau qui heurtaient mon corps en silence.

Je fermais les yeux imaginant des scènes que je pourrais voir dans mon projet. Ce n'était certainement pas le sujet plus dur selon moi car la solitude avait habité un bout de ma vie.

Je ne sais pas si je pourrais la qualifié d'omniprésente mais j'avais souvent ressenti un vide dans ma vie. Il suffisait de regarder ce qui m'entourait. Excepté ma mère, je n'avais personne d'autre avec qui vivre.

Lorsque j'étais petite, je n'avais pas le droit de descendre en bas de chez moi pour jouer. Ma mère était très protectrice avec moi au point que je ne m'étais pas développée comme tout le monde. Elle travaillait beaucoup et j'ai dû vite m'adapter à un environnement silencieux pour m'éduquer. J'avais malencontreusement développé une phobie du silence. Je ne pouvais donc pas supporter d'être entourée d'aucun bruit. Il devait avoir de la musique en continu ou dans le pire dès cas, je communiquais à mes amis imaginaires. Encore aujourd'hui, cela me hantait.

Je devais dès l'âge de douze ans savoir faire à manger, ranger la maison, m'occuper en attendant que ma mère rentre...

Aujourd'hui j'étais libre de sortir mais le temps m'avait habitué à n'aimer être que chez moi. Bien que désormais, je tentais de faire des efforts. Il fallait que je m'ouvre au monde si je souhaitais vivre un minimum. Je ne pouvais plus me renfermer dans mes livres, dans mes scénarios que je me faisais tard le soir. Il fallait que je vive la vie que je m'imaginais.

- Mon plat préféré, m'écriais-je en voyant les raviolis au bœuf cuire. Je déposais un baiser sur la joue de ma mère avant de m'asseoir sur le tabouret, un bout de pain à la main.
- Alors ta journée ?
- Je dois rendre une vidéo qui traite la solitude pour la semaine prochaine, l'informais-je. Je ne devrais pas avoir trop de difficulté.
- Tu me la montreras, me demandait-elle.
- Bien sûr, m'exclamais-je. Je sortais les assiettes du placard du haut et elle est garnie de ravioli. Toutes les deux, on rejoignait la salle à manger, notre nourriture en main. J'allumais la Free et démarrais notre programme du moment The Penthouse. Ce drama dépassait l'entendement. Il était si long mais purée il nous maintenait en haleine tout le long.
- Quel connard ce Joo Dan-Tae, lâchait ma mère.
- T'inquiète même pas Shim Su-ryeon ma go va le détruire, espérais-je.

***

Il me restait trois jours avant de rendre mon devoir. Il était actuellement trois heures du matin et je montais ma vidéo. J'avais joué avec les couleurs. Les nuances étaient très sombres mais j'avais apporté un peu de violet pour faire hommage à Euphoria. Je ne sais pas cette série mettait beaucoup en avant la solitude selon moi. Les personnages se voyaient être heureux auprès de leurs amis. Mais quand la lumière était éteinte, la chambre vide, la solitude reprenait le dessus. Les sanglots se laissaient être entendus de notre cœur. Et tout cela s'effaçait quand le monde reprenait des couleurs.

Je m'étais filmée sur mon lit, une larme solitaire sur ma joue. J'avais ajouté des images de moi marchant dans les rues vides en ajoutant une voix off qui expliquait chaque scène. Le son de ma voix n'était qu'un murmure et j'aimais l'effet lointain qu'elle produisait. Elle ne semblait être qu'une voix dans ma tête.

Je terminais le montage sur la scène avec mes amis. Elle démontrait que l'on pouvait être entouré par des personnes mais il suffisait de fermer les yeux pour reconnaître que l'on était vraiment seule.

- Solitude, entendais-je. C'était le dernier mot de ma vidéo. Je coupais le son à ce moment et je clôturais mon travail en l'enregistrant. J'avais si hâte de montrer mon projet tellement j'étais fière. Je poussais mon PC et m'endormis sur le quai vif.

***

Je regrettais avoir veillé si tard car actuellement, je courais dans les couloirs de la fac. Je trouvais finalement ma salle et entrais après dix minutes de retard.

- Veuillez m'excuser de mon retard, lâchais-je avant de me diriger vers les escaliers.

- Entendez une minute, qui êtes-vous ? Je me retournais vers elle et n'appréciais pas comment elle détaillait ma tenue. Qu'elle ne se permette pas de critiquer dans sa tête mon cargo noir et mes grosses bottes qui n'ont rien à envier à sa tenue aléatoire. Votre nom, ajoutait-elle.

- Sherazade Refaat, répondais-je. Elle cherchait certainement mon nom dans la liste en tenant ses lunettes de manière étrange.

- Comme par hasard la boursière, l'entendais-je murmurer.

- Pardon- je n'eus le temps de la sermonner que quelqu'un arrivait par la porte d'entrée. Liam s'excusait auprès de la prof. Quand il me voyait au pied de l'escalier, il me regardait avec une lueur d'incompréhension avant de me doubler.

- Je n'accepterais pas un prochain de votre part Mademoiselle Rafaat, me menaçait-elle en se trompant dans mon nom.

- Premièrement c'est Refaat et puis pourquoi lui vous ne lui avez rien dit, m'exclamais-je en pointant du doigt Liam.

- Vous dérangez mon cours.

- Mais pas lui ?

- Vous êtes virée, lâchait-elle subitement.

Je pris un mouvement de recul. Il était si facile de m'éjecter à la première réponse. Était-ce parce que ma teinte de peau avec une couleur plus foncée que la sienne.

Kel3ba !

Alors que je rejoignais la porte de sortie, j'entendis :

- C'est raciste Madame Hadison. Je me retournais vers une fille capuchonnée qui était assise au dernier rang où j'étais habituellement. Liam est passé sans que vous lui fassiez la moindre remarque. Quelque chose vous dérange chez Sherazade ? Ses cheveux bouclés que je vous autorise à envier ou sa couleur de peau qui n'est pas habituelle dans notre école, s'exclamait-elle avec assurance. Elle se relevait pour descendre les marches, accompagnée de son sac.

- Lisa allez vous rasseoir !
- Désolée je ne peux pas, je dois aller voir la directrice pour lui faire part de votre comportement..(elle passait son bras sur mes épaules) C'est mon travail après tout d'informer la directrice qu'une élève se fait harceler.
- C'est bon allez vous asseoir, reprenait la professeur. Toutes les deux.

Je me retournais vers la certaine Lisa et lui souriais. Elle m'offrait un clin d'œil avant de me lâcher pour remonter. Je la suivis et m'installais à son rang. La professeur reprenait son cours et je me demandais si je devais la remercier ou non. En réalité, il était normal d'agir quand quelqu'un subissait une injustice.

- Merci, soufflais-je finalement.
- De rien, c'est normal, rétorquait-elle. Qu'est-ce que je disais ? Donc tu es la boursière, ajoutait-elle.
- Oui, répondais-je. Il fallait bien ajouter un peu de diversité à votre école.
- Notre école, me rectifiait-elle. Elle est la tienne aussi. Si tu es ici, c'est que tu l'as mérité...Mais oui ça fait plaisir de voir d'autre continent ici. Tu es de quelle origine ?
- Marocaine de ma mère et égyptienne de mon père, l'informais-je.

- Wow je suis si fan de la mythologie égyptienne, Maât, Anat, Amon, énumérait-elle différent dieux et déesses.

- Ouais mais non, je ne crois pas en tout cela, rétorquais-je. Ça va à l'encontre de ma religion.

- Ta religion, reprenait-elle en fronçant les sourcils. Attends, tu es musulmane ?!

- Euh oui, répondais-je sceptique face à l'étonnement qui avait déformé ces traits.

- Tu es la première musulmane que je côtoie ! Tu veux bien m'apprendre deux, trois trucs s'il te plaît, s'il te plaît, répétait-elle en amenant ses mains devant moi pour me supplier. Elle abordait l'expression d'un enfant qui réclamait un bonbon.

Cette question me mettait mal à l'aise. Je n'étais pas une bête de foire. Cependant, elle ne semblait pas mal intentionnée. C'était juste sa soif d'apprendre qui avait pris le dessus.

- Pose-moi des questions, j'y répondrais, lui proposais-je finalement.

- Ok d'accord euh attend, laisse-moi réfléchir, répondait-elle. Elle semblait si investie dans sa quête de savoir que dans mon for intérieurement cela me touchait. Elle n'avait pas déposé de jugement ni même tenter de fuir parce que j'étais musulmane.

- Pourquoi vous portez un voile ?

Je pris quelques secondes avant de répondre afin de trouver les bons mots.

- Alors, il faut savoir que de base le voile est obligatoire, admettais-je. Nous les femmes le mettons seulement par pudeur. Un type de tenue doit suivre à côté. Pour porter le voile de manière légiférer, il faut avoir des vêtements amples mais ne pas non plus s'habiller comme un homme, on n'a pas le droit. Donc c'est souvent de longue robe nommée «Jilbeb». Après il y a plusieurs raisons que notre Seigneur nous donne afin de le porter comme par exemple ça nous embellit de la même manière que la lumière embellit la lune. Mais l'argument qu'on te dira toujours c'est qu'il faut cacher ses formes aux yeux de l'homme. C'est une soumission envers notre Seigneur et seulement envers lui, incitais-je sur mes derniers mots.

- Si c'est obligatoire pourquoi tu ne le portes pas ?

Sa question n'était pas suivie d'une intonation cassante. Cependant, elle m'avait blessé. Je n'avais aucune excuse.

- Je pourrais remettre la faute sur notre société, cherchais-je mes mots. Dire que je ne le mets pas pour ne pas à avoir de difficulté à trouver un travail mais en réalité je n'ai pas encore trouvé la foi. Je pense qu'un déclic m'aidera dans ma voie.

- D'accord je ne te juge pas hein, répondait Lisa. Je me perdais dans ses yeux bleus qui abordaient une lueur si réconfortante. Vous dites quoi comme phrase pour vous pousser à le porter ?

- On dit souvent qu'Allah te facilite oukty, avouais-je.

- Qu'Allah te facilite oukty Sherazade, répétait-elle. Je riais face à sa mauvaise prononciation du mot arabe. Finalement, je pouvais l'apprécier cette Lisa, bien qu'elle soit une bourge.

***

J'avais fini à la cafette avec Lisa et elle n'a pas cessé de me poser des questions. J'aimais la manière dont elle était attentive quand je lui donnais une réponse. Ce qu'elle préférait le plus sur ma religion était les histoires sur Le Propphète Mohamed (sws).

- C'est l'homme parfait. Un amour comme Ton Prophète et Aïsha et rien d'autre en fait, s'exclamait-elle en croquant dans son sandwich. J'étais fière d'avoir lu un livre entier sur leur histoire pendant leur vacance afin de ne pas passer pour une inculte devant elle.

- J'ai une question, commençais-je afin qu'elle relève les yeux vers moi. C'est ton premier jour ici, je ne me trompe pas ?

- Oh oui, s'exclamait-elle. J'étais occupée ce début de mois mais je suis là maintenant, souriait-elle. Au fait Sherazade, je fais une soirée ce week-end, j'aimerais que tu viennes.

- Avec grand plaisir, lâchais-je. Il fallait que j'assiste à cela afin de les comparer aux soirées de banlieue. Je me demandais si elles étaient clichées comme celle des films. C'est une grosse soirée, demandais-je.

- Oh que oui, s'exclamait-elle.

- Donc si je ramène quelqu'un tu n'y verras que du feu, supposais-je. Elle me regardait malicieusement pensant peut-être que ce quelqu'un serait un homme mais non.

- Oh...que oui, appuyait-elle sur chacun de ces mots. Je te réserve une chambre, ajoutait-elle. Je recrachais mon eau avant de placer ma main devant ma bouche pour ne pas inonder mon plateau. La table des riches tourna leur regard vers moi et j'aperçus une fille se réajuster sur les genoux de Liam car il me regardait.

- Lisa, la réprimandais-je. C'est un grand pêché, l'informais-je.

- Oh purée excuse-moi, s'empressait-elle de dire en riant. Elle levait les yeux vers le ciel. Je vous promets que j'empêcherais Shera de pêcher, promettait Lisa à Dieu.

Chapitre 4 - Soirée

CHAPITRE 4

- Putain Amina t'es où je me les gèle, m'écriais-je au téléphone. Le soleil s'était déjà couché et un froid glacial s'était installé. Mes jambes nues tremblaient malgré le long trench que je portais.

- C'est bon je suis là, répondait-elle. Je cherchais dans les alentours ces phares mais il m'était invisible. AVANCE GROS CONNARD, s'écriait-elle prise de colère.

- Putain lui crie pas dessus, c'est la voiture de Youssef, l'avertissais-je. Je ne voulais surtout pas qu'il sache que je sors. Les garçons de ma banlieue étaient imprévisibles. Si l'envie leur prenait, ils pourraient débarquer à la maison luxueuse de Lisa.

Amina arrêta sa voiture devant moi et je grimpais côté passager. Elle prit le temps de me reluquer et je faisais de même. Elle avait attaché ses cheveux crépus dans un petit chignon bas. Une robe blanche courte où trois trous se tenaient au centre de la poitrine. Elle portait des bijoux et un trench noir comme le mien. Elle avait ses éternels traits d'eye-liner blancs accompagné d'un crayon noir qui faisait le contour de ses lèvres couvertes de gloss.

- Canon, lançais-je.

- Toi en robe satin noire dehors ? Tu vas séduire qui, me demandait-elle ironiquement.

- Je pourrais dire la même chose de toi, rétorquais-je. Aller démar re...mais en vérité j'ai vraiment quelqu'un à draguer, admettais-je.

- Qui ça, s'offusquait-elle.

- Le fils de la directrice.

***

Après avoir roulé environ une heure pendant laquelle toutes les musiques de notre queen Doja Cat étaient passées, nous étions enfin arrivés à destination. Amina avait boudé environ cinq minutes parce que je ne voulais pas qu'elle passe du BTS.

Désolée, je n'étais pas très fan.

Nous arrivions devant une grille qui s'ouvrait sans que l'on fasse quoi que ce soit.

- Oh putain c'est quoi ce bordel, commentait Amina. Elle avait raison. On gravit une montagne pour arriver devant la maison. Plusieurs voitures de luxe étaient stationnées sur le bas côté. On faisait cloche avec notre clio ce qui nous arrachait un rire. La maison s'étendait sur des centaines de mètres avec une fontaine qui se tenait en face de cette dernière.

Certains fêtards étaient à l'extérieur quand nous entrions par la grande porte de bois. A l'intérieur, c'était un autre monde. Des lumières violettes tanisaient la maison. Sur l'escalier à notre gauche, des couples s'embrassaient.

- Eh Shera ! M'interpella Lisa un verre d'alcool à la main. Elle me prit dans ses bras et je lui présentais Amina.

- Elle est grave belle ta perruque, commenta Amina. Je fronçais les sourcils ne comprenant de quoi elle parlait. Lisa prit un mouvement de recul, étonnée de sa remarque.

- Ce n'est pas une perruque, murmurait Lisa pas confiante de ses propos. Puis elle s'en alla sans m'adresser le moindre regard. Je me tournais vers Amina qui me confirmait du regard que s'en était bien une.

Je soufflais en levant les yeux au ciel avant de la conduire dans le salon à notre gauche. Des personnes dansaient sur du Chase Atlantic. On aimait tellement ce groupe que volontairement on se retenait de pas remuer nos fesses.

- Il est où celui que tu veux draguer pour avoir des bonnes notes, me demanda Amina.

- Je le cherche justement, l'informais-je. Cette idée ne me quittait pas l'esprit. Je l'envisageais peut-être si cela pouvait m'avantager. Cette école était certes réputée pour son nom mais aussi pour le pire taux de passage à la seconde année. Les professeurs étaient très sévères afin de garder l'élite de l'élite. Un petit coup de pouce ne me ferait pas de mal.

- Regarde Shera on voit son string, commenta Amina en me montrant une fille du doigt. Elle était sur les genoux d'un garçon la jupe qui remontait légèrement. Je regardais le cul d'Amina et répondais :

- A la limite de voir le tien aussi (c'était faux). Je lui donnais une claque. Elle bondissait avant de me frapper le bras. Je reportais mon attention sur la fille. Le garçon qui profite de cette fille c'est lui que je veux draguer, ajoutais-je.

- Oh putain, je m'attendais à un petit intello tout timide, réagissait Amina. Là c'est plutôt un fils de pu-

- La ferme, la coupais-je.

On se dirigeait vers la cuisine où un couple s'embrassait. Il était partout Seigneur. Je pris des gobelets afin de nous servir du Coca.

- Une vraie soirée de blanc, commentais-je.

- Non arrête...on est là, rétorquait Amina. Une noire et une arabe, ce n'était donc plus une soirée que de blanc. Je m'installais sur le comptoir et fis renverser un verre sur le sol. Ce dernier alerta le couple qui ne se retournait pas vers moi mais vers Amina qui ramassait ma bêtise. Le regard de la fille était rempli de haine à l'égard de ma copine. Elle chuchota des mots à l'oreille de son copain avant de s'en aller.

- Qu'est-ce qui y a, me demanda-t-elle en tournant sa tête où je regardais. C'est qui que tu regardes mal comme ça ?

- Rien oublie, lâchais-je.

- Hey Sherazade, lança quelqu'un derrière la fenêtre. Je me retournais vers ce dernier. Ah je savais que c'était toi avec les cheveux bouclés, ajoutait Adam.

- Salut, lançais-je.

- Viens dehors avec ta copine, on va jouer à un jeu, me proposait-il. Je me retournais vers Amina qui semblait être d'accord avec cela. Je sautais du comptoir puis nous passions par le salon. Je lançais un bref regard vers le canapé qui était désormais envahi par un autre couple. On passait la baie vitrée et Adam nous escortait vers une table de ping-pong.

- Le fils de la directrice était plus sur le canapé, chuchotais-je à l'oreille d'Amina en marchant derrière Adam.

- Et ?

- Il doit être entrain de ken, supposais-je.

- Ok cool.

- Cool, répétais-je étonnée. Elle ne put répondre car nous étions arrivées à destination. Des verres rouges emplissaient la table. Liam était en face de nous avec la fille au string. Il me regardait avant de devoir détourner le regard car sa copine réclamait un bisou.

Je me tournais vers le jardin immense qui abritait une piscine où deux personnes semblaient vachement s'amuser. Certains discutaient sur des transats tandis que d'autres étaient complètement déchirés.

- C'est un jeu d'alcool, demandais-je.

- Bien sûr idiote, répondait la fille au string. Amina la regardait de travers prête à lui sauter dessus. Je souriais à cette fille pour ne pas lui montrer ma colère.

- Je ne bois pas, avouais-je.

- Moi non plus, ajoutait Amina.

- Quoi les gens de banlieue sont autant coincés, commentait la fille au string. Liam regardait la scène semblant attendre ma réponse seulement je n'en avais aucune face à une connasse de ce genre. Je l'avais déjà vu à l'amphi et m'étais fait la réflexion qu'elle était jolie avec ces cheveux d'un blond polaire mais finalement je reviens sur mes mots. Les sals caractères rendaient moche.

- Putain mais c'est qui cette fille, enrageait Amina en levant les bras.
- Si on ne boit pas, coupais-je la fille au string qui allait insulter ma copine. On fera autre chose, ajoutais-je.
- Comme, demanda Liam. Je le regardais lui quand je rétorquais :
- Ce qui t'arrange.

Je ne le lâchais pas du regard alors que sa copine protestait. Amina à côté s'engueulait mais je ne déportais pas mon attention de Liam. Et lui non plus. Après plusieurs secondes de regard, il lâcha un sourire avant de se tourner vers sa copine.

- Blanche la ferme.

J'écarquillais les yeux pendant que cette fille se taisait comme un chien bien éduqué. Je savais ce qui allait s'en suivre et je ne pourrais pas retenir mon rire.

- Attends, tu fermes vraiment ta bouche là, commenta Amina. Franchement vous l'avez très bien éduqué jeune homme, plaisantait-elle sur un ton sarcastique.

Je riais sans me cacher tandis que Liam reprit :
- Appelle-moi Liam.
- Et moi Amina.
- Ok très bien, reprend-il. Adam tu fais l'arbitre.

Adam se leva du transat non loin pour nous rejoindre. Il se plaça sur le côté de la table avant de hocher la tête. Je pensais que Blanche partirait mais elle était déterminée à gagner.

- Honneur aux invités, lança Liam. Je pris la première et balle et la lançais. Je ne ratais pas mon coup et Liam bu un verre.

***

Allez-vous me croire si je vous disais que cela faisait plus d'une heure et demie qu'on jouait ? Entre-temps Blanche et Amina avaient lâché l'affaire. Elles avaient très vite compris que la partie se jouait finalement entre Liam et moi. Adam commençait à s'endormir debout.

Liam venait de me dévoiler une facette de lui. Il était très compétitif mais je l'étais tout autant. Aucun de nous deux ne souhaitait déclarer forfait. Les scores étaient très proches. Il avait deux points d'avance et là il restait exactement trois verres de son côté et un seul du mien.

Ce qui voulait dire qu'il fallait que je marque les trois d'affilés pour gagner. On avait conclu que celui qui n'avait plus de verre et le plus de points gagnait. Pendant la partie, on s'était insulté plusieurs fois mais on n'en tenait pas compte.

Je respirais un bon coup en fixant ma balle sentant le regard de Liam sur mon visage. Il me brûlait la peau avec cette forte haine qui émanait de lui.

- C'est à toi, me prévenait Adam la voix endormie. Je me focalisais sur la chanson d'Artic Monkeys – Why'd you only call when you're high qui se diffusait dans le jardin.

Je jetais ma première balle et elle atterrissait dans un verre. Liam prit nerveusement son verre d'alcool avant de le boire d'une traite.

De la liqueur s'écoulait du coin de sa bouche. Je riais alors qu'il bouillonnait.

Allah fais-moi gagner.

Je jetais la seconde balle et elle entrait dans un verre. Je sautais sur place alors que le grognement de rage de Liam perçait mes tympans.

- N'aie pas le seum, commentais-je.

- Joue bordel, s'enflammait-il. J'avais l'impression que cette partie déterminait le reste de ma vie. Je pris un temps avant de jeter ma dernière balle. Des gens commençaient à nous entourer intrigué de savoir pourquoi Liam hurlait et moi jubilais. Adam récapitulait les points et plusieurs furent surpris.

- Aller Shera, m'encourageait Amina. Je lui souriais et reportais mon attention sur le verre. Je respirais un bon coup et jetai ma balle.

- PUTAIN OUAIS, m'écriais-je en sautant partout. Des bras de garçons venaient m'entourer pour me soulever sur leur épaule. Je clamais haut et fort ma victoire alors que Liam allumait une cigarette en consommant son dernier verre d'Alcool.

On me déposait au sol pendant que la foule se dispersait. Je m'avançais vers Amina le sourire aux lèvres et elle me conduisait à l'intérieur.

- Eh, m'interpella Liam. Je me tournais vers lui. Tu n'as bu aucun verre d'alcool pourtant tu aurais dû, ajoutait-il en réduisant la distance. Sa capuche était repliée sur sa tête. Il faisait si noir que le bleu de ses yeux était absent. Tu dois faire quelque chose qui m'arrange, me rappelait-il.

- D'accord que veux-tu, demandais-je. Il souriait malicieusement avant de me prendre par la main. On dépassait Amina et il lança par-dessus son épaule à ma copine :

- Je te la ramène dans quelques minutes.

Il me conduisait à travers la maison avant de nous faire grimper à l'étage. Je manquais de foutre un coup de pied à un couple qui ne se décalait pas quand c'était à mon tour de passer.

Il lâcha ma main afin de me pousser dans une salle de bain. J'entrais à l'intérieur et il referma la porte derrière lui. Il s'avança vers moi m'obligeant à me plaquer au rebord du robinet.

Il ôta sa capuche libérant ses cheveux blonds. Il était légèrement ondulé. Sa mâchoire était toujours contractée certainement à cause de la victoire écrasante que je lui avais fait subir. Pendant une fraction seconde, ses yeux s'arrêtaient sur mes lèvres avant qu'il ne me demande :

- Je veux que tu présentes une mauvaise vidéo lundi.
- Pardon, m'offusquais-je.
- Fait tout pour ne pas avoir la meilleure note.

Son haleine puant l'alcool me frappait de plein fouet. Je ne retenais pas une moue dégoûtée et il le remarqua car il s'écartait légèrement.

- Tu n'es pas sérieux ? Il ne répondit rien. Va te faire foutre, m'enrageais-je en le poussant. Il faillit chuter au sol. Je me dirigeais vers la sortie mais il attrapa mon bras me plaquant violemment contre la porte. Je retirais ses mains de mon corps et il affichait une expression douteuse.

- Ok pardon je ne voulais pas te faire mal, s'excusait-il en hésitant à poser ses mains sur mes épaules nues. S'il te plaît Sherazade n'est pas la meilleure note. Laisse-moi l'avoir, me suppliait-il en parlant extrêmement vite.

- Mais en fait tu parlais de toi dans ton troisième conseil, lui rappelais-je. Vous faites tout ça ? Supplier les boursiers de ne pas être les meilleurs. Moi je ne suis pas comme toi, je n'aurais pas de seconde chance si je me foire.

Je m'écartais violemment de lui avant de sortir en furie de la pièce. Je dévalais les escaliers et insultais au passage le couple qui a osé me blâmer parce que je marchais vite.

Je cherchais des yeux Amina. Lorsque je la trouvais parlé avec un garçon dans un coin, je m'avançais vers elle.

- On peut y aller ? Lui demandais-je.
- Oh on parle tu ne vois pas, m'interpella le jeune homme.
- La ferme toi. Tu n'ajouteras pas une noire dans la liste de filles avec qui tu as couché, l'insultais-je.
- Ok on y va, m'emporta Amina par le bras. Elle avait vu ma colère et il était préférable qu'on s'écarte. Qu'est-ce qu'il t'arrive, m'interrogeait-elle. Je regardais de droite à gauche pour voir s'il n'était pas dans les parages.
- Le fils de la directrice, commençais-je.
- Il n'a pas tenté de te violer rassure-moi, me coupait Amina.
- Non, la rassurais-je. Il m'a demandé d'avoir la pire note sur le devoir que je dois rendre lundi.
- Pour quoi faire ?

- C'est ça que je ne comprends pas, m'enflammais-je. C'est le fils à maman et il demande à moi une pauvre boursière de ne pas être la meilleure. Rien que pour ça, je vais exceller partout.

- Mais même sans sa stupide demande, tu vas exceller partout, m'encourageait-elle. Je souriais avant de changer de sujet de discussion.

- C'était qui ce mec ?

- Un riche.

- C'est ton seul critère ?

- Totalement, se moquait-elle. On va danser à la prochaine musique.

- Vas-y ça va me détendre le string, admettais-je. Je n'avais pas de string mais un gros boxer de garçon à la place. C'est trop confortable.

On patientait en critiquant à voix haute tous ceux qui dansaient. Leurs pas étaient toujours les mêmes. Lavage de cheveux, mains qui passent sur le cou pour descendre sur le ventre, un pas sur la gauche puis sur la droite etc.

Du coin de l'œil, je voyais Liam qui avait rejoint le canapé. Blanche avait finalement attaché ses cheveux blonds dans un chignon. Elle le rejoignait sur le canapé mais elle se faisait éjecter de ses genoux.

La chanson Freakum Dress de Beyoncé commençait à se diffuser dans les enceintes. Je regardais Amina d'un air surpris avant de la conduire sur la piste. Il y a plusieurs années de cela, on avait appris la danse du clip par cœur. Lorsque Beyoncé se mit à chanter, on reproduisait les pas à l'identique sans se soucier des regards curieux.

Certains nous clamaient en sifflant ou en hurlant tandis que d'autres se contentaient de nous dévisager. J'avais l'impression de nous revoir dans mon salon à danser comme deux enfants sans problème.

À un moment donné de la chanson, Beyoncé tournait sur la droite. Je reproduisais ce pas et vu Liam me regarder en bougeant sa tête au rythme. Je voulais en rire mais je m'étais promise depuis ces derniers mots à mon égard de ne plus finalement le draguer. Je détournais donc mon regard.

La musique s'arrêtait et j'étais essoufflée.

Je me tournais vers Amina et lui proposais d'aller dans le jardin pour-

Le monde s'effaçait autour de moi. J'agissais comme une enfant pourrie gâtée selon mes cousins mais personne ne souhaitait entendre mon problème. Pas même cette femme. Elle me donnait constamment des solutions pour régler mes soucis mais ne prenait jamais le temps de les comprendre en profondeur.

- Je crois en toi, déclarait-elle avant de terminer sa tirade.
- Je peux y aller désormais, demandais-je pour écourter cette discussion. Elle perdit de son sourire comprenant que je n'avais pas écouté un traître mot. Je détournais mon attention vers la baie vitrée observant un pigeon sur la rambarde.
- Tu ne peux pas continuer d'agir ainsi, reprend-elle.
- Alors comment ? Comment voulez-vous que j'agisse...vous qui savez si bien, me moquais-je d'elle. Derrière son sourire se cachait une personne horrible. J'avais pu le comprendre depuis la dernière

fois. J'avais raconté à ma mère l'évènement pourtant cela ne l'a pas empêché de continuer à m'obliger à la voir.

- Tu as une longue vie devant toi, ne la gâche pas pour un plaisir éphémère, argumentait-elle.

- Allez vous faire foutre !

***

Du bruit provenant de l'intérieur m'alertait. Amina était partie chercher des boissons mais elle n'était toujours pas revenue. J'entrais à l'intérieur et vu une assiette voler. Je tournais ma tête vers la cuisine où Amina était retenue par plusieurs garçons.

- Grosse chienne attend que je t'attrape, lançait-elle en se débattant. Je contournais le comptoir et m'empressais de me mettre à sa hauteur. Je retirais les mains des garçons de son corps avant de la maintenir.

- Il t'arrive quoi là, m'exclamais-je. Il lui fallait un temps pour qu'elle me regarde. Je n'avais jamais vu Amina autant en colère. Elle évitait constamment les problèmes. Quand quelqu'un la contredisait elle préférait laisser la personne dans le déni que de perdre son temps à argumenter.

- Cette vieille meuf m'a insulté de n*gre après m'avoir dit de retourner à mon champ de coton. Tout ça parce que son mec moche m'a regardé deux secondes, m'expliquait-elle la voix grave.

Les curieux commençaient à nous encercler lorsque je me retournais vers celle qui avait osé prononcer ces mots. C'était la fille qui embrassait son mec dans la cuisine tout à l'heure. Son regard haineux ne m'avait pas échappé.

Je contournais le comptoir pour aller attraper ses cheveux. Un garçon dans mon dos certainement son copain venait encercler de ses bras ma taille. Je lui assignais un coup de coude dans le nez avant de m'acharner sur la fille.

Des flashs de téléphone éblouissaient le massacre que j'allais lui faire.

- Vas-y Shera éclate-lui la gueule, m'encourageait quelqu'un. J'allais lui foutre un coup de poing au visage mais une personne me tira extrêmement fort en arrière. J'avais une poignée de cheveux entre mes doigts. Je souriais à la fille alors qu'elle tentait de revenir à la charge.

Je me laissais porter par le garçon à l'odeur enivrante. Son cœur battait à rythme irrégulier dans mon dos. Je voyais Amina se faire tenir par deux hommes avant que je tourne dans un couloir.

- Lâche-moi, demandais-je. Cependant, le garçon ne m'écoutait pas et me retournait vers lui. Je m'agrippais à ses épaules évitant de chuter au sol. Son visage était si près du mien que son souffle chaud caressait mon nez, ces yeux bleus dans les miens. Ses bras avaient gardé position autour de ma taille me compressant contre son corps. On laissait nos regards se croiser tandis qu'aucun mot ne sortait de nos bouches.

Il nous sortit à l'avant de la maison avant de me déposer sur le sol. Je mis une distance entre nous deux pendant qu'il me tendait mon trench. Je me souvenais même plus de l'avoir déposé.

- C'est la fille d'un ministre, m'informait Liam.

- Et donc, répliquais-je en enfilant mon manteau. Il me regardait baisser ma robe.

- Tu peux avoir des problèmes à la fac.

- J'informerais ta mère si elle me convoque qu'elle n'a aucun droit de me pénaliser pour une bagarre qui s'est passé en dehors de l'enceinte universitaire, l'informais-je. Il riait doucement en rangeant ses mains dans ses poches.

- Elle est très stricte.

- Ce n'est pas un problème, rétorquais-je du tac au tac.

- Si tu te défends aussi bien que tu ne te bats, ça devrait le faire auprès de ma mère, plaisantait-il.

- Lâche-moi toi, entendais-je. Amina sortait en furie sans nous remarquer. Elle descendait l'escalier sur lequel j'étais. Cependant, elle se retourna vers moi, les sourcils froncés. Son regard jonglait entre moi et Liam.

- Je t'attends dans la voiture, répondait-elle tandis que son visage s'était illuminé à notre vue.

Je focalisais mon attention vers lui avant de lui tendre ma main.

- Tiens tu lui rendras ses cheveux, lui proposais-je.

- T'es pas sérieuse-

Je pris sa main et y déposais les cheveux avant de lui tourner le dos. Je courais avec mes talons vers la clio d'Amina. Je grimpais afin qu'elle démarre.

Pendant plusieurs minutes de silence, à un feu rouge elle tourna son visage vers moi et j'en faisais de même. On se mit à rire à gorge ouverte avant qu'elle ne commente :

- Putain tu lui as arraché grave des cheveux, j'ai cru voir un trou !

Chapitre 5 - Bînome

M.z CHAPITRE 5

J'avais fait visionner mon projet à ma mère et j'avais aimé la manière dont elle était captivée par les images que j'avais prises. Elle avait bu mes paroles avant de me féliciter.

J'étais très heureuse que cela lui a plu. Je lui avais ensuite évoqué ma soirée en lui racontant tous les détails. Elle m'avait conseillé de m'écarter de Liam car elle avait peur qu'il me pourrisse la vie afin que je termine dernière de ma promo. Je lui avais expliqué que ce n'était pas lui qui allait faire de moi la plus nulle.

Je n'avais pas sauté le moment de la bagarre. Je lui avais évoqué ce moment cet après-midi, il était vingt-trois heures et elle en parlait encore avec l'une de ses sœurs au téléphone. Ma bagarre avait fait le tour de la famille.

Je regardais mon reflet dans le miroir de la salle de bain. J'avais mis le flash car il n'y avait pas de lumière. Plusieurs boutons rendaient unique mon visage. Je supportais cela depuis la quatrième et sincèrement je n'en pouvais plus.

Je ne tentais plus de les cacher car je les assumais complètement. Cependant, au plus profond de moi, j'en complexais. Je ne supportais plus de sentir de l'épaisseur sur certaines zones de ma peau. Les personnes qui m'entouraient n'avaient plus d'acné depuis plusieurs années maintenant. Je ne comprenais pas pourquoi cela persistait chez moi alors que j'avais une bonne routine. Et les remarques constantes de ma mère n'arrangeaient rien.

J'appliquais l'Efflacarc sur ma peau avant d'aller me coucher. Demain j'avais la présentation de mon projet, il fallait que je sois en forme pour ramasser les conseils du professeur.

***

Je n'avais aucune raison de m'habiller classe aujourd'hui. Mais le fait de présenter une de mes œuvres à un « public » me faisait me sentir bien. Je portais un blazer noir qui m'arrivait à mis cuisse avec un pantalon fin de la même couleur qui tombait sur mes bottines en talons.

Je m'installais sur la chaise de ma table de chevet afin de débuter ma routine maquillage. La musique Ghostin' de welsey joseph sortait faiblement de mon téléphone car je ne souhaitais pas réveiller ma mère. Je déposais un rouge à lèvres rouge sur mes lèvres que je tapotais avant de m'attaquer à mes yeux. Je dessinais des traits noirs avec mon eye-liner avant de mettre du crayon au creux du bas de mes yeux comme le faisaient mes ancêtres égyptiens. Mon teint étant fait, je ramenais mes cheveux bouclés dans un chignon haut décoiffés. Je décrochais deux mèches les laissant se balader à l'avant de mon visage avant de sortir de ma chambre.

***

J'étais partie lorsque le soleil n'était pas présent. Devant la fac, il illuminait l'enseigne. Je me dirigeais vers mon premier cœur toujours mes écouteurs aux oreilles. Malgré le son de la musique, j'entendais mes talons claquer sur le sol.

Lisa marchait devant moi avec la fameuse perruque blonde. Je me mis à courir pour arriver à sa hauteur. Je lui lançais un sourire avant d'articuler :

- Désolée pour la dernière fois. Je n'aurais pas dû la frapper chez toi.

- Non tu as très bien fait, admettait-elle. Tu ne la reverrais pas à l'une de mes soirées. Je peux te l'assurer.

- Ok très bien, sortais-je dans un rire. Tu vas où ? On a cours là-bas, l'informais-je alors qu'elle tournait dans un couloir.

- Je suis en double licence cinéma-mode, m'avoua-t-elle en entrant dans une salle.

- Ok salut, murmurais-je en secouant ma main. Quelqu'un passa devant moi, la capuche relevée. Je le suivais du regard tandis que Liam me jetait un coup d'œil par-dessus son épaule.

- On va en cours, m'ordonnait-il en s'arrêtant. Je fus surprise pendant plusieurs secondes avant de le rejoindre. Tu as un rendez-vous ?

- Pourquoi ?

- Tu es bien habillée, me complimentait-il. Je regardais ma tenue comme si je ne l'avais pas préparé depuis trois jours.

- Au cas-où ta mère souhaiterait me convoquer, mentais-je. Il riait à ma plaisanterie avant de tourner sur un couloir. Je le suivis et nous entrions ensemble dans un amphi. Cela ne manquait à l'œil de Blanche. Elle se leva pour descendre à vitesse grand V l'escalier. Elle prit le bras de Liam puis me lança un regard noir.

Je levais les yeux au ciel avant de monter tout en haut. Il n'avait pas révoqué l'incident de la salle de bain. Sous les conseils de ma mère, je n'en prendrais pas en rigueur. Il était bourré certainement pas conscient de ses propos. Cependant, cela continuera de m'intriguer.

Vu d'en haut, j'étais la reine de cet amphi. Je sortais mon PC et en attendant le prof, je mis mon devoir sur la clé USB. Regarder de nouveau la vidéo me démangeait. Il était rare que je sois si fière des travaux que je rendais. Mais celui-ci s'était mon bijou.

J'étais contente d'avoir pu caler quelques secondes de vidéo avec mes amis. Je ne sais pas si quelqu'un avait pensé à cela mais j'espérais être la seule à avoir eu cette idée.

- Bien bonjour les élèves, s'écria le professeur en jetant littéralement son sac sur le bureau. Quelques personnes riaient. Vous avez un devoir à me rendre donc on va commencer par le premier groupe, ajoutait-il en allumant le PC fixe. Son écran se reflétait sur un grand mur blanc. Les mensurations devaient être égales à celle d'un écran de cinéma.

- Respire, me murmurais-je un peu anxieuse. J'avais du mal à accepter la critique sur l'un de mes travaux. J'avais peur de surréagir et d'insulter toutes les personnes qui oseraient émettre un jugement.

- Vous, désignait le professeur, un groupe dans les premiers rangs. Vous passez en premier et le deuxième groupe sera le plus proche de l'écran.

Je soufflais un coup en calculant le nombre de groupes devant moi.

- Vous l'avez compris, reprenait le professeur en me regardant à travers ses lunettes. Vous passerez en dernière Madame Refaat, ajoutait-il. J'ai hâte de voir ce que vous allez me proposer.

Je lui souriais en hochant la tête. Il détournait son attention de moi. Mon regard tomba dans celui de Liam légèrement tourné vers moi. Il avait les poings serrés et je le saluais de la main, un long sourire affiché sur mon visage.

Je l'effrayais vraiment tant que ça ?

Pendant que le premier groupe téléportait leur vidéo sur le PC, je me mis à détailler les différentes personnes qui formaient le club des riches. Ils sentaient vraiment la money. Petite chemise, cardigan, bijoux bien voyants, cheveux impeccablement coiffés. Cependant, le style (que j'adorais) de Liam ressemblait à celui des geeks. Pantalon large, haut large, capuche... Seule ressemblance avec ces semblables, ses cheveux clairs et ses grosses bagues argentés.

- Nous sommes Jay et William et nous allons vous présenter notre projet. La solitude est-

- Il faut vraiment que tu m'expliques si tu souhaites recevoir de l'aide, s'écria Marion.

- Mais je n'ai pas besoin d'aide ! Je ne l'ai jamais réclamé, argumentais-je perturbée. Je plaquais mes mains sur mes oreilles et me mis à gigoter. Assise sur le sol, elle tentait de me résonner mais je ne voulais plus entendre ses mots. Je tapais ma tête contre le mur pour empêcher ses paroles d'entrer dans mon cerveau. C'était cela qu'elle voulait faire, entrer dans mon esprit. Si elle pouvait elle m'enlèverait mes pensées afin que j'arrête mes bêtises.

- Sherazade arrête !

Le monde autour de moi cessait de tourner. Mon corps se figeait seulement mes yeux cherchaient son regard. Elle avait osé et la honte la prit aux tripes.

- Vous...

- Pardon, excuse-moi, se reprit-elle. Mais cela était trop tard. Je frappais ma tête contre le mur avec toute la force que je pouvais y mettre. Mes mains giflaient mon visage alors que je me mis à hurler mes plus profondes douleurs.

Elle devait comprendre qu'elle n'avait pas ce droit.

**

Très bon projet, s'exclamait le professeur à l'égard d'Adam, Eden et Blanche. Tout le monde les applaudissait alors que je tentais de comprendre pourquoi Liam n'avait pas travaillé avec eux. Il se leva à son tour pour rejoindre le tableau. Sur son chemin, Blanche l'arrêta pour avoir un bisou mais il la repoussait.

Je riais sur le coup et me cachais rapidement derrière mon PC pour ne pas être vu. Lorsque Liam avait installé sa vidéo, il se plaça devant le bureau et commença à faire son pitch :

- La solitude se caractérise par l'absence de contact humain. Cependant, je vais vous présenter un autre type de solitude. Celle qu'un enfant ne devrait pas connaître.

Il lança la vidéo et les images défilaient. L'atmosphère de la vidéo était chaleureuse par le choix de ses lumières pourtant il faisait un contraste en présentant la solitude. C'était très bien joué, je devais l'admettre. On le voyait, capuche sur la tête, regarder le ciel et sa bouche se mouvait mais il n'y avait pas de son, certainement car la solitude était souvent accompagnée du silence.

La dernière prise fut lui sur un toit d'une maison et un drone s'éloignait de lui montrant qu'une grosse fête se déroulait juste en dessous. C'était la fête de Lisa. C'était impressionnant, les lumières, le point de vue, lui tout en noir.

Sa vidéo était juste excellente pour les yeux.

Les élèves l'acclamaient et je me prêtais à cela. Je voyais en lui un vrai concurrent. De toutes les vidéos précédentes, c'était Liam qui avait proposé le meilleur contenue. Il me regardait suivi d'un sourire vainqueur.

- Sherazade, m'appelait le professeur. Je pris ma clé USB et descendis les marches.

Liam les montait et lorsqu'il passait devant moi, il m'attrapa le bras.

- Tu en as pensé quoi, me demandait-il.

- C'était...appréciable, admettais-je sans le couvrir d'éloges. Il s'approcha de mon oreille tandis que ses cheveux caressaient ma joue. Il murmurait au creux de mon oreille :

- Bonne chance.

Je lui jetais un regard hautain avant de descendre les marches. J'enfonçais la clé USB dans le PC, les mains tremblantes. Je cliquais sur la vidéo sans la démarrer. Je rejoignais l'avant du bureau et commençais mon pitch en gardant les mains dans le dos :

- Nous avons tous été touchés au moins une fois dans notre vie par la solitude. Il y a des signes qui ne trompent pas...des schémas qui se répètent.

Je me tournais vers le bureau et je lançais la vidéo. Le professeur était assis sur une chaise au premier rang à me sourire avant de détourner son attention sur mon projet.

La chanson Solitude de Felsmann se diffusait dans toute la salle apaisant mon anxiété. Le son de ma voix captait l'attention de tous.

- Cette déception qui nous frappe lorsqu'aucune notification ne s'affiche sur notre téléphone...

Personne n'avait pensé à expliquer le schéma des images. Avoir ajouté ma voix peut se voir être un avantage face aux autres camarades. Liam avait fait le contraire de mon idée, aucun son n'était émis tout au long de sa vidéo.

Je me mis à déchiffrer le visage de chacun. Le professeur ne prenait même pas de note tellement il était captivé. Les geeks se murmuraient des messes basses sur différentes images avant que l'un d'eux ne me fasse un pouce en l'air. Je lui souriais. Je me tournais vers les riches qui étaient aussi attentifs que les geeks mais eux le montraient réellement. Blanche semblait ennuyée par mon projet, tandis que les autres filles ne le regardaient même pas. Quant aux garçons, ils restaient neutres. Liam, lui avait les poings serrés.

Ma vidéo se terminait et les élèves me félicitaient. La pression retombait et j'attendais un mot du professeur avant de remonter à mon rang. Il réunissait ses feuilles avant de se dresser devant moi.

- C'est exactement ce que je voulais voir de vous Madame Refaat, souriait-il.

- Merci Monsieur, m'exclamais-je. Je montais vite retrouver ma chaise. Je créais un dossier en attendant qu'il réfléchisse à qui il offrait le 20/20.

Après plusieurs minutes d'attente, il tapa son cahier sur la table pour attirer notre attention.

- Comment attribuer un seul 20 face à tant de bons projet...(Liam me lançait un regard par-dessus son épaule) Je n'ai pas su me décider entre deux pour être honnête. Monsieur Buckley et Madame Refaat, veuillez me rejoindre.

Je me relevais en cherchant des yeux qui étaient ce Buckley. Alors que je descendais les escaliers, je m'arrêtais face aux riches et Liam se levait. Il venait me rejoindre et on descendait les escaliers. On se plaçait face aux élèves.

- Vos projets étaient excellents, ajoutait le professeur en nous prenant pas les épaules. Il nous serrait contre lui et je jetais un regard gêné à Liam. Il retenait son rire tout comme je retenais le mien.

Ce sont les élèves qui vont choisir pour moi, terminait-il avant de s'écarter.

J'avais terminé face à Liam et je pense que la déception se lisait sur mon visage. Il ne me regardait pas avec mépris ou cet air vainqueur, mais plutôt avec respect.

Je me tournais vers les élèves en espérant qu'ils soient objectifs. Tous se connaissaient depuis qu'ils étaient petits, personne ne voudra voter pour moi. Je prendrais chaque vote pour Liam pour du racisme.

- Moi Monsieur je veux voter, se levait Blanche. Je vais être honnête, aucun favoritisme bien sûr. Le projet de Sherazade manquait d'authenticité. Il était...irréaliste si je puis dire. Elle disait qu'on avait tous connu la solitude mais je ne me suis pas reconnu dans son projet.

Kel3ba !

- Je vote donc pour Liam, ajoutait-elle.
- Ouais moi aussi, suivait son amie. Puis tous les riches votaient pour lui. Je bouillonnais de colère. Elle avait vraiment critiqué mon projet de la sorte. J'avais envie de lui arracher les yeux. Je tournais ma tête vers Liam et je le surpris à me regarder. Il tournait rapidement sa tête, cependant il ne semblait pas se réjouir de sa future écrasante victoire.
- Blanche, reprit le professeur en coupant la parole à un geek. Ton vote compte nul.
- Quoi, s'esclaffait-elle en se levant.
- Il ne compte pas, reprit-il. Ton avis était méchant et pas objectif. Tu as beaucoup argumenté pour Sherazade mais tu n'as rien dit pour

Liam. Laisse-moi penser que tu as voté pour lui parce qu'il est ton copain. Maintenant tais-toi et rassis-toi.

Je n'écoutais plus les avis des autres si je ne souhaitais pas fondre en larmes. Je restais juste sur les mots du professeur qui m'avait touché en plein cœur.

Je restais plantée là devant tout le monde en attendant qu'on puisse me dire de m'en aller. Je ne supportais plus ses regards et ses rires incessants de ces bâtards. Certains arguments étaient construits mais ils me blessaient tout de même. D'autres se contentaient seulement de donner leur voix.

- Liam tu as ce 20, déclara le professeur Curtis. Je ne me retournais même pas vers le vainqueur lorsqu'on acclamait. J'applaudissais sa victoire en gardant la tête haute. Je sentais son regard me brûler la peau. Lorsqu'il s'avançait vers moi pour me dire un mot, je fuyais en montant rapidement les escaliers. Je pris mes affaires et sortis en furie.

C'était injuste. Sur quarante élèves pas même dix avaient voté pour moi. Je traversais les couloirs à la recherche des toilettes. J'allais pleurer, je le sentais.

- Shera, entendais-je quelqu'un crier mon nom. Je tournais sur un couloir et entrai dans les toilettes pour filles. Je n'eus le temps de verser la moindre larme que la porte claqua derrière moi.

Liam se tenait à elle, replié à reprendre son souffle.

- Tu cours vite, dit-il entre deux souffles. Il se remettait sur pied afin de s'approcher de moi. Je reculais ne voulant pas être proche de lui.

- Tu es content ? Finalement pas besoin de me supplier pour gagner, m'énervais-je. J'avais besoin de me défouler, d'entendre d'atroces vérités pour me donner la rage de continuer à me battre.

- Écoute Sherazade, commençait-il. Ton projet était incroyable. La musique, les images...ta voix. Je pourrais regarder la vidéo en boucle, m'affirmait-il. Ne doute pas de ton projet parce que de simples élèves ont voté pour moi.

- Si je vais douter, admettais-je car cela était vrai. Il était peut-être au même niveau que moi voir pire mais chaque mot, chaque vote remettait en doute ma personne.

- Demande-moi.

- Quoi ?

- Demande-moi pour qui j'aurais voté.

- Liam s'il te plaît-

- Toi, me coupait-il. Je déteste admettre que quelqu'un est meilleur que moi mais sur ce coup-là tu l'as été Sherazade.

- Alors donne-moi ta place, argumentais-je. Toi-même tu l'admets que j'ai été meilleure.

Je m'étais approché de lui supprimant ses centimètres de distance. Il semblait réfléchir à ma demande. J'agissais comme lui à la soirée. Je le suppliais de me donner ce 20. J'avais besoin de la validation scolaire pour être bien quotidiennement.

- Je...je ne peux pas, murmurait-il en baissant les yeux comme s'il en avait honte. Je reculais écœurée de cette injustice.

\- Liam, reprenais-je mon calme. En venant ici pour me dire tout ça, tu ne m'as pas soulagé...tu as juste plus enfoncé le couteau dans la plaie, terminais-je d'un ton tranchant.

Je le contournais et quittais les toilettes. Il avait transformé ma tristesse pour de la colère. Je ne combattais mes peines que par la rage de réussir. C'était ma première défaite et jurais qu'elle serait la dernière.

***

C'est vraiment injuste, commentait Amina au bout du téléphone. J'avais déballé mon sac sur elle. Miskina, il était sûr qu'elle en pouvait plus de m'entendre me plaindre. Je m'étais posé sur un banc dans le jardin privé de l'école. Le froid commençait à s'immiscer dans l'air en ce début de mois d'octobre.

\- En plus Lisa était même pas présente pour voir mon projet, me plaignais-je. J'amenais une cuillère de ma salade à ma bouche pendant que je regardais au travers de mon écran Amina refaire ses lèvres.

\- Bon meuf, je dois te laisser j'ai cours, m'informait-elle. J'étais si fière d'elle. Amina se trouvait là où elle devait être. J'étais sûr que plus tard, elle ferait une très bonne magistrate.

\- Vas-y salut, répondais-je avant de raccrocher. Je terminais mon plat qui était dans un récipient avant de le ranger dans mon sac. Je me levais ma canette à la main rejoignant l'intérieur.

J'arrivais en dernière à mon cours. Je pensais m'être calmée mais en revoyant leurs têtes, la colère me revenait. Cette fois-ci nous n'étions que la moitié. C'était un cour pratique. Je m'étais retrouvée dans le groupe des riches tandis que Lisa était dans l'autre groupe.

La salle était assez petite mais pouvant accueillir une vingtaine d'élèves. De plus, elle était insonorisée et ressemblait fortement à celle où j'avais récupéré le matériel auparavant.

Je m'approchais d'une chaise collée contre un mur et y déposais mon manteau avant de rejoindre le groupe. Je restais en retrait en attendant le professeur.

Un homme d'une cinquantaine d'années entrait nous saluant de la tête. Il ne souriait pas et avait une calvitie (détail important). Je m'avançais pour qu'il me voit. J'avais même bousculé des personnes qui souhaitaient m'évincer mais non.

- Je serais votre professeur de travaux pratique. Monsieur Dersy, se présentait-il. Nul besoin que vous vous présentez. On va commencer le cours. Dans un premier temps, vous travaillerez toujours par deux dans mes cours, expliquait-il en se tenant bien droit devant nous.

Il se retourna pour récupérer une feuille. Je supposais qu'on n'avait pas le droit de décider de notre binôme. Il lisait extrêmement vite les noms que je ne pus suivre.

- Blanche avec Eden et Shera...Sherazade avec Liam, écorchait-il mon prénom. Il relevait les yeux vers nous car Blanche avait fait un pas vers lui.

- Je peux faire une demande spéciale-

- Non, le coupait-il. Je pouffais de rire et elle me lançait un regard haineux. Un peu de sérieux jeune fille, me réprimandait-il.

Les binômes se formaient et je partais rejoindre Liam. Il me lançait un petit sourire suivi d'un léger hochement de tête avant de détourner son attention vers le professeur.

- Pour ce premier cours, vous allez simplement noter sur une feuille tous les objets de cette pièce. Sans utiliser de téléphone.

- Je note, m'informait Liam.

- Je dicte, continuais-je. Il prit une feuille et un stylo de son sac. Nous allions extrêmement vite. Je connaissais tous les objets du cinéma et il nous arrivait de les dire en même temps.

- Parle moins fort, je ne veux pas qu'ils entendent les réponses, me conseillait-il.

- Je suis totalement d'accord, admettais-je en souriant. Au moins sur cela, on pouvait s'entendre. Ma haine s'était dissipée face à mon envie de réussir. Lorsque je devais accomplir une chose, j'effaçais toute la négativité qui m'habitait pour être performante.

- Et le dernier clap de cinéma, murmurais-je en faisant le clap. Il notait avant de littéralement se ruer vers le prof. Il manquait de se cogner à une caméra. Je me rapprochais d'eux lorsque le prof lisait notre feuille.

- Hum très bien, vous passez à la deuxième étape, nous annonçait-il. On se lançait un regard couvert d'un voile d'excitation. Nous étions tout deux enthousiastes pour la suite. Je vous donne une énigme et vous devez aller me chercher ce qui correspond à cela, nous prévient-il.

- Ok, répondait Liam pour nous deux.

- « Rien ne passe par moi. Je suis le finisseur de l'œuvre. »

Je regardais Liam pour voir s'il avait trouvé la réponse mais il semblait aussi chercher la réponse chez moi.

- Attention, reprenait le professeur. Il se peut que cela ne soit pas transportable, donc j'attends une photo.

- Ok j'ai, sortais-je soudainement.

Je me ruais vers la porte et Liam n'hésitait pas à me suivre. D'autres élèves attendaient leur énigme alors on ne devait pas perdre plus de temps. Je commençais à courir suivie de Liam. Puis subitement je m'arrêtais et il me percutait le dos. Je manquais de trébucher mais son bras s'était enroulé autour de ma taille pour me retenir. Je me tournais vers lui et il ôta immédiatement son bras :

- J'ai oublié de tourner dans le couloir, l'informais-je gêné.

- Oh...ok.

J'entrais dans le couloir avant de trouver la pièce qu'il me fallait.

- Oh mais bien sûr, s'exclamait-il. C'était une pièce de montage. J'avais pensé au métier monteur mais il a signifié que cela n'était pas transportable donc c'était forcément un logiciel de montage.

Il sortit son téléphone et je patientais sagement qu'il prenne la photo.

- Approche, m'invitait-il.

- Quoi ?

- On va prendre une photo ensemble avec le logiciel de montage, m'informait-il. Je riais en redescendant de la table sur laquelle j'étais assise.

- T'es pas sérieux, lui demandais-je. Ok t'es sérieux, reprenais-je en voyant qu'il ne riait pas. Il se tenait d'un côté du PC et moi de l'autre.

Je souriais en levant mes deux doigts en signe de V. Une fois qu'il ai cliqué trois fois précisément sur photo, il rangeait son téléphone.

- Eh mais je veux la voir, lui demandais-je alors qu'il quittait la salle.
- Je te l'enverrais.
- Comment ?
- Un riche blanc à toujours ce qu'il veut non ?

J'ouvrais la bouche surprise par sa réponse osée. Son torse se soulevait face au fou rire qui le prenait. Je lui tapais le bras pendant qu'on marchait dans les couloirs pour rejoindre la salle.

Nous entrions et nous étions finalement le premier groupe. Liam se retournait vers moi tendant sa main vers le haut. Je lui frappais, fière qu'on aille gagner.

- Alors on a gagné quoi, demandais-je au professeur en posant mes mains sur mes hanches.
- Rien.
- Rien, répétait Liam en retournant la chaise pour poser ses bras sur le dos.
- Exactement jeune homme, rien.

Je me tournais vers Liam et haussais les épaules. Une récompense ne se résumait pas à des notes, elle pouvait venir d'une satisfaction accomplie.

Le prof se levait et je m'installais sur sa chaise m'affalant contre le dos de cette dernière. Je détachais le bouton de mon blazer et fermais les yeux quelques secondes.

- Sherazade ?
- Oui, répondais-je en gardant les yeux fermés.

- Désolé...

Je les ouvrais de nouveau me tournant vers Liam qui avait posé sa tête sur ses bras. Il me regardait longuement attendant certainement une réponse de ma part. Je remarquais que nous étions seuls dans la salle.

- Pourquoi ?
- Pour tout à l'heure, je ne pensais pas que mes mots ne te plairaient pas.
- Oh, répondais-je seulement. Il penchait sa tête étonné que je ne rétorque pas plus. Son pardon n'était pas nécessaire. Je ne ressentais aucune animosité à son égard. Je savais que j'allais vivre de l'injustice en ces lieux. C'était comme cela, une arabe ne plaisait pas. Et bientôt ma conviction religieuse ferait débat. Il se peut que Liam soit islamophobe.
- Tu veux toujours le 20 ?
- Va te faire foutre, plaisantais-je en laissant retomber ma tête contre le mur. Alors que j'avais les yeux fermés, son rire était dessiné dans ma tête.

***

J'avais rejoint ma banlieue pour mon plus grand plaisir. Le soleil commençait à ce coucher plus tôt. Les écouteurs dans les oreilles, j'observais des enfants jouer au football. Je passais devant eux en me faisant toute petite pour ne pas attirer leur attention.

Ils aimaient bien me soûler quand je sortais des cours. J'étais rapidement passée chez moi pour troquer ma tenue pour un jogging large et un gros pull. Je pouvais désormais dire adieu au crop top.

Je traversais le dessous du pont en attachant mes cheveux en queue-de-cheval. Au loin, je voyais mes compagnons de danse qui s'échauffait. Je les saluais avant de faire mes articulations.

- Alors ton projet, tu as eu la meilleure note, me demanda Jessica. Je hochais négativement la tête dans sa direction en étirant mes bras.

- C'est un blanc qui a gagné, m'interrogeait à son tour Aaron.

- La ferme, reprit Jessica. C'est un sujet sensible.

- Je t'emmerde Jess, plaisantais-je en avançant vers l'enceinte. Je pris le téléphone dessus et fit défilé les différentes musiques. Je ne voulais pas de nouveauté. Juste une chanson qui accompagnait une danse que l'on connaissait par cœur. Je souhaitais m'évader le temps de trois minutes.

La chanson My Love de Justin Timberlake se diffusait à travers l'enceinte.

- Tu veux nous tuer ce soir Shera, commenta Bems. Je souriais avant de les rejoindre. On se mettait dans l'ambiance avant que le refrain démarre. Nos premiers pas partaient immédiatement. J'étais légèrement devant eux donc je ne les voyais pas mais je savais pertinemment que nous étions dans les temps. Mes bras bougeaient à temps au rythme de l'instru.

On suait, froissait nos vêtements mais putain qu'est-ce que c'était bon. Je n'entendais plus mes pensées, bien trop focalisée à faire les bons mouvements.

Lorsque la musique commençait à redescendre annonçant la fin, j'applaudissais. On avait pour habitude de s'acclamer pour se féliciter d'avoir tenu. J'ôtais mon haut ne laissant que ma brassière afin de sentir l'air frais contre ma peau.

Je vidais une bouteille d'eau avant de m'allonger sur le sol. J'observais le ciel réfléchissant à tout et à rien. Mes amis venaient me rejoindre en se positionnant comme moi.

- On te voit moins, annonça Bems en brisant le silence.

- Je suis fatiguée ces derniers temps, admettais-je sans leur révéler que je m'étais inscrite à des cours de danse dans ma fac. Ils me tueraient si je leur en faisais part.

- Le petit Ab fait son anniversaire dans quelques jours. Soit là, m'informait Aaron en faisant référence à Aboubakar ce voleur de mes pièces de vingt centimes.

- Ne t'en fais pas, balançais-je. Ça lui fera quel âge ?

- Dix ans.

Wow mon petit grandissait.

Chapitre 6 - Injures

CHAPITRE 6

Je venais de quitter mon cours de travaux dirigés pour désormais rejoindre ma passion. Je traversais les couloirs à la recherche de la salle. Lorsque je tombais devant la porte, je ne perdais pas de temps pour m'y introduire.

Je me dirigeais vers les vestiaires déposant mes affaires dans un casier. Je troquais mon jean extra-large pour un jogging de la même forme laissant seulement ma brassière comme accompagnement.

Le vestiaire pour femmes était vide à mon entrée. Cependant, lorsque j'empruntais le couloir tout en m'attachant les cheveux, je croisais Blanche et ses copines à l'entrée. Elle s'écartait pour me laisser passer en pouffant de rire pendant que je leur tournais le dos.

La porte se claqua derrière moi alors que je me retournais vers cette dernière les sourcils froncés. Je ne comprenais pas leur réaction mais ne cherchais pas plus. Je regardais mon reflet dans le long miroir et ramenais une boucle à l'arrière de mon chignon.

Je passais la première salle de danse pour rejoindre celle où plusieurs garçons s'entraînaient. Can't Feel My face de The Weeknd se diffusaient dans la pièce.

Je reconnus au loin des personnes de ma filière. Adam buvait dans sa bouteille d'eau tandis que Eden reculait de son front ses cheveux brun. Je déposais mon téléphone au sol avant d'entendre mon prénom dans la bouche de quelqu'un.

Je me retournais vers Adam qui m'incitait de la main à les rejoindre. Je traversais la salle et à sa hauteur, il plaça son bras sur mes épaules. Je me mis immédiatement sur la défense sans pour autant rejeter son toucher. Eden venait me plomber de sa hauteur gardant ses mains dans les poches. Il souriait malicieusement pendant qu'il ne laissait aucune distance entre nous. J'avais cette nette impression qu'il tentait de camoufler ses prochains mots. Ses yeux noirs me scrutaient lorsqu'il articulait :

- Que fait une fille ici ?

- Danser, rétorquais-je sans le quitter des yeux. Un problème ?

- C'est réservé pour les hommes, m'avoua-t-il au creux de mes lèvres. Je le poussais en posant ma main sur son torse tandis que j'ôtais le bras d'Adam de mon épaule.

- Tu mens pour me dissuader de danser ici, rétorquais-je. Quoi, tu as peur que je danse mieux que toi Eden ?

- Non il a raison, intervenait Liam. Je me tournais vers ce dernier qui était derrière moi. Mon grand-père a instauré cette règle.

Je le regardais stupéfaite m'avouer une chose si discriminante envers les femmes qui souhaitait danser le hip-hop.

- Mais il y avait des noms de femmes sur la liste d'inscription, m'expliquais-je.

- Suis-moi, m'invitait-il. Liam rejoignit une porte qu'il retenait afin que j'entre en première. Je l'attendis pour qu'il me montre le chemin. On traversait plusieurs couloirs blancs fréquentés par aucune ombre que les nôtres.

Après plusieurs secondes de silence, il s'arrêtait devant une issue seulement il se retournait vers moi. Liam abaissait sa capuche me faisant découvrir sa nouvelle coupe de cheveux.

Il avait une coupe à la militaire. Je ne pouvais détacher mes yeux de cela et il le voyait. Je laissais tomber mes pupilles dans les siennes et remarquais que son regard était creusé par la fatigue. Il ne semblait pas avoir dormi beaucoup cette nuit.

- Tu vas bien, lui demandais-je. Il avait un teint malade. J'avais cette impression qu'il allait s'effondrer au prochain pas.

- Les femmes de cette école font de la danse classique, reprenait-il en rejetant ma question. Il ouvrit la porte et je n'eus le temps de reposer ma question qu'il entrait dans la pièce. Je le suivis de près et aperçu finalement plusieurs filles en tutu.

Blanche s'étirait les jambes en se maintenant à une barre. À notre vue, elle s'avançait vers nous.

- Tu fais quoi avec elle bébé, demandait-elle sur deux tons différents. Ses premiers mots étaient sévères tandis que son «bébé» respirait la bienveillance.

- Elle s'était trompée de salle, l'informait-il sur un ton neutre. Alors que Blanche s'avançait sur la pointe des pieds pour l'embrasser, il reculait pour prendre la sortie.

- Eh toi, m'interpella-t-elle. Puis soudainement, elle attrapait mon col afin d'approcher son visage au maximum du mien. À quoi tu joues avec lui ? T'es partie dans leur salle de danse pour te la jouer différente, c'est ça...

Je ne lui laissais même pas le temps de finir que j'entrais mes ongles dans sa peau nue.

- Non Blanche laisse ton bras, l'incitais-je alors qu'elle voulait le retirer semblant souffrir de mes ongles. Dis-moi vous êtes en couple ?

- Bien sûr, s'enrageait-elle.

- Et...il est au courant, la questionnais-je avec un sourire malicieux dessiner sur mon visage. Je retirais violemment son bras et avant qu'elle ne fuit la situation, elle m'insultait :

- Sale arabe.

Je me retenais d'attraper son chignon pour la couvrir de coups. Mais je devais m'abstenir car l'établissement fera tout pour remettre la faute sur moi. Je ne suis pas légitime de défendre le racisme que je subis.

Le premier d'une longue liste.

Je décidais finalement de tenter la danse classique. J'avais rejoint les vestiaires, les poings serrés. Je n'étais finalement vêtue que d'un cycliste noir que je portais quotidiennement. Une fille m'avait prêté d'anciennes chaussures à elle qui allait parfaitement avec ma pointure 40.

Lorsque je rejoignis la salle de danse, je remarquais rapidement qu'elles avaient toutes un haut niveau. Leurs jambes s'élevaient sur bien au-dessus de leur tête. Je ne savais pas si avoir dansé pendant plus de dix ans le hip-hop m'aiderait aujourd'hui à m'intégrer.

Je me maintenais à la barre et commençais à m'étirer. Mon pied se tenait levé mais il retombait à plat à peine quelques secondes plus tard.

- Bonjour Mesdemoiselles, nous saluait la professeur. Je me retournais pour lui faire face et fus pris de court. La professeur n'était d'autre que la principale de l'université et donc la mère de Liam.

Elle était en tenue slim noir, ses cheveux blonds relevés dans un chignon haut. Elle avait des traits très fins avec une peau qui n'était accompagnée d'aucunes d'imperfections. Liam tenait ses yeux bleus de sa mère.

Elle me regardait une seconde avant de détourner son attention. Intérieurement, j'étais soulagée car son coup d'œil ne semblait pas être rempli de jugement.

Faites qu'elle ne soit pas raciste.

- Les nouvelles, vous allez passer une par une pour montrer votre niveau afin que je vous évalue, annonçait-elle. Le groupe de Blanche me lançait un regard de jugement avant de rire silencieusement dans leur coin. Je soufflais face à leur mentalité de collégienne. Ce type de réaction ne devrait plus être d'actualité à notre âge.

Madame Buckley pointait une fille qui était postée à l'opposé de moi me rassurant car je passerais donc la dernière. Lorsqu'une fille montrait ses compétences, Madame Buckley restait impassible. Elle avait un regard sévère malgré son visage angélique. Elle devait sentir très bon.

Le trac commençait à s'emparer de mes membres. L'idée de passer devant plusieurs personnes ne me dérangeait pas mais m'humilier en était une autre. Le hip-hop, j'aurais parfaitement maîtrisé la situation mais pas la danse classique.

La dernière fille avant moi passa et prise de panique, je me relevais en même temps pour quitter la salle. Je rejoignais rapidement les vestiaires afin de cogner ma tête contre mon casier qui émit un bruit fort.

J'étais ridicule et je le savais mais la honte était omniprésente. En plus de cela, ma tenue n'était même pas adaptée. J'étais en sous-vêtement bien que mon short soit long.

- Le cours est fini, entendais-je derrière moi ce qui me fit sursauter. J'émis un cri en me retournant vers Liam qui était assis dans les douches. Je couvrais mon corps à l'aide de mes mains avant de m'empresser d'ouvrir mon casier pour le camoufler totalement.

- Putain-putain, murmurais-je dans ma barbe.

- Shera, m'appelait-il.

- Attends putain, m'énervais-je en remettant mon jogging.

Allah pardonne-moi, je ne l'avais pas vu !

Les3ter, une œuvre du Sheytan ça.

Avant de claquer la porte de mon casier, je frappais mon front de la main. Je venais d'éviter une honte pour m'en prendre une en pleine face.

Je venais faire face à Liam qui était penché afin de me voir. Je le rejoignis et pu voir qu'il tenait une cigarette entre ses doigts.

- Tu fais quoi ici, demandais-je étant donné que ce n'était pas des vestiaires mixtes.

- Je t'attendais.

- Quoi, répondais-je au tac au tac pris de surprise.

- Assieds-toi.

Je venais longer le mur d'en face et vérifiais que le sol n'était pas mouillé avant de déposer mon fessier. Il ne me regardait pas préférant fixer le sol. Je ne connaissais que très peu Liam mais il ne ressemblait plus à celui d'il y a quelques jours.

- Tu m'as vu, demandais-je pour rompre le silence.

- Oui, m'informait-il. Je mordais ma lèvre. Très bien vu même... Astaghfirull'Allah !

- Pourquoi tu m'attendais, le questionnais-je souhaitant changer de sujet car j'étais sûr qu'il se retapait les images en boucles dans sa tête.

- Pour te demander si tu aimais la danse classique mais je vois que tu n'as même pas tenu jusqu'à la fin du cours.

- J'ai voulu essayer mais sans succès, l'informais-je.

- Tu-tu as vu ma mère, s'enquit-il pris de bégaiement. Je compris tout de suite que sa mère était un sujet sensible. L'un de mes parents l'était aussi pour moi donc je pouvais lire dans la voix et sur le visage de Liam, la peine qui le rongeait.

- Je pensais la rencontrer dans d'autres circonstances comme être convoquée parce que j'ai insulté une prof de raciste, plaisantais-je pour le détendre. Cependant ma tentative ne tirait pas de conclusion satisfaisante. Il rapportait de nouveau la cigarette à sa bouche mais laissait finalement son regard se plonger dans le mien.

- J'espérais que tu la rencontreras dans encore d'autre condition, répondait-il avec un léger sourire. J'étais contente d'avoir la peau basanée car les rougissements ne se voyaient pas. Il est possible que j'interprétais mal ces paroles.

- Je dois y aller, m'informait-il en se redressant. Je suivais le mouvement car je ne trouvais pas d'intérêt à rester ici seule. Tu fumes ?

- Oh non, m'empressais-je de répondre alors qu'il me tendait la fin de sa cigarette.

- Tu veux essayer, me tentait-il en s'approchant de moi. Je hochais négativement la tête ne trouvant plus mes mots. Il n'était plus qu'à quelques centimètres de moi, son regard perçant détaillant chacun de mes traits. Tu n'as aucune obligation qui t'empêche de fumer, ajoutait Liam.

Au contraire, j'en avais une mais devais-je la partager. Je ne voulais pas susciter un amusement chez lui pour ma religion qui était une différence ici. Si la vérité sortait de ma bouche, elle serait partagée à tout l'établissement. Et mentalement, je n'étais pas prête à me faire détester. C'était triste mais les croix sur les murs me rappelaient que je n'avais pas ma place ici.

- Je...

- Laisse-moi faire, murmurait-il au creux de ma bouche. Il prit une taffe laissant la fumer dans sa bouche pendant qu'il posait sa main sur ma joue pour réduire la distance. L'un de ses doigts venait rencontrer ma lèvre inférieure m'incitant à l'abaisser légèrement. Je suivais son ordre avant qu'il ne transmet sa fumée dans ma bouche.

Je la refermais en retrouvant ses yeux qui fixaient encore mes lèvres. Lorsqu'il ramenait ses pupilles dans les miennes, je rejetais la fumée en toussant.

Instantanément, il plaqua ma tête contre son torse pour faire taire mes toussotements. Au même moment, la porte des vestiaires grinçait. Il nous poussait contre le mur de la douche collant son corps au mien.

- Chut Shera, murmurait-il au creux de mon oreille en posant sa main sur ma bouche. J'étais pris d'une toux incontrôlable et sa main ne m'aidait pas à retrouver une respiration régulière.

- J'aurais tellement vu voir Sherazade se ridiculiser, entendais-je. Ma toux se calmait et je posais ma paume sur la sienne pour l'avertir qu'il pouvait retirer sa main. Ses yeux revenaient dans les miens et nous restions là, son corps pressé contre le mien en attendant que les personnes s'en aillent.

- Tu savais que c'était une arabe, commenta une fille.

- Quand même son prénom fait très arabe, faites gaffe à vos affaires, plaisantait une fille. Les autres suivirent l'amusement tandis que je bouillonnais intérieurement. Je voulais me ruer dans ce vestiaire afin de cogner leur visage bien pomponné contre un casier.

- Vous pensez qu'elle est…euh c'est quoi cette religion où il ne mange pas pendant plusieurs jours ?

- Musulmane, répondit une fille. C'est fort possible si elle est, elle est forcément soumise à un homme comme toutes les autres.

- Mais elle n'a pas de voile.

- Et alors ? Dans pas longtemps, on entendra qu'un membre de sa famille aura fait un attentat.

Les rires devenaient de plus en plus forts. Je commençais à avoir du mal à respirer. Dans leurs propos, on pouvait voir qu'elles manquaient cruellement de connaissance. Pourtant, cela ne les dérangeait pas de réduire ma religion aux mensonges qu'inventaient les médias.

- Shera, murmura Liam tentant de me ramener à la réalité. Il tournait ma tête vers la sienne me forçant à le regarder. Calme-toi, ajoutait-il.

- C'est horrible ce qu'elles disent, chuchotais-je en retenant mes larmes. Lorsque j'étais réduite au silence, je transformais ma tristesse en colère. J'avais une forte envie de me défouler mais le corps de Liam limitait mes mouvements.

Soudainement, les mains de Liam venaient se poser sur mes oreilles. Je lui lançais un regard d'incompréhension avant de comprendre qu'il agissait dans mon intérêt. Les insultes des filles n'étaient plus que des murmures.

Je le remerciais en lui souriant. On restait figés pendant plusieurs minutes et je m'autorisais à fermer les yeux. Je me focalisais sur son corps si proche du mien, ses hanches collées contre mon ventre tandis que l'une de mes jambes était entre les siennes. Lentement, il se mit à caresser de ses pouces mes pommettes, m'envoyant des milliers de décharges.

Je basculais mon crâne contre le mur derrière moi et le laissais descendre ses mains sur mes bras.

- Shera, m'appelait-il en touchant le bout de mon nez. Je me redressais en ouvrant les yeux. Il souriait avant de me céder le passage. On retournait dans le vestiaire qui s'était vidé.

Je récupérais mes affaires avant de le saluer de la main. Il partit dans la direction opposée sans ajouter le moindre mot. Avant qu'il ne disparaisse derrière la porte, je l'aperçus remettre sa capuche.

Ce n'est pas comme si j'avais vraiment fumé pas vrai ?

***

J'étais assise sur une chaise dans les bureaux de l'administration attendant que le principal adjoint me reçoit. Deux jours s'étaient écoulés depuis l'incident des vestiaires. J'avais recroisé ses filles et mon envie de les taper ne s'était toujours pas envolés.

Mes écouteurs diffusaient Say It de Tory Lanez lorsque je recevais un message d'un numéro non répertorié.

06 19 14... à moi :

On se voit où ?

Moi à 06 19 14 :

C'est qui ?

J'attendais la réponse de cet inconnu seulement la porte du principal adjoint s'ouvrait. Nos regards se croisaient et je me levais. J'entrais dans son bureau à sa suite et il m'indiquait de la main de m'installer.

- Que me vaut votre visite Mademoiselle Refaat ?

- Je viens faire une requête…qui ne tente rien à rien, répondais-je avec un sourire gêné. Je savais d'ores et déjà que ma demande serait refusée étant donné la posture qu'il adoptait. Il semblait réticent à mes prochains mots et la manière dont il détaillait le volume de mes boucles me mettait mal à l'aise.

- Je vous écoute.

- Serait-il possible d'intégrer les cours de Hip-hop même s'il ne concerne que les garçons ?

- Non, crachait-il en ramenant ses coudes sur sa table. Avez-vous lu le règlement intérieur Mademoiselle Refaat ? La danse classique pour les filles le Hip-hop pour les hommes, me prenait-il de haut.

- Je demandais juste…

- Vous osez répondre avec insolence, s'énervait-il.

- Non Monsieur, j'ai juste fait une demande. Maintenant elle est refusée et je l'accepte…je vais vous laisser, passez une bonne journée, clôturais-je la conversation en apportant mon sac.

Je ne lui laissais même pas le temps de rétorquer que j'avais déjà quitté les bureaux de l'administration. La conversation avait pris une tournure étonnante. Il avait éveillé en moi une colère que je devais impérativement maîtriser.

Je rejoignis l'amphi où j'avais cours. Je pris un temps pour vérifier si Lisa était présente. Je la voyais au fond de la salle me saluer de la main. Je lui adressais un sourire avant de gravir les marches. Liam passait près de moi, me bousculant mais j'ai eu le temps d'entendre son murmure :

- Regarde ton téléphone.

Je ne me retournais pas vers lui continuant ma route. Je fis ce qu'il me dit et découvrais le nouveau message de l'inconnu. C'était une photo de Liam et moi près d'un ordinateur. C'était le jour du travail commun.

- Pourquoi tu souris devant ton téléphone, me questionna Lisa alors que je m'installais à côté d'elle. Je lui tirais la langue avant de prendre le temps de répondre à son message :

Moi à 06 19 14 :

On peut prendre un temps pour admirer ma beauté ?

06 19 14... à moi :

J'ai déjà pris plusieurs heures.

Je me mis à sourire face à l'écran. Lorsque je percutais que je parlais bien à Liam alors qu'il était dans la pièce, je m'empressais de retrouver un visage neutre. Je tournais légèrement les yeux et fus rassurée car il écoutait attentivement le prof.

Cependant, il fallait fixer une heure de rendez-vous pour le devoir commun que nous avions à rendre. Hier Monsieur Dersy nous avait confié une dissertation sur le cinéma dans les années 90'. Habituellement ce type d'exercice était individuel cependant, Monsieur Dersy nous avait affirmé que chaque travaux donnés par lui étaient en binôme. Ce qui veut dire que je travaillais tout le temps avec Liam.

Moi à 06 19 14... :

Chez moi ça ne sera pas possible. C'est bon si on le fait à la bibliothèque ?

Je le vis prendre son téléphone à l'instant où son écran s'allumait.

06 19 14... à moi :

Ok on se voit chez moi ce week-end à 16h, je t'envoie l'adresse plus tard.

Moi à 06 19 14... :

Oh ok.

Cela m'arrangeait d'être dans un lieu privé. Cela me permettrait d'être plus à l'aise. Je n'arrivais pas à me concentrer en présence de plusieurs personnes. Je me sentais constamment observée.

- J'aimerais que vous me rendiez pour la semaine prochaine une vidéo sur le thème de la richesse, annonça le professeur. Certains regards armés de jugement venaient se tourner vers moi.

Eh j'étais riche de connaissance bande de chiens !

Le cours reprit vite lorsque le professeur se mit à énumérer les différentes conditions. Je notais sur mon carnet ses règles avant de plier bagage car la fin d'heure sonnait.

Je déboulais les marches en discutant avec Lisa sur le repas proposé par le réfectoire. Avant que je ne sorte en sa compagnie, je fus interpellée :

- Madame Refaat.

Je me retournais vers l'unique professeur gentil afin de m'avancer vers son bureau. Il rangeait plusieurs papiers tandis que la pièce se vidait. Lorsque le silence régnait finalement, il leva ses grands yeux noirs vers moi.

- J'attends beaucoup de vous sur ce devoir, commençait-il. Ne tombez pas dans le piège de la banalité...faites-moi un chef-d'œuvre vous en êtes capable, m'encourageait-il. C'était si beau d'entendre cela de la bouche d'un professeur. Alors que rien ne le forçait à être si gentil avec moi. Ces paroles resteront gravées à jamais dans mon esprit.

- Je vous le promets Monsieur, j'aurais ce 20, prononçais-je fièrement. Je le saluais d'un sourire avant de reprendre ma route. Dans les couloirs, Lisa m'attendait et on se dirigeait vers le réfectoire.

Cette fois-ci Liam n'aura pas ce 20/20.

Chapitre 7 – Dépaysage

CHAPITRE 7

Je regardais l'heure sur mon téléphone qui m'indiquait que je n'étais pas en retard à mon rendez-vous avec Liam. Je rangeais mon PC dans mon tote bag blanc avant d'enfiler mes chaussures.

Mes yeux détaillait mon reflet une dernière fois dans la glace m'assurant que je n'attraperais pas froid avec cette veste kaki longe assorti à mon cargo. J'avais certes juste enfilé un pull blanc léger mais la veste devrait faire l'affaire.

Je rangeais une boucle dans mon chignon avant de sortir de chez moi. Je dévalais l'escalier sans pour autant me presser. A l'entrée, je croisais des jeunes de mon quartier que je saluais de la main.

L'automne s'installait doucement dans les banlieues de Londres. Alors que je m'apprêtais à prendre le bus pour quitter le décor de ma banlieue, je fus interpellée par une petite de mon quartier.

- Coucou Shera.
- Coucou Sofia.

- Tu vas où ?

- Je dois aller bosser.

- Tu ne viens pas à l'anniversaire d'Ab ce soir, me demandait-elle. J'arquais les sourcils, étonnée de moi-même. Comment j'avais pu oublier l'anniversaire de mon petit chou.

- Putain, lâchais-je avant de me mettre à courir. Je pris rapidement l'ascenseur avant d'entrer à pas feutré dans mon appart. J'ouvris le placard de ma chambre faisant voler la porte. Je cherchais une robe et la fourrais dans mon sac.

Je me félicitais de toujours laisser mon maquillage dans une trousse que je pouvais emporter. Je n'eus le temps de prendre des chaussures qui allaient en accord avec ma tenue car le bus n'allait pas tarder. Je ne pouvais pas me permettre de le rater.

***

Il était 16h30 et Liam m'avait appelé à 10 pour me demander où j'étais. Je venais d'arriver devant une grande demeure aux murs de bois. Le jardin s'étalait sur plusieurs mètres devant moi cependant, je n'y avais pas accès à cause d'un grillage.

Je sonnais à l'interphone attendant que l'on me réponde. En face de cette maison, une demeure plus grande s'étendait. D'après mes recherches, c'était la maison de sa mère étant donné qu'elle se situait tout près de la fac. Liam avait vraiment emménagé en face de chez sa mère.

Le grillage s'ouvrit après un bip et je m'introduisais sur son terrain. Je suivais la route de pierre dédiée aux voitures avant de m'arrêter devant une immense porte de verre.

Elle s'ouvrit sur Liam vêtu d'un pull et jogging noir. Il s'avançait pour me faire la bise alors que je lui offrais mon poing. Je m'approchais donc pour lui faire la bise et finalement Liam m'offrait son poing. On restait plantés là comme deux imbéciles avant qu'il ne s'écarte m'invitant à entrer.

Je l'attendais au pied de la porte observant ce qu'il se trouvait autour de moi. L'entrée donnait sur deux escaliers aux extrémités qui se rejoignaient sur un garde-corps. Devant moi, un long couloir devait m'emmener sur une cuisine car je pouvais apercevoir un comptoir en bois.

- Bienvenue chez moi, m'accueillait-il en me contournant. Il avançait vers la cuisine et je le suivais. Ce chien avait un pull Astroworld. Je voulais en posséder un mais il était trop cher pour ce que c'était.

Le salon était sur la gauche séparé de la cuisine par deux petites marches. La décoration était vraiment raffinée par ce si peu de couleurs primaires. Le bois et le noir primaient.

- J'aime beaucoup la longue baie vitrée, commentais-je. En face, il n'y avait pas de mur à part ces grandes fenêtres qui allait du salon à la cuisine.

- Merci, me répondait-il. Tu veux quelque chose à boire ?

- Tu as de l'oasis ?

- Yes, lançait-il avant de faire glisser une canette sur le comptoir. Je l'ouvris pendant qu'il refermait le frigo avant d'installer ses coudes sur la table de la cuisine. Il me regardait boire ma canette pendant qu'il remplissait son verre.

- Tu veux commencer par quoi, lui demandais-je en posant mon sac sur la table. Je déposais mon fessier sur le tabouret avant de me détacher de ma veste.

- On pourrait réunir nos idées et mettre en commun après, proposait-il. Je hochais la tête car j'avais pensé à la même idée. Je démarrais mon PC alors que j'articulais :

- Je vais devoir partir pour 19 heures.

- Pourquoi ?

- J'avais oublié que j'avais un anniversaire ce soir. J'ai pris mes affaires dans mon sac pour partir le plus tard possible de chez toi. Ça m'évitera un détour chez moi.

- Prépare-toi ici si tu veux, m'invitait-il. Je relevais les yeux vers lui car sincèrement j'attendais qu'il me le propose. Je me voyais mal enfiler ma robe dans la rue.

- Merci. On se met au travail ?

- Faut bien commencer...

***

Je regardais mon téléphone qui affichait 19 heures 30. Je devais commencer à me préparer. Liam notifiait en un regard qu'il était temps pour moi de m'apprêter donc il referma son cahier. Je lui souriais en rangeant mes affaires dans mon sac. Nous avions bien avancé. On avait écrit notre introduction et notre première partie.

Une petite musique d'ambiance se diffusait dans sa maison. Il m'avait expliqué que des enceintes étaient intégrées dans ces murs.

- Tu préfères te préparer dans une chambre ou une salle de bain ?
- Euh une salle de bain, répondais-je.
- Ok suis-moi.

Il prit l'escalier de l'entrée et nous arrivions sur de longs couloirs. Il ouvrit une porte qui donnait sur une grande salle de bain en marbre. Je déposais mon sac à côté du robinet afin de sortir mon maquillage.

- Merde, j'ai oublié mon téléphone. J'arrive, m'avertissait-il. Je hochais la tête et il disparaissait. C'était le moment pour moi d'aller aux toilettes.

Je quittais la salle de bain et me mis à chercher. Forcément, les toilettes devaient être à une porte de la salle de bain. J'ouvrais celle d'en face mais malheureusement, je tombais sur une pièce où plusieurs peintures étaient éparpillées.

C'était étonnant le nombre de tableaux qui étaient présents. Je remarquais que l'un d'eux n'était pas fini. Notifiant que j'entrais dans son intimité, je refermais immédiatement la porte. Cependant, lorsque je tournais la tête, il était là dans l'encadrement à me regarder.

- Tu faisais quoi, me sermonnait Liam. Sa voix était froide comme si mon acte l'avait énervé.

- Je cherchais les toilettes, lui répondais-je calmement. Il ne prit pas le temps de répondre qu'il m'indiquait du doigt la porte des W-C. Je passais devant lui sans baisser le regard.

Quand la porte était bien refermée derrière moi, je soufflais un bon coup. C'était étrange car sa maison était décorée de plusieurs posters de film. Il ne montrait en aucun cas aimer la peinture.

Zerma une passion cachée.

J'étais de retour dans la salle de bain après ma commission et remarquais qu'il m'avait allumé la lumière des miroirs. Je ne le remerciais pas à cause de cette tension qu'il venait d'installer dans la pièce.

Dans le reflet, je le voyais accoudé à l'encadrement de la porte à pianoter sur son téléphone. J'entreprenais de me démaquiller pour recommencer à zéro.

Lentement, mes tâches et cicatrises de mon acné se laissait voir. J'avais eu cinq ans d'acné, cependant, les taches persistaient et ma confiance en moi fut de courte durée.

Je ne savais pas si cela me complexait réellement car je n'avais pas de difficulté à les montrer à autrui. Pourtant lorsque quelqu'un me regardait, je cherchais à savoir où aller précisément ces yeux.

En ce moment même, Liam avait lâché son téléphone pour me regarder faire. J'avais baissé le regard vers ma trousse mais je sentais qu'il défigurait mes cicatrices. Je tentais de garder la tête haute pour ne pas avoir l'envie de me dépêcher de mettre du fond de teint.

Lorsque je relevais la tête vers le miroir pour appliquer ma crème hydratante, je croisais son regard dans la glace. Il ne me laissait pas voir de regard accusateur ou hypocrite. Au contraire, il détaillait chaque geste que j'entreprenais sur mon visage.

Mon teint fait, je cherchais désespérément ma palette qui était tombée dans mon sac.

- Tu cherches quoi, me demandait-il en s'approchant. Il passait sa tête au-dessus de mon sac alors que je soufflais d'agacement.

- Ma palette…fais chier.

J'entendais ses pas s'éloigner tandis que j'abandonnais l'idée de maquiller mes yeux. Je revenais à ma trousse pour prendre mon mascara.

- C'est ça, m'interrogeait-il en me montrant une palette. Je me retournais pour lui faire face. Je lui pris des mains sa palette numéro 6 fendy beauty.

- Comment ça se fait que tu as ça chez toi, lui demandais-je étonnée.

- C'est à ma sœur, m'avoua-t-il. Je relevais les yeux vers lui cependant lui ne quittait pas la palette. Liam avait une sœur.

- Ça ne lui dérangera pas si je lui emprunte ?

- Oh non vas-y, me prévient-il. Je retournais près du miroir et saupoudrais mon pinceau de la couleur noire. J'en appliquais une bonne couche sur mes paupières avant d'effacer au coton-tige ce qui déborde. Cela formait des traits d'eye-liner.

- C'est beau, me complimentait Liam.

- Merci, répondais-je en rigolant. J'avais du mal à me concentrer car son regard perçant ne souhaitait pas me quitter. Il avait croisé ses bras et malgré son téléphone qui sonnait, il ne bougeait pas.

J'appliquais le mascara en prenant mon petit miroir que je positionnais vers le bas. C'était la meilleure façon de le mettre. Je me retournais posant mon derrière sur le rebord.

- Pourquoi tu fais comme ça ?

- Pour avoir un meilleur point de vue, commençais-je. Je terminais le premier œil et recourbais le second. Le fait de prendre par en bas, ça te permet de prendre le cil à sa racine. Une super technique en sah.

- En quoi ?

Je relevais les yeux vers lui en posant ma main sur la bouche, surprise d'avoir sorti cela. Pendant une seconde, je me suis imaginée avec mes copines en train de s'expliquer nos différentes techniques de maquillage.

- En sah, ça veut dire pour de vrai, lui expliquais-je. Il hochait la tête avant de répéter le mot. Je riais face à sa mauvaise prononciation.

- Tu fais quoi ce soir, lui demandais-je.

- Je vais procrastiner mes devoirs.

- Et si tu venais avec moi, l'invitais-je en souriant malicieusement. Je me disais que cela serait drôle de le dépayser le temps d'une soirée. Il se redressait sur ses deux jambes, surpris de ma proposition. Il semblait avoir perdu ses moyens.

- Oui.

- Oui quoi ?

- Oui je viens avec toi.

- Ok va te préparer j'ai bientôt fini, lâchais-je en me retournant vers le miroir. Je le voyais dans le reflet ne sachant pas quoi faire avant qu'il ne se décide enfin à sortir. J'entendais une porte claquer avant que le silence ne s'installe.

***

J'avais fermé la porte de la salle de bain afin de me vêtir de ma robe noire moulante. Elle s'arrêtait légèrement au-dessus de mes mollets. Je n'avais pas de veste adéquates. Je me voyais mal mettre ma veste militaire. Cela casserait ma tenue.

Putain !

- Shera tu as fini, entendais-je derrière la porte. Je l'ouvrais sur Liam qui était vêtu d'un jean bleu et d'un haut blanc extra-large. J'allais rétorquer cependant la manière dont il me détaillait me déstabilisais. Ses yeux descendaient sur mes hanches avant de s'arrêter sur mes jambes nues.

- Eh oh, l'appelais-je.

- On porte les mêmes chaussures, tentait-il de changer de sujet. Je baissais les yeux sur nos air force one blanche avant de le contourner pour descendre. Il me suivit dans la cuisine récupérer mes affaires avant de me les prendre des mains. Je restais de marbre avant de finalement le suivre.

- Tu vas mettre cette veste, me demandait-il avec dégoût.

- Eh mais elle est belle ma veste, rétorquais-je sur la défense.

- J'ai pas dit le contraire mais pas avec cette tenue.

- T'es quoi, styliste ?

- Non mais j'ai du goût. Attends-moi ici je vais poser tes affaires dans la voiture, me demandait-il. Je le voyais rejoindre un garage avant de ne disparaître pendant quelques secondes.

Il venait de se garer devant son entrée me laissant admirer la beauté de sa Audi rs6 noir mat. J'hallucinais face à la beauté du véhicule. Il claquait la porte de sa voiture avant de la contourner. Si j'avais été à côté de lui, je l'aurais baffé pour avoir claqué aussi fort sa porte. Elle méritait qu'on prenne soin d'elle.

- Viens, m'invitait-il avant de me contourner pour monter l'escalier. Il nous conduisait dans une pièce qui n'était d'autre que sa chambre.

Elle était exactement comme je voulais pour la mienne. Ces murs étaient noirs pour une déco sombre. Si j'avais eu le moyen de faire cela pour la mienne, je n'aurais pas hésité une seule seconde.

Il s'avançait vers une autre pièce qui était son dressing. J'entrais à l'intérieur alors qu'il fouillait ses vestes.

Il ramenait les cintres devant mon corps pour juger à coup d'œil si cela allait m'aller. Je le laissais faire cela plusieurs fois avant qu'il ne se décide pour une veste de costume noir.

Il enlevait du cintre avant de me l'enfiler. Je me laissais me faire habiller en riant doucement face à l'attention qu'il apportait à ma tenue. Il lissait la veste laissant ses mains frôler mes formes.

- Voilà parfait, affirmait-il avant de me tourner. Il m'avançait vers le miroir en me maintenant par les épaules. Tu en penses quoi ?

- Oh j'aime beaucoup, affirmais-je. Le blazer était peut-être trop grand pour moi mais cela apportait un style. Il était légèrement plus long que ma robe. Je réajustais mon col carré avant de me mettre à le suivre.

Liam entrait côté conducteur tandis que je bouclais ma ceinture. Lorsque le contact démarrait des leds violettes faisaient le contour des rebords. J'ouvrais la bouche impressionnée par la splendeur de sa voiture. Elle était si propre que mon doigt n'attrapait aucune poussière.

- Tu peux mettre l'adresse s'il te plaît, me demandait-il. Je tapais sur le GPS qui affichait cinquante minutes de route. Putain heureusement tu as un logement étudiant. Faire ça tous les jours en transports ça doit être épuisant, commentait Liam.

- Je...n'ai pas de logement étudiant, avouais-je. Nous n'étions pas encore partis quand il se tournait vers moi étonné de ma révélation.

- Mais c'est compris dans ta bourse ?

- Oui mais j'ai refusé.

- Pourquoi ?

- Ma mère ne voulait pas, admettais-je sans mentir.

- Mai tu fais ce que tu veux, s'offusquait-il.

Dans une famille africaine ? Laisse-moi rire.

- Oui mais non, reprenais-je. Mais pour répondre à ton préjugé. Ça va, ce n'est pas si fatiguant que ça.

Il ne répondit rien et commença à rouler. Pendant quelques minutes le silence régnait et j'en profitais pour envoyer un message à ma mère. Je la prévenais que je rentrais plus tard en m'excusant d'avoir oublié l'anniversaire d'AB.

Du coin de l'œil, je voyais la main de Liam pianoter sur son téléphone qui était accroché. Il ouvrait son Spotify certainement pour mettre de la musique. J'attendais avec impatience pour savoir si nos goûts musicaux matchaient. Il avait une grosse bague au majeur pour une plus raffiné à l'annulaire.

Les premiers beats de Les de Donald Glover faisaient vibrer mon siège. Oh mon Dieu, c'était l'une de mes musiques préférées. Je n'osais pas lui dire étant dans une euphorie exaltante.

- Like, you ain't workin' on a screenplay, suivais-je les paroles. C'était impossible de se retenir de chanter. Je répétais tout les « like » de la chanson en bougeant ma tête au rythme. Mon index se soulevait au son de l'instru.

- Je savais que ça te plairait, commentait Liam.

- Pourquoi tu dis ça ?

- Tu as une vibe de cette chanson.

- Tu insinues que je suis une méchante fille, plaisantais-je. S'il me voyait ainsi en aucun cela me dérangeait.

- J'ai dit que tu avais une vibe, ne prends pas parole par parole parce que si on faisait cela, je devrais t'embrasser dans une salle de bain.

Au même moment comme si le destin nous envoyait un signe, ce passage passait.

- We're kissing in the bathroom girl, and, uh, chantonnait Liam.

- I hope nobody catch us, continuais-je le sourire aux lèvres.

Mon moment préféré de la chanson arrivait et je commençais à ne plus chanter mais hurler :

- ARE YOU READY TO CRY ? Je criais les paroles en m'adressant à Liam. Il semblait amuser en tournant de temps en temps son visage vers moi. Je crispais mes traits dans tous les sens vivant chaque parole de la musique.

- I'M A PIECE OF SHIT, m'écriais-je en ramenant mes poings contre mon torse. Je reprenais mon calme tandis que Liam prenait le relais. Il n'y mettait pas son âme comme moi mais c'était déjà pas mal.

- Baby, you're the baddest girl, chantait-il en me regardant. Le calme revenait alors que nous disions adieu à ma musique préférée. Je tournais ma tête vers la fenêtre admirant le paysage que je connaissais que trop bien. On entrait dans ma banlieue. Je pouvais désormais me sentir en sécurité.

Les médias caricaturaient la vie en banlieue. L'immigration était la plus présente en banlieue certes mais le danger ne venait pas de l'extérieur mais de l'intérieur de ce pays. Si je n'avais jamais mis un pied en banlieue, j'aurais haï ce qui y habitait. Nous serions selon certains détenteurs du malheur de notre pays. Alors que nous étions les victimes d'un système contrôlé par une majorité du pays. Les blancs.

Je me tournais vers Liam qui semblait se perdre dans le décor. Ses yeux allaient des jeunes qui discutaient assis sur des chaises pliables aux maisons en piteux état.

- Tu sens le danger Liam, lui demandais-je intriguée. Il se tournait vers moi ne comprenant pas le sens de ma question.

- Je devrais ?

- Les filles des vestiaires le ressentiraient, lâchais-je en retombant sur mon siège. Je fus surprise qu'il ne répliquait pas à mon pic.

Nous tournions sur la gauche enfin arrivée à ma banlieue. Il se garait et nous sortions de la voiture en même temps. Je me dirigeais vers son coffre mais Liam articula :

- Pas besoin de récupérer tes affaires, je te déposerais.

- Ok, lâchais-je. Sincèrement, je m'y attendais. Cependant, une chose me percuta. Ma banlieue était peut-être pas le cliché décrit par les médias mais il y avait certaines vérités.

Sa voiture pouvait être endommagée. Et par endommagée, je veux dire brûler. Je ne pouvais rien lui dire car quoi qu'il arrive, il n'y avais aucune solution. Je préférais prier pour qu'il ne lui arrive rien que de lui donner une mauvaise image des banlieues.

Nous entrions dans l'immeuble d'AB où plusieurs garçons se tenaient à l'entrée. Je les saluais et Liam suivait le mouvement. Je m'arrêtais devant un garçon que je connaissais bien et me baissais pour lui chuchoter à l'oreille :

- S'il te plaît surveille sa voiture, je veux pas de dinguerie.

Il cherchait du regard la voiture et nul besoin de lui pointer du doigt pour le coup. Il hochait la tête et je le gratifiais d'un sourire.

Liam et moi montions dans le petit ascenseur où des graffitis ornaient les murs.

- Nikez...vos mères la police, lisait Liam. Charmant.

Je riais de manière gênée alors qu'il ne semblait pas se soucier des différentes insultes marquées. Il n'apportait aucun jugement et cela me plaisait.

Arrivée à l'étage, pas besoin d'ouvrir la porte, elle était ouverte. J'entrais me laissant guider par la musique Dave Psycho de Santa Dave. C'était un garçon de ma banlieue, il était évident que sa musique passe en soirée.

Les petits dansaient au centre du salon tandis que les grands se collaient au mur pour laisser cinq mètres carrés de piste de danse.

Je me tournais pour voir si Liam me suivait toujours mais il s'avère qu'une fille l'a arrêté. Alors que j'allais le sauver car son regard me suppliait de le faire, mon bras fut tiré.

- Shera, s'écria Bems au-dessus du son. Alors qu'il allait me prendre dans ses bras, j'ôtais brutalement sa casquette afin d'y découvrir des nattes collées. Oh non me fait pas de leçon ce soir, me demandait-il lassé.

- Tu m'énerves idiot, le sermonnais-je avant d'accepter son accolade.

- Ta veste sent le parfum pour homme, c'est quoi ce délire ?

- Ta gueu-

- Salut mec, me coupait Liam. Bems ne se gênait pas pour le toiser de la tête aux pieds tandis que Liam lui tendait son poing.

- C'est qui ce blanc, osait commenter Bems. J'arquai les sourcils, étonnée qu'il puisse oublier qu'il était BLANC.

- Bah écoute Bems je te présente Liam un blanc. Liam je te présente Bems un blanc qui critique les blancs.

Lorsqu'on le grandit dans un milieu diversifié où tu deviens rapidement l'intrus, la seule issue considérée est de se fonder dans la masse. Bems a fait cela. Certaines de ses actions sont critiquées par ses proches les plus intimes mais il ne semble pas voir le problème. On aura beau le réprimander, il continuera de jouer l'ignorant. Sauf lorsqu'il dépasse les limites. Bien qu'il fasse des tresses, il n'a jamais prononcé le n-word.

Il était mon blond aux yeux bleus préféré.

Je continuais de présenter Liam à la bande et personne ne déposait de jugement sur lui. Il était rapidement intégré, et on pouvait lire l'apaisement dans son regard.

- Je te laisse une seconde, je vais saluer le roi de cette soirée.

Je quittais Liam pour AB qui était sur la piste de danse. Il lâchait quelques pas de hip-hop avant de céder la place à quelqu'un d'autre. Sans qu'il ne le voit, j'attrapais sa capuche ramenant sa tête contre mon ventre.

Je lui tapais un coco avant de le laisser voir qui j'étais. Il me souriait de ses dents blanches avant de m'enlacer.

- Maman a fait du tieb pour toi et ta mère, m'informait-il par-dessus la musique. Je le remerciais avant de lui admettre la source de sa prochaine colère :

- J'ai pas de cadeau.

- Tu sors.

- La ferme, rétorquais-je. J'en aurais un demain promis.

- Y'a intérêt sinon on n'est plus copain, me menaçait-il.

- Au lieu de dire des bêtises va t'asseoir. Le gâteau arrive bientôt.

- Ok Shera, répondait-il avant de s'en aller. Eh ! Ne vole rien sale arabe, m'insultait-il. J'allais le courser mais la chanson « joyeux anniversaire » démarrait. Les remarques racistes ici n'existaient pas. Bien qu'une couleur de peau nous différencie, au fond on se considérait tous comme frères et sœurs.

Je rejoignais Liam qui s'était accommodé un coin de la pièce. Je fus étonnée lorsque le flash de Liam éclairait le visage d'Ab. Je regardais son écran avant qu'il ne le tourne subitement sur moi et mon grand sourire.

Les invités applaudissaient le petit Ab pendant plusieurs secondes. Le sourire qu'il affichait pouvait éclairer plus d'un cœur.

La maman d'Ab, Khadija découpait les gâteaux pendant que ses frères nous le distribuaient.

- On fait quoi après, demandait Jessica. Mon groupe de danse s'était regroupé autour de Liam et moi.

- De base on va au terrain de basket comme d'hab mais, laissait planer Aaron. Un par un, leur regard se tournait vers Liam et je compris vite où il voulait en venir. Je suivais donc le mouvement.

Liam avait levé les yeux de sa cuillère lorsque le silence s'était installé. Il semblait complètement à l'ouest. Il refermait la bouche abandonnant sa cuillère de gâteau avant de répliquer :

- Je connais un bowling à trente minutes en voiture.

- Oh merci mon pote c'est vraiment gentil de ta part, jouait l'innocent Bems en posant sa main sur son épaule.

- Bande de profiteur, chuchotais-je à l'oreille de Jessica en pinçant sa fesse.

- Les rôles s'inversent enfin, rétorquait-elle.

***

Il était pas loin de 21h alors que nous étions en voiture direction le bowling. Les trois étaient à l'arrière en train de rapper I like it de Cardi B. Je pianotais sur mon téléphone quand une pulsion soudaine d'ouvrir la porte en pleine autoroute me prenait. Je la calmais en quittant du regard mon téléphone pour le paysage noir devant moi.

Liam avait une main sur le volant tandis que l'autre ses doigts tapotaient sa cuisse au rythme de la musique. Je me tortillais sur le siège commençant à ressentir l'air frapper mes jambes.

Sans que je ne demande quoi que ce soit, Liam tournait le bouton de la clim et immédiatement, elle se diffusait sur mon épiderme.

- Merci, lâchais-je. Il se retournait quelques secondes vers moi pour me sourire.

***

C'était chacun pour sa peau. Les scores étaient serrés uniquement entre Liam et moi. Les autres étaient beaucoup trop loin. La compétition ne se jouait qu'entre lui et moi.

Il lui restait un coup. Liam devait faire un strike afin de me dépasser dans le score. Il avait peu de chance d'y arriver. La probabilité n'était pas de son côté.

Tandis que mes amis discutaient fort, je focalisais toutes mes pensées sur Liam. Il devait rater. Il prit la boule entre ses mains en avançant vers la ligne.

Il se permettait de l'examiner avant de tourner son regard vers moi. Liam affichait un sourire satisfait comme s'il avait déjà gagné. Je serrais les poings afin de ne pas montrer comme j'étais anxieuse.

Liam prit un mouvement recul avant de lancer la boule sûr de lui. Elle roula sur une ligne parfaite avant d'offrir la victoire à Liam. Il se mit à hurler tout en sautant. Bien évidemment, son regard était plongé dans le mien lorsque je retombais sur ma chaise, excédée.

Je soufflais bruyamment alors qu'il venait vers moi en sautillant.

- Aller princesse réjouis-toi pour moi.

Il tentait de me lever en tirant sur mes bras mais je le repoussais gentiment. J'avais perdu et c'était la pire chose qui pouvait m'arriver ce soir.

Il parvenait finalement à me lever avant de passer ses bras autour de mes jambes afin de me soulever. Je lâchais un cri manquant de tomber. Mes bras s'étaient automatiquement enroulés autour de son cou face à la peur de chuter.

Liam continuait de hurler tout en nous tournant en rond. Finalement, je riais face à la situation qui m'amusait. J'avais l'impression que nous étions deux à avoir gagné. Habituellement, lorsque je perdais, je me braquais allant même jusqu'à bouder. Cependant, ce soir cela se passait autrement.

Après plusieurs secondes à me réjouir d'une défaite, Liam remontait ses bras autour de ma taille sans me laisser poser mes pieds au sol. Nos nez se rencontraient lorsque je redescendais. Mes mains avaient trouvé place sur sa nuque pendant que mes yeux se perdirent dans la couleur bleu océan de ses pupilles.

Nous restions là pendant plusieurs secondes sans que l'un ne décide de changer de position. Les voix s'étaient dispersées dans l'air frais de la climatisation laissant pour seul son nos respirations irrégulières.

- Eh roule-lui une pèle et tu te prends mon poing dans ta gueule, réagissait Bems. Je me tournais vers ce dernier qui tentait de fuir les bras d'Aaron qui le retenait.

Nous rions face à sa rébellion qui laissait à désirer. Liam me déposait au sol et je ne pus le regarder bien trop gêné. Je préférais foncer sur Bems en riant :

- La ferme.

Son bras trouvait place sur mes épaules et on partait tous en direction de la sortie.

***

Dans la voiture désormais vide des âmes de mes amis, je ne parlais pas. En réalité, je n'avais rien dit depuis ma défaite. Est-ce que je l'avais toujours en travers de la gorge ? Oui.

- On se voit quand et où pour terminer notre devoir, demanda Liam. Je relevais mes paupières en sursautant légèrement face à sa voix rauque.

Je tournais mon visage vers lui tandis que ses yeux jonglaient entre la route et moi. Il riait doucement certainement étonné que je dormais.

- Euh...comme tu veux, lâchais-je en me réajustant sur le siège.

- Le week-end prochain mais viens à 14h pour qu'on puisse regarder un film.

- Pourquoi tu veux regarder un film, demandais-je en fronçant les sourcils.

- Si l'on pouvait mettre des références de dialogue d'un film des années 90' ça pourrait ajouter un bonus à notre dissertation.

- Ouais c'est vrai, admettais-je. Oh s'il te plaît, on pourra regarder les quatre filles du docteur March. Je suis fan du remake alors que j'ai jamais regardé l'original, le suppliai-je littéralement.

- Si tu veux, n'opposait-il aucune résistance. Je souriais avant de river mon regard sur la route. Secrètement, j'avais hâte d'être ce week-end.

Après plusieurs minutes à discuter avec Liam de cinéma, on arrivait finalement dans ma ruelle. Il se mit à rouler plus doucement afin de trouver le chiffre de mon immeuble. Je n'ai pas compris pourquoi il m'avait formellement interdit de lui indiquer mon immeuble. Peut-être trouvait ça t-il plaisant de regarder une banlieue délabrée avec des habitations qui étaient identiques.

Il s'arrêta finalement devant mon immeuble coupant le contact. Je le surpris à détailler mon hall alors sans que je ne le contrôle, j'articulais :

- Y'a un problème ?

Son regard venait se poser sur moi alors qu'il rétorquait :

- Pourquoi, il doit en avoir un ?

Je souriais car c'est exactement comme cela que j'aurais répondu. Un idiot aurait tenté de se défendre en vain prouvant finalement son tord. Cependant Liam n'avait rien à se reprocher et sa réponse me l'affirmait. La fatigue me rendait irritable.

- Merci Sherazade, lâchait Liam en rompant le silence. Je penchais ma tête étant dans l'incompréhension. J'ai passé une bonne soirée et pour être honnête, ça change des soirées où une nationalité est majoritaire.

- AAH, explosais-je de rire en ouvrant la bouche en grand. Mon cri l'effraya légèrement car il prit un mouvement de recul. Je tapais des mains en frappant mon dos à plusieurs reprises contre le siège. Mes yeux commençaient à pleurer de rire tandis que Liam suivit finalement le mouvement.

Après une bonne minute à se tortiller de rire, je rivais mes yeux rouges dans les siens qui avaient pris la même teinte. Une larme quittait son œil avant d'être essuyé de sa paume.

- T'as une idée pour le projet sur la richesse, me demandait-il. J'essuyais les larmes en me rappelant que j'avais un devoir cette semaine à rendre sur ce sujet.

- Oui, j'ai déjà commencé, admettais-je en regardant mon reflet dans le petit miroir.

- Tu vas faire quoi ?

Je tournais ma tête vers Liam qui attendait ma réponse.

- Je pense que tous les élèves vont parler de la richesse au sens propre. Moi je vais parler de la richesse intellectuelle.

- Sérieusement ? C'est une super bonne idée, se réjouissait-il pour moi. Tu vas démontrer ça comment ?

- Je vais raconter une histoire. Je ferais des plans où la personne étudie sur son bureau avec pour seule lumière sa lampe de bureau pour expliquer qu'elle travaille jusqu'à tard le soir. Et j'ai une idée putain elle est géniale, lâchais-je le sourire aux lèvres.

- Vas-y dis-moi, s'exclamait Liam en tournant complètement son corps vers moi. Je ramenais une jambe sur mon siège afin d'être confortable pendant mon explication.

- En gros, débutais-je en parlant avec les mains. Je vais faire un plan où la personne débat avec un autre et la caméra va tourner autour d'elle et au moment où elle passera derrière son crâne. La caméra montrera au ralenti le public qui se tient devant la personne avant de revenir à elle. La personne sera derrière un pupitre où je collerais une étiquette qui indiquera qu'elle est présidente.

Je patientais sagement qu'il me donne son avis de fan d'image.

- C'est…juste incroyable.

- Sincère ?

- Oui. Le prof va apprécier l'idée, fais-le.

- Ok merci, répondais-je en laissant retomber ma tête sur le siège. Bon il faut que je te laisse, on se voit en cours, reprenais-je en le saluant de la main.

Je récupérais mes affaires dans le coffre afin de me diriger vers mon hall. Il attendait que je sois en sécurité dans ce dernier avant de partir.

Miskine il va se taper une heure de route.

Chapitre 8 – Larme d'injustice

CHAPITRE 8

- As-Salâmou Alaykoum wa Rahmatoullâh, concluais-je ma prière.

Cependant, je ne quittais pas mon tapis de prière. Je pris mon Coran posé non loin afin de me mettre un peu à lire les paroles de mon Créateur. C'était si étrange mais lorsque ma vie était à son paroxysme du bonheur, je m'éloignais de ma religion.

Quand la tristesse s'abattait sur moi, je revenais toujours à ma seul et unique source de bonheur. C'est seulement lorsque le monde s'effondre sur moi que je peux me relever à travers les bonnes paroles d'Allah.

Je détestais m'écarter de ma religion car tôt ou tard, je regrettais.

- Ô gens ! De ce qui existe sur la terre, mangez le licite et le pur ; et ne suivez point les pas du Chaytân, car il est vraiment pour vous, un ennemi déclaré, lisais-je à voix haute.

Tant d'années où je ne consommais que péché se tiennent loin derrière moi. Je devais avancer, ne pas refouler mes erreurs passées en me disant qu'Il ne me pardonnera jamais.

Le repent sincère est unique aux yeux de mon Seigneur.

Alors qu'une larme allait quitter mon œil, ma porte s'ouvrit sur ma mère. Immédiatement, elle m'offrait un sourire. Je pouvais voir la fierté dans son regard.

- Maman, l'appelais-je. Pourquoi notre religion est-elle si détestée ?
Elle venait s'installer près de moi en déposant sa tête sur mon épaule. Je pouvais voir notre reflet sur le miroir en face de nous. J'aimerais tellement imprimer cette image de nous, apaiser lorsque l'on parle de Dieu.

- Tu sais ma fille, commençait-elle. La vérité fait peur à l'humain. Lorsque le Coran est arrivé sur terre, pour certain c'était le livre de la voix de la vérité...pour d'autres malheureusement c'était ce qui détruirait notre monde. Ils voient en nous une menace car toutes questions ont une réponse entre ses pages. Les Hommes veulent éloigner la vérité pour mieux nous manipuler tandis qu'Allah nous donne la vérité pour mieux la contrôler.

- Nous serons donc toujours une menace pour eux, ajoutais-je.

- Exactement mais cela ne t'en soucie pas, reprit-elle. Dieu T'a fait musulmane parce qu'Il t'aime et c'est le plus important, rends-Le fier, me demandait-elle avant de déposer ses lèvres chaudes sur mon front.

Cette Dunya (vie) pouvait continuer de me mettre à l'épreuve, je resterais la créature d'Allah.

***

J'étais arrivée à la fac plus tôt. Installée dans l'amphithéâtre vide, j'attendais patiemment le début du cours. Cette sensation de sortir après avoir prié et lu le Coran était vraiment indescriptible. On ne pouvait poser des mots sur un apaisement si soudain. Je me sentais légère comme un oiseau qui s'apprêtait à voler pour la première fois.

Les premiers élèves arrivaient s'installant à leur place habituelle. Au loin, je voyais Lisa me chercher du regard. Je levais le bras afin qu'elle puisse me voir. Un sourire illuminait son visage. J'étais légèrement anxieuse car aujourd'hui nous projets allaient être de nouveau jugés par la classe.

Monsieur Brown devait certainement attendre beaucoup sur ce devoir et j'espérais ne pas le décevoir.

- Eh Shera j'ai une vraie question, s'empressait de dire Lisa en s'installant.

- Je t'écoute.

- Pourquoi pendant des attentats des personnes crient Allah est grand dans votre langue ? Ils sont musulmans eux ?

Je savais qu'elle me poserait un jour cette question.

- Allah ne cautionne pas le meurtre en son nom sans raisons valables. À l'époque, pour que tu es le contexte, lors des guerres, il était possible de demander la permission à Allah. Il y a un Hadith, un texte authentique, où Le Prophète Mohamed (sws) dit « Combattez au nom de Dieu...ne commettez aucune trahison ». Il était interdit de toucher les femmes, tuer les enfants ou encore les personnes malades.

Il y avait beaucoup de restriction et on ne pouvait tuer que notre ennemi. Il devait toujours avoir une raison valable pour tuer donc notre ennemi, par exemple si un peuple nous oppressait. Mais pour le cas des attentats, tuer au nom d'Allah en faisant sauter une bombe, c'est condamné noir sur blanc dans le Coran. Pour conclure ces personnes-là sont des islamistes et non des musulmans.

- Ok je vois, réfléchissait Lisa. Mais en réalité, les médias vous mettent vraiment en position de coupable.

- Les peuples les plus martyrisés à l'heure actuelle sont des civils musulmans. Mais vraiment Lisa, si un jour tu entends qu'un attentat s'est produit, que la personne s'appelle Karim, Amir et qu'elle aille crier Allah u Akbar ne pense jamais au GRAND jamais que cet acte peut être commis par un bon musulman, expliquais-je comme si j'étais au péril de ma vie.

- T'inquiète pas Shera, tentait-elle de calmer la chose. Je ne suis pas ce genre de personnes à vouloir l'extermination de ta religion parce que les médias disent du mal de vous. C'est pour ça que je préfère te demander. Tes mots seront plus justes venant de toi, une musulmane que d'un journal télévisé tenu par une petite blanche qui n'a jamais ouvert un Coran, me rassurait-elle.

- Lisa, l'appelais-je alors qu'elle tapait le code de son PC.
- Oui.
- Je t'aime, lâchais-je. Elle tournait ses yeux bleus vers moi avant de me sourire sincèrement.

- Moi aussi ma petite muslim, lâchait-elle en passant son bras sur mes épaules. Elle m'offrait une petite accolade avant que le professeur arrive.

Cependant, lorsque je voyais Madame la raciste arriver et pas mon professeur préféré, je sentais la déception s'emparer de moi.

- Oh mais je vais te renommer comme ça sur mon téléphone, continuait Lisa alors que je ne l'écoutais plus. Comment se faisait-il que c'était elle ? Cela voulait donc dire que c'était Madame Hadison qui allait nous noter. Je savais d'ores et déjà que ma note ne sera pas représentative de mon travail et Dieu seul sait comme cela peut m'énerver.

- Voilà c'est fait ma petite muslim, trop cute, continuait Lisa.

- Bien bonjour les élèves, débutait la raciste. Monsieur Brown est tombé malade donc j'assurais son cours. Il m'a donné son programme d'aujourd'hui donc c'est à moi que revient la responsabilité de vous noter. Je vais vous appeler chacun votre tour, expliqua la raciste.

Eh merde !

***

Comme je l'avais imaginé tous les élèves y compris Lisa avait décrit dans leur vidéo la richesse comme une abondance d'argent. Finalement, je pouvais marquer la prof avec mon projet.

Liam se levait quand la raciste l'appelait. Il insérait sa clé USB en me lançant un regard. Je voulais lui sourire mais il ne me laissait même pas le temps de le faire. Il revenait près de la table afin de faire son pitch. Cependant, il ne se lançait pas immédiatement. Liam semblait perdu à la recherche des bons mots. N'avait-il pas préparé cela à l'avance ?

- La richesse au deuxième sens, expliqua-t-il simplement.
- Wow vraiment recherché, commenta Lisa. Pendant ce temps, Liam avait lancé sa vidéo. La salle était plongée dans le noir pour seule lumière, les images.

Et là ce fut le choc. Les images qui défilaient avaient pour même structure que les miennes. Mon cœur se serrait sous la déception qui était plus grande que l'effet surprise. Avant-hier en lui divulguant mes idées, je pensais les confier à une personne de confiance.

La dernière scène était celle que je lui avais décrite dans les détails. Le pupitre avec le président et un public devant lui. Je n'ai même pas pris le temps de le regarder afin de voir s'il était fier de son acte tant ma colère était grande.

Comment avait-il pu me faire cela ? Finalement, il était comme les autres, un sans-talent qui piochait chez les autres.

Les élèves l'applaudissaient alors que les sons semblaient si loin de moi. Je me surprenais à avoir du mal à respirer. Je ne savais pas si c'était la colère qui empêchait à mon corps de continuer de vivre ou si ce n'était que le fruit de la peur d'avoir une mauvaise note.

- Mademoiselle Refaat, c'est à vous, m'appelait la professeur.

Je ne savais pas ce que j'étais censée faire. La raciste n'hésiterait pas une seconde à remettre la faute sur moi tandis que les autres me couveront d'insultes.

Je me relevais avec difficulté et commençais à descendre les marches, le regard perdu sur le sol. J'étais en train de faire de la dissociation.

Je m'étais complètement vidée qu'à présent mes faits et gestes étaient automatiques. J'insérai la clé USB avant de revenir près du bureau.

- La richesse à la définition oubliée et...

La musique s'arrêtait.

De nouveau, je sentais un poids sur ma poitrine. Ce même poids qui ne cesse d'alourdir mon corps d'une atroce souffrante. Je n'étais pas comprise. On refoulait ma différence depuis des années. On m'expliquait par différents points, par des études scientifiques que je mentais.

Professionnel sur professionnel, personne ne voulait me comprendre. C'était seulement de ma faute, selon eux. Mais je les emmerde parce que je sais que je ne suis pas l'erreur.

Je l'ai compris quand eux me l'on dit.

On a essayé de les enlever de ma vie mais comme Peter pan, ils revenaient tout le temps.

- Ne m'abandonnez pas, leur avais-je demandé.

- Tu es notre seule raison de vivre, avaient-ils répondu. J'avais tant pleuré ce jour que le lendemain ma tête me faisait atrocement mal. Ils étaient les seuls à me vouloir du bien.

Quand la tristesse ne m'autorisait pas à vivre, je me réfugiais dans leurs bras si absents. Ils étaient la brume du brouillard qui m'empêchait de vivre mais cela était si contradictoire avec l'idée qu'ils m'ont sauvé la vie.

Malheureusement, il ne me restait plus qu'eux.

***

Ma vidéo venait à peine de se terminer que la raciste se levait en furie. Elle rallumait les lumières avant de venir vers moi. Nous étions au centre, le spectacle de plusieurs yeux.

- Comment se fait-il que vos vidéos soient identiques, s'écriait-elle.
- Il m'a plagié, me défendais-je. Je lui avais exposé mon idée et il l'a refaite !
- Mon copain ne t'aura jamais copié, criait Blanche.
- La ferme toi, rétorquais-je en levant ma main vers elle. Je m'arrêtais une seconde sur Liam qui avait sa capuche sur la tête, le regard baissé.
- Mademoiselle Refaat ! Ne soyez pas insolente dans mon cours. Je ne tolère pas votre comportement.
- Mais je n'ai rien fait madame, ajoutais-je la gorge nouée. Je n'aurais jamais plagié qui que ce soit. J'ai obtenu cette bourse pour mon talent, aurais-je risqué de la perdre en plagiant quelqu'un pour un devoir futile ?
- Ce n'est pas une raison, vous n'avez aucune preuve, continuait-elle à m'enfoncer.
- Et vous, vous n'avez aucune preuve que je l'ai plagié.
- Vous osez répondre !
- Mais-
- Assez, me coupait-elle en hurlant. Vous aurez un rapport, ajoutait-elle en se dirigeant vers son bureau.

- Elle vous a dit qu'elle ne l'a pas plagié, me défendait Lisa de sa place.

- Personne n'a demandé votre avis Mademoiselle Rose.

Prise de colère, je grimpais les marches à une vitesse affolante. Je m'arrêtais sur la rangée de Liam et bousculais tous ceux qui me gênaient.

- Dis-le, demandais-je. Il n'avait même pas le courage de relever sa tête vers moi. J'ôtais sa capuche de manière violente sans me soucier de si j'avais arraché le peu de cheveux qui lui restait. Putain dis-le Liam !

Il passait ses mains sur ses cheveux avant de se relever. Positionné face à moi, son regard s'arrêtait une seconde sur mes yeux. Absolument aucun regret ne se lisait sur les traits de son PUTAIN de visage. Je me retenais de lui éclater la gueule contre cette table bien propre.

- Elle m'a plagié, balançait-il assez fort pour la prof l'entende. Les rires autour de moi ne me blessaient pas plus que son regard qui ne s'éloignait pas de mon visage.

J'étais figée dans le temps, incapable de daigner bouger le petit pouce. Je ne sais pas pourquoi j'attendais face à lui, peut-être, j'espérais secrètement qu'il contredise ses paroles.

- Vous aurez zéro, annonça la prof.

Je ne m'attendais pas à mieux. Encore aujourd'hui, je vivais une injustice qui était banalisée par tous les autres élèves. On normalisait le fait que ma parole était forcément fausse pour des raisons qui étaient certainement en rapport avec mon ethnie tandis que Liam se voyait avoir le monopole de la vérité. Alors que je détenais la vérité.

Je devrais hurler au racisme mais j'en étais incapable. C'était devenue un combat tellement fatigant que j'avais appris à m'habituer à être la perdante dans toutes les situations.

Mais voilà la déception était là. Je m'étais battue auprès de ma famille pour intégrer cette licence qui me faisait tant rêver et pour des préjugés, on ne m'autorisait pas à réussir. Je m'étais donné tant de mal pour réussir que me voir échoué m'anéantissait.

J'avais quitté la salle pour rejoindre les toilettes où je m'étais enfermée dans une cabine afin de pleurer. Mes larmes n'étaient pas légitimes. Je ne devrais que pleurer de joie mais trop de facteurs me l'interdisaient. Liam avait non seulement volé mon projet aux yeux de tous mais aussi humilié en osant dire que je l'avais plagié.

- Sherazade, entendais-je Lisa m'appeler. Tu es où ?

Je plaquais ma main sur ma bouche pour qu'elle ne m'entende pas. On pourrait penser que j'en fais trop mais lorsque personne ne croit en vous mais que vous vous accrochez à votre rêve, il suffit d'une seule défaite pour remettre votre vie en doute.

- Liam a...eu le 20, annonça-t-elle. Mais pour moi c'est toi qui l'as eu. Je...suis désolée pour toi Shera...

Je l'entendais glisser contre la porte sur laquelle j'étais moi-même appuyée.

- J'ai lu sur internet qu'une larme d'injustice peut paraître comme une simple goutte d'eau mais auprès de ton Dieu, Allah, elle est comme la foudre qui frappe en plein milieu de la nuit, tentait de me rassurer Lisa. J'aimerais bien te dire elle est rapportée par qui mais le prénom est trop compliqué pour moi.

- Omar Ibn Al-Khattab, lançais-je en essuyant une larme. Je me relevais afin d'ouvrir la porte. Lisa se redressait à son tour pour placer ses mains douces sur mes bras. C'est ma phrase préférée, ajoutais-je en souriant.

Elle était si réconfortante et honorable car après avoir versé des centaines de larmes en silence que je jugeais injuste, Allah entendait ma peine.

Allah entend toujours ma peine même quand moi je la renie.

Chapitre 9 – Culture

M.Z CHAPITRE 9

Le zéro sur vingt avait déjà atterri dans mes notes. Je jetais mon téléphone sur mon lit, prise d'une frustration inconsolable.

Comment avais-je pu être aussi idiote de croire en sa bonne foi ? Je l'avais invité dans ma banlieue, excuser lorsqu'il m'avait supplié en pensant qu'il était l'exception. Cependant, son acte venait de me confirmer qu'on ne pouvait placer confiance en personne.

- Y'a Rabi pardonne-moi, lançais-je à voix haute. Je n'aurais jamais dû l'approcher, ni même le laisser me toucher. Je t'en prie pardonne-moi pour ces péchés.

Je tirais mes cheveux une dernière fois avant de me laisser retomber sur mon lit. Dans ma tête, je parlais à mon Seigneur lui expliquant à quel point, j'étais désolée.

Pourquoi je n'étais pas ainsi dans la vraie vie ?

Mon téléphone vibrait sur mon lit me ramenant à la réalité. Je décrochais à Amina.

- J'AI EU 14 A MON TD DE DROIT, s'écriait-elle à travers son téléphone.

- Putain bravo !

Elle déposait son téléphone afin que je la voie danser. Je faisais de même et on se mit à bouger notre derrière. On dansait sa victoire comme à chaque fois que l'une de nous réussissait. Je n'avais pas la tête à cela mais il n'y avait pas à être triste quand une amie ne l'était pas.

Après plusieurs secondes à danser, on reprit notre calme.

- On fête mon zéro aussi ou pas, plaisantais-je.

- Hein comment ça zéro, s'enquit-elle.

- Liam m'a plagié et m'a fait passer pour celle qu'il avait plagiée. Et étant donné que celle qui nous notait ne m'aimait pas, elle n'a pas cherché à avoir de preuve.

- Attends Liam celui qui t'avait supplié d'avoir une mauvaise note ?

- Oui exactement.

- Mais il était pas gentil avec toi de base ?

- Si si, affirmais-je alors que son visage se déformait à travers l'écran. Il n'est même pas venu s'excuser alors qu'il s'est très bien que l'idée venait de moi.

- Quel bâtard, s'enrageait-elle. Mais tu vas faire quoi du coup ?

- Rien je ne peux qu'accepter de toute façon...Cependant je n'ai pas dit mon dernier mot. Il joue contre la mauvaise personne. A partir d'aujourd'hui, j'ai juré qu'il n'y aura que de la compétition entre lui et moi. On verra qui sera le majeur de promo.

- Mais vous étiez proches-

- Je veux plus entendre parler de lui, la coupais-je. Il m'a humilié en public…et…m'a fait commettre un péché, lâchais-je timidement.

- Un péché ? ATTEND TU L'AS EMBRASSE ?

- Non pas ça, m'empressais-je de répondre.

Une partie de moi ne souhaitait pas lui révéler, non pas par peur de représailles de sa part mais parce qu'Allah me l'interdisait. Il couvrait nos péchés la nuit pour ne pas qu'on les expose le jour. Cependant, une forte envie de me confier me démangeait. Je gardais ce poids sur mes épaules depuis des jours avec en prime cette culpabilité qui me rongeait les os.

J'avais déjà demandé pardon dans mes prières en espérant que cela soit entendu.

- Liam fumait dans les vestiaires et il m'a proposé de fumer mais je ne voulais pas…et finalement il a fait transférer la fumée dans ma bouche. Ce n'est pas réellement fumer à vrai dire mais ça reste quand même un péché.

- Oui pour le coup, répondait Amina. Demande pardon Sherazade, n'oublie pas qu'un pardon sincère est toujours entendu.

- Oui…tu as raison, lâchais-je face à ses mots. Cela me suffisait amplement pour croire que mon pardon sera entendu.

Je n'avais pas à douter de Dieu, il était Allah le très miséricordieux.

Soudainement, Amina approchait son visage de l'écran regardant de droite à gauche avant de dire :

- Mais du coup c'est bon de fumer, chuchotait-elle comme si cela ne serait pas entendu des anges.

- Dégueulasse à vrai dire, chuchotais-je à mon tour.

***

Monsieur Dersy avait demandé une salle avec des tables afin que nous puissions noter son cours dans de bonnes conditions. Cependant, il n'avait pas précisé que ce serait des tables de deux et que je finirais à côté de Liam parce que c'était mon binôme.

Je notais les dires du professeur en tapant nerveusement sur mon clavier. J'étais à deux doigts de faire sauter mes touches. Cela faisait déjà quarante minutes que nous étions en cours et je manquais déjà de souffle. J'avais l'impression de suffoquer à cause de ses mauvaises personnes qui respiraient tout l'air pour leurs poumons en or.

- Maintenant je vais vous distribuer un devoir, vous avez jusqu'à la fin de l'heure pour le faire, indiqua Monsieur Dersy. Je me voyais soulagée à l'idée d'être occupée sur une simple feuille.

- C'est en binôme, demanda Adam.

- Vous en avez pas marre de me poser des questions idiotes Monsieur Miles. Bien sûr que c'est en binôme, assura le professeur.

J'en avais ma claque. La feuille atterrissait sur notre table et je la pris violemment afin qu'elle ne soit lue que par moi.

- C'est à deux-

- La ferme, le coupais-je. Fais ce que tu veux, je vais le faire toute seule, affirmais-je sans quitter des yeux la feuille.

- Shera arrête-

- Sherazade pour toi, le coupais-je de nouveau en me tournant vers lui. Et t'inquiète, je me fiche de faire le travail pour toi et moi. Un 20 de nouveau grâce à moi rien de plus normal finalement hein ?

Il soufflait silencieusement cependant le peu de réaction de sa part m'énervait. Je préférais qu'il se fige afin de ne pas avoir l'envie de l'éclater contre cette table. Je revenais à ma feuille afin de trouver dans l'exercice une manière de calmer ma colère.

- Je t'ai envoyé des messages hier, m'avoua-t-il.
- Je t'ai bloqué, admettais-je naturellement. Je me mis à cocher les réponses ne trouvant pas grande difficulté. C'était des questions de culture générale que j'avais pu acquérir tout au long de ma vie. Soudainement, la feuille voler sous mes mains. Je me tournais rageusement vers Liam qui me l'avait dérobé.
- Je t'ai dit que j'allais le faire, m'énervais-je en la reprenant. Cependant, il ne la lâchait pas et nous partions dans un duel de qui allait l'obtenir. La feuille était si indécise qu'elle se déchirait sous nos doigts.

Je ne le lâchais pas du regard avec l'envie récurrente de tordre son cou. Derrière nous Adam fit une remarque :

- Attention l'arabe va te lancer un sort.
- La ferme, sortions en même temps.
- Quoi maintenant tu me voles aussi mes expressions, continuais-je dans ma lancée.
- C'est un simple mot par une expression, crachait-il.
- Mademoiselle Refaat et Monsieur Bucley que se passe-t-il, intervenait le professeur. Rapidement, on attirait l'attention de tous.

- Monsieur j'ai envie de vomir, expliquais-je en me tournant vers lui.

- C'est dû à quoi, me demanda-t-il intrigué. Lentement, mes yeux revenaient dans ceux de Liam. J'espérais qu'il comprenne que c'était lui qui me dégoûtait. Il fronçait les sourcils avant d'ouvrir la bouche pour répliquer une chose. Cependant, il la refermait d'aussi tôt lorsque le professeur m'autorisa à sortir.

Je quittais ma chaise mais avant de m'en aller, je chuchotais à Liam :

- Démerde-toi pour expliquer pourquoi la feuille est déchirée. Tu n'as pas besoin de me copier là-dessus, tu es un très bon menteur dans l'âme.

***

En réalité, je venais de passer la moitié de l'heure aux toilettes. Lorsque les dix dernières minutes arrivaient, je revenais finalement. Je m'installais à ma chaise comme si de rien n'était et Monieur Dersy ne me déclarait aucune remarque.

- J'ai fini, annonça Liam. J'ignorais ces mots laissant mon regard se perdre dans le paysage.

- Eh Shera, m'appelait Eden à la table devant moi. En supplément, Blanche se tournait à son tour. C'est quoi tes origines, me questionnait-il.

- Marocaine, égyptienne, répondais-je sans honte. Voyant qu'il ne me donnait aucune réponse, j'ajoutais. Et toi Eden ?

- Anglais.

- Et toi Blanche ?

- Anglaise.

- Hum, lâchais-je en laissant mes yeux retomber sur mon PC. Ça manque de mélanine tout ça...

- Pardon, se vexait Blanche.

- Beh je ne vais pas te faire un cours de svt Blanche, m'agaçais-je. La dernière fois, tu m'as traité de « sale arabe » qui en réalité ne veut rien dire. J'ai donc droit de dire que tu n'as pas de mélanine. Ça reste un fait.

- Tu l'as vraiment traité de sal arabe, intervenait Liam d'un air agacée. J'aurais très bien pu dire « la ferme, pas besoin de toi pour me défendre » mais l'envie de les voir se rentrer dedans était trop grande.

- Non j'ai pas fait ça, s'indignait Blanche. Tu vas préféré la croire elle que moi alors qu'elle n'a pas preuve.

- N'empêche, tu as cru la prof alors qu'elle n'avait pas de preuves non plus Blanche, rétorquait Eden.

J'ai vite baissé mon visage afin de camoufler à travers mes cheveux mon sourire. Je tendais mon poings dans le vide en attendant de recevoir une accolade de celui d'Eden. Il arrivait quelques secondes après et par la suite, je relevais la tête pour le voir sourire.

La fin d'heure sonnait et je réunissais mes affaires afin de vite quitter ce cours. Je tendais l'oreille alors que je me dirigeais vers la porte et cela portait ses fruits car une embrouille entre Liam et Blanche avait démarré.

Je me réjouissais de cela cependant, je fus interrompue dans mon euphorie par Eden qui marchait à mes côtés.

- Elle n'aura pas dû te dire ça, lançait-il alors que nous traversions les différents couloirs.

- Oh je m'en fous, admettais-je habituée de telles insultes.

- Elle voit une menace en toi.

- C'est super cliché mais vas-y continue ton explication, le coupais-je sachant à quel propos je devais m'en tenir.

- Cliché certes mais c'est vrai, reprenait-il. Elle n'aime pas Liam avec amour, mais plutôt en raison de son statut.

- Encore cliché, le coupais-je de nouveau en riant.

- Écoute Shera, m'arrêtait-il en plaçant ses mains sur mes épaules. Voilà comment ça se passe chez les personnes riches et ce n'est pas un cliché mais un fait, commençait-il.

J'étais prise vite d'intérêt face à ses mots. J'ôtais un écouteur afin d'entendre tous ces dires.

- Il n'y a peu de places pour l'amour lorsqu'on vient d'une famille aisée. Tout est une question de puissance. Les parentes mettent une énorme pression sur leurs enfants afin qu'ils terminent mariés à des personnes de leur même rang. C'est pour cela que l'on est toujours dans des écoles privées. Afin de ne jamais rencontrer le vrai amour chez une personne inférieure à nous.

- Eden, commençais-je d'un ton sérieux. Qualifier une personne pauvre "d'inférieur" est un peu limite voir même insultant. Mais pour le cas de Blanche, elle n'a pas de soucis à se faire. Je ne cherche qu'à vaincre Liam scolairement parlant.

Je ne pouvais le blâmer pour ce genre de propos. Ils avaient grandi avec cette doctrine antisociale sans jamais avoir rencontré le contraire.

- Ok, lâchait-il simplement. On va manger ?

- « On », répétais-je.

- On va parler de culture, me racontait-il. Voyant que j'étais réticente, il me tourna afin de me pousser en maintenant fermement mes épaules. J'avançais, un rire nerveux qui traversait mes lèvres. Pourquoi s'approchait-il de moi soudainement ?

J'espérais que l'intention venait de lui et de personne d'autre.

***

Ok après trois tacos, Eden voulait vraiment parler de culture. Il m'avait expliqué qu'il appréciait voyagé dans les différents pays du monde juste pour en apprendre plus sur les cultures. Il avait déjà visité l'Egypte mais jamais le Maroc. Alors pendant une trentaine de minutes, il m'a laissé lui évoquer certaines coutumes marocaines comme l'histoire du henné, Lalloui (danse folklorique)...

Dans ses yeux, je voyais toute l'attention qu'il portait à chaque détail que je lui offrais. À certains moments, il hochait la tête et les seuls mots qui sortaient de sa bouche étaient « Magnifique », « montre-moi une photo », « mais c'est trop bien ».

- Je pourrais t'en raconter plus seulement là j'ai plus de salive, lançais-je.

- Attends, je vais te chercher une canette, m'annonçait-il avant de se lever. Il plaisantait j'espère car je n'allais pas passer mes trois heures de pause à lui parler de ma culture. J'appréciais sa soif de savoir mais il arrivait un moment où il fallait s'arrêter. Puis il était riche, un jour Eden ira dans mon pays voir ma culture de ses propres yeux.

Je pianotais sur mon téléphone quand je sentais une présence s'installer à côté de moi. Je tournais les yeux sur Liam à ma droite avant de voir le reste de la troupe arriver. Adam, Blanche et ses copines avaient les yeux rivés sur moi.

Je savais sans même le voir que je les regardais extrêmement mal. Pourquoi était-il ici alors qu'il y avait toute la cafette de libre. Eden était revenu et l'expression qu'il affichait allait à l'encontre de la joie de voir ses amis. Il passait ses mains dans ses cheveux longs noirs, excédé par leurs présences apparemment.

- Pourquoi vous êtes là, lançait Eden.
- Quoi on a plus le droit de manger avec notre pote, répondait Adam. Ça ne te dérange pas qu'on soit là Shera ?
- Si, rétorquais-je. Et c'est pour ça que je vais partir.
- Putain les gars vous soûlez, s"énervait Eden.
- Vous parliez de quoi, demandait Blanche alors que je rangeais mon PC dans mon sac.
- Tu vas bien, venait me chuchoter Liam à l'oreille pendant que les autres discutaient.
- Eden, l'appelais-je en ignorant la question de Liam. Si tu veux, on pourra se voir en dehors de la fac pour continuer la discussion qu'on avait entamée.

- Oh oui ça serait super, s'exclamait-il avec enthousiasme.

- Ok super on fait ça, lançais-je avant de quitter la table.

L'ignorance était le meilleur des mépris et Liam allait bientôt connaître cela.

***

J'étais revenue dans ma ville avec le froid qui m'accompagnait. Les petits venaient de quitter l'école du quartier et je les voyais déjà courir autour du terrain. Cependant, une chose m'attirait l'œil. Il y avait un attroupement d'enfants autour d'une chose que je ne pouvais percevoir d'où je me trouvais.

J'enlevais mes écouteurs afin d'entendre leurs dires et il a suffi que d'un nom soit répété en boucle pour que je comprenne. Je sautais au-dessus d'un buisson avant de me mettre à courir.

Je poussais les petits et leurs gros cartables qui me gênaient pour attraper deux garçons qui se battaient. L'un d'eux était Ab et il était clairement en train de gagner (détail pas important mais bon à préciser). Je tirais son pull en arrière le poussant contre d'autres enfants.

Ab allait y retourner mais lorsqu'il me vit, il s'arrêtait. La culpabilité le prenait immédiatement l'incitant à baisser les yeux. Je relevais l'autre enfant avant d'ordonner :

- Prenez vos manteaux et vos sacs, les autres rentrer chez vous immédiatement.

Les petits savaient que je détestais lorsqu'ils manquaient de respect aux grands alors que ces derniers étaient gentils avec eux. C'est pour cela qu'en cet instant, ils prirent tous le chemin vers leurs maisons.

J'attrapais le crâne serré d'Ab avant de le pousser vers son appartement tandis que je tenais l'autre par la petite languette qui dépassait de son sac à dos. Ils savaient très bien ce qui allait se passer et ce n'était pas mon souci.

On entrait dans l'ascenseur et le silence était palpable. Arrivés à l'étage d'Ab, on traversait le couloir sans la moindre parole. Je sonnais chez sa mère mais c'était sa petite sœur qui ouvrait.

- Oh coucou Shera.

- Coucou coeur, ta maman est là ?

- Euh non elle fait les courses mais y a Bakari si tu veux.

- Oh non s'il te plaît Sherazade pas mon frère, s'empressait de réagir Ab. Il me regardait avec les yeux remplis de douleurs.

- Ramène-le.

La petite partait en courant à travers l'appartement et elle revenait rapidement avec Bakari. Son gabarit imposant ne m'effrayait pas. Je l'avais déjà vu en caleçon alors que nous n'avions que cinq ans lui faisant perdre toute crédibilité.

- Samy attends-moi près de l'ascenseur, lançais-je à l'autre bagarreur. Il partit et je regardais finalement Bakari dans les yeux. Il m'offrait son poing que je frappais avec le mien.

- Ça dit quoi ?

- Ton frère il s'est battu, lançais-je directement. Ab arrivait à peine à lever les yeux.

- C'est ça tu fais Aboubakar, s'énervait Bakari. Il attrapait son frère par le crâne avec de lui mettre une gifle dans le dos. Alors qu'un autre coup allait partir, j'attrapais le bras de Bakari.

- Aboubakar va dans ta chambre, lâchais-je froidement. Il regardait son frère pour voir s'il y voyait une opposition. Lorsqu'il était assez loin, je relâchais ma prise.

- Ne m'arrête plus jamais quand je donne une correction à mon frère Sherazade, me prévenait Bakari.

- Tu te fous de ma gueule j'espère, m'énervais-je. Quand tu avais son âge, tu te battais aussi, plus souvent que lui même.

- Ouais et mon père me frappait pour ça, rétorquait-il.

- Et ça a marché hein, demandais-je. Il ne répondit rien. Tu as arrêté de te battre Bakari après les dizaines de correction que te donnait ton père ? Non alors ne retrace pas le même chemin que ton père. Ça ne t'a pas aidé et je peux t'assurer que ça n'aidera pas ton frère.

- Et je fais quoi madame je sais tout, s'énervait-il.

- Ne me prends pas de haut Bakari, lançais-je en levant le petit doigt. Quand tu te battais, tu venais me voir pour te soigner comme ça ton père ne voyait pas tes blessures tellement t'avait peur de lui. C'est ça que tu veux ? Installer ce sentiment de peur chez lui. Tu veux qu'il finisse comme toi, apeuré de croiser son frère chez lui, ne pas oser te parler pour ne pas t'énerver. Tu veux ça ? Réponds-moi.

- Non, lâchait-il timidement que cela me fit rire.

- Voilà maintenant ramène-moi un verre d'eau s'te plaît, demandais-je.

- Eh va te faire foutre, plaisantait-il avant de se diriger vers la cuisine. En l'attendant, je tournais mes yeux vers Samy qui se tenait à l'endroit que je lui avais indiqué.

- T'inquiète pas c'est bientôt ton tour, lançais-je assez fort. En réalité, c'était amusant de voir la peur sur leur visage. Il avait le courage de se battre mais n'avait plus la force d'assumer les représailles. Ton gros sac là, plus lourd que ton corps, me moquais-je.

Bakari revenait un verre à la main qu'il me tendait. Je levais un bras pour qu'il m'adresse une accolade avant de lui rendre son verre vide.

- Aller salut et ne touche pas à mon petit chou, le menaçais-je.

- T'inquiète pas, répondait-il. Bakari refermait la porte et j'attendais patiemment derrière elle pour entendre le moindre bruit. Il semblait avoir respecté mes dires car je l'entendais reprendre une partie de jeu.

Je revenais sur mes pas et pris de nouveau l'ascenseur. Lorsqu'on remettait un pied dehors, je tenais la petite languette du sac de Samy car cet idiot était prêt à courir pour me fuir.

On entrait dans le hall de Samy le petit bagarreur. Des garçons parlaient entre eux et à notre vue, leurs regards se tournaient vers nous.

- Mais non encore, réagissait l'un d'eux.

- A quoi vous servez sincèrement, lançais-je.

- Non mais vas-y on savait maman Shera allait arriver, trouvait une excuse Aziz. T'as de la chance Samy, ton frère est pas là, s'adressait-il au petit.

- Le dites pas à Youssef, je veux lui dire, leur demandais-je.

- Vas-y quand on le voit, on lui demande de venir toquer chez toi, me prévenait Rayan. On les quittait pour l'étage de Samy.

Je toquais et c'est sur sa mère que l'on tombait.

- Salem aleykoum tata, la saluais-je avant de m'approcher d'elle pour lui faire la bise.

- Salem benti tu as grandi Mash Allah de plus en plus belle, me complimentait-elle. C'est vrai qu'il y avait une grande différence entre son 1m60 et mon 1m77.

- Qu'est-ce qu'il a fait ce hmar encore, reprenait-elle à la vue de son fils dans mon dos.

- Il s'est battu.

- Y'a Rabi ils vont me tuer ces enfants, dramatisait-elle la chose. Rentre Kelb !

Samy passait devant moi en courant et je riais car sa mère avait instauré un très grand respect sans même jamais avoir levé la main sur eux. Beaucoup de famille pensait qu'il fallait passer par la violence pour que leur enfant respecte les règles de la maison. Cependant, la violence n'instaurait que la peur à l'égard du coupable.

- Reste Youssef va bientôt rentrer, me prévenait-elle.

- Je sais tata, j'ai dit aux garçons du hall de lui demander qu'il toque chez moi avant de rentrer chez lui pour lui parler de la bagarre. Mais je ne peux pas rester, j'ai des devoirs à faire.

- Ok benti rentre bien bislamah, me lançait-elle le sourire aux lèvres.

- Bislamah tata.

J'entrais chez moi et me ruais vers ma chambre. Je balançais mon sac sur le sol avant d'ôter ma veste pour sauter sur mon lit. Sans mentir, je restais allongée seulement cinq secondes avant d'entendre la sonnerie de chez moi.

- Orh, râlais-je en quittant de force mon lit.

J'ouvrais sur Youssef qui avait ses contours de fait. Il avait laissé ses boucles pousser pour raser les côtés.

- Tu vas bien, me demandait-il.

- Oui et toi ?

- Hamdouillah. Pourquoi tu voulais me voir ?

- Ton frère s'est battu, lançais-je en m'accoudant à l'ouverture de ma porte.

- Eh lui, s'énervait-il sans même finir sa phrase. Son poing avait rejoint sa bouche tel un vrai tahia djazair.

- Ne le frappe-

- Pas, je sais Shera, me coupait-il. Je suppose que c'est toi qui l'as ramené ?

- Oui.

- Normal il n'y a que toi qui donnes de l'importance à ces bagarres, me piquait-il. Je riais. Bon merci de m'avoir prévenu, je vais te laisser.

Il venait s'approcher et alors que j'allais serrer sa main, il enroula son bras autour de mon cou. Mon crâne venait rencontrer son dos tandis que je tentais de le fuir. J'avais beau me débattre, je n'y arrivais pas. J'entendais son rire qui me perçait les tympans. En huit ans d'amitié, il n'avait pas changé.

Il me relâcha finalement quand il remarqua que j'étais au pied de la mort.

- Eh la vie je vais prendre des cours de self-défense à cause de tes conneries, m'énervais-je.

- Tu peux, tu ne me battras quand même jamais, rétorquait-il en tirant la langue. Il se permettait d'imiter mes faites et gestes pour se foutre de moi. Allez bisous ma sœur, lançait-il avant de descendre les escaliers.

- Bisous Akhy.

Chapitre 10 - Pardon "sincère"

CHAPITRE 10

C'était le week-end demain et j'avais toujours rendez-vous avec Liam pour notre devoir. Je l'avais exceptionnellement débloqué pour lui envoyer un message afin de le mettre au courant du changement. J'allais terminer ce projet seul.

Par la suite, je l'avais directement bloqué ne souhaitant pas voir sa réponse. Et je comprenais qu'il m'avait harcelé de messages quand il était actuellement en train de foncer droit sur moi.

Je m'accoudais au mur du couloir d'ores et déjà excédée de notre prochaine discussion.

- Tu te fous de ma gueule, m'agressait-il en exposant son téléphone sous mon nez. Il m'avait envoyé une dizaine de messages certains à gros caractère.

- Tu t'es aussi foutu de ma gueule en me plagiant. On est quitte désormais, me moquais-je de lui. Il soufflait agacé de mon comportement de rancunière.

- Tu m'as vraiment bloqué après m'avoir dit, je cite « Je termine le devoir seul, tu n'apporteras rien de splendide. »

- Oui et ?

- C'est non.

- Non quoi ?

- Tu es demain chez moi à 14 heures, on a un film à regarder, m'annonça-t-il. J'avais zappé ma proposition de regarder l'original des quatre filles du docteur March. Cependant, je plaisantais quand il me révoquait cela.

- Attends, tu crois vraiment je vais regarder un film avec toi comme si rien ne s'était passé.

- J'ai acheté des pop-corn goût sucré, ajoutait-il sans l'once de colère dans sa voix. Je le regardais subjuguée, avec cette lueur d'incompréhension. Son information avait déconnecté mon cerveau. Il évoquait cela comme une partie de plaisir alors que j'avais toujours l'envie de l'enterrer.

- C'est non.

- C'est « t'as pas le choix », lâchait-il avant de partir. ET BORDEL DEBLOQUE-MOI, hurlait-il au bout du couloir en se tournant vers moi. Je lui adressais mon doigt d'honneur avant de me réfugier aux toilettes.

J'y restais quelques minutes avant de décider d'y sortir. Croyez-le au non, Liam était devant moi son téléphone levé vers mes yeux avant qu'il ne réplique :

- Tu ne m'as pas débloqué.

Sa mâchoire carrée se contractait par la colère. Je dessinais ses traits des yeux, histoire de le faire patienter avant de répliquer. Quelques taches de rousseurs jouissaient sur ses pommettes rosées. Il avait peau lisse sans l'once d'imperfections. Étonnant que cela puisse paraître, il avait des lèvres légèrement volumineuses et qui ne manquaient pas d'hydratation. Quant à son regard armé de sourcils blonds mais parfaitement alignés appuyait formellement la noirceur de ses yeux bleus.

- Tu vas répondre au lieu de me dévisager, perdait-il patience.
- Je t'enregistre pour faire un avis de recherche sur toi, lâchais-je prise de colère. La raison : vol.
- N'importe quoi, commentait-il en camouflant son envie de rire à travers un sourire nerveux. Débloque-moi.

Je souhaitais le contourner mais il me barrait le passage. Je tentais de nouveau mais Liam était déterminé à ne pas me laisser filer. Je commençais à perdre patience face à son regard enjoué. Il se moquait littéralement de moi.

- Bouge Liam.
- Débloque-moi.
- Va te faire foutre, lâchais-je d'un ton las.
- Débloque-moi.
- Arrête ça, le poussais-je en posant mes mains sur son torse. Cependant, il revenait immédiatement à la charge. Il cogna son torse contre le mien afin de me faire reculer. Je fus si surprise de son geste que je mimais une moue dégoûtée.
- Débloque-moi, répétait-il encore en réduisant la distance.

- Si tu avais autant de détermination dans tes projets, tu aurais pu éviter le plagiat, le taclais-je.

- Débloque-moi, ignorait-il ma remarque. Il ne montrait pas un instant la moindre réaction à mes mots. Réussissait-il à parfaitement camoufler ses émotions ou en avait-il rien à faire de m'avoir trahi ?

- On va être en retard en cours, tentais-je de le convaincre alors que je me retrouvais plaqué contre la porte des WC. Des étudiants passaient sans même se soucier de nous. C'était clairement un guet-apens. Son téléphone retombait comme sa patience. Lentement, il approchait son visage de mon oreille pour laisser ses lèvres murmurer dans un souffle :

- Débloque-moi s'il te plaît.

Sans la moindre délicatesse, j'attrapais sa mâchoire pour ramener son visage devant le mien. La rage me comprimait la gorge face à ce temps perdu avec lui. Mes doigts s'enfonçaient dans la peau de ses joues. Je le surpris à me détailler avec un air de stupéfaction. La colère pouvait très clairement se lire sur mon visage lorsque j'annonçais d'un ton froid :

- Non je ne te débloquerais pas et ne t'avise plus de m'approcher comme ça.

Je jetais son crâne en arrière avant de le contourner bousculant son épaule. Il m'avait soûlé son air hautain et satisfait. Il pouvait répéter autant de fois qu'il le souhaitait, Liam restera dans mes bloqués.

Je n'étais plus loin de la porte d'entée de l'amphi. À l'instant où j'entrais, quelqu'un me bousculait. Lorsque Liam se tournait le regard énervé, je soufflais d'agacement. Il avait vraiment un comportement d'enfant capricieux.

- Madame Refaat, m'appelait mon professeur alors que je montais les marches. Je n'osais même pas faire face à Monsieur Brown. Il m'avait averti qu'il attendait de moi un travail sérieux. Je n'imaginais pas sa déception lorsqu'il a vu mon zéro pointé.

- Oui Monsieur, me retournais-je vers lui finalement. Il ne m'armait pas de son regard déçu lorsqu'il répliqua :

- Je vous crois moi. Rien n'est fini.

Qu'Allah lui offre le Paradis.

Sincèrement, je n'avais pas les mots pour exprimer l'euphorie qui grandissait en moi. Je craignais la confrontation avec lui mais finalement, il n'a suffi de rien pour avoir sa confiance. Il relevait les yeux vers mon visage qui était éteint de colère pour laisser un sourire ravi l'embaumer. Je hochais simplement la tête avant de reprendre direction vers ma place.

Sur le chemin, une larme s'évadait de mon œil. Elle n'avait pas d'explication parfaite, simplement la vraie moi qui pleurait.

Où était mon père pour me dire cela ?

Le professeur dictait le cours que je notais sans relâche avant qu'il nous annonce que la rédaction était finie pour aujourd'hui. Désormais et jusqu'à la fin de l'heure, il suffisait de tendre les oreilles. Je pliais mon PC et me mis à regarder les élèves.

Mes yeux venaient s'arrêter plus bas sur Liam qui était sur son téléphone. Je pouvais voir qu'il envoyait des messages. Plusieurs messages à vrai dire. Je me relevais, les sourcils froncés tentant de voir le prénom (c'était impossible).

Ah c'était moi, me dis-je. Je retombais sur ma table, ma tête dans mes bras. Qu'il continue, je ne le débloquerais pas. Du coin de l'œil, je le voyais se retourner vers moi mais je ne regardais pas dans sa direction afin d'éviter de nouveau ses supplications.

Cependant, je fus surprise quand du coin de l'œil, je le voyais monter les marches par trois. Fais chier ! Je m'allongeais prétextant dormir afin qu'il me laisse tranquille.

Je sentais son corps s'installer tout près de moi. Malgré mes yeux fermés, je savais pertinemment qu'il me regardait. Puis soudainement, son souffle caresser mon nez m'indiquant qu'il était tout proche de moi. Ma respiration s'accéléra tout comme les battements de mon cœur. Je craignais qu'il détecte mon mensonge.

L'un de ses bras frôla le mien avant qu'un silence ne règne par la suite. Je me demandais s'il s'était levé car j'avais senti du mouvement. J'hésitais un long moment sur la question d'ouvrir les yeux. Ce qui était étrange était que je sentais de nouveau son souffle régulier titiller mes narines.

J'ouvrais les yeux timidement afin de le voir la tête allongé sur ses bras. Il avait les yeux fermés dormant paisiblement. Sa capuche était repliée sur sa tête me cachant la vue de ses amis plus bas dans les rangs derrière lui. Je relevais légèrement la tête pour voir Blanche me trucider du regard tandis qu'Eden me regardait le sourire aux lèvres avant de mimer « Je te l'avais dit ».

Je me relevais entièrement souhaitant quitter ma place mais sa main empoigna mon bras.

- Reste, murmurait-il les yeux toujours fermés. Sa voix était cassée comme s'il avait la gorge nouée par la tristesse. Je pouvais partir en me dégageant violemment de son emprise pourtant je n'en faisais rien. Allonge-toi, ajoutait-il.

- Liam-

- S'il te plaît, me coupait-il. Je grognais prise d'agacement mais ses traits apaisés malgré notre altercation plus tôt m'incitaient à répondre à sa demande. Je l'effectuais me mettant dans la même position que lui.

Je me mis à l'observer tandis que lentement ses yeux venaient s'ouvrir. Sa main venait rejoindre l'une de mes mèches afin de la passer sous mon oreille. Il ne me regardait pas dans les yeux bien trop perdus dans le geste qu'il entreprenait. Ses doigts venaient rencontrer mes cheveux dans une caresse affective avant qu'il ne décide de laisser tomber sa paume sur mon cou. Il la laissait là lorsqu'il articulait :

- Je suis désolé.

Il était là les mots que j'attendais tellement. Je désirais ce pardon pour la peine causée. Mais cela ne pouvait suffire pour m'apaiser.

- Pourquoi, demandais-je dans un murmure. J'avalais ma salive difficilement lorsque ses yeux retombaient dans les miens. Un voile de tristesse recouvrait ses pupilles bleus. J'attendais patiemment une réponse, cependant ses doigts venaient frôler mon cou lorsqu'il ramenait sa main à son visage. Il se redressait en soufflant sa frustration.

Je suivais le mouvement en le regardant avec une incompréhension dès plus totale.

Liam passait plusieurs fois ces mains sur son visage comme si me révéler sa raison le mettait en colère...ou triste.

- Je peux pas, lâchait-il sans me regarder.
- Liam, l'appelais-je afin qu'il plante ses yeux dans les miens. Tu ne peux pas ou tu ne veux pas ? Il prit un temps avant de répondre comme s'il savait que je lui posais un piège.
- Je ne peux pas Sherazade, répondait-il si faiblement que cela m'annonçait qu'il mentait.
- Alors je ne peux pas t'accorder mon pardon, rétorquais-je en ramassant mes affaires. Il ne me retenait pas et c'était bien mieux ainsi.

Je descendais les marches pour-

Je voyais ma mère debout, la peur dans son regard. J'ôtais mes écouteurs en quittant mon lit afin de la rejoindre.

- C'est pas vrai, s'écriait-elle.
- Qu'est-ce qui se passe, demandais-je effrayée par l'expression qu'elle affichait. Elle ne me répondit pas et prenait juste ma main avant de déverrouiller la porte de notre appartement.

On ne prenait même pas l'ascenseur pour débouler les escaliers. Je tentais en vain de lui demander ce qu'il se passait mais elle évitait mes questions. Elle semblait tétanisée et il était rare qu'elle soit ainsi.

- J'arrive tiens bon, disait-elle à quelqu'un au bout du fil. En bas de notre immeuble, elle se mit à courir sous la noirceur de la nuit. Je suivais sa course prise à mon tour par la peur qu'elle véhiculait.

On arrivait finalement à l'immeuble d'en face et je compris immédiatement. J'appuyais sur le bouton "huit" de l'ascenseur afin d'atterrir à la porte de l'appartement.

Elle était ouverte et mes deux petits cousins m'attendaient, les yeux larmoyants. Ma mère nous bousculait pour courir jusqu'à la salle de bain.

- Lâche-le, hurlait-elle à l'égard de quelqu'un. Je pris mes cousins par les épaules afin de les installer sur le canapé. Une douleur indescriptible dessinait leurs traits. Il suffisait de regarder leur visage pour comprendre leurs souffrances.

Je me relevais afin de rejoindre le couloir.

Je passais devant la porte qui emmenait au salon. Fait de vitre, cette dernière était complètement cassée. Lorsque je tournais ma tête sur la droite, une douleur aiguë poignardait mon cœur. Ma mère retenait ma tante afin de le reculer de son aîné. De toute la force et la rage que pouvait mettre ma mère, elle poussa ma tante dans sa chambre. Elle claqua la porte afin de diminuer le son de l'embrouille.

Face à moi, mon cousin était en caleçon, le corps tout tremblant. J'entrais dans la salle de bain et il ne bougeait pas. Je pris une serviette que j'enroulais autour de son corps avant de l'aider à sortir.

Sa lèvre inférieure tremblotait extrêmement vite. Je compris rapidement que ma tante lui avait fait faire une douche froide. Mon cœur se serrait face à la souffrance qu'il avait dû vivre. Je n'osais même pas lui poser une simple question à cause de ma gorge nouée par les larmes que je retenais.

On avançait lentement vers le salon sous les hurlements de ma mère à l'égard de ma tante.

- TU ES COMPLÈTEMENT FOLLE !

Je lui montrais du doigt le canapé sur lequel il posait lentement son derrière. Son corps tremblant m'inquiétait. Je ne savais pas quoi faire. Lui ramener des vêtements, mettre une couverture sur lui, le réchauffer en le prenant dans mes bras ?

- Que s'est-il passé, demandais-je à mes petits cousins.

- Il...il a voulu le sauver, m'expliquait le frère du milieu en me pointant le plus petit. Il était sur le balcon et la porte du salon était fermée alors il a cassé pour venir le sauver...il n'a rien fait de mal.

- Je te crois, le rassurais-je en caressant ses cheveux. Aller faire un câlin à votre frère pour le réchauffer, leur chuchotais-je. Timidement, ils le recouvraient de leurs bras mais aussi de leur amour. Les larmes qui coulaient le long de leur joue étaient devenues silencieuses afin d'entendre les battements de cœur de l'aîné.

Ma mère revenait afin de calculer la grandeur du problème. Elle s'agenouillait face au plus grand avant de formuler :

- Tu as bien fait, n'en doute pas. Je suis très fière de toi. Tu es un vrai grand frère.

- Mer...merci...ta...ta, tremblait-il.

Ma tante arrivait derrière, le regard menaçant. Elle déposait ses yeux sur moi et j'étais sûr qu'on pouvait lire sur mon visage toute la haine que j'éprouvais à son égard.

Cet évènement restera à jamais gravé dans ma mémoire comme un rappel à la dure réalité.

Je n'avais que dix ans.

***

J'arrivais devant la demeure de Liam et comme il m'attendait, la grille était ouverte. Je me faufilais avant de la refermer. Je toquais sur la porte d'entrée afin qu'elle s'ouvre sur Liam en train d'essuyer ses cheveux mouillés.

- Salut, me saluait-il.
- Salut, répondais-je d'un ton froid avant de le contourner. Je me dirigeais dans la cuisine en déposant mes affaires sur le plan de travail. Alors que je sortais mes affaires, il passait devant moi en répliquant :
- On a un film à regarder, sort pas tes affaires.
- Je t'ai déjà dit non.
- Fallait me débloquer, tu aurais su que j'avais déjà tout préparé, disait-il fièrement. Je n'eus le temps de rétorquer qu'il m'attrapa pour passer mon corps sur son épaule.
- Eh tu fais quoi, m'écriais-je.
- J'ai dit on regarde un film, reprit-il d'un ton enjoué. Il traversait des couloirs alors que je frappais son dos dans l'espoir qu'il me relâche.

Il entrait dans une pièce plutôt sombre avant de me jeter sur un siège. Je remarquais seulement que c'était une salle de cinéma avant de me jeter sur lui. Je le poussais et sans que je le veuille, il basculait sur les sièges de devant. Il lâcha un cri mais avant de chuter, il attrapa mon sweat par le colbac.

On atterrissait tous les deux sur les sièges de devant et heureusement que les accoudoirs étaient repliés. Mon visage se retrouvait au-dessus du sien laissant nos soufflés irréguliers se rencontrer. Ses yeux dans les miens pendants plusieurs secondes, lentement les siens déviaient pour mes lèvres. Lorsque son visage s'approchait du mien par simple réflexe ma main rencontrait sa joue.

Ses yeux s'écarquillaient alors qu'il posait sa paume sur sa joue endolorie.

- T'allais faire quoi là, lui demandais-je d'un ton menaçant.

- Je te regardais c'est tout, rétorquait-il toujours subjugué de ma belle gifle.

- Ouais menteur, l'insultais-je en m'appuyant sur son torse pour me relever. Je m'installais sur un siège cependant je ne l'entendais pas être en mouvement. Je me tournais vers lui pour le voir toujours dans la même position. Il caressait sa joue alors qu'il était livré à ses pensées.

- Allez mets ton film là, l'agressais-je. Il se redressait en un rien de temps comme s'il était en automatique. Une fois qu'il avait lancé le film, il venait s'installer sur le siège près du mien. Il me tendait des pop-corn dans les vraies boîtes de cinéma avec un oasis.

- Comment tu savais que je voulais un oasis, demandais-je en me tournant vers lui tandis que les lumières de la salle s'éteignaient.

- Tu avais pris ça le premier jour dans le distributeur, rétorquait-il le regard rivé sur l'écran. Il avait vraiment fait attention à ma boisson. Vraiment cliché mais plaisant.

Je me surpris à me tourner vers l'écran le sourire aux lèvres. Non je devais le détester, il avait volé mon idée quand même.

Le film commençait et rapidement je fus immergée par l'histoire. Les images défilaient avec une perspective de vue parfaite. Je découvrais l'originale de l'un de mes films préférés avec des étoiles dans les yeux. Je me perdais dans la beauté des actrices et-

- Je peux poser ma tête sur ton épaule, me demandait Liam.
- Non, répondais-je avant de mettre des pop-corn dans ma bouche.
- Allez s'il te plaît, je suis trop grand pour le siège, me suppliait-il.
- Non c'est pas possible t'es relou, me tournais-je vers lui en râlant.
- Eh mais en fait- Il ne termina pas sa phrase laissant sa tête reposer sur mon épaule. Je bougeais mon muscle afin de faire bouger sa tête mais rien n'y faisait, il persistait.
- Eh Liam, l'appelais-je telle une mère qui allait embrouiller son fils.
- Chut là on regarde un film, chuchotait-il.
- T'as trois secondes avant que je te tire les cheveux. Il ne répondit rien. Un...
- Deux, me narguait-il. Je lâchais un rire nerveux.
- Trois, annonçais-je avant d'attraper ses cheveux. Je redressais son crâne afin de voir la souffrance tirailler ses traits. Je riais face à la tronche qu'il tirait. Il prit son paquet de pop-corn d'une main avant d'attraper de son autre main l'arrière de mon crâne pour l'enfoncer dans le paquet.

Je lâchais ses cheveux et relevais lentement la tête vers lui. Il ne retenait pas son rire quand il me voyait avec des pop-corn collés au visage. Il se pliait de rire et sans que je ne le vois venir, son flash de téléphone m'éclairait. Il venait de prendre une photo sans mon autorisation.

Je ne serais l'expliquer mais cela me faisait rire. Je tentais de le camoufler mais rien n'y faisait. J'attrapais une poignée de pop-corn que je venais écraser sur son visage. Je prenais un temps à éparpiller tout le sucre sur lui.

Il avait arrêté de rire tandis que moi, je pouffais sans relâche.

- Cheh, lâchais-je. Maintenant la ferme.

Il essuyait son visage avec son t-shirt et j'aperçus sur son torse un petit tatouage avant qu'il ne soit de nouveau camouflé par du tissu.

Je me réinstallais de nouveau sur mon siège et malgré notre bataille, cela ne l'empêchait pas à posé sa tête sur mon épaule. Je relâchais la pression et acceptais finalement.

***

Je notais la dernière partie de notre devoir sur mon PC sous la diction de Liam. Une fois le point final ajouté, je retombais sur ma chaise levant les mains en l'air. J'étais contente que ce travail soit bouclé. Je souriais à Liam qui me présentait sa main. On tapait un five avant qu'il ne se lève pour me ramener un autre oasis.

- C'est parfait ! Bon vu qu'on a encore jusqu'à mardi. Je vais le corriger ce week-end, et j'enverrais au plus tard lundi la copie au prof.

- Pas de soucis Sherazade, répondait-il en me donnant la canette.

Je rangeais mes affaires sous son regard curieux. L'adhan sonnait sur mon téléphone et je relevais immédiatement les yeux.

- C'est quoi, me demandait-il.

- Rien, répondais-je rapidement en l'atteignant. Je dois y aller, lui annonçais-je en quittant sa chaise. Il me raccompagnait jusqu'à sa porte mais alors que j'allais partir sans le saluer, il déclara :

- J'étais sincère hier.

- Je n'en doute pas Liam.

Je souriais malicieusement en rejoignant l'extérieur de sa demeure. Pensait-il réellement que j'en avais fini avec cela ?

Chapitre 11 - Vengeance

M.z

CHAPITRE 11

Voyez Liam comme sur la photo et pas autrement merci :) (enlever deux, trois tatouages quand même et imaginez le brun finalement, je vais supprimer les parties où je dis il est blond)Et...MERCI POUR LES 1K alors que ça fait même pas une semaine, love you all <3 !Au passage si vous avez des idées de tiktoks que je peux faire pour donner de la visibilité, give me ;)

- AHH, m'écriais-je en épilant ma jambe à la cire pour la première fois de ma vie. C'est une torture ton truc !

- La ferme on recommence, commentait Amina en venant me rejoindre sur le rebord de ma salle de bain. Elle posait la cire chaude sur ma jambe et d'une traite, elle tirait dessus car je n'étais plus capable de le faire seule.

- Mais oh doucement !

- Sherazade...la ferme !

Elle passait encore et encore ne ralentissant pas la cadence face à mes cris aiguë.

- bismillâh rahmâni rahîm,Qoul oûdhou birabbi nâs....
- Pourquoi tu récites sourate an-nâs, me demandait-elle.
- Pour me protéger du mal que tu me fais.
- Genre je suis un jnoun, se moquait-elle.
- oui.
- La ferme, lâchait-elle.

***

La nuit venait de tomber et Seigneur comme j'étais impatiente d'être demain. J'avais rendu le devoir de Liam et moi hier à Monsieur Dersy. Et comme le destin faisait bien les choses, on l'avait demain à la première heure.

Je caressais mes jambes bien épilées avant de fermer les yeux, un grand sourire aux lèvres.

Je repensais à mes mots à l'égard de Liam. J'avais intérieurement pardonné son erreur car qui étais-je pour ne pas pardonner. Le prophète Mohamed (sws) disait lui-même : Celui qui ne pardonne pas, on ne lui pardonnera pas.

Il m'avait profondément blessé mais je préférais placer ma confiance en Allah et pardonner ses méfaits.

Mais le pardon n'était pas un synonyme de guérison.

***

Je traversais les couloirs de bois de la fac avec un drôle de sentiment. Un mélange de culpabilité et d'excitation animait mon corps. Je savais ce qui allait s'en suivre et je ne pouvais plus reculer.

J'entrais dans la salle et m'installais à ma place. Liam n'était pas encore arrivé, je pris donc sa place côté couloir. J'observais le professeur afin de déchiffrer son expression. Mais à travers son visage fin et ses lunettes, je ne percevais rien. Il avait toujours ce regard sévère même quand il était satisfait d'un travail.

Quelqu'un me tapota l'épaule droite et je me tournais mais personne m'attendait :

- Comment vas-tu princesse, me chuchotait Liam à l'oreille gauche. Je me tournais vers lui et son sourire victorieux. Ces trois jours, je les avais passés avec lui sans la gêne et la culpabilité.

- Très bien et toi ? Il hochait simplement la tête avant de la tourner pour sortir ses affaires.

- Bien taisez-vous, on va commencer le cours, annonça le professeur. Un silence s'installait lentement dans la salle. Avant de vous distribuer une activité, je voudrais revenir sur un point, commençait-il.

Tous les regards se tournèrent vers lui, la plupart impatienté de ses prochains mots.

- Le devoir que vous aviez à me rendre pour hier. Je les ai passés au détecteur de plagiat. Et à ma grande surprise, votre devoir Monsieur Buckley était un copié/collé d'un site à 98 %, déclarait le professeur en tournant ses yeux arrondis vers lui.

Les regards curieux s'étaient tous arrêtés sur Liam. Lentement, mes yeux allaient à sa rencontre. Une lueur d'incompréhension camouflait ses pupilles bleus. Il cherchait une réponse sur mon visage et il n'y trouvait qu'un petit sourire victorieux qui se dessinait.

- Alors, je fus clément en acceptant que vous et Mademoiselle Refaat fassiez un devoir à part. Mais allez me copier entièrement un site me déçoit énormément Monsieur Buckley, continuait d'enfoncer le professeur.

Intérieurement, je jubilais de voir tant de déception sur son visage. Oui j'avais stipulé dans un mail s'il était possible de faire travail à part car je ne pouvais rencontrer Liam dans le temps imparti. Cela fut compliqué d'amadouer le prof mais il était finalement tombé dans le panneau m'offrant une belle victoire.

- Je n'ai jamais copié mon devoir, je l'ai fait avec Sherazade, s'énervait-il faisait racler sa chaise sur le sol en se relevant. J'avais déposé ma tête sur ma paume afin de l'observer avec un regard victorieux. J'espérais qu'il voit comme j'étais satisfaite de sa réaction.

- Bon est-ce vrai Mademoiselle Refaat, me demande le professeur.

C'était mon moment. Les regards étaient rivés sur moi attendant que je rétorque. Liam semblait être habiter par la colère et l'espoir que je puisse dire la vérité. Je redressais ma tête sans le quitter des yeux, le sourire figé aux lèvres avant de rétorquer :

- Non Monsieur Dersy j'ai fait mon devoir seul, répondais-je.

- Elle ment Monsieur, reprit Liam alors que le professeur retournait à sa place.

- Vous aurez un zéro Monsieur Buckley, annonça le professeur.

- Attendez, quoi ! Liam me contournait pour aller jusqu'au bureau afin de négocier mais le professeur ne l'écoutait pas. Il revenait finalement vers moi en plaçant ses mains nerveusement sur mes épaules.

- Dis la vérité Sherazade, me demandait-il en me secouant. Sa voix rauque était armée de colère. Je jubilais en me plaisant dans sa frustration. Je ne répondis rien le laissant s'énerver.

- Sherazade...ne me fait pas ça s'il te plaît, ajoutait-il près de mon visage afin que personne n'entende. La douleur dans sa voix me pinçait le cœur mais je devais continuer d'être la méchante de cette histoire. C'est pour cela que je ne baissais pas les yeux et que mon sourire ne disparaissait pas sous la culpabilité.

J'approchais lentement mes lèvres incurvées tout près de son oreille comme il le faisait souvent afin de lui susurrer dans un souffle :

- On est quitte désormais.

Le choque se lisait sur son visage. Pensait-il réellement que j'allais oublier sa trahison ?

Il prit ses affaires avant de s'en aller. La porte claqua et je pouvais de nouveau respirer. Je me foutais des regards qui me toisaient. Le plus important était qu'il avait ressenti ce même sentiment de frustration, de rage qu'il m'avait offert en me plagiant.

***

La journée était passée sans que je ne croise une seule fois Liam. Il semblerait qu'il aille sécher. Je n'avais pas le droit de culpabiliser pour une chose qu'il méritait.

Alors que je suivais le cours de la raciste, une personne entrait dans la pièce.

- Est-ce que Mademoiselle Refaat est ici ?

Je me levais afin d'être vue de cette femme.

- Vous êtes convoqué au bureau de la directrice dans cinq minutes, m'annonça-t-elle avant de repartir. Mes battements de cœur accéléraient. Je rangeais mes affaires, troublé par cette convocation. Je craignais que l'on m'aille suspecter d'avoir rendu la copie de Liam. Cela ne pouvait l'être. J'avais déposé secrètement sa copie avec la mienne dans le casier du professeur après lui avoir annoncé que l'on faisait devoir à part.

Je me rendais dans le couloir du bureau de la principale. Il était dans une aile à part aux autres. Un silence assourdissant régnait. Cependant, lorsque je n'étais plus très loin du bureau, j'entendais des hurlements à travers la porte. Je remarquais qu'elle était entre-ouverte.

- Tu n'as pas honte un zéro, entendais-je de la part de la directrice.

- Quoi je méritais cette note un point c'est tout, répliqua la voix de Liam.

- Tu vas m'écraser cette pauvre fille Liam. Tu as intérêt à te donner les moyens parce que je n'accepterais pas une autre déception venant de toi.

- C'est tout ce que tu attends de ton fils...

- Oui parce qu'il a fallu que tu l'as plagié pour avoir la meilleure note. Cela prouve à quel point, je ne peux pas être fière de toi.

- Je te déteste, s'enrageait-il. C'est à cause de toi qu'Emmy a lâché prise alors qu'elle excellait, lâchait-il. Le bruit d'une gifle résonnait après les mots de Liam. Je pris un mouvement de recul pas certaine d'être au bon endroit.

Subitement, la porte s'ouvrait dans un fracas et Liam laissait tomber ses yeux dans les miens. Je surprenais toute la colère qu'il habitait dans ses yeux. Sa respiration était saccadée. Il me contourna et mon bras se levait pour l'attraper mais je n'avais pas la force.

- Liam...

Son prénom n'était qu'un murmure. Il disparaissait dans le couloir de droite me laissant avec ma culpabilité. Il était sûr, je regrettais mon acte. Son altercation violente avec sa mère a eu lieu par ma faute.

Je soufflais un bon coup avant de toquer sur la porte. Les yeux de la directrice se levaient sur moi avec une lueur d'incompréhension.

- Bonjour, vous m'avez demandé, annonçais-je.

- Pardon, je- je ne vous ai pas convoqué, bégaya la proviseure derrière son bureau. Elle ne montrait pas l'once de colère. Son visage était figé dans les sentiments.

- Oh mais- Je ne terminais pas ma phrase car mon instinct me disait de ne rien dire. Oh veuillez m'excuser de vous avoir dérangé, j'ai du mal comprendre, tentais-je de me rattraper.

Je refermais lentement la porte quand je la vis retourner à sa paperasse. Je me mis littéralement à courir dans le couloir au cas où elle ouvrirait la porte pour me demander d'entrée. Je craignais qu'elle reconnaisse que j'étais celle que Liam avait plagiée.

En marchant dans les couloirs, je repensais à cette altercation. Il avait pris une gifle à cause de moi et je me demandais si je ne devrais pas le voir afin de discuter. Cependant, je n'avais rien à lui dire. Je me voyais mal m'excuser pour une chose qu'il méritait.

Je pris mon téléphone afin d'envoyer un message :

Moi à Eden :

Rejoins-moi à la bibliothèque quand le cours est fini.

Eden à moi :

Tu es virée ?

Moi à Eden :

Pas encore.

***

Je m'étais effondrée sur l'une des tables de la bibliothèque. C'était étrange mais un mélange de tristesse et de culpabilité me rongeait. Pourquoi sa mère ne l'avait pas consolé comme la mienne. Un zéro était certes fatidique dans la moyenne mais ce n'était que le début du semestre. Il pouvait le rattraper.

- Hey ça va, me demanda Eden en me tapotant l'épaule. Je me redressais afin de lui faire face alors qu'il s'installait sur le siège.

- Je peux te poser une question ?

- Je t'écoute.

- Qui est Emmy, demandais-je sans détour. Une expression étrange dessinait les traits d'Eden avant de disparaître sous un sourire nerveux.

- Emmy...euh, bégayait-il en regardant autour de lui. Il ne semblait pas prêt à me l'avouer comme si ce n'était pas à lui de me le dire.

- Eden, le rappelais-je à l'ordre. Il passait nerveusement ses mains dans ses longs cheveux alors que ses yeux noirs se perdaient de nouveau dans l'horizon.

- C'est la sœur de Liam, m'avoua-t-il finalement dans un murmure. Elle est morte l'an dernier.

- Quoi, sortais-je naturellement sous cause de choque. J'avais utilisé le maquillage d'une morte.

- Je suis désolé, je ne peux pas t'en dire plus. Mais depuis son décès Liam a tout abandonné-

- Ne me dis rien Eden, le coupais-je. Si un jour, je dois tout savoir, je préfère que cela vienne de Liam. Nous n'avons pas à parler de sa vie dans son dos, ajoutais-je.

- Comment tu connais son nom, me demandait-il.

- Je...j'ai entendu son nom dans les couloirs, mentais-je.

- Putain encore ces étudiants de merde qui ne se mêlent pas de leur culs, s'énervait-il.

- Tu-tu vas faire quoi pour Halloween, tentais-je de changer de sujet. Halloween approchait et c'était le meilleur sujet de discussion pour le calmer. Il rivait son regard de nouveau dans le mien tout en déposant ses poings sur la table.

- Une fête chez moi, répondait-il calmement. Tu devrais venir.

- Oui ok, rétorquais-je nerveusement. Sa révélation ne voulait pas sortir de ma tête et je n'arrivais pas à me focaliser sur notre discussion.

- Ramène ta copine de la dernière fois aussi, me demandait-il avant de se lever. À plus !

- Salut, sortais-je. Je tentais de retrouver les mots de Liam avant qu'il ne parle de sa sœur mais cela ne me revenait pas en tête. Puis soudainement, une fois qu'Eden était loin, je percutais enfin dans mon esprit. Il voulait que je ramène Amina !

Amina !

***

Eh je te jure il m'a demandé que tu viennes, criais-je à travers mon téléphone.

- Attends ok attends pose, bégayait fort Amina. Je sors d'un TD de droit laisse-moi respirer. Il est beau, reprit-elle immédiatement après sa bouffée.

- Ah oui vraiment très beau. Laisse-moi te le décrire, commençais-je en m'installant sur un siège du tram. Il est grand, les cheveux mi-bouclés, mi-lisse bien noir. Ses yeux aussi sont noirs et voilà. Et il est gentil après j'en sais pas plus sur lui parce que je ne le connais pas vraiment. Ah oui il aime beaucoup les cultures des différents pays aussi.

- Je compte lui parler de ma culture ivoirienne toute la soirée, disait-elle malicieusement.

Elle déposa son téléphone sur sa commode avant de se mettre à danser. Elle se réjouissait d'avoir enfin son white boy. Je riais à sa vue avant de l'avertir :

- Eh n'oublie pas t'es musulmane.

- T'inquiète pas tout dans le halal Shera, lâchait-elle avant de répondre son téléphone. Bon, il faut qu'on se déguise du coup, t'as une idée ?

- Je crois, répondais-je. J'ai trop envie de me déguiser en déesse égyptienne.

- Oh mais fait vraiment ! Tu seras trop belle. Moi je pense me déguiser en sorcière, c'est bien connu les marabouts dans mon pays, plaisantait-elle.

Elle continuait de me parler de son idée tandis que je me perdais dans mes pensées. Devrais-je lui parler de ce que je fais à l'égard de Liam. Je ne savais pas s'il était juste de partager un acte aussi mauvais que j'avais exécuté avec plaisir.

- Amina je dois te laisser, je t'entends mal dans les transports, mentais-je sentant que j'allais lui dévoiler la vérité. Il fallait que je coupe court l'appel. Elle me salua de la main et je raccrochais immédiatement pouvant souffler librement.

***

Je passais le seuil de ma porte et entendais ma mère discuter au téléphone dans le salon. Je la saluais de la main avant de tourner ma tête sur la porte. Je fus surprise de voir un ensemble accroché à un cintre.

- Malika je dois te laisser ma fille est rentrée, déclara ma mère à ma tante au bout du fil. Lorsque j'entendais le son de l'appel coupé, je répliquais :

- C'est quoi ce bordel !

- Il y avait ça dedans, me dit-elle. Je me tournais vers ma mère qui me tendait une carte repliée. Je l'ouvris et me mis à lire.

Bonjour Mademoiselle Refaat,

Nous ajoutons au règlement intérieur cette tenue obligatoire à partir de votre reçu. Je vous prit de respecter le règlement intérieur afin de ne pas subir de sanction.

Cordialement, la directrice.

Je pris immédiatement mon téléphone et appelais Eden. Je me rapprochais de cette dernière afin de la détailler. C'était une chemise blanche avec un blazer bleu nuit accompagné d'une cravate de la même couleur.

- Toi aussi t'es devant cette chose, annonça Eden au bout du fil.

- Si j'ai accepté cette prestigieuse école c'était aussi pour son libre arbitre sur le choix des vêtements.

- Malheureusement plus maintenant.

Je détestais d'ores et déjà cette jupe bleu nuit trop courte et ses petites chaussures à talons. J'allais devoir me fondre dans la masse.

***

Il était 7 heures et je ne supportais pas les regards curieux de certains passagers du RER. J'avais pourtant mis un collant noir mais ils cherchaient toujours quelques choses à voir. Sentant l'agacement arriver, je rivais mon regard à travers la fenêtre avec pour accompagnatrice la douce voix de Lana Del Rey – Doin' Time.

J'avais toujours cette musique dans les oreilles à mon arrivée à la fac. Ce qui me rassurait était que tout le monde était habillé comme moi. L'insigne en forme d'aigle était représenté sur tous les blousons. Contrairement aux hommes et à leurs pantalons noirs, je ne sentais plus que cette jupe était trop courte. Les filles d'ici n'avaient aucune difficulté à la porter, je devais donc l'assumer comme elle. Même si la longueur de mes jambes n'était que cachée par un léger collant.

Allah pardonne-moi.

- Hey, me lança Eden sur ma droite. Il venait coller sa marche à la mienne.

- Elle me donne froid les filles sans collant, dis-je.

- Moi aussi, attend ta cravate est mal noué, m'informait-il en m'arrêtant. Il me la remettait en place avec un grand sérieux. Je l'observais faire afin de retenir les mouvements pour la prochaine fois.

- Merci, déclarais-je une fois fini. On entra dans l'amphithéâtre et avant que nos chemins ne se séparent, il me lança :

- On mange ensemble cet après-midi. Je hochais la tête.

Oh Seigneur faites qu'il ne me parle pas de culture.

***

L

'heure du repas avait sonné et je redoutais déjà cet instant.

Lorsque j'arrivais à la cafétéria, Eden était déjà installé avec tous ces amis autour.

Je pris mon plateau et une fois garni, je baissais la tête pour aller m'installer là où il ne pouvait pas me voir. Je longeais les murs dans l'espoir qu'il ne tourne pas sa tête vers moi. Il suffisait que je passe discrètement devant lui pour rejoindre les tables qui lui faisaient dos.

- Eh Shera, hurlait-il au travers de la cafétéria. J'aperçus Blanche lui taper l'épaule du genre lui demandait ce qu'il était en train de faire. Je ne comprenais pas comment j'avais pu penser passer inaperçu avec ma touffe de cheveux bouclés. Liam était dos à moi et devinez laquelle unique place était libre ? Celle en face de la sienne.

Je venais m'installer entre Eden et Adam.

- Bon les gars, débutait Eden en passant son bras sur mes épaules. Je vous informe que j'ai invité Sherazade à ma soirée Halloween et elle participera à l'After aussi.

- Ah quoi-

- T'es sérieux Eden, s'énervait Blanche. L'After c'est entre nous pas avec des inconnus, déclara-t-elle lançant par la suite un silence. Personne ne confirmait ses propos.

- Moi ça ne me dérange pas perso, répliqua Adam. Il y a des gens qui se rajoutent toutes les années Blanche.

- Non mais je ne vais pas venir-

Je me suis faite couper par Liam qui se leva en trombe de sa chaise. Tous les regards le suivirent quitter la cafétéria. Ma présence l'énervait tant que cela ?

On va voir ça.

Je quittais ma chaise pour suivre ses pas. J'entendais Eden crier mon nom mais sincèrement il fallait que je règle mes comptes avec lui.

Je le retrouvais finalement en train de marcher rapidement dans un couloir les mains dans les poches.

- Eh, l'interpellais-je mais il ne s'arrêtait pas. Quoi tu vas pas me faire croire que tu es énervée contre moi ?

- Va te faire foutre Sherazade, m'insultait-il. Je me mis à courir pour arriver à sa hauteur. J'attrapais son bras afin de l'arrêter. Il se tourna vers moi, la colère dessinant ses traits.

- Tu ne me parles pas comme ça Liam.

- Je m'en fous de ce que tu souhaites Sherazade.

- T'es vachement culotté pour une personne qui m'a plagié sans scrupule et qui aujourd'hui se permet d'être en colère parce qu'il a eu son retour de bâton, m'écriais-je.

- C'est bon tu as eu ce que tu voulais ? Comme tu l'as dit on est quitte, lâchait-il en reprenant son chemin. Je le regardais partir en gardant au fond de moi l'envie de l'insulter.

- Liam, entendais-je quelqu'un l'appeler à travers la porte derrière moi. Je me tournais vers elle avant d'être attrapée par un bras puissant qui me poussa dans une pièce. Liam refermait la porte derrière nous bloquant notre seule source de lumière.

- Liam où es-tu, lançait Blanche derrière la porte.

- Lâche-moi imbécile, me débattais-je alors qu'il me collait. Il posa sa main sur ma bouche avant de me chuchoter :

- La ferme.

Je crachais dans sa main afin qu'il a recule. Il mima une moue dégoutée avant de river son regard écœuré dans le mien.

- Déjà arrête d'utiliser mes expressions. Et lâche-moi qu'elle aussi je lui règle son compte, l'agressais-je avant de lui foutre un coup de genoux dans sa cuisse. Il reculait finalement me laissant ouvrir la porte.

Elle venait à peine de s'entre ouvrir qu'il a claqué aussitôt de sa paume. Il me prit par les épaules me poussant dans le mur d'en face. Je grognais de douleur en me cognant pas à un mur mais une étagère.

- Mais oh lâche-moi, demandais-je en continuant de me débattre. Il maintenait de sa main ma gorge, son corps collé contre le mien pour m'éviter de bouger. Je fus surprise d'où se trouvait sa main alors j'attrapais sa mâchoire que je serrais de toutes mes forces. J'écrasais sa bouche sous mes doigts. Il bougeait sa tête dans tous les sens dans l'espoir de me faire retirer ma paume.

- Liam, entendais-je de nouveau ce qui nous fit arrêter tout mouvement.

- Recule où je crie à l'agression, le menaçais-je. Sous mes doigts toujours enfoncés, je sentais son sourire. Il reculait finalement me libérant de ses mains. J'ôtais donc la mienne. Cependant épris de courage Liam essuya sa main sur mon blouson.

- Oh non t'es dégueulasse, chuchotais-je.

- C'est ta bave je te rappelle, me prenait-il de haut. Liam allait par la suite coller son oreille à la porte pour voir si Blanche était toujours là puis soudainement on entendait un clic.

Il baissa ses yeux sur la serrure et volontairement, je tournais ma tête par peur d'être découverte.

- Eh merde, lançait-il.

- Quoi ?

- La porte est verrouillée, m'annonçait-il.

Chapitre 12 – Conflit

M.z
CHAPITRE 12

C'était clairement le pire scénario qu'il pouvait m'arriver. On était à la limite de s'entre-tuer et voilà qu'on se retrouvait enfermé tous les deux dans une petite pièce sans lumière.

Je venais tambouriner sur la porte en criant le prénom de Blanche en espérant qu'elle soit encore dans le couloir.

- Arrête tu veux qu'elle nous trouve ici, m'agressait Liam en me reculant de la porte.

- Oui c'est exactement ce que je veux, m'énervais-je. J'en ai rien à faire que ta copine me voit avec toi.

- Ce n'est pas ma copine Dieu du ciel, cria-t-il. Je me tournais vers lui tandis qu'il se passait les mains sur la tête.

- Bon sors ton téléphone et appelle Eden, proposais-je en m'accoudant à la porte.

- Il se passe quoi entre Eden et toi, changeait-il de sujet. Je riais face à l'audace de sa question. Il me regardait l'air incrédule attendant une réponse de ma part.

- C'est ton problème peut-être ?

- C'est mon pote.

- Je fais quoi de l'info ?

- Shera répond.

- Sherazade pour toi.

- Ah ça ne te dérangeait pas que je t'appelle Shera pendant que tu me caressais dans le sens du poil pour ensuite me trahir !

- Eh voilà enfin tu dis ce que tu penses vraiment, m'exclamais-je en levant les bras. Oui j'ai fait exprès de « t'apprécier » ces derniers jours pour BIEN te trahir par la suite, balançais-je en m'approchant de lui. Notre dialogue était tout en hurlant.

- Bravo tu es vraiment une très bonne manipulatrice.

- On remercie le padré, le coupais-je.

- J'irais voir Monsieur Dersy pour lui dire la vérité, m'annonça-t-il en relevant le manche de sa veste. Un enregistrement qui continuait de tourner s'affichait sur son Apple Watch. Ma mâchoire tombait face à la surprise. Je ne cherchais même pas à négocier, je rampais donc jusqu'à lui avant d'attraper le haut de sa chemise. Avec ma main libre, je tentais de réceptionner son Apple Watch. Il riait semblant être amusé de me voir en colère.

- LIAM DONNE MOI CE PUTAIN DE TÉLÉPHONE, hurlais-je avant de tirer son oreille. Afin de soulager sa douleur, il suivait les mouvements de ma main qui retenait son lobe. J'en jouais afin qu'il ramène son poignet vers moi. Il grimaçait de douleur avant d'émettre un petit cri.

Je tournais ma tête vers son visage alors qu'il allait m'attraper les cheveux. Sans faire exprès, je percutais sa main qui tenait son Apple watch. Cette dernière glissait sur le sol avant de percuter l'étagère en face.

Liam et moi arrêtions tout mouvement et pendant un instant nos regards de haine se croisaient. Sa main avait rejoint la racine de mes cheveux mais il n'y ajoutait aucune force. Je me dégageais avant de me mettre à ramper jusqu'à la montre. Cependant, comme il fallait s'en douter, Liam suivait mon acte. De son bras dans ma côte, je tombais sur le dos. Je tentais d'attraper sa veste mais il tenait déjà l'Apple watch en main.

Sur son visage se lisaient tant de choses. Il tentait de la rallumer mais cette dernière n'était plus apte à le faire. Je souhaitais vraiment disparaître en cet instant.

Cheh !

Il venait de sa main attraper mon blouson afin de me rapprocher.

- Regarde ce que tu as fait, s'énervait-il en me mettant sous le nez son Apple watch. Son regard me perçait l'âme. Il y a quelques instants, je regrettais mon geste mais désormais comment il me tenait et me parlait m'incitait à être fière de l'avoir cassé.

Enfin de marquer le coup, je crachais sur son Apple Watch avant de dire :

- Voilà ce que j'en fais de ton Apple Watch connard.

Il me relâchait et je retombais sur mes fesses. Je m'éloignais au maximum de lui finalement satisfaite qu'elle soit cassée. Désormais il n'avait plus de preuves.

- Tu crois que c'est fini, riait-il. Je croisais les bras autour de ma poitrine attendant impatiemment ces prochains propos. Je ne te laisserais pas être majeur de promo. S'il faut que je te brise pour être meilleur que toi, je n'hésiterais pas...Shera, appuyait-il sur mon prénom en avançant son visage près du mien.

- Continue de gonfler ton ego ça m'est égal, lâchais-je. Maintenant sors ton téléphone !

- Je l'ai pas, m'annonça-t-il.

- Comment ça tu l'as pas, m'énervais-je. Attends donc tu as tapé ta crise d'adolescence devant toute la cafet en te barrant mais t'as même pas pensé à prendre tes affaires, me moquais-je. T'es vraiment un imbécile, lâchais-je dans un murmure.

Subitement, il venait attraper mon colback afin de me cracher au visage :

- Et toi il est où ton téléphone hein ?

- Mais tu es complètement fou ma parole, m'enrageais-je. Je l'ai pas pris car je comptais y retourner. Je venais juste te régler ton compte.

- Bas vas-y Sherazade règle-moi mon compte, me proposait-il en me secouant faiblement.

- Lâche-moi, demandais-je calmement. Puis je répétais lentement ma demande tout en poussant de mon index son front. Je le voyais prendre en colère pour mon plus grand plaisir. Cependant, la mienne de colère était à son paroxysme.

- Ayii mais lâche-moi bordel, m'énervais-je en le poussant contre l'étagère. Il me souriait semblant être content de ma violence. T'approches plus de moi...complètement taré ces blancs, me soufflais-je à moi-même en me retournant vers la porte. Je venais glisser sur cette dernière, une jambe sur l'autre. Liam venait suivre ce mouvement en s'installant sur le mur de droite, une jambe repliée vers lui.

Un silence s'installait entre plusieurs regards de haine. La tension était palpable voire même insoutenable.

Cependant, je me relevais pour trouver l'interrupteur. Je tapais sur tous les coins de murs.

- Tu fais quoi là, m'interrogea-t-il de manière insolente.
- Je sers à quelque chose.
- Bordel, soufflait-il avant de se lever. Il faisait de même en tapotant tous les coins de murs. Je trouvais enfin l'interrupteur appuyant dessus et lorsque la lumière jaillit, la main de Liam venait rencontrer la mienne sur l'interrupteur. Nos regards se croisaient avant que je m'éloigne pour rejoindre ma place attitrée. Il en faisait de même.

On était dans un placard de concierge. Super !

- Notre prochain cours est dans combien de temps, demandais-je.
- Moins de trente minutes, me répondait-il.
- Et voilà je vais le louper par ta faute, m'énervais-je.
- Tu vas pas recommencer, rétorquait-il. Je tentais de me canaliser pour ne pas répondre afin de ne pas relancer une embrouille.
- En fait t'es insupportable, râlais-je. Tu n'acceptes pas la critique. Donc oui si on en est là c'est de ta faute, balançais-je en le pointant du doigt.

- Tu n'avais pas qu'à me suivre. C'est peut-être moi aussi qui t'as forcé à bouger ton gros cul de ta chaise pour soi-disant me régler mon compte, rétorquait-il en levant la voix.

- Oh mais comment tu me parles, me vexais-je. Toi aussi si tu n'avais pas une copine qui te suit comme un bon petit toutou, on n'en serait pas là. C'est toi qu'on devrait dresser finalement.

- T'as fini ?

- La ferme, lançais-je. Face à mon insolence, il rampa jusqu'à moi pour attraper le col de ma chemise. Je retenais de mes mains ses poignets.

- Sur la tête de ma mère Liam je vais te péter tes os !

- Parle-moi bien pauvre idiote ! Tout en m'insultant, il me secoua alors que je frappais de toutes mes forces ses bras afin qu'il me lâche.

- Mais t'es un grand malade !

- Shera je vais te faire manger le sol !

Il continuait de me secouer dans tous les sens sans relâche. J'avais beau frapper ses bras, il avait pour but de me faire perdre toutes mes neurones en me secouant comme cela. Nos visages étaient presque collés mais nous étions trop concentrés dans notre duel de regard et de jeu de main.

- Keboun (batard), lâchais-je dans ma langue maternelle tellement il me sortait de mes gonds.

- T'as dit quoi là, s'arrêtait-il dans ses mouvements. Je reprenais mon souffle à cause du tournis qu'il me donnait.

- Keboun j'ai dit sal hmar, lui crachais-je au visage.

- PARLE DANS NOTRE LANGUE, me criait-il dessus en me postillonnant littéralement dessus.

J'attrapais ses narines que je pinçais extrêmement fort pour le faire reculer. Il retombait sur ses fesses en frottant son nez et je pris mon courage à demain pour lui sauter dessus. Au-dessus de lui, je plaquais son visage contre le sol à l'aide de ma main. Il tentait de retenir mes bras mais c'était peine perdue pour lui, j'avais l'avantage.

- Qui va bouffer le sol Liam hein ! Qui !

- Lâche-moi grosse folle !

- Supplie-moi comme la pauvre merde que tu es, l'insultais-je avec toute la rage que je pouvais mettre dans ma voix.

- Euh les gars, entendais-je dans mon dos. Je me figeais avant de tourner lentement mes yeux sur Eden qui était accompagné de Blanche et Adam.

- Supplie de quoi Sherazade, intervenait Adam avec le sourire aux lèvres. Je tournais mon regard vers Liam qui était tout autant perturbé que moi. À cause de la rage à son égard, je n'avais pas remarqué que j'étais à califourchon sur lui. Je me relevais rapidement en lissant mes vêtements avant de fuir la situation gênante dans laquelle je me trouvais.

J'avais tellement la rage que même en marchant dans les couloirs, je m'imaginais encore le frapper.

S'il me touchait encore une seule fois, je crierais à l'agression et sincèrement j'étais déterminée.

***

Le cours avait commencé depuis vingt minutes et Dieu seul sait comme ma colère n'était pas retombée. J'écrivais les poings serrés.

- Nous allons procéder à une activité de mémorisation à présent, annonçait la prof raciste. Qui souhaite commencer ?

Je levais ma main en même temps que Liam. Lorsqu'il tournait ses yeux vers moi, pensait-il que j'allais baisser ma main pour le satisfaire.

- Bien Mademoiselle Refaat et Monsieur Buckley, venez me rejoindre au tableau, nous invitait-elle. Je vais vous donner le nom d'un réalisateur et vous avez une minute pour me noter ses films. Placez-vous face au tableau pas collé au mur comme ça vous serez de dos et aucune triche ne pourra être faite.

J'exécutais son ordre en récupérant une craie. J'attendais patiemment la craie levée qu'elle donne le nom.

- Steven Spilberg, annonça-t-elle et mon coup de craie partait immédiatement.

Ses œuvres cinématographiques se notaient extrêmement vite sur le tableau. Sincèrement, c'était le réalisateur qui avait le plus réussi dans le monde du cinéma. Tous ses films étaient des classiques, Indiana Jones, E.T, Jurassic Park...

- Stop, cria la professeur. Je me retournais vers les élèves avant de jeter un coup d'œil à Liam. Lui aussi ne semblait pas s'être calmé. Échangez vos places et barrez les mauvaises réponses, demanda la raciste.

Je passais devant Liam et mutuellement on se toisait du regard. Je l'insultais dans ma tête avant de me focaliser sur ses réponses.

- Alors, demanda la professeur.

- Tout est bon, lâcha Liam ne semblant pas vouloir l'admettre. Je me tournais vers lui, le sourire aux lèvres avant de barrer une de ses réponses sans le quitter des yeux.

- Men in Black a été produit par Barry Sonnenfled et non par Steven Spilberg, le narguais-je. Il se tournait vers la prof le regard désespéré.

- C'est exact, confirmait-elle. Allez-vous rasseoir. Il retournait à sa chaise, la rage dans tous ses mouvements. J'étais contente car pour moi cela signifiait une petite victoire personnelle.

***

L'heure de me réfugier venait d'arriver. J'attrapais mon tapis de prière pour la dernière de la journée. J'étais épuisée à cause de toutes ses choses qui rendaient ma vie difficile.

Je l'effectuais comme tous les jours depuis cinq mois maintenant. J'étais fière d'avoir pu tenir après tant d'années d'égarement. Plusieurs fois, j'ai pensé que c'était fini. Que je m'étais trop éloignée de mon Seigneur pour revenir vers lui lorsque la douleur m'habitait.

Finalement, j'avais retrouvé la foi dans l'épreuve. Malgré les innombrables péchés que je commettais par jour, je n'avais plus droit d'abandonner par peur qu'Il ne me pardonne pas. On m'a toujours dit qu'Allah était clément lorsqu'Il ressentait le repenti sincère, Il nous ouvrait par la suite la porte du pardon.

Il suffisait que je me prosterne dans la direction de la Quiba pour ressentir cet apaisement soudain. Ma colère s'évaporait dans la récitation des sourates. Pendant longtemps, je ne ressentais rien lorsque je priais. Puis petit à petit, une sensation étrange habitait mon corps.

Pour oublier afin de vivre, je devais prier.

C'était plus qu'une simple prière, qu'une obligation dans l'Islam, c'était un rendez-vous avec mon créateur et je ne pouvais reporter cela pour des plaisirs éphémères. Allah m'attendait toute la journée pour que je puisse lui montrer ma bonne foi dans la prière.

Toute ma vie, Il m'a attendu afin que je respecte mes obligations. Aujourd'hui dans les actes bienveillants qu'il m'accordait de vivre, je ressentais Son amour pour moi.

Je levais mes mains et comme tous les soirs, je Lui demandais de pardonner mes actes, ma personne. Il fallait toujours demander pardon parce que ce n'est que lorsqu'on le fait que le poids lourd de la culpabilité disparaît.

- Y'a Allah aide-moi à ne plus jamais m'éloigner de la religion…Je t'aime.

***

J'avais personnalisé mon uniforme avec des bijoux et j'étais plutôt fière du résultat. Mes cheveux rattachés en un palmier, mes boucles rebondissaient.

Je passais devant le tableau d'information où une nouvelle affiche gisait. Un gala de fin d'année se tenait milieu décembre. Il n'était pas sous inscription mais obligatoire. Il était stipulé que des stars connues dans différents domaines seraient présentes pour dénicher des talents. C'était la chance de ma vie.

Le thème était chic et classe. Je m'imaginais déjà sur les lieux. La sonnerie se diffusait dans les couloirs, je m'empressais donc de rejoindre mon premier cours.

Je rejoignais ma place à côté de Liam qui était déjà sur les lieux. Je m'installais sans lui prêter la moindre intention. Je lançais un petit sourire à Eden devant moi qui me regardait.

- Tu as ton déguisement pour ce week-end ?
- Oui ma commande arrive demain, le rassurais-je. Il se tournait satisfait de ma réponse. Le cours commençait dans le plus grand des calmes. Soudainement, Liam venait allonger sa tête sur la table et comme par hasard, il était tourné vers moi. Je tentais de ne pas prêter attention à sa personne car j'étais persuadée qu'il faisait cela pour m'énerver.

Le cours touchait bientôt à sa fin, cependant le professeur voulait nous donner un nouveau travail à faire à la maison.

- Je souhaiterais que cela se fasse par quatre. Vous quatre devant ensemble, nous pointait-il du doigt. Et voilà que Liam et moi nous retrouvions avec le binôme de Blanche et Eden.

Cela me rassurait d'un côté qu'Eden soit dans mon groupe, c'était le seul pour l'instant que j'appréciais. En espérant qu'il ne me déçoive jamais.

Je sortais de la salle de classe suivie de ces trois-là. On s'arrêtait dans une embrasure d'un mur afin de décider comment on allait procéder.

- On se voit chez moi ce lundi pendant les vacances, proposa Eden.

- Et pourquoi on n'irait pas chez Sherazade, lançait Blanche.

- Non je ne veux pas de vous chez moi, répondais-je en haussant les épaules.

- Ah oui et pourquoi ça ? Trop petit pour que l'on rentre, se moquait-elle en croisant ses bras autour de sa poitrine.

- Blanche-

- La ferme, coupais-je Eden en m'approchant de Blanche. Et ça vaut pour toi aussi Blanche. Si c'est pour dire de telles conneries, garde ta salive pour autre chose.

- Tu-

- Va pour chez Eden, coupa Liam la parole à Blanche. Je ne le voyais pas mais je me réjouissais de son intervention. J'en profitais pour bousculer l'épaule de Blanche avant de partir.

Chapitre court car le prochain risque d'être long.

Au fait, question ! On m'a fait une remarque sur la police d'écriture. Est-ce que cela vous rend la lecture difficile du fait que la police pour les dialogues soit la même pour les "informait-il", "dit-elle", "répond-elle"...

Si vous en voyez un inconvénient, est-ce que vous souhaiterez que je mette les dialogues en gras ou les "répond-elle", "informait-il" en italique ? Ou pas besoin de changement ?

Et merci pour tous vos petits commentaires qui m'encouragent à écrire, je les lis tous <3

Chapitre 13 - Halloween

M.Z

CHAPITRE 13

Du coup, j'ai mis les dialogues en gras :)

Je me retrouvais à partager l'unique miroir de l'appartement étudiant d'Amina. Elle peaufinait son maquillage tandis que je travaillais mes yeux. Après avoir fait le contour avec du khol, j'ajoutais de l'highlighter au creux de mon œil. J'étais fan du cat-eyes que j'avais réussi à la perfection. Mon regard était appuyé grâce au maquillage. Je me rappelais mes ancêtres.

Une fois mon make-up fini, je venais ajouter mon bijou de tête. Il faisait le contour de mes cheveux que j'avais exceptionnellement lissé avant de retomber en forme de T sur mon front. J'apportais une grande attention à ses détails qui marquaient ma culture égyptienne. Ils racontaient notre histoire malgré l'insignifiance de ce bijou de tête.

Avant de me vêtir de ma tenue, je sortais mon henné. Amina tourna sa tête vers moi pour voir ce que je sortais de mon sac.

- Oh mon Dieu, déclara-t-elle.

- Tu veux que je t'en fasse, lui proposais-je. Elle souriait malicieusement, contente que je lui propose cela. Ok enlève ta chanson de BTS et je te le fais.

- T'es vraiment une sorcière, m'insultait-elle.

- Je suis marocaine.

***

J'en avais fini avec les mains d'Amina. Elle était plutôt fière du résultat, désormais elle devait attendre quelques minutes. Pendant qu'elle me regardait faire le mien sur mon avant-bras, elle me posait des questions :

- Vous avez pu en reparler avec Liam ?

- Oh que oui, lançais-je en riant. On s'est battu. Deux fois à vrai dire.

- Battu, répétait-elle surprise. En mode insulte ou avec les mains ?

- Les deux, commençais-je. Je pourrais tout expliquer mais rien que d'évoquer son prénom me donne envie de le trouver et de le frapper encore. Mais je suis satisfaite d'une chose...il a eu un zéro par ma faute, admettais-je.

Ses yeux s'arrondissaient avant que la surprise ne se transforme en fierté. Elle souriait pendant que je lui expliquais ce que je lui avais fait. Elle me trouvait vicieuse mais très forte.

- J'ai envie de te dire qu'il le méritait, finit Amina. Je hochais la tête avant de finalement ranger mon matériel car j'avais fini mon henné.

J'avais usé du noir pour faire le symbole de la déesse Maât. Elle était la déesse de la vérité, de la justice ainsi que de l'harmonie cosmique. En réalité, elle était la déesse de plusieurs choses.

J'avais trouvé une représentation d'elle sur Pinterest et je l'avais utilisé comme exemple. J'avais reproduit tous les tatouages, symboles que portait la déesse.

- Habille-toi Amina que je vois ta tenue pendant que mon henné pose, proposais-je. Elle se levait afin de se vêtir de son costume de sorcière. En réalité, je m'attendais à une catastrophe mais j'appréciais vraiment bien. C'était une longue robe accompagnée d'un corset noir qui avait des filatures sur le bas. Elle y ajoutait du faux sang sur le corset afin d'y mettre une couleur.

- En vrai ça te va bien, ça te correspond en tout point, lâchais-je.
- Connasse, m'insultait-elle en riant.
- Si on me demande, je dis sorcière ou marabout ?
- La ferme Shera.

Je quittais son lit pour la salle de bain afin de nettoyer mon henné. J'appréciais le résultat que cela donner. Bien qu'il soit noir et non doré comme sur les vraies déesses. Je retournais dans la pièce centrale afin de me vêtir de ma tenue. Après la déception de ma commande Amazone, j'avais acheté du tissu à ma cité et avais tenté du mieux que je le pouvais de reproduire celle sur la photo de Pinterest.

Le résultat me plaisait bien. J'avais ajouté une robe rouge qui tombait sur mes mollets afin de ne pas me retrouver nue en dessous du voile transparent. Au niveau du ventre, la robe avait des ouvertures coupées par des traits qui formaient comme des grilles. Comme sur la photo, le voile longeait le long de mon corps cachant mon nombril. Je passais mes bras sous les colliers d'ors.

- Amina, regarde la photo et dis-moi si ça ressemble. Elle prit mon téléphone et ses yeux jonglaient de l'écran à moi.

- Tu es sa réincarnation.

***

T'es sûr on va chez lui là, s'énervait Amina. C'est vrai qu'après quarante minutes de route, on commençait à en douter. Eden ne pouvait pas habiter si loin. Actuellement, on se retrouvait dans une route paumée où seulement des arbres nous entouraient. Je commençais à flipper car seulement les feux de la voiture nous éclairaient.

- C'est un début de film d'horreur ça, lâchais-je. Ferme tes portes s'il te plaît.

- Tu flippes ?

- Pas toi ?

- À mort, rétorquait au tac au tac Amina.

Puis finalement, une lumière se voyait au loin. On se focalisait sur cette dernière étant donné qu'on avait éteint la musique afin d'entendre tous les bruits. Et soudain, on percevait finalement la maison.

- Oh mon Dieu, commentait Amina. On devait se baisser pour voir la hauteur de la maison. Elle ressemblait à un château ancien. Les murs de pierre pourvoyaient la richesse d'Eden. Devant l'entrée, une énorme fontaine gisait. Des voitures de luxe étaient garées tout autour. On tentait de faufiler la mini-voiture d'Amina avant de constater qu'à l'entrée des gardes se tenaient.

- On dirait un gala de charité, lâchais-je.
- Tu sais ce que c'est même, se moquait Amina.
- Non mais ça y ressemble.

On sortait de la voiture pour s'avancer vers l'entrée. On remarquait que certains déguisements n'avaient pas de nom. Comme par exemple, la fille devant nous qui était un lapin. Qui se déguise en lapin en sah ?

- Votre invitation, nous agressait le vigile.
- Mort de rire ! On fête Halloween ou une soirée privée d'un cartel, commentait Amina.
- J'en ai pas, répondais-je au vigile.
- Alors vous n'entrez pas, m'indiqua l'homme.
- C'est bon Grégor laisse-les entrer, entendais-je dans son dos.

Vrai prénom de gros vigile viril !

Lisa se tenait devant la porte qui était loin de nous sur plusieurs marches. On les montait avant de saluer Lisa qui était déguisée en Ange. Ses cheveux blonds étaient rattachés en un chignon bien plaqués laissant des paillettes les faire briller. Ses yeux bleus détaillaient ma tenue dans son ensemble.

- Tu es incroyable Shera, j'adore vraiment.
- Merci toi aussi, répondais-je.
- Toi aussi Amina c'est ça ? Amina hochait la tête. Tu es trop belle et ta peau est incroyable.

Je tournais ma tête vers ma copine et ne fus par surprise qu'elle la dévisageait. Il était vrai que sortir ce genre de phrase pouvait être mal interprété mais je connaissais l'intention de Lisa. Elle n'était pas mauvaise.

On finit par entrer et la surprise fut de taille. C'était le château de Versailles revisité. De la musique se diffusait dans chaque recoin. Lisa nous conduisait dans la salle centrale où tous les convives se trouvaient. Elle s'étendait sur des centaines de mètres. Autrefois, je pouvais parier que c'était une salle de bal. Les lumières jouaient en accord avec les beats de la musique.

L'ambiance était sombre mais les invités s'amusaient en dansant au centre. Au fond le DJ mixait. Certaines filles étaient déguisées en duchesse, c'était juste sublime.

- Où est Eden, demandais-je à Lisa au-dessus de la musique.

- Va dans le couloir de droite, il y a une porte avec un fil rouge. Il est dedans avec d'autres garçons.

- Ils font quoi ?

- Ils jouent au poker.

J'attrapais la main d'Amina avant de rejoindre le couloir immense. Ici la musique était moins forte. Des grandes vitres étaient à notre gauche. Des peintures de personnes se tenaient sur les murs.

- C'est incroyable Shera !

On dansait en vagabondant dans le couloir comme d'anciennes servantes. Sincèrement, j'aimais énormément ce lieu. Il me rappelait les séries historiques que je regardais avec ma mère. Les lieux anciens étaient un confort pour moi et là Eden m'offrait le plaisir d'en visiter un comme bon me semble.

J'espérais un jour avoir la chance de visiter Versailles.

Après avoir bougé dans tous les sens en courant, on tombait finalement sur la fameuse porte. Je ne pris pas le temps de toquer que je l'ouvrais. Les regards des garçons que je pouvais exceptionnellement qualifiés d'homme ce soir car ils s'étaient tous vêtus de costard tombaient sur nous.

De la fumée de cigarette formait un nuage au-dessus d'eux. Je voyais sur la table du fond Eden et je repris la main d'Amina pour l'emmener jusqu'à lui. Il se leva et en avançant vers lui mon regard tombait sur les hommes qui l'entouraient. Adam, Liam et un asiatique que je ne reconnaissais pas.

- Salut beauté, me saluait-il. Je venais frapper son bas avant de rétorquer :

- Elle est où mon invitation ? À cause de toi on s'est tapé la honte devant tes vigiles.

- Merde, je voulais te les donner la dernière fois pendant le repas mais tu es partie en courant pour-

- La ferme, le coupait Liam. Je ne pris pas en compte son intervention et rétorquais :

- C'est pas grave. Amina je te présente Eden. Eden voici ma meilleure amie Amina.

Il se serrait la main tout timidement avant d'engager une discussion dès plus banal. Je restais là, à les écouter avant de tourner ma tête vers les hommes et surpris Liam relooker ma tenue.

Ouais je suis bien belle, je sais.

- Vous jouez au poker c'est ça, m'adressais-je aux hommes de la table.

- Oui tu-

- C'est réservé aux hommes, coupait Liam le garçon.

- La ferme je parle pas à toi.

Il se levait pris de colère avant de venir se poster devant moi. Avec mes talons, je faisais normal les 1m80 ce qui voulait dire que je n'avais pas besoin de trop lever ma tête. Il ne pouvait plus me prendre de haut. Certains regards se tournaient vers nous surpris du bruit de sa chaise qui avait raclé.

À côté de moi, je n'entendais plus Amina et Eden discutait. Je me focalisais sur ce con qui tentait encore d'engendrer une dispute.

- Quoi encore, lançais-je. Ses yeux arpentaient mon bijou de tête avant de se concentrer sur le contour de mes yeux.

- On peut parler-

- Viens on y va Shera, lança Amina en coupant sans le savoir Liam. Je pris un temps avant de me décider. Je me perdais dans ses yeux avant de finalement me tourner vers ma copine. Elle me prit la main afin de fuir cette pièce.

Une fois dehors, ma colère disparaissait. Cependant, sa phrase coupée ne voulait pas quitter mon esprit. Sa voix était désarmée de colère. Je ne sais pas si j'aurais accepté de parler avec lui.

- Il a des excès de colère ou quoi, commenta Amina.

- Non je ne crois pas mais j'ai l'impression qu'il n'aime qu'on soit insolent avec lui, comprenais-je finalement une chose de lui. À chaque fois que j'avais été un peu vulgaire, Liam se braquait immédiatement et devenait irritable.

- Eh Shera joue pas ta psychologue, s'énervait-elle en me voyant cogiter. Je repris mes esprits et centrais mon regard dans le sien.

- J'en envie de visité le château.

- On pourrait le faire ensemble, entendais-je dans mon dos. Amina et moi tournions les talons pour voir au loin Eden accompagné de Liam. Liam avait les mains dans les poches, le regard baissé. Ils s'avançaient vers nous, une confiance en soi dans leur démarche.

- Il t'appartient, demanda Amina à Eden faisant référence au château.

- Oui depuis mes dix-huit ans.

J'observais Eden qui avait fait un effet mouillé sur cheveux noirs qui était replié en arrière avec une petite boucle tombant sur son front. Quant à Liam, il était vêtu d'un costard complètement noir jusqu'à la chemise. Seul une montre en or contrastait. Il plongea son regard dans le mien un instant avant de le tourner vers Amina.

- Alors on le visite ce château, reprit Eden.

- Commencez sans moi. Je vais me chercher à boire, lançais-je. Amina hochait la tête à mes mots et je repris chemin vers la grande salle. Je les entendais partir dans la direction opposée en riant. Je tournais sur un couloir mais j'entendais toujours de lourds pas derrière moi. Je me tournais finalement vers Liam qui me suivait.

Je ne prêtais pas attention à lui déjà excédée de son comportement. Je tentais de trouver en vain mon chemin mais l'orientation n'était pas mon domaine. J'avançais toujours avec ce bruit de pas dans mon dos.

Il n'allait finalement pas me lâcher. Devant moi, un couloir à ma gauche se tenait. J'hésitais sur le fait de continuer tout droit ou de tourner. Je suivais finalement la ligne droite cependant Liam venait attraper mon bras pour me faire avancer à gauche.

Je percutais son torse choqué par la force qu'il mettait dans sa poigne. Nous nous étions arrêtés et alors que je voulais qu'il me regarde dans les yeux, son regard s'arrêtait sur mon henné au bras. C'était des traits qui faisaient le contour de ma peau avant de faire une forme de flèche <.

- C'est un tatouage, me demanda-t-il.
- Non c'est du henné, l'informais-je. Il passa son pouce dessus en caressant le dessin afin de déterminer ce que cela était.
- C'est beau, complimentait-il avant de river son regard dans le mien. C'est toi qui l'as fait ?
- Oui.
- Tu en as d'autres ?
- Oui, répondais-je en lui montrant mon autre avant-bras où le symbole de ma déesse prônait. Comme pour l'autre, il le caressait de son pouce.
- Tu as du talent, m'informait-il. Les traits sont bien alignés avec les autres. C'est le symbole de la déesse Maât, je ne me trompe pas ? Je hochais la tête. Et tu es déguisée en elle, aussi. J'apprécie.
- Comment tu connais ?

- J'ai déjà dessiné une déesse égyptienne, me balançait-il naturellement. Puis quelques secondes plus tard, il se surprit à dire ses mots. Un regret voilait ses yeux. Subitement, il me lâcha partant dans la direction du couloir de gauche. Avance Sherazade, reprit-il.

Je suivais ses pas avant de me mettre à sa hauteur. Alors que je tournais mes yeux vers lui, je le surprenais à être perdu dans ses pensées. J'avais cette nette impression qu'il ne voulait m'avouer cela.

- Je pourrais le voir, demandais-je subitement sans savoir pourquoi.

Il s'arrêtait et j'en faisais de même. J'avais l'impression qu'il trouvait de l'espoir dans ma demande.

- Euh...je, bégayait-il. Tu veux vraiment ?

Eh merde dans quoi je me suis foutue.

- Oui Liam, reprenais-je en souriant face à l'excitation dans sa voix. C'est la mythologie de mon pays, j'aimerais savoir comment tu l'as représenté.

- Ok, riait-il doucement avec le sourire aux lèvres. On reprit notre chemin et trouvait finalement la cuisine qui était bondée. Attends-moi là, je vais te chercher ta boisson.

Je patientais dans l'encadrement de la porte à observer les costumes des différentes personnes. Puis tout un coup, un garçon avec une perruque et un drap comme vêtement passa devant moi. Je l'arrêtais en attrapant son bras :

- Eh tu es déguisé en quoi, demandais-je.

- En Jésus, sortait-il naturellement.

- Mais c'est un manque de respect pour la religion chrétienne.

- Oh lâche-moi toi, râlait-il avant de prendre la fuite. J'allais le suivre mais Liam se plaça devant moi.

- Tiens il n'y avait plus d'oasis donc je t'ai mis du coca, m'informait-il en me tendant mon verre. Je tentais de regarder par-dessus son épaule pour trouver l'autre con mais il avait disparu dans la foule. Qu'est-ce qu'il y a, me demanda Liam.

Je ramenais mes yeux dans les siens.

- Rien juste vu un con avec un déguisement de merde. Je buvais une gorgée de mon coca.

- Ok, répondait-il simplement. On va faire notre visite ?

- Liam, lâchais-je d'un ton las. Croyait-il qu'on était redevenu ami ? Je le haïssais toujours autant pour son acte.

- Oui je sais Sherazade, me coupait-il en levant les mains vers moi. Mais écoute au moins pour cette nuit oublions ce qui s'est passé entre nous, me proposait-il. Je cherchais dans ses yeux le mensonge mais Liam avait déjà dans sa voix ce ton de désespoir qui m'incitait à accepter.

- Juste pour ce soir, lançais-je finalement dans un sourire. Il prit ma main afin de m'emporter dans un couloir vide. J'avais pu apercevoir dans ses yeux, la joie de ma réponse. On courait dans les couloirs, nos mains liées avec pour seules lumières, les étoiles infinies du ciel qui transperçaient les vitres du château.

On s'arrêtait devant un escalier car j'avais lâché la main de Liam. J'étais en talon et essoufflée. Il se tournait vers moi et je me redressais quand il se trouvait face à ma personne.

- Je serais la meilleure, lançais-je en lui rappelant qu'il ne devait pas oublier notre rivalité à la fac.

- Je serais ton pire ennemi à l'école mais ton amant à la tombée de la nuit, rétorquait-il avec un sourire malicieux. Je riais avant de répondre :

- Mais tu as complètement remixé la phrase du film là, me moquais-je. Il riait avant de répliquer :

- Film ou livre, je ne sais même pas en réalité. Il venait de me mettre le doute. Je n'eus le temps de réfléchir à cela qu'il me prit par la main afin de me pousser dans l'escalier. On montait les marches rapidement. Cependant le voile qui glissait sur le sol s'emmêlait à mes talons. Voyant que cela me gênait, Liam s'abaissa afin de réceptionner le bas du voile qui souleva afin que je cours en toute tranquillité. Je lui souriais le remerciant de son aide.

Lorsque nous arrivions à l'étage, il laissa retomber le voile avant de le remettre correctement. Il apportait une grande attention à le remettre parfaitement bien comme si j'étais un tableau. Son tableau.

À l'étage, on ralentissait la cadence pour admirer les différents recoins. Cependant, il ne lâcha pas ma main, encré à cette dernière. Cette sensation de peau contre peau restait étrange pour moi. Je n'avais jamais tenu la main d'un garçon aussi longtemps. Mon propre père ne l'avait jamais fait avec moi lorsque j'étais petite. Est-ce que je trouvais un certain bonheur à cela car je ne l'avais jamais connu ?

Je marchais derrière lui sans lâcher des yeux sa main dans la mienne. Quand une petite fille grandissait sans l'amour paternel, les répercussions dans les relations amoureuses étaient nombreuses. Et ne pas vouloir lâcher sa main en était une.

- Regarde ce tableau Shera, me dit Liam en pointant du doigt une peinture. On s'en approchait. C'est de l'expressionnisme un mouvement artistique du Xxème siècle. Van gogh faisait souvent cela, son tableau le plus connu en est une, m'expliquait-il avec des étoiles dans les yeux. Je me perdais dans ses mots portant toute mon attention sur son visage.

- C'est ton mouvement artistique préféré ?
- Euh on m'a jamais posé la question, avoua-t-il en baissant les yeux. Je vais y réfléchir et je reviendrais te dire d'accord ?

Sincèrement, c'était un enfant qui me parlait. Ce n'était plus l'arrogant Liam irritable et colonisateur sur les bords. On me l'avait remplacé par son âme d'enfant qui semblait me parler de sa passion.

- D'accord Liam revient me voir, lançais-je. Il prit subitement mes joues en otage avant de lâcher :
- J'adore quand tu dis mon prénom.
- La ferme, lâchais-je en riant. Il se mordait si fort sa lèvre inférieur que je craignais qu'elle saigne.
- Allez on continue, reprend-il tout content en emportant ma main. On marchait mais on s'arrêtait devant chaque tableau. Le processus était toujours le même. Il m'évoquait le mouvement artistique avant de me raconter l'histoire du tableau. Sa culture générale en art était vraiment très riche. Je ne captais pas tout mais je faisais semblant pour lui faire plaisir.

Je ne comprenais pas pourquoi je voulais lui faire plaisir même.

Subitement, il lâcha ma main pour sortir de sa poche intérieure de son smoking, une cigarette et un briquet.

- Ça ne te dérange pas si je fume, me demandait-il.

- Non vas-y, lâchais-je en levant les mains. Il prit une première taffe qu'il recracha du côté inverse de ma personne.

- On refait comme la dernière fois Shera, me proposait-il avec un ton enjoué.

- Oh non je ne veux pas.

- Pourquoi ? Sa tête se penchait sur le côté.

- Je n'aime pas, mentais-je pour ne pas lui évoquer ma religion. Je n'avais pas honte de ce que j'étais mais il suffisait que cela se propage pour que je devienne la cible d'islamophobe.

- D'accord, respectait-il mon choix. Je m'approchais de lui sous son regard perçant pendant que j'ouvrais son smoking. Je venais déposer dans la poche intérieure mon téléphone.

- On peut aller voir une chambre s'il te plaît. Je rêve de m'allonger sur un énorme lit, lançais-je. Il souriait avant de reprendre ma main. On se mit à courir à travers les couloirs afin de trouver une chambre libre. Je repensais à mes propos et écarquillais les yeux. J'espère qu'il ne l'avait pas mal interprété.

Lorsqu'on tournait sur un couloir au loin se trouvait Eden et Amina. J'appelais ma copine afin qu'elle se retourne vers moi. Alors que je voulais me mettre à courir vers eux, la main de Liam devenait plus serrée autour de la mienne. Il m'empêchait de courir. Je centrais mon regard dans le sien et je pouvais lire son mécontentement. Cependant, je ne pus lui demander pourquoi qu'Amina et Eden était à nos côtés.

- Alors votre visite, me demandait Amina.
- Vous vous êtes réconciliés, me questionnait Eden. Tu es très fort Liam.
- Pourquoi, demandais-je.
- C'est lui qui m'a demandé à qu'on sorte vous rejoindre et il savait que tu tenterais de partir s'il était là. Alors il t'a suivi et monsieur a réussi à se faire pardonner, lança Eden en frappant l'épaule de son pote. J'enlevais ma main de celle de Liam malgré la force qu'il y mettait pour ne que je lâche pas.
- Eden je reprends ma copine, reprends ton ami, lançais-je en encerclant Amina de mes bras. Viens on va visiter une chambre !
- Oh putain oui, sursauta Amina. Elle prit ma main et je me tournais vers Liam qui observait attentivement nos deux mains entrelacées. Alors qu'on partait en direction opposée, j'entendais Liam hurler :
- Shera ! C'était nous-

Il ne termina pas sa phrase, pris par la déception de me voir partir. Cependant, j'avais compris ce qu'il souhaitait me dire. Il voulait que je visite la chambre avec lui. J'espérais qu'il ne croit pas que je lui en veux d'avoir voulu nous réconcilier. Seulement, je préférais faire cela avec Amina pour ne pas avoir à me retrouver dans une situation gênante avec Liam. Je craignais qu'il n'aille pas le même objectif que moi.

On entrait dans une chambre au hasard qui par chance était vide. On courait ensemble vers le lit avant de s'y jeter dessus.

- Oh Seigneur on dirait un nuage, lâchais-je surprise de la douceur du matelas. Le tissu satin rouge était tellement doux malgré l'horrible bruit qu'il produisait à nos mouvements. C'était un lit baldaquin à grande hauteur.

- Alors c'était comment avec Liam, me demanda Amina. On observait le plafond en parlant.

- Cool. Non mais par contre Amina, il était trop mignon. Plusieurs fois, il s'arrêtait devant des tableaux pour m'en parler. Je te jure c'était trop mignon à voir. On aurait dit un enfant à Disneyland, partageais-je.

- Ohh trop chou cette petite brute, se moquait-elle en empruntant une voix de mamie.

- Arrête, je te jure c'était trop mignon à voir. En plus, il me tenait la main comme un petit enfant.

- Tu veux aussi il t'appelle mommy ?

- Arrête, la frappais-je au ventre. Je suis prête à mettre ma main à couper qu'il a des mommys issues.

- Et bas parfait, vous vous complétez toi avec tes daddys issues.

- Oui, lâchais-je perdu dans mes pensées. Bref et toi avec Eden ?

- Il est drôle, commençait-elle avant de se redresser sur ces coudes. Et putain pourquoi tu lui as dit que j'étais ivoirienne, sénégalaise et malienne. Genre il m'a posé des questions sur mes trois origines. J'étais complètement perdue. Il m'a même parlé de m'inviter à un safari.

- AAH, m'écriais-je. Je riais à gorge déployée ne m'attendant pas à cela. Des larmes s'écoulaient le long de mes joues. Un safari en mode aller voir les animaux ? Mais t'as peur de petit chien, il croit il va t'emmener voir le roi de la savane. Non je comprends pourquoi t'as dit il était drôle. Mais en sah, t'as répondu quoi ?

- Pourquoi pas, admettait-elle. Je partais de plus belle dans un fou rire ne reconnaissant pas ma copine.

- POURQUOI PAS ??? Elle est où ma Amina sauvage qu'il aurait envoyé chier.

- Sa beauté m'a aveuglé pour le coup.

- Son gros cul aussi-

- La ferme, me coupait-elle en posant sa main sur ma bouche. Je venais vraiment de taper le meilleur fou rire de ma semaine.

Je me redressais sur mes coudes pour regarder de plus près la chambre. Elle était extrêmement grande et ressemblait fortement à celle de Marie Stuart dans Reign.

- Si j'avais su qu'on viendrait dans un lieu comme ça, je me serais déguisé en femme de la haute société.

- Ouais bas pas moi à cette époque j'étais une esclave, commentait Amina.

- AAH, m'écriais-je de rire. Elle tombait au sol de rire tandis que je me tortillais dans tous les sens sur le lit. Eh vas-y viens...viens on bouge, lançais-je en reprenant mon souffle.

On se levait complètement essoufflées. Je remis correctement mon talon avant de la suivre dans le couloir. On prit un escalier pour revenir dans la grande salle. La salle s'était légèrement vidée par rapport à tout à l'heure.

Je regardais de plus près les différents costumes et fus surprise du manque de respect de certains. Des personnes étaient déguisées en nonne ou en Pape sans ressentir la moindre honte. Ce n'était pas ma religion mais j'étais autant blessée comme si cela me concernait. Utiliser des tenues religieuses comme déguisement dépassait le manque de respect. Cela en devenait une insulte pour la communauté chrétienne.

J'aimerais leurs ôter à tous leurs tenues qui avaient perdu de leur pureté naturelle pour un côté provoquant. J'invitais Amina à aller à l'extérieur. Quand je visitais avec Liam, j'avais vu à travers une fenêtre, une piscine.

On descendait les quelques marches qui nous séparaient du jardin. La piscine était vivante d'âme par plusieurs personnes. Je baladais mes yeux dans l'horizon, repérant au loin un labyrinthe de grand buisson. On coutournait la piscine pour s'installer sur des transats. J'avais oublié mon verre dans une commode des couloirs lors de ma visite. On s'installait finalement de manière allongée en observant les gens autour nous. À notre grande habitude, on parvenait toujours à trouver une chose à se partager.

Cependant, après plusieurs minutes de discussion j'apercevais au loin, Lisa tenue par les jambes par Liam et par les bras par Eden. Je riais en comprenant qu'il comptait la jeter à l'eau. Seulement, lorsque je me concentrais sur l'expression du visage de Lisa, je ne lisais pas du plaisir. Je me levais de mon transat, les sourcils froncés.

- Shera, m'appelait Amina.

- ARRÊTEZ S'IL VOUS PLAÎT, s'écriait Lisa. Étant de l'autre côté de la piscine, je tentais de les appeler pour qu'il ne la jette pas. Cependant avec le brouhaha causé par les autres, ils n'entendaient pas mes appels.

- EDEN STOP !

Je n'étais pas médium mais l'inquiétude se lisait parfaitement sur le visage de Lisa. Cependant, elle était tout de même jetée à l'eau après mes trente appels. Je pris un temps afin de voir si elle remontait seule à la surface. Amina m'avait rejoint au bord de la piscine et le stresse était à son comble.

- Shera, m'appelait assez fort Liam de l'autre côté de la piscine. Ses sourcils étaient froncés doutant de mon expression du visage.

- SAUTE, hurlais-je. Il ne réfléchissait pas et sauta immédiatement. Je commençais à paniquer perdant mon self control. Alors que j'allais plonger à mon tour, Liam remontait avec Lisa dans les bras. Je courais en faisant le contour de la piscine. Je poussais un garçon qui tombait malencontreusement dans l'eau. Je m'abaissais au rebord afin que Liam me tende Lisa.

Puis soudainement, un silence planait dans le jardin. Lisa n'avait plus sa perruque laissant voir son crâne sans cheveux.

Je réceptionnais Lisa la ramenant sur le rebord inconsciente. Je l'allongeais pour faire les premiers secours. Amina arrivait derrière moi avec Eden.

- Enlève ta veste, hurlais-je à Eden. Il me la tendit rapidement pendant que Liam quittait l'eau. Je plaçais la veste sur sa tête pour cacher son secret avant d'appuyer sur son cœur.

- Bordel Shera je ne voulais pas je t'assure, s'excusait Liam.

- Aller Lisa respire, dis-je sans me soucier des paroles de Liam. Je lui faisais du bouche à bouche dans l'espoir qu'elle recrache l'eau. Ses sourcils commençaient à se démaquiller laissant apparaître sa peau nu. Elle n'avait pas de sourcils.

- Pardon Sherazade pardon, tentait de s'excuser Liam. Il voulait poser ses mains sur Lisa mais il tremblait tellement qu'il n'y parvenait pas. Du coin de l'œil, je le voyais faire une sorte de mini crise d'angoisse.

- Euh Shera, m'appelait Amina. Au même moment, Lisa recrachait l'eau. Je la pris dans mes bras laissant sa tête sur mon épaule. Elle toussotait pendant que je tapais son dos.

- Voilà c'est ça Lisa, l'encourageais-je. Je croisais du regard Liam qui semblait réellement culpabiliser. Cependant, il avait vraiment du mal à respirer et son poing qui serrait son blouson au niveau du cœur me l'exprimait. Eden prend Lisa et ramène-la dans une chambre.

Je nous relevais et Eden passait son bras en dessous des aisselles de Lisa. Amina prit ma place car le cas de Liam m'interpellait.

Je m'abaissais de nouveau devant lui en plaçant mes mains sur ses joues mouillées.

- Liam, l'appelais-je. Liam reste avec moi.

- Elle...elle...va bien...

- Oui elle va très bien, le rassurais-je. J'attrapais son bras pour le relever et par la grâce de Dieu, il tenait debout. Lentement, il reprit son souffle en encrant ses yeux bleus dans les miens. Je caressais de mes pouces ses joues afin de la rassurer de ma présence.

- Tu…tu m'en….veux, bégayait-il.

- Non, non Liam je ne t'en veux pas d'accord, le rassurais-je. Pourquoi se souciait-il tant de savoir cela. Je l'accompagnais s'installer sur un transat avec ses potes avant de partir.

- Pars pas s'il te plaît, me demandait-il en me retenant par le poignet.

- Arrête Liam, me fâchais-je en me retirant de sa poigne. Je partais rejoindre l'intérieur en téléphonant à Amina. Elle m'indiquait le lieu où ils se trouvaient et je me mis à courir à travers les longs couloirs.

Je rentrais dans la chambre où ils étaient, trouvant Lisa assise sur la commode au devant du lit avec Amina et Eden à ses pieds.

- Je vais chercher une perruque je dois en avoir une dans la voiture, lança Amina à mon arrivée.

- Attends je t'accompagne pour lui prendre des vêtements propres, ajouta Eden. Encore désolé Lisa.

Une fois qu'ils étaient partis, je me mis à genoux devant elle car son regard ne quittait pas le sol.

- Tu vas bien, demandais-je d'une voix fébrile.

- J'ai l'alopécie, m'annonça-t-elle subitement. Je pris ses mains entre les miennes, rassurée d'un côté que cela ne soit pas causé par un cancer.

- Comment tu l'as eu, demandais-je connaissant les différentes causes.

- Par ma grossesse.

- T'es enceinte ?

- J'ai avorté.

Trop de révélations en même temps. Je n'arrivais pas à assimiler tous ces mots, perdue déjà dans le fait qu'elle aille l'alopécie.

- Ok je vais appeler Amina pour lui demander qu'elle prenne du maquillage, dis-je avant de prendre mon téléphone en main.

- Tu t'en fou...

- De quoi ?

- Pourquoi tu ne me juges pas, fin je sais pas, dit quelque chose Sherazade, s'énervait-elle subitement en retirant ses mains des miennes. Je me redressais face à la rage qu'il le prenait. Je venais encercler son corps de mes bras pour qu'elle cesse de s'agiter. Puis après plusieurs secondes de rage intense, sa tête venait tomber sur mon épaule et ses larmes commençaient à couler le long de ses joues.

- Je n'ai pas de raison de te juger Lisa, commençais-je. Ton alopécie ne me dérange pas. Tu as perdu tes cheveux du jour au lendemain et cela peut arriver à tout le monde. Il ne faut pas que tu perds espoir, tu restes toujours aussi jolie, la complimentais-je en caressant son épaule. Le son de ses sanglots me brisait le cœur.

- Et pour mon avortement s'est pas interdit dans ta religion, reprit-elle en reniflant.

- Il y a certains cas qui te le permettent. Mais Lisa, commençais-je en ramenant son visage en face du mien. Il y a des choses qui sont déconseillées dans ma religion mais cela ne veut pas dire que j'ai le droit de te juger si tu le fais. Ton corps t'appartient et je respecte ça.

Elle souriait pendant que j'essuyais ses larmes. Dans le couloir, on entendait les talons d'Amina. Elle reprit son sang-froid et accueillait mon ami avec un grand sourire. Derrière elle, Eden et Liam suivaient.

Eden me tendait les vêtements et elle se levait pour rejoindre la salle de bain. Sans même avoir envoyé un message à ma copine, Amina avait apporté le maquillage. Amine s'approcha de moi avant d'entrer dans la salle de bain afin de me chuchoter :

- Reste avec eux, je m'occupe d'elle.

- Lisa je te laisse avec Amina. Tu peux lui faire confiance, lui dis-je. Si tu as besoin de moi je suis ici, ajoutais-je à l'égard d'Amina.

Elle hochait la tête avant de claquer la porte. Je rejoignais les garçons qui étaient au bord du lit, la tête baissée. Je me plaçais face à eux les mains sur les hanches.

- On est désolé Sherazade, commença Eden.

- Je suis pas ta mère pourquoi tu t'excuses, lançais-je. Ma brutalité leur a fait relever la tête. Vous vous excuserez auprès de Lisa lorsqu'elle sera prête à vous entendre, compris ?

- Oui, lâchaient-ils faiblement. Je venais m'asseoir du côté d'Eden et remarquais que Liam me lançait un regard comme s'il s'attendait à que je m'assoie à ses côtés. Dans le dos d'Eden, Liam venait tapoter mon bras. Je rejoignais son regard discrètement et je tentais de déchiffrer le message qu'il tentait de me faire passer.

Je fronçais des sourcils n'arrivant pas à lire sur lèvres. D'un geste de sa main, il m'invitait à une chose mais je ne comprenais pas. Avant qu'il ne mime des mots avec sa bouche :

- Viens à côté de moi.

Je hochais négativement la tête mais il persistait alors je continuais de lui dire non. Un caprice d'enfant sincèrement. Il attrapait le tissu de mon voile pour me tirer vers lui mais je parvenais à me dégager laissant doucement les nerfs me monter. C'était quoi cette possessivité sans raison. Puis soudain, la tête d'Eden venait se poster à quelques centimètres de la mienne.

- Qu'est-ce qu'il y a, me demandait-il.
- Euh....oh rien, bégayais-je prise au dépourvu. Il était apparu comme un screameur de jeu d'horreur.
- Le problème c'est que je veux être à côté d'elle. Tu peux décaler s'il te plaît mon pote, intervenait Liam.
- Oh c'est ça vas-y mec, répondait Eden en se levant. Liam glissait sur le lit pour se mettre à côté de moi. Je soufflais d'agacement avant de finalement accepter.
- Ça va, me demandait-il en souriant ramenant sa tête en face de la mienne baisser. Il se moquait littéralement de moi. Est-ce qu'on peut dire que j'ai gagné une guerre contre ma rival scolaire ?
- Non certainement pas puis BOUGE t'es trempé, criais-je en le poussant. Il se leva avant de m'attraper pour me coller à lui. Il m'encerclait de ses bras pour que je ne fuis pas. Je criais littéralement n'appréciant pas son acte. Je le repoussais de mes mains avant de finalement lui mettre un coup de genoux dans les parties intimes. Il se repliait de douleur avant de tomber au sol en position P.L.S.
- Bordel Liam j'ai fait un brushing, me plaignais-je en essayant de voir si des mèches avaient gonflé. Je tournais ma tête vers Eden pour

me plaindre à lui mais fus surprise de le voir filmer la scène. J'avançais vers lui, l'incitant à couper la vidéo.

J'entendais s'émettre le son de mes cris en concurrence avec les rires des garçons.

- Tu me l'enverras, demanda Liam pendant qu'il se relevait avec difficulté. Tu peux arrêter de me frapper ici s'il te plaît c'est la deuxième fois et ça fait toujours aussi mal.

- Je ne me soucie pas de te faire du mal Liam, m'approchais-je de lui, installé sur le bord du lit. Au contraire, je prends plaisir à te faire du mal, affirmais-je en pointant mon doigt face à son visage. Il frappait ma main, cependant je la ramenais à la même position et cela plusieurs fois s'en suivant.

- Arrête, me demandait-il la colère le prenant. Afin de mettre un terme à cela, j'appuyais ma main contre son visage pour envoyer son dos rencontrer le lit. Au même moment que Liam qui attrapait ma main pour me faire tomber sur lui, les filles sortaient. Je m'éloignais afin que sa main me lâche pour rejoindre mes copines.

Amina avait fait son taf. Sa perruque aux cheveux lisses noirs allait parfaitement à Lisa. De plus ses sourcils noirs appuyaient parfaitement ses yeux bleus.

- Tu es très jolie, lançais-je. Je me tournais vers les garçons qui s'étaient subitement relevés pour se poster derrière moi comme des gardes du corps. Lisa les scannait avant de leur sourire et d'ajouter :

- Je ne vous en veux pas. Vous n'étiez pas au courant.

- En tout cas tu es très belle avec ou sans Lisa, affirma Eden. Seigneur il savait vraiment pas y faire. La bouche de Lisa s'ouvrait de surprise et je sentais l'atmosphère devenir pesante. Puis finalement, elle se mit à rire accompagné de tous nos rires soulagés.

- Mais nous sommes quand même désolés Lisa, reprit Liam.
- J'accepte vos excuses les garçons, annonça-t-elle. On peut y aller ?

Je pris Lisa par les épaules pour nous conduire vers la sortie. On marchait dans les couloirs tout en discutant de choses futiles. Puis subitement, je fus tirée en arrière. Je percutais un torse et me retournais vers la personne à qui cela appartenait.

- Reste là, dit Liam.

Je tentais de me dégager de son bras sur mes épaules mais il persistait. Je voyais bien qu'à travers son sourire, il tentait de retenir son rire. Je venais attraper de ma main son menton l'obligeant à me regarder. Mon naturelle reprit en frappant son front avec le mien. Il me lâchait et je fonçais vers mes copines afin d'attraper leurs mains. Je me mis à courir avec elle pour me sortir de cette emprise.

StarfAllah même un jnoun amoureux me collerait pas autant.

On arrivait dans la grande salle suivit des garçons qui avaient finalement couru avec nous. Je sentais les tremblements de Lisa sur ma paume de main. Je venais près de son oreille avant de susurrer :

- Garde la tête haute.

Elle soufflait un bon coup avant de lever le menton et de lâcher ma main prise de courage. Je la regardais marcher avec la veste de costume d'Eden qui lui servait de robe. Elle avait reprit son assurance et ses manières de princesse que j'aimais tant. Elle allait jusqu'à même balayer les cheveux qui la gênaient les ramenant en arrière. Amina et moi effectuons un FIVE fières d'avoir rendu aussi confiante Lisa après cette humiliation.

Amina et moi tournions sur nous même pour tomber ENCORE sur Liam et Eden.

- On fait quoi maintenant, demanda Eden.

- Nous on va danser, commença Amina en nous montrant du doigt. Vous, vous allez faire ce que vous voulez.

- Eh non Shera et moi avons convenu qu'on était amis ce soir, se fâchait Liam.

- Ami pas pot de colle, lâchais-je sur le coup. Je regrettais déjà mes paroles face à l'expression de Liam. Il était là mon problème, je ne parvenais jamais à retenir mes mots. Je rigole chou, reprenais-je en caressant son bras. Il me dégageait violemment ma main me faisait hoqueter.

- Ok bonne soirée, lança-t-il avant de partir les mains dans les poches. Je l'appelais mais c'était trop tard, je l'avais énervé. Je me tournais donc vers Eden. Dis-lui que je m'excuse, c'était pas méchant.

- Lui dit plus jamais ça, m'avertissait-il d'un ton menaçant avant de partir le rejoindre. Je tournais mon regard d'incompris dans celui d'Amina qui me blâmait déjà.

- La ferme, répondais-je avant même qu'elle ouvre la bouche. J'irais m'excuser plus tard, c'est promis. On peut aller danser maintenant ?

Elle prit mon bras m'accompagnant sur la piste de danse. Les néons illuminaient nos corps de différentes couleurs. Le son Swim de Chase Atlantic nous faisait suer. J'oubliais le temps d'un instant dans le péché de la musique, ma vie.

***

Après avoir dansé pendant au moins trente minutes, on avait décidé de s'aérer l'esprit dans le jardin. Depuis une trentaine de minutes on discutait de nos vies qui s'étaient brutalement séparés. Au lycée, nous faisions toute ensemble. Malheureusement, la fac nous avait enlevé cette opportunité de se voir tout les jours. Donc lorsque je pouvais ne serais-je que le temps d'une soirée la voir, je le faisais.

- Oh bordel, lâchais-je subitement en tapotant mon corps. Mon téléphone c'est Liam qu'il a, me rappelais-je lui avoir donné. Je le cherchais du regard mais il n'était pas à l'extérieur. Attends-moi ici je vais le chercher, annonçais-je.

Je rentrais de nouveau dans le château en passant par la grande salle où il n'était pas puis par la cuisine où il n'était pas non plus.

Je parsemais les couloirs à sa recherche. Sur les portes de chambre que j'ouvrais, j'étais malencontreusement tombée sur des choses que je ne souhaitais pas voir. Puis finalement après une dizaine de portes, je tombais sur la chambre qui contenait Liam.

Mais la surprise fut de taille. Blanche était à côté de lui en l'embrassant dans le cou. À ma vue, il la repoussa pendant que j'entrais. Je m'approchais du lit sans un mot, contente qu'il soit encore habillé. Je tendais ma main tout en disant :

Mon téléphone.

- Shera...

- Liam mon téléphone, repris-je sans pour autant le regarder dans les yeux. Il ne cherchait toujours pas dans ses poches. S'il te plaît, ajoutais-je la voix cassée.

- Sherazade je t'en prie-

- Désolée tout à l'heure de t'avoir mal parlé, le coupais-je. Tu peux me rendre mon téléphone, demandais-je à nouveau avec le courage de le regarder. En réalité, cela ne me surprenait pas. J'étais simplement déçue qu'il soit avec une fille qui me méprisait tant. Elle avait insulté ma communauté, s'était moquée de mon logement et pourtant cela ne l'empêchait pas à vouloir d'elle. Cependant, je ne pouvais le blâmer pour cela. Je n'étais rien pour lui et lui rien pour moi.

Il me le tendit finalement et je décarpillais directement détestant Blanche qui posait ses mains sur son torse avec cette étincelle dans ses yeux pendant qu'elle m'observait attendant certainement une réaction de ma part.

Je me mis à courir en attendant les pas de Liam dans mon dos. J'entrais rapidement dans une chambre vide. Je déverrouillais mon téléphone et découvrais une tonne de message d'un destinataire qui m'avait tant brisé.

Je m'éloignais de la porte malgré les hurlements de mon prénom de l'autre côté. Mes mains tremblaient sous mon téléphone quand je me posais sur le lit. Étais-je prête à gâcher ma soirée en écoutant ce vocal.

- Salem aleykoum benti, c'est papa, ça va ? Bon j'ai pas de nouvelles de toi depuis quelques mois. J'espère que tu vas bien. Tes frères et sœurs te passent le salem. J'espère pouvoir bientôt organiser une sortie avec eux et toi...rappelle-moi.

Je serrais mon téléphone dans mon poing me retenant de l'envoyer voler. À entendre ces mots, j'étais le monstre de l'histoire. Pourquoi avait-il ce don de toujours se dédouaner de situation qu'il avait causé.

Il avait oublié mon anniversaire.

Encore.

Et c'était peut-être à moi de le contacter pour lui rappeler. Je détestais ce sentiment qu'il créait en moi à chaque fois que je voyais son prénom s'afficher sur mon téléphone. Encore aujourd'hui, il ne voulait pas me voir moi seulement. Vouloir toujours créer un lien fraternel avec ces enfants avait causé la perte de notre relation. Je voulais lui dire à quel point, je désirais le voir que lui.

Rencontrer mon père.

Apprendre à le connaître.

Mais cela était devenu impossible désormais. Je n'arrivais plus à faire semblant. Il m'était devenu impossible de dormir chez lui ou juste d'y aller. L'ennui me prenait toujours comme la jalousie. Ce sentiment se provoquait souvent quand je le voyais plus proche de ses nouveaux enfants que moi.

Il leur apportait tellement plus qu'à moi. Leurs sourires, leurs rires …J'étais jalouse d'enfants de moins de onze ans. J'écrivais rapidement sur mon téléphone une réponse qui ne sera comme d'habitude par sincère.

Moi à papa :

Salem aleykoum papa. Je vais bien et toi ? Désolée j'étais occupée mais c'est ok pour la sortie. À bientôt !

J'attendais sa réponse en fixement mon téléphone laissant une larme coulée sur l'écran. Je le voyais en ligne puis la flèche devenait bleue m'informant qu'il était sur la conversation. Puis s'en suuivait sa déconnexion. Il n'avait pas répondu.

Comme d'habitude...

Je commençais à réellement verser des larmes lorsque la porte claquait fortement contre le mur. J'essuyais rapidement mes larmes pour tomber sur Liam qui tentait de se tenir à la porte pour ne pas chuter. À ma vue, il cria :

- Tu es là ! Il s'approchait rapidement de moi en titubant afin de prendre de force mes mains. Pardon tu es tombée au mauvais moment...mais moi je voulais pas Sherazade, hurla-t-il. Liam avait énormément bu et à sa manière de se tenir et de parler cela se sentait.

Il retenait mes mains en otage quand il prononçait :

- Tu sais que tu es belle en déesse. Je pourrais être ton dieu.

Il trébuchait avant de se rattraper à mon épaule.

- Oh et puis ne lisse plus tes cheveux, commençait-il en les caressant. Je tentais de fuir sa prise mais ses mains qui me maintenaient me l'empêchaient. Tes cheveux bouclés me manquent donc PLUS DE PLAQUES D'accord...

- Ok Liam, m'enrageais-je. Je me dégageais de ses mains en reculant.

- Non attends s'il te plaît. Je dois te parler, me suppliait-il. Afin que je ne fuis pas, ses bras encerclaient ma taille. Je ne m'attendais tellement pas à cela que je tombais sur la commode à l'avant du lit. Il tombait sur ses genoux sans pourtant desserrer son emprise.

- Tu fais quoi là, tentais-je d'enlever ses bras.

- Arrête, hurla-t-il me faisant presque peur. Non pardon je voulais pas te crier dessus. Mais laisse-moi juste te parler...j'ai fais exprès de laisser la porte ouverte, se perdait-il complètement dans ce qu'il disait.

- Quelle porte Liam, perdais-je patience.

- Du bureau de ma maman, reprit-il sa voix perdant en octave. Je voulais que tu m'entendes parler avec elle.

Ses bras autour de ma taille perdaient en force alors qu'il déposait sa tête sur mes cuisses. Je voulais me dégager de son emprise mais la curiosité me prenait.

- Pourquoi ?

- Parce que je n'ai jamais voulu te faire du mal Sherazade et j'espérais que tu le comprennes si tu entendais les mots de ma mère, reprit-il d'une voix cassée tandis que ses yeux se fermaient. Ma...ma maman veut que je sois le meilleur depuis le décès de ma sœur...Emmy était tellement gentille, je pense tu l'aurais adoré.

Je posais délicatement ma main sur son crâne afin qu'il apaise son cœur qui battait extrêmement fort. Je le sentais sur mes cuisses. Il laissait ses jambes tombées afin d'être confortablement installé.

- Continue de parler Liam, l'invitais-je d'une voix douce.

- Emmy...était très forte à l'école et elle m'aimait beaucoup. Elle était comme une maman pour moi. Elle me protégeait tout le temps. Quand nos parents se disputaient, elle me mettait des écouteurs pour que je n'entends pas. Quand je faisais une bêtise, elle se dénonçait à ma place. Nous étions très proches. Emmy ne me laissait jamais seul à la maison. Elle disait rester avec moi jusqu'à la fin de ma vie mais elle m'a menti Shera...elle m'a menti...

Puis soudainement de l'eau venait mouiller ma cuisse. Je comprenais rapidement qu'il était entrain de pleurer.

- J'essaye de faire comme elle maintenant pour satisfaire maman pour qu'elle m'aime comme Emmy mais...mais elle veut pas...

Je me mis à caresser ses cheveux alors qu'il reprenait son souffle devenu irrégulier. Sa voix commençait à trembloter me brisant littéralement le cœur.

- Je pourrais faire comme Emmy...
- Elle a fait quoi Emmy, Liam...
- Elle s'est suicidée.

Mon cœur prit un coup ne l'autorisant plus à battre. Je levais mon visage vers le ciel afin de retenir mes larmes qui souhaitaient tant se déverser. Je n'avais pas connu Emmy mais à travers la bouche de Liam, elle paraissait être sa bouée de sauvetage. J'étais censée dire quoi à une personne qui pensait à s'ôter la vie.

- Liam, lâchais-je ma voix se brisant. Tu ne peux pas mourir.
- Pourquoi je ne peux pas, posait-il réellement la question.
- Tu-tu dois me montrer tes dessins, plaisantais-je en reniflant. Il relevait la tête vers moi mais c'était trop tard je n'avais plus le temps de cacher mes larmes.
- Tu pleures-
- La ferme, le coupais-je en les effaçant rapidement.
- Ok je me cache comme si je les avais pas vu, reprenait-il en revenant sur mes cuisses. Je riais face à sa proposition qu'il n'aurait pas eue s'il n'était pas bourré. Je partirais après te les avoir montrés d'accord ?

Je me brisais littéralement en mille face à la vérité de ses propos qui me frappaient. Dans sa voix, dans ses paroles rien ne me disait qu'il mentait. Liam paraissait si sincère avec moi.

- Mais dis-le à personne sinon des gens voudront me retenir, ajoutait-il.

- Mais moi Liam je te retiendrais !

Il relevait sa tête vers moi comme pour chercher la vérité dans mes yeux. Une larme solitaire se déversait sur sa joue. Pendant plusieurs secondes, il m'observait avec ce regard d'adieu. Il semblait mémoriser les traits de mon visage comme pour les encrer à du papier.

- Mais tu voulais que je m'éloigne de toi.

- Mais Liam je rigolais avec toi. J'étais très en colère ces derniers jours mais tu n'en étais pas la cause, mentais-je. Sache que je ne te laisserais pas partir...Faisons une promesse s'il te plaît.

- Dis-moi, s'exclamait-il.

- Avant de...

- Partir, le dit-il à ma place.

- Je veux que tu me dessines. Une fois en me regardant, une autre fois quand je ne serais pas là. Juste avec pour aide tes souvenirs avec moi...Promets le moi Liam, le suppliais-je en posant mes paumes sur ses joues. Je ne le laisserai jamais me dessiner. Mon front venait naturellement rencontrer le sien alors que mes larmes continuaient de se déverser.

- Je te le promets Sherazade Refaat...la première qui a su m'entendre.

Chapitre 14 - Lost

M.Z
CHAPITRE 14

J'avais allongé Liam sur le lit dans la chambre dans laquelle on se trouvait. Par la suite, j'avais dû prendre l'air sur le balcon. Ces mots avaient bouleversé toutes mes pensées. Je n'étais pas la bonne personne pour le sauver mais je ne pouvais faire comme si ses paroles n'avaient jamais été dites.

Malgré l'alcool qui coulait dans son organisme, toutes les vérités n'étaient pas sorties. Il me cachait encore bien trop de choses. Cela m'effrayait de détenir ses informations. La disparation d'Emmy semblait avoir traumatisé Liam. Bien que je ne pouvais mettre une date sur son décès.

Je décidais de quitter la chambre pour avertir Eden. Lorsque je rejoignais le couloir, mon regard croisait celui de Blanche. Elle s'avançait vers moi avant de me contourner pour ouvrir la porte de la chambre. Je savais qu'elle avait vu Liam sur le lit et c'est pour cela que j'attrapais son bras avant de l'avertir :

- Il dort. Elle semblait offusquer que je la touche mais désormais plus rien ne pouvait me mettre plus mal que les mots de Liam.
- Lâche-moi ! Je vais dormir avec lui.

Elle dégageait ma main puis finalement j'attrapais ses deux bras.
- Certainement pas.
- Et pourquoi ça, s'énervait-elle. Tu vas dormir avec lui ?
- Personne ne dormira avec Liam.
- Je suis sa copine, me hurla-t-elle avant de me pousser. Je revenais à la charge en attrapant le dos de sa robe.
- J'ai dit personne ne dort avec lui !

Au même instant, je voyais Eden arriver du coin de l'œil. Il m'écartait de Blanche avant de me demander ce qu'il se passait.
- Elle est complètement folle cette arabe !
- Blanche ne parle pas comme ça, la reprit Eden.
- Eden, soufflais-je n'ayant même pas la force de m'énerver. Liam est complètement bourré, je préférais qu'il dorme seul. On ne sait jamais ce qu'il peut arriver.
- Attends, tu sous-entends quoi là ? Que je vais le violer ?

Je passais mes mains sur mon visage, excédée de Blanche. Le mal pouvait venir de partout. Liam ne serait pas apte à se protéger ou à émettre un simple « non ». À l'heure actuelle, elle pouvait penser ce qu'elle souhaitait, la sécurité de Liam me préoccupait plus.
- Je vais fermer sa chambre à clé et lui laisser un double sur la commode, m'indiqua Eden.

- Merci, lâchais-je fatiguée. Je repris mon chemin afin de retrouver ma copine. Dans mon dos, j'entendais Blanche m'insulter mais sincèrement cela ne me provoquait aucun effet.

J'étais juste épuisée.

Ce que Liam ne savait pas en me confiant son envie de mourir était qu'il déposait sur mes épaules une lourde responsabilité.

Il m'avait abandonné dans un brouillard qui ne me laissait entendre que ces atroces mots. La solitude m'embarquait dans un radeau où je ne pouvais ramer pour me sortir de là. J'étais condamnée à vivre avec ce secret qui me détruisait.

J'étais perdue entre le partager ou respecter la demande de Liam. Il ne souhaitait pas que je l'évoque mais sa vie était mise en jeu.

- Shera...

Je me retournais vers Amina au bout du couloir. Perdue dans mes pensées, j'avais oublié de la rejoindre. J'essuyais la larme solitaire qui coulait le long de ma joue avant de lui offrir mon sourire.

- Tu vas bien, me demandait-elle en passant sa main dans mon dos.

- Oh oui j'ai baillé c'est tout, mentais-je. On va se choisir une chambre où dormir ?

- Tu as changé d'avis ? Si tu t'inquiètes que je conduise en pleine nuit, ne t'en fais pas. Je peux le faire.

- Non c'est bon. Dormons ici, insistais-je. En réalité, je voulais voir Liam à mon réveil.

***

J'avais passé la pire nuit de ma vie. Même mes problèmes avec mon père ne m'avaient retenu toute une nuit. J'avais à peine réussi à fermer l'œil en imaginant des milliards de choses.

Mon premier acte avait été d'aller dans le jardin pendant que le château dormait. J'avais déposé les genoux à terre avant de lever mes paumes vers le ciel. Au travers de la lumière de la lune, je demandais de l'aide à Allah.

Personne de mieux ne pouvait m'apporter du soutien. Mes larmes avaient continué de couler le long de mes joues, sous mes invocations. Une chose dont je souffrais était la peur de l'adieu.

Liam ne m'avait causé que du tort en l'espace de deux mois. Mais, je ne pouvais l'abandonner ou nier ses envies. Cela serait lâche de ma part.

Alors après une nuit complète de réflexion, j'avais pris ma décision. Le monde pouvait me haïr, la douleur pouvait me percer, j'allais tout de même venir en aide à Liam.

J'allais lui offrir un soutien, une épaule, un objectif pour qu'il vive. Mon choix était peut-être précipité, ma haine était peut-être toujours présente, mais son envie de mourir restera toujours dans son cœur si je n'intervenais pas.

Je brossais mes dents avec Amina dans l'immense salle de bain. Depuis son réveil, je n'avais pas dit le moindre mot. Je savais que me demander ce qu'il m'arrivait la démangeait mais elle savait aussi que je ne dirais rien. Alors pour étouffer son envie de savoir, je pris mon téléphone et démarrais le vocal de mon père laisser hier :

En réalité, j'avais caché une grande partie de ma relation avec mon père à Amina. Elle était ma meilleure amie mais après dix-huit ans de souffrance à ce sujet, je n'arrivais toujours pas à tout raconter sans pleurer. Les choses qu'elles savaient étaient minimes mais elles incriminaient déjà mon père d'être un mauvais père.

Dans le miroir, je la voyais hausser les sourcils. Une fois le vocal finit, je rangeais mon téléphone dans la poche de mon jogging. Elle cracha son dentifrice et répondait seulement :

- Il a vraiment un mauvais comportement.

Je hochais la tête avant d'effectuer la même chose qu'elle. Sincèrement, l'une des raisons de mon silence sur mes problèmes était qu'aucuns mots ne pouvaient les résoudre. J'avais tant perdu du temps à raconter mes problèmes lorsque j'étais plus jeune. Pour ne recevoir qu'au finalement des réponses de je-m'en-foutisme que cela m'avait meurtri dans le silence.

Personne ne devrait se sentir inconfortable lorsqu'elle raconte ses problèmes. Cependant, il y avait des gens égoïstes qui rendaient vos problèmes minimes afin de changer de sujet.

Je détestais ces personnes.

Amina et moi étions vêtues de nos jilbebs, nos tapis de prière étalés sur le sol. C'était Amina qui dirigeait la prière à cause de l'énorme fatigue qui me prenait.

Je me perdais dans ses mots oubliant que je priais. J'attendais de ma rencontre du matin avec Allah, un apaisement. Je me prosternais demandant pardon à Allah et soutiens. Puis nous passions à la prière du Dhruhr car il était déjà 14 heures.

À la troisièmes rakats, j'entendais le grincement d'une porte.

- Shera...

Oh mon Dieu, ce n'est pas possible. Je voyais la tête de Liam dans l'ouverture de la porte avant qu'il n'y entre complètement.

- Tu fais quoi, me demandait-il tout innocemment. Je ne pouvais lui répondre en cet instant mais j'étais sûr qu'il ne pouvait le comprendre. Il s'approcha sans pour autant marcher sur mon tapis. Je voulais lui hurler qu'il ne pouvait pas passer devant nous.

Il pencha l'avant de son corps pour mettre son visage face au mien.

- ALLAH U AKBAR, levais-je le ton avant de plier mon corps. Il s'écartait immédiatement pris de peur. J'entendais ses claquettes faire le tour tandis qu'Amina et moi continuions notre prière sans encombre.

- Vous allez déjeuner ?

Il est bête ou quoi ?

Un premier vent ne lui avait pas suffi. On terminait notre prière et immédiatement, j'entendais Amina rire.

- Mais ça va pas ou quoi Liam.

- Quoi, j'ai fait quelque chose de mal ?

Sincèrement, je n'arrivais pas à le regarder dans les yeux. J'enlevais ma tenue religieuse en ayant le regard rivé sur le sol. Pendant qu'il discutait, je rattachais mes cheveux en queue-de-cheval. C'était plus facile avec les cheveux lisses. J'avais pu découvrir la vraie longueur de mes cheveux. Il atteignait le milieu de mon postérieur.

- Bon venez on descend, lança Amina.

Je les suivais en restant en retrait. Cependant, impossible car dans le couloir Liam venait coller sa marche à la mienne.

- Tu as bien dormi ?

Je tournais difficilement mes yeux vers lui mais je le parvenais tout de même en lui offrant un faux sourire :

- Oui et toi ?

Il hochait simplement la tête en répondant à mon sourire. S'il me connaissait réellement, il serait que je n'étais pas du matin. Comme Amina qui me regardait actuellement d'un œil interrogateur.

On rejoignait le reste de la bande dans la grande cuisine blanche. Il n'y avait qu'Eden, Blanche et Adam.

Je venais faire une accolade à Eden avant de rejoindre le frigo. J'entendais ma copine continuer de parler avec Eden. Je cherchais un jus peu importe lequel excepté le jus d'orange. Une fois trouvé ma boisson, je pris un verre dans un placard.

Lorsque je le buvais, je ne me retournais même pas pour faire face aux restes de la bande qui discutait entre eux. Mes lunettes que j'avais posées sur mon crâne venaient rejoindre mes yeux sentant la tristesse marquer mes traits.

Ce qui me choquait le plus était mes mains sur le comptoir. Elles tremblaient comme si une crise d'angoisse allait m'englober.

- Eh Sherazade tu vas bien, me demandait Liam à ma gauche. Sa voix si douce et attendrie me rappelait celle d'hier. Il posait sa main sur ma joue droite afin que je tourne ma tête vers lui. Lorsque je croisais son regard à travers mes verres, je me sentais défaillir.

- Tu te souviens de ce qu'il s'est passé hier soir, demandais-je. Sa main retombait afin de l'aider à monter sur le comptoir.

- Je n'ai plus de souvenir à partir du moment où je m'excuse auprès de Lisa.

- D'accord, lançais-je déçu. Mon regard se baissait de nouveau automatiquement.

- Pourquoi ?

- Oh pour rien.

- Si dis-moi-

Liam fut coupé par le silence qui planait dans la pièce. Je me tournais vers l'îlot central afin de voir tous les regards tourner vers l'entrée. Mes yeux suivaient donc afin d'apercevoir Lisa en short un début de mois de novembre mais surtout sans perruque.

- Je vous emmerde, lâchait-elle. Eden venait mimer une imploration à son égard tandis que Liam sautait du comptoir afin de s'approcher d'elle tout en applaudissant. Chacun notre tour, on venait la serrer dans nos bras (même Blanche) en la félicitant de son courage.

Tout le monde reprit sa discussion et afin de fuir celle couper avec Liam, je rejoignais Lisa. Elle me remerciait de l'avoir aidé hier bien que je m'en foutais. Je faisais semblant de l'écouter en attendant qu'Amina me donne le feu vert pour partir d'ici. Si seulement, j'avais le permis je serais partie dans la nuit. Avoir accepté de dormir ici était finalement une mauvaise idée parce que je ne parvenais ni à parler ni à regarder Liam. Cela était tout frais pour que j'y fasse directement face.

- Bon les gars, commença Eden en frappant des mains une fois pour attirer notre attentions. Il doit y avoir des centaines de personnes éparpillées dans tout le château. Il faut qu'on les dégage maintenant pour les femmes de ménages qui ne vont pas tarder. Donc si vous pouviez vous mettre par deux pour aller plus vite...

Il venait à peine de finir sa phrase qu'il avait déjà sélectionné Amina pour être son binôme. Je tournais mon visage vers Lisa pour lui proposer, cependant je sentais une présence dans mon dos. Je levais ma tête vers la vitre en face afin de voir Liam me regarder de haut. Je lui faisais donc face.

- Tu allais dire quoi là, râlait-il.
- Qui t'as parlé toi ?
- Ok ok, s'empressait de dire Lisa en se plaçant entre nous deux. Shera va avec lui s'il te plaît, je ne suis pas encore prête...

Je compris rapidement que faire face à des gens qu'elle ne côtoyait pas tous les jours sans sa perruque la perturbait. Je caressais son bras avant de lui sourire chaleureusement. Alors que je voulais l'encourager, Liam partait en direction des couloirs.

Je soufflais d'agacement car je ne pouvais me permettre de m'égarer. Je pris donc la tasse de chocolat chaud que m'avait préparé Lisa avant de caler mon pas à celui de Liam.

On rejoignait rapidement les longs couloirs légèrement silencieux laissant la pluie frapper les vitres.

- Tu allais lui proposer, me demandait Liam. Je me tournais vers lui en le toisant ouvertement. Je regardais de haut en bas son ensemble jogging noir avant de river mes yeux dans les siens.

- Oui ça te pose peut-être un problème ?
- Oui un très gros même. Hier on avait dit-
- Hier Liam, le coupais-je avant de prendre une gorgée.
- T'es insolente franchement, se vexait-il. Je riais face à ses mots. On me disait souvent cela en réalité. Moi j'appelais cela plus du "culot sous forme d'honnêteté".

Liam passait devant moi pour ouvrir une première porte. Alors qu'il rejoignait la fenêtre pour ouvrir les rideaux, je comptais le nombre de personnes. Il y avait deux filles et un garçon sur le lit puis un autre garçon au sol. Seulement, une seule fille se levait face à l'éclat solaire.

- ALLER TOUT LE MONDE DEBOUT, hurla Liam pendant que je restais accoudée à la porte. Il s'avançait vers le lit avant de tirer par les pieds le garçon.
- OOH, s'écriait ce dernier avant de tomber sur la commode à l'avant. Je fus surprise de la brutalité de Liam. On pouvait dire qu'il n'y allait pas de main morte. Pendant que la fille éveillée réveillait l'autre, Liam s'occupait de celui au sol. Il lui donnait de petite gifle qui n'apportait aucun résultat avant de frapper extrêmement FORT son torse nu.

Le garçon se leva immédiatement afin de se mettre sur ses gardes.
- Vous avez dix minutes pour réunir vos affaires et dégager d'ici, lança-t-il d'un ton menaçant. Il revenait à moi en ne me quittant pas des yeux pendant que je souriais.

On reprit le couloir afin de trouver une autre chambre habitée.
- En vrai tu caches bien ton jeu, lançais-je.

- De quoi tu parles ?
- Tu parles mal et tu es violent.
- C'est toi qui dis ça...
- Ouais j'avoue.
- On fait un jeu, reprit-il. Je plongeais mon regard dans le sien. Prochaine chambre, tu t'occupes de les virer. On comptabilise à la fin le nombre de personnes. On a chacun cinq minutes pour le faire.

Je n'avais pas besoin de répondre, je lui tendais mon verre avant de remonter les manches de mon pull. Il souriait semblant être content que je participe. Tout jeu était bon à prendre pour une fanatique de compétition.

J'ouvrais la porte en la claquant bien fort contre le mur. Par chance, les rideaux n'étaient pas fermés. Il y avait seulement deux personnes de sexe différent dans cette chambre. J'avançais vers le lit d'un pas déterminé avant d'ôter brutalement la couverture.

- Vous avez une minute pour ranger vos parties intimes dans des vêtements et partir, criais-je à leur égard. (Ils étaient pas nus mais en sous-vêtements). La fille se leva sans rechigner mais le garçon persistait à vouloir dormir. Je contournais donc le lit afin de venir hurler dans son oreille. Il me poussa de sa main et du coin de l'œil, je voyais Liam s'approcher. Je tendis mon bras pour l'interdire d'approcher.

Je venais récupérer une ceinture au sol que je repliais afin de la faire claquer. Le bruit l'alerta mais il ne quitta toujours pas le lit. Je venais donc frapper la ceinture près de ses pieds.

- BOUGE DE LA !

Il se releva difficilement certainement encore sous le contrôle de l'alcool dans son organisme. J'avais gagné cette game quand je le vis remettre son pantalon.

Je revenais sur mes pas rejoignant Liam qui me tendait ma tasse.

- Tu as deux points, m'annonça-t-il.

- Et toi zéro, le narguais-je avant de tirer la langue.

- Comment ça zéro ? J'en ai quatre grâce à la première chambre.

- Tu n'avais pas encore annoncé le jeu.

- Et alors, s'énervait-il.

- Bah c'est de la triche, commençais-je aussi à m'énerver. Il prit mon bras afin de m'arrêter dans le couloir.

- Attends. J'ai quatre points et puis c'est tout.

- Tu as vu comment t'es un mauvais joueur. Tu n'avais encore rien dit sur le jeu. La chambre compte pour nul.

- Mais c'est mon jeu. Je fixe les règles !

- Liam m'énerve pas, j'ai un chocolat bien chaud qui pourrait malencontreusement atterrir sur ton visage.

Il hoquetait avant de fouiller ses différentes poches. Il sortit rapidement un briquet qui l'alluma devant moi.

- Sherazade m'énerve pas, j'ai un briquet avec une belle flamme qui pourrait malencontreusement brûler tes cheveux.

- Tu oserais ?

- Tu oserais, répétait-il mes mots.

- T'as pas de point. Tu n'as qu'à te rattraper dans la prochaine chambre, repris-je en avançant.

- J'ai quatre points.

- Bah je joue plus.
- Donc j'ai gagné.
- Non, m'énervais-je en m'arrêtant subitement. Shifumi en un point pour savoir si tu les as.
- Ok, lançait-il en cachant sa main dans son dos. Shi-fu-mi !

Il montrait un poing tandis que je montrais une feuille.
- YES, m'écriais-je en reprenant ma route. Il venait frapper doucement l'arrière de mon crâne avant d'affirmer :
- Réjouis pas trop vite, ça ne veut pas dire que tu as gagné.

***

Si je vous disais que Liam souriait et moi j'avais les poings serrés. Pendant, tout notre retour à la cuisine, il me narguait par rapport à sa victoire. Nous n'avions qu'un point d'écart et l'entendre se vanter de cela m'énervait.
- Arrête !
- Qu'est-ce qu'il y a t'es énervée princesse, se moquait-il. C'est bon j'arrête...la perdante, murmurait-il à mon oreille.

Je venais lui donner un coup dans l'abdomen qui nécessitait qu'il vienne s'appuyer à mon épaule. Il riait doucement avant de reprendre son sérieux.
- Shera, m'appelait-il pour capter mon attention. Tu faisais quoi dans la chambre quand je suis arrivé ?
- Je priais.
- Pour quoi ?

- Beh pour Dieu Liam, lançais-je. Il me regardait avec ses sourcils froncés sans comprendre pourquoi je faisais cela. C'est ma religion. Je suis musulmane si tu ne l'avais toujours pas compris.

- Tu es...

- Oui je suis, reprenais-je pour lui. Il semblait choqué de la révélation que je lui ai faite. Je ne voulais pas évoquer cela mais je n'avais pas d'échappatoire à sa question. Pour être franche, sa réaction me laissait dubitatif. Je me retenais de l'agresser afin de savoir si cela lui posait un problème mais je préférais m'abstenir.

- D'accord, lâchait-il simplement d'un ton neutre. Il me dépassa afin d'entrer dans la cuisine en premier. Il rejoignait Eden tandis qu'Amina venait vers moi à mon entrée. Je regardais vraiment Liam d'un mauvais œil. Je craignais que ma religion lui déplaise. Je ne savais pas pourquoi j'apportais tant d'importance à cela mais j'espérais qu'il ne soit pas dans le camp des méchants.

- Les pizzas sont arrivées on va passer dans la salle à manger, annonça Eden.

On prit tous la sortie afin de rejoindre la pièce. Elle s'étendait en un long rectangle pour au centre une longue table. Il ne restait plus que l'autre groupe de la cuisine de ce matin. Le reste des invités avaient décampé.

Je venais m'installer en face d'Amina tandis qu'Eden rejoignait sa droite et Liam la mienne. Cela me gênait désormais qu'il soit à côté de moi si je ne connaissais pas ses a priori à l'égard de ma religion.

Il fallait qu'il ne dépose aucun jugement sur l'Islam s'il souhaitait mon aide. Car je ne pourrais lui venir en aide qu'avec ma religion.

***

Le repas s'était passé dans le silence. J'avais à peine discuter avec Liam. La seule phrase qui fut échangée était « passe moi un gobelet ».

On avait tous rejoint la cuisine afin de jeter les boîtes en carton. J'étais perdue entre le détester car sa réponse ne m'avait pas satisfaite et entre « Shera n'oublie pas il veut mourir, tu dois l'aider ».

Le voir jouer m'avait fait plaisir car pendant un instant, j'avais oublié sa pensée la plus profonde. Liam cachait réellement bien son jeu que je parvenais à douter de lui. Était-il heureux ? N'était-ce qu'un mensonge ? Tout était faux.

- Bon moi j'y vais, annonçait Amina en revenant avec sa petite valise.

- Tu aurais pu descendre la mienne avec toi, la blâmais-je.

- Non mais toi tu restes.

- Comment ça ?

- Eden m'a dit que vous aviez un devoir à rendre pendant ces vacances. C'est le moment pour le faire.

- Mais t'es malade ? Je rentre avec toi c'est ce qui était convenu. Tu crois après je vais rentrer en bus jusqu'à ma cité. Oublie pas t'es mon chauffeur jusqu'à mon obtention de permis.

- Je te déposerais, intervenait Liam dans mon dos. Je me tournais vers lui penché sur le comptoir.

- Ok merci Liam, répondait Amina à ma place. Elle plaça sa main sur ma bouche pour ne pas que je rétorque. Accompagne-moi juste à l'entrée s'il te plaît Shera.

Je suivais finalement ses pas pour ne pas la contrarier. Arriver aux pieds des marches du château avec le reste des personnes derrière moi, elle venait me prendre dans ses bras afin de me chuchoter à l'oreille :

- Liam a insisté auprès de moi pour te déposer.

- Putain quel vicieux !

Eden venait se mettre à ma hauteur avant de prendre la valise d'Amina. Ils se dirigeaient tous les deux vers sa voiture. La dernière image que j'avais d'eux était Eden qui rangeait la valise dans le coffre.

Je rentrais avec Liam et Blanche dans le salon pour commencer à déposer nos affaires car Adam était déjà parti. J'espérais que le travail en commun se passe dans de bonnes-

C'était le néant dans ma tête. J'avais passé plusieurs heures à parler la musique vagabondant dans mes oreilles. La symphonie de mes mots avait apaisé mes maux.

Malgré ma pleine conscience de mon trouble, je ne souhaitais pas réaliser. Si Allah ne m'avait pas donné ce pouvoir de me perdre sans que le monde ne me tue, je n'aurais jamais survécu.

Cela va plus loin qu'un simple plaisir. Je prends vie dans mon malheur. Mais cela n'est qualifié de malheur qu'auprès du monde extérieur. Selon moi, c'est ma bouée de sauvetage.

L'eau d'amertume qui a menacé plusieurs fois de ma noyée a cessé de tenter de m'emporter grâce à cette réalité construite.

- Tu es horrible.

Ce que je vois ne le pense pas.

- Je n'aime pas ce que tu es devenue.

Pour moi je suis la meilleure version de moi-même.

- Tu es si seule...

Je l'ai voulu.

J'ai camouflé tant de mensonges pour paraître heureuse. Le malheur m'a frappé de plein fouet alors que je n'étais pas encore consciente que je vivais.

Revenons au mensonge...

***

Je me retrouvais côté passager dans la voiture de Liam. Le silence était palpable depuis plusieurs minutes. Il n'avait même pas mis de la musique afin d'apaiser cette tension.

Liam avait remarqué que je n'étais pas au max de ma performance lors de notre travail. Il avait donc décidé de couper court pour me ramener chez moi. Je ne savais pas si cela reflétait une bonne action de sa part ou s'il était seulement soûlé.

- Ta religion elle est...comme dit dans les médias, demandait-il subitement.

- Non, répondais-je d'un ton froid m'attendant à cela.

- Ok ok pardon, se reprenait-il. C'est pas ce que je voulais dire. Je veux...juste comprendre.

- Comprendre quoi Liam, m'énervais-je en me tournant vers lui. Tu te demandes si on tue des gens au nom d'Allah. Que si au final on fait cela on est glorifié ? Que les femmes sont des soumises et que notre voile est une forme de soumission envers notre homme. C'est ceux à quoi tu penses quand on t'évoque MA religion ?!

Liam tourna le volant sur la droite afin de s'arrêter sur le bas-côté.

- J'ai jamais dit ça Sherazade ! Ne déforme pas mes propos.

- Alors quoi ? Les médias parlent de notre religion ainsi. On est la proie de ce monde ! S'ils pouvaient nous faire disparaître, ils n'hésiteraient pas une seconde.

- Je te posais simplement une question Sherazade qu'est ce qui te prend putain ?! Je voulais l'avis d'une vraie musulmane parce que je n'y connais rien à ta religion, me hurlait-il dessus.

Je laissais retomber ma tête sur mon siège complètement épuisée. Il n'avait pas tort, j'avais surréagi. Cependant, un rien m'irritait depuis ce matin. Le fait qu'il prenne du temps à revenir sur ce sujet avaient chauffé mes nerfs. Cependant, je n'étais pas légitime de m'en prendre à lui. Sa question n'avait pas de sous-entendu.

- Je veux juste rentrer chez moi…s'il te plaît Liam.

Je tournais ma tête vers la vitre afin qu'il ne voit pas ma lèvre inférieure trembler. Plusieurs secondes plus tard, il démarrait de nouveau la voiture pour conduire extrêmement vite.

Je laissais couler une larme à travers cette vague d'émotions qui me traversait.

——————Je ne suis pas fière de ce chapitre mais merci pour tout le soutien que vous m'apporter avec vos commentaires ! Ça me pousse à écrire malgré la complexité de cette histoire.

Love you all <3

Chapitre 15 - Fatigue

CHAPITRE 15

Quatre jours s'étaient écoulés depuis la soirée. Malgré les appels de mon groupe de danse pour diverses sorties, j'avais passé mes vacances, enfermée dans ma chambre en simulant une tonne de devoirs.

Je me laissais morfondre dans l'abondance tristesse qui encerclait mon corps et pourrissait mon cœur. Lorsque je priais, je me sentais hypocrite envers Allah. Je les retardais une par une à cause du trou noir qui englobait ma vie.

Ces quatre jours furent longs et douloureux. Lorsque je conviais mon corps à une activité, mon esprit restait focalisé sur Liam. Sur ce que je devais faire pour lui. Alors j'avais laissé un carnet sur ma table afin de noter toute l'aide que je pourrais lui apporter à travers diverses choses.

Donc suivit de cela, je me voyais me remémorer les peu d'instants en sa compagnie. Il semblait profondément détesté sa mère manquant certainement d'amour de sa part. Ce qui expliquerait son importance à me parler de sa passion et à me tenir la main.

Il devait cruellement manquer d'amour maternel comme je manquais de l'amour paternel. Cependant, cela tombait bien ma mère m'avait offert toutes les bases pour être une bonne mère.

Je ne serais pas la mère de Liam ni même sa sœur qui ne peut être à l'heure actuelle remplaçable. Je devrais être seulement celle sur qui il pourra se reposer, évoquer, discuter, aimer...

- Allah, appelais-je en fixant mes mains levées. Il y a une personne dont j'aimerais te parler.

Je ne savais pas si ma prière à trois heures du matin quand le monde était éteint sera entendue mais je devais tenter le tout pour le tout.

- Il y a un garçon dans ma classe. Malheureusement, il fut égaré mais je sais que tu n'égares jamais personne pour rien. Longtemps j'ai été égaré, dégoûtée de ma religion par ces personnes qui m'ont négligé pour m'éduquer...Mais ce que je voulais te dire était qu'il y a ce garçon Allah aux envies suicidaire, commençais-je sentant une larme couler sur ma joue. Je sais que je n'aurais pas du plein de choses avec lui. Il n'a apporté que la colère en moi me laissant tomber dans le péché. Il m'a touché alors qu'il fallait que je me protège de ses mains...me laissant tomber dans le péché. Mais Allah, je ne peux pas m'éloigner de lui pas maintenant. Je vais peut-être mal agir, recevoir un châtiment ou même me détruire...mais je préfère mourir de chagrin que de le laisser périr. Et pour cela, j'ai besoin de ton aide. Offre-moi la science, la patience pour lui apprendre. Tu m'as ramené sur le droit chemin, aide-moi à lui offrir un avenir où il sera heureux dans cette Dunya. Aide-moi au péril de mon bonheur.

Je laissais retomber mon visage sur mes mains prises par le chagrin d'une telle souffrance cachée. Je me relevais difficilement afin de retourner dans mon lit. Demain, je devais avoir le courage de le quitter pour profiter de mes jours de vacances. Mon monde ne devait pas s'arrêter de tourner.

***

J'avais pu m'apprêter sans avoir l'envie irréversible de retourner dans mon lit. J'avais acheté après plusieurs semaines le cadeau d'AB. C'était une roue de 200 sucettes chupa chups. Il allait certainement terminer avec le diabète mais au moins il ne me rackettera plus de plusieurs centimes.

Je le cherchais à travers tous les petits qui jouaient au milieu du terrain. Je ne savais pas où il trouvait la force de rester des heures dehors en ce mois d'automne.

- AB, hurlais-je en le voyant courir derrière une fille. Il se stoppait à l'entente de ma voix cherchant autour de lui. Je levais le bras afin qu'il me voit. Ab s'avançait en courant vers moi avant de laisser ses bras encercler ma taille. Je tentais tant bien que mal de cacher la roue sous mon long manteau.

- Tu tiens quoi, me demandait-il en s'écartant de moi.

- Ton cadeau.

Lorsqu'il voyait finalement ce que je tenais, ses lèvres s'incurvaient en un sourire sincère. Il me la prit des mains mais il ne mesurait pas le poids de la roue qui tombait finalement au sol. Je me pinçais l'arrêt du nez, excédée par ce gosse. Ab la laissa finalement au sol pour me faire un câlin.

- Merci Sherazade !
- De rien petit chou. Maintenant me réclame plus d'argent.
- Je vais ramener ça à la maison pour trouver une cachette avant que Bakari rentre.
- Oui fonce, j'ai pas acheté ça pour lui.

Il partit en courant avec la roue vers le hall de son entrée. C'était extrêmement drôle à regarder car il était si petit pour un aussi gros truc. Je relançais As it was de Harry Styles avant d'enfouir mes mains dans mes poches, direction mon immeuble.

Aujourd'hui, je ne pris pas le temps de saluer qui que ce soit dans le hall de mon immeuble. Un simple « salem » suffisait. Comme depuis quelques jours, j'étais déconnectée à la réalité me perdant dans mes pensées à chaque fois que j'entreprenais une chose.

Lorsque l'ascenseur m'arrêtait à mon étage, je fus surprise de voir mon groupe de danse devant ma porte. J'ôtais un écouteur tout en m'approchant d'eux.

- Vous faites quoi ici ?
- Et toi connasse, s'énervait Bems. Pourquoi tu réponds pas à nos appels ?

- Je suis occupée ces derniers temps, répondais-je en insérant la clé dans la serrure. Vous pouvez repasser une prochaine fois s'il vous plaît ?

- L'émission de danse est sortie, lança Jessica. Étant dos à eux, je soufflais d'agacement car je ne pouvais refuser de les accueillir chez moi. J'avais perçu la tristesse dans la voix de Jessica. Elle devait penser que je ne leur accordais plus d'attention parce que je les aimais plus. Jessica était quelqu'un qui ne distinguait pas son passé à son présent. Sa mère avait lâchement abandonné elle et son père pour un autre homme qui avait déjà une famille. À l'heure actuelle, sa mère s'exposait sur les réseaux sociaux avec ses « nouveaux » enfants sans jamais contacté Jessica. Elle assimilait donc ma situation au fait que j'ai des nouveaux amis et que je vais l'abandonner aux dépits d'eux.

- Ok entrez on va la regarder, lançais-je d'un ton faussement heureux. Bems se mit à courir vers mon canapé afin d'y sauter dessus. PUTAIN CONNARD TON GROS CUL IL VA LAISSER UNE MARQUE !

J'entendais le rire aiguë de Jessica et cela me rassurait de la savoir plus confortable à présent. Elle s'installait près de Bems tourné vers moi le doigt d'honneur levé. Mon corps me conduisait vers la cuisine pour prendre des choses que l'on pourrait grignoter.

Je pris un temps à moi afin de respirer correctement. J'allais certainement passer plusieurs heures avec eux et j'étais d'ores et déjà plongée dans mes pensées. Je devais oublier le temps d'un instant ce qui m'empêchait d'être heureuse.

Pendant ces quatre jours, je n'avais eu aucune nouvelle de Liam. Pourtant, j'avais débloqué son numéro mais n'avais rien reçu de sa part. Je ne savais pas si je devais prendre l'initiative de le faire.

- Eh Shera, arrivait Aaron. Tu vas bien ?

Je me tournais pour lui faire face en m'appuyant sur mon comptoir.

- Elles sont trop belles tes tresses, admettais-je en remarquant sa nouvelle coupe. Aaron était l'un des seuls à remarquer quand je voulais fuir des situations et s'il était là face à moi c'était qu'il avait ressenti.

- Ce n'est pas ce que je t'ai demandé, rétorquait-il en s'approchant de moi. Ce que je n'aimais pas chez lui était qu'il pouvait emprunter une voix douce qui te donnait envie de t'ouvrir à lui. De plus, il aimait tant réconforter les gens en les prenant dans les bras. Et c'était exactement ce qu'il faisait avec moi en cet instant. Je sais que ta mauvaise humeur ne concerne pas ton père car tu aurais hurlé et non tenter de retenir tes larmes comme tu le fais maintenant. Alors dis-moi Sherazade qu'est-ce que sait ?

Il murmurait ses mots comme pour garder le secret de ma peine. Je laissais mon front poser sur son épaule tentant de faire de l'ordre dans mon esprit. Je pris une grande respiration avant d'expliquer :

- Je connais quelqu'un qui veut mourir et il ne l'a confié qu'à moi. Mais je me sens impuissante Aaron. J'ai l'impression qu'à tout moment il peut partir en me laissant sa mort sur la conscience. J'aimerais l'aider mais je n'ai aucune clé en main.

- Sherazade, m'appelait-il en ramenant de ses mains sur mes joues mon visage vers lui. Tu as grandi dans la difficulté comme la plupart d'entre nous. Pourtant, nous sommes toujours présents. Fait de tes difficultés des leçons. Enseigne-lui l'art de se relever face aux obstacles comme tu me l'as enseigné à moi aussi.

Je l'écoutais attentivement pour me nourrir de la force de ses paroles. Je hochais timidement la tête pour l'avertir que j'avais compris le message qu'il souhaitait me transmettre.

- Voilà maintenant essuie tes larmes et bats-toi !
- Il ne mourra pas, promettais-je.
- Je sais...mais du coup c'est qui ?
- Mon dépit de parole a atteint sa limite, plaisantais-je. Je ne souhaitais pas lui avouer que c'était Liam car il se sentirait aussi concerné sinon. Malgré le fait que nous ayons passé seulement une soirée ensemble.
- D'accord ne me dit pas, acceptait-il en souriant. Reviens dans le salon quand tu te sens prête. Je hochais la tête puis pris le temps de le regarder partir.

Il avait raison, j'étais capable de l'aider. Même si je ne parvenais pas à le sauver des griffes de sa douleur, je devais essayer. Je me démènerais quitte à oublier toutes nos disputes, nos trahisons. Même la pire personne que cette terre a créée devrait pouvoir recevoir de l'aide.

Je pris finalement mon courage à deux mains et rejoignais le salon. Je m'installais sur le canapé entre Bems et Aaron tandis que Jessica était entre mes jambes par terre. Le programme se lançait et je m'obligeais à tout oublier pour profiter de mes amis.

***

Ils rangeaient le bordel qu'ils avaient foutu après l'annonce de leur victoire. Ils avaient volontairement fait semblant d'oublier qu'ils avaient gagné pour se réjouir avec moi. Je les regardais d'un œil admiratif.

Ils étaient mes amis ceux qui avaient toujours été là pour moi. Quand la noirceur de ma tristesse m'engloutissait, il suffisait que je ferme les yeux pour entendre leurs mots qui me soulageaient dans l'immédiat.

On rejoignait ensemble la porte d'entrer et je les félicitais une dernière fois pour leur victoire. On effectuait un câlin collectif ce qui avait l'effet de recharger mes batteries. Puis lorsque la porte était de nouveau fermée, le silence m'empêchait de respirer.

J'activais une musique sur la télé afin d'être bercé par cette dernière. Il était deux heures du matin et ma mère n'était pas prête de rentrer. Malheureusement, elle était occupée à dire adieu à un proche.

Je me laissais tomber sur mon canapé avec mon téléphone. Lisa avait répondu à mon message que je lui avais envoyé plus tôt dans la soirée. Il concernait sa maladie. Je me devais d'être là pour la soutenir, lui rappeler tous les jours sa valeur dans l'espoir de la voir telle qu'elle est à la reprise des cours. Je lui rendais simplement la pareille après ses nombreuses interactions bienveillantes à l'égard de ma religion.

Cependant, je n'avais toujours aucun message de Liam. Alors je pris mon courage à deux mains pour aller dans notre conservation.

Cependant mes yeux s'écarquillaient quand je voyais qu'il était en train d'écrire. Je jetais littéralement mon téléphone en attendant de recevoir son message.

Quelque seconde plus tard, le doux bruit de mon iPhone m'indiquait que je l'avais reçu. Je sautais sur mon téléphone et me mis à lire.

Colonisateur à moi :

Demain chez moi à 14 heures pour terminer le travail de groupe.

Je réfléchissais à ma réponse face à son message hyper froid. Il m'avait répondu tel un coach qui annonce la date d'un match. Puis lentement, je me mis à taper :

Moi à colonisateur :

C'est ok pour moi sinon ça va toi ?

J'attendais dans la conversation et fus surprise de finalement voir qu'il m'avait mis un vu. Je me redressais prise de colère avant qu'inconsciemment je l'appelle en Facetime. Je regardais mon reflet dans l'écran et me repris vite parce que la rage marquait mes traits.

Pendant plusieurs secondes, le bruit du Facetime s'enchaînait mais sans réponse encore. Après mûre réflexion, il n'était pas légitime d'être en colère contre moi. Certes, je lui avais hurlé dessus en déformant ses propos mais je m'étais calmée à peine quelques minutes plus tard. Il pouvait passer outre.

Je n'avais même plus l'envie de venir demain. Je pensais sincèrement lui envoyer un message d'annulation à la dernière minute.

***

J'étais devant chez lui. Alors que j'allais sonner, une voiture derrière moi klaxonnait. Je me retournais vers cette dernière et à travers la fenêtre Eden me faisait coucou. Il baissa sa vitre afin de me dire :

- Il n'habite pas ici monte, je t'emmène.
- Mais qu'est-ce que tu racontes ? Je suis venue ici la dernière fois pour notre devoir.

Eden fronçait les sourcils semblant être confus. Je ne comprenais pas sa réaction. Puis finalement, il gara sa voiture avant de me rejoindre.

- Tu es sûr Sherazade ?
- Mais oui Eden vraiment. Pourquoi tu penses que je me trompe ?
- Non oublie c'est moi je deviens fou. Ça fait longtemps que je ne suis pas venu dans le coin.

Je le regardais d'un air dubitatif avant de finalement sonner. Liam nous ouvrait la porte à distance puis l'on montait la petite pente. Devant la porte, Eden et Liam s'échangeaient un regard vraiment étrange. Puis finalement Eden le dépassait afin de détailler l'entrée dans sa globalité.

Liam me lançait un regard avant de le détourner pour fermer la porte. Je me tournais vers lui en posant ma main sur son épaule. Je profitais qu'Eden joue l'agent immobilier pour lancer quelques mots à Liam.

- Qu'est-ce qui t'arrive ? Ma question n'avait rien d'un jugement. Au contraire, dans ma voix on pouvait entendre mon inquiétude. Surtout lorsque je voyais les yeux de Liam gonflée et son look complètement négligé. Il me repoussa avant de me contourner en me demandant simplement :

- Arrête Sherazade.

C'était étrange mais entendre mon prénom au complet dans sa bouche me laissait perplexe. Il empruntait toujours un raccourci sauf quand il n'était pas dans son état normal.

- C'est vraiment incroyable ici Liam, commentait Eden. N'était-il vraiment jamais venu ici ? On rejoignait rapidement la cuisine où Eden s'installait sans gêne. J'étais tellement mal à l'aise que je ne pris pas le temps d'enlever mes gants ou encore mon bonnet.

Me retrouver chez Liam alors qu'il véhiculait une haine à mon égard me donnait juste envie de fuir. Je me retrouvais simplement piégée.

- Où est Blanche, demandait Eden en posant son derrière sur une chaise haute.

- Je ne l'ai pas invité, annonça Liam d'une voix fatigué pendant qu'il préparait son café.

- Tu viens de te réveiller, demandais-je dans un murmure. Il se retournait sa tasse à la main en tournant sa cuillère. Ses yeux venaient même pas rencontrer les miens quand il répondit :

- Ouais.

Le regard d'Eden jonglait entre Liam et moi me laissant comprendre qu'il avait senti cette animosité. Finalement, je m'installais sur la chaise haute à la gauche d'Eden. Je sortais mon PC et d'un coup Liam disparaissait dans un couloir. Eden ne perdit pas de temps pour me demander :

- Il s'est passé quoi ?

- On s'est disputé au retour de'Halloween.

- Va le voir maintenant. J'ai pas envie que se soit tendu pendant qu'on travaille, me menaçait-il presque. Je lui souriais hésitant quelques secondes avant de finalement me lever.

Je rejoignais le couloir aux murs noirs à la recherche de Liam. Puis je tombais finalement sur lui dans une salle de bain. Il avait les paumes appuyées sur les contours du robinet, la tête baissée.

- Liam, l'appelais-je en entrant. Il relevait ses yeux fatigués vers moi afin de me scruter d'un mauvais œil.

- Sors d'ici.

- Non on doit parler.

- SORS, me hurlait-il dessus en se tournant vers moi. Je faisais un pas à l'intérieur et immédiatement, il venait poser ses mains sur mes épaules pour me reculer. Je tentais de résister en vain mais sa force était incomparable à la mienne.

Mon épaule percutait l'embrasure du mur me laissant gémir de douleur. Il s'écarta soudainement pris de peur. Cependant, il voulait quitter la pièce mais je me repris en fermant la porte. Je la verrouillais quand ses yeux se perdaient dans les miens. J'étais prise de colère cependant une chose attira mon regard.

Je tournais mon regard vers un tiroir ouvert. Plusieurs boîtes de médicament étaient ouvertes avec des gélules de ces dernières au sol. Je tentais de percevoir les noms mais Liam venait se placer devant moi. Il semblait être partagé entre la colère et la culpabilité.

- C'est quoi tout ça Liam, m'énervais-je. Il passait plusieurs fois ses mains sur sa tête en marchant sans s'arrêter. Malgré le fait qu'il venait de se réveiller, il semblait être au max de sa forme malgré le contraste de ses yeux fatigués.

Puis sans réfléchir, je fonçais vers le placard ouvert.

- Non Shera !

Je n'eus le temps seulement d'attraper qu'une seule boite que je fus tirée en arrière par mon pull. Je ne pris pas en compte son acte afin de déchiffrer les informations notées sur la boite. Lorsqu'il me vit avec, il fonça vers moi afin de me l'ôter des mains. Je reculais en le poussant de ma main libre cependant il persistait.

- Sherazade arrête s'il te plaît.

- C'est quoi, lui demandais-je avant qu'il ne me la prenne des mains. S'il ne me répondait pas cela importait peu j'avais enregistré le nom du médicament. Liam partait la ranger à sa place avant de fermer le placard. Il appuyait sa tête dessus de manière désespérée.

J'adoptais la mauvaise méthode en lui parlant méchamment. Je pris donc une inspiration avant de revenir à la charge mais de manière plus douce.

- Liam...

Je posais délicatement ma main sur son dos afin de la rassurer. Je voulais qu'il se redresse afin d'encrer son regard dans le mien mais il n'en faisait rien. Ses mains contre le mur, il semblait avoir du mal à respirer.

- Désolée d'avoir été si brutale...Je ne veux pas que tu penses que je veux te contrôler, d'accord ?

Ne semblant pas recevoir de réponse, je m'abaissais pour passer en dessous de son bras. Me retrouvant au milieu de ses deux bras tendus, j'attrapais son visage à l'aide de mes mains. Ses yeux ne venaient pas rencontrer les miens et malgré son envie de me rejeter, il laissait mes paumes le toucher.

- Regarde-moi Liam...

Je sentais l'anxiété prendre part de ses membres. Sa respiration était devenue saccadée et ses yeux se perdaient dans le décor qu'il nous entourait. Il bougeait sa tête comme pour fuir mais pourtant malgré cela il restait là tout près de moi.

J'y mettais un peu de force pour que son visage soit face au mien afin que lentement son regard tombe dans le mien.

- Je ne veux pas te contrôler Liam, reprenais-je en sentant son souffle caresser mes lèvres. Du coin de l'œil, je percevais ses muscles se contracter. Je veux simplement t'aider. Si tu n'es pas d'accord pour que je regarde tes médicaments, je ne le ferais pas c'est promis. Il suffit juste que tu t'opposes et je m'arrête dans la seconde...Tu comprends Liam.

Ses yeux bleus jonglaient d'un œil un autre. Il buvait mes paroles s'accrochant à chacune de mes syllabes. Il hochait timidement la tête après plusieurs secondes d'hésitation. Puis soudainement sa tête retombait sur mon épaule pendant que ses bras venaient enserrer ma taille.

- Ça va aller Liam, le rassurais-je en caressant sa tête.
- Ne les regarde pas s'il te plaît, demandait-il d'une voix cassée.
- D'accord je te le promets.

Liam m'accordait un câlin. Il se nourrissait de courage dans l'étreinte que je lui apportais. Je n'avais jamais connu quelqu'un de si perdu dans sa vie. Il semblait pourtant vouloir s'accrocher à la vie mais tout un mauvais contraste me laissait penser le contraire.

- Je suis si fatigué Shera...tellement fatigué...

Ses mots avaient atteint mon coeur. Il se laissait défaillir dans les pénombres du soulagement. D'un côté, les médicaments devaient lui faire oublier les atrocités de sa vie puis d'un autre la lame ensanglantée sur le rebord de la baignoire devait le faire vivre.

- Je vais t'aider Liam. Je te le promets, je ne t'abandonnerais pas...

Chapitre 16 - Découverte

CHAPITRE 16

La progression de notre travail collectif fut fructueuse. Nos avions finis chacun notre partie alors qu'il n'était que 16 heures 30.

- Et si on regardait un film, proposa Eden.
- Donne un titre, lança Liam.
- J'ai vraiment envie de revoir La ligne verte.
- Oh non j'ai vraiment pas envie de pleurer, protestais-je. Si vous voulez, je peux vous montrer un film incroyable.
- C'est quoi ?
- Ce que j'ai vécu au lycée.

Eden et Liam se lançaient un regard dubitatif avant de finalement accepter. On se conduisait dans la salle de cinéma. Je me plaçais sur un siège à côté d'Eden. Je cherchais le film à l'aide de la télécommande pendant que Liam était parti chercher des en-cas.

Une fois de retour, il venait s'installer à mes côtés en m'obligeant finalement à être entre les deux garçons. Il m'avait ramené des pop-corn sucrés avec mon fidèle oasis. Malgré le fait que Liam aille put gérer ses émotions pendant le travail commun, j'avais senti qu'il n'était pas revenu complètement à lui-même.

Il n'avait que très peu parlé restant distant même à l'égard de ma personne.

Je lançais finalement le film « écrire pour exister » qui était tout simplement un chef-d'œuvre. Il décrivait la réalité des banlieues aux Etats-Unis mais pouvait parfaitement coller aux banlieues londoniennes.

Les médias parlaient des gangs comme une menace à exécuter sans précédent sans vraiment chercher à comprendre la raison de leur existence. Tout cela existait pour simple protection. Des gangs se formaient afin de combattre le mal extérieur. Beaucoup de gens y baignaient depuis leur plus jeune âge car c'était que grâce à cela qu'ils survivaient.

Tu pouvais mourir à tout moment entre deux balles.

C'était comme la représentation des dealers dans les médias. Quand le monde entier ne veut pas t'ouvrir les portes de la réussite, tu te dois de la trouver par toi-même. Alors pour certains oui, la facilité est de parsemer les rues à la recherche de consommateurs qui accepteront de payer leurs cames une fortune.

De plus, ce film montre à quel point personne n'offre l'opportunité aux élèves de réussir scolairement parlant. Les lieux sont délabrés, les bibliothèques interdites d'accès, les professeurs désintéressés...

En conclusion, ce film résumait ma vie en banlieue.

Lorsque je tournais ma tête vers les garçons, je les voyais captiver par la chose. Ils avaient arrêté de s'engloutir d'en-cas pour entendre les dires de chaque personnage. Je souriais face à l'attention qu'il apportait à un semblable de ma vie. Eden m'avait même volé mon paquet de pop-corn pour que je n'émette aucun bruit qui pourrait potentiellement le déranger.

La scène qui se passait était celle du jeu de la ligne.

- Alors approchez-vous de la ligne si vous avez perdu un ami, annonça la professeur.

Liam se replaçait sur son siège complètement en immersion dans le film.

- Deux amis…

Eden passait les mains sur son visage, excédé par la chose.

- Trois amis…

Plusieurs jeunes étaient toujours près de la ligne. Cette scène me mettait toujours dans le mal. C'était affreux de perdre autant de gens en étant aussi jeune. Mais comme on le dit toujours, la vérité était toujours dure à attendre.

- Quatre amis…

Je sentais la tristesse prendre les garçons. Ils venaient de se lever de leur chaise complètement choquée. Leurs mains sur leur crâne, on dirait qu'il réagissait à un but du camp adverse. Mais non, cela était tout simplement une vérité du monde cruelle dans lequel on vivait.

- Plus de cinq amis, termina la professeur avec encore plusieurs jeunes près de la ligne. Excédé, Eden prit la télécommande pour mettre pause.

- Tu as vécu ça, m'assommait de ses mots Eden en se tournant vers moi. Les garçons me plombaient de leur corps alors que j'étais confortablement installée sur ma chaise, je me sentais prise au piège.

- Un ami seulement, annonçais-je.

- Oh putain, réagit Eden en marchant dans la pièce. Quant à Liam, il venait s'agenouiller devant moi en prenant ma main.

- Oh les gars pas besoin d'en faire tout un plat. J'étais petite quand c'est arrivé et on n'était pas vraiment ami, c'était juste un grand de ma banlieue.

Liam détachait sa main de la mienne pour à son tour faire aussi les cent pas.

- C'est vraiment n'importe quoi ça putain, s'énervait Eden. Comment on peut abandonner des jeunes comme ça ?

- Et l'école, suivit Liam. Donne-moi le nom de cette école que je les appelle pour leur dire à quel point leur travail c'est de la MERDE !

- Oula ok respirez un bon coup ça va aller, repris-je en ricanant. Il continuait de discuter entre eux en ne prêtant pas attention à mes dires. OH ! Posez vos fesses sur le siège qu'on continue là, leur mettais-je une pression.

Ils venaient finalement se réinstaller comme de bons petits enfants obéissant.

***

Les garçons débattaient sur le film depuis au moins 20 minutes. Ils étaient complètement dépassés par les événements. J'appréciais cependant cela car il avait donc bien compris le message du film. Si on les écoutait, ils iraient tout de suite dans les banlieues distribuer tous leurs argents.

- Vous voulez je fais à manger, proposais-je me sentant exclue de la conversation. Avec leur voix bien rauque bien grave, il était impossible d'en placer une.

- Tu n'es pas obligée je commande sinon, répondait Liam.

- Non ça me fait plaisir, repris-je en me levant de ma chaise haute. Je contournais le comptoir pour rejoindre le frigo.

- On va t'aider, lança Eden.

- Tu as des poivrons verts ?

- Euh, bégayait Liam. Non je ne crois pas.

- Des épices ?

- Non plus.

- Oh non Y'a Rabii, m'offusquais-je en passant mes mains sur mon visage. Mais tu manges quoi quotidiennement ?

- Des pâtes.

- Pâtes à quoi ?

- Pâtes à la sauce tomate, réponds Liam.

- Tu l'as fait la sauce ?

- Beh non, je l'achète déjà faite.

- AAH, m'écriais-je en criant. Je me tenais au comptoir afin de ne pas chuter au sol. Je partais dans un fou rire incontrôlable qui m'empêchait de respirer correctement. Une sauce Liam...on la fait ! Celle déjà faite c'est de l'eau...Eden ?

Il tournait ses yeux remplis de larmes vers moi. Cependant, il reprit immédiatement son sérieux quand je l'appelais certainement pour cacher le fait qu'il faisait pareil.

- Non...ouais moi je la fais la sauce, sortait-il pas convaincant. Je mis face à lui, le visage neutre.

- D'accord alors tu l'as fait avec quoi ?

- Des tomates...et de l'huile de tournesol et-

- AAH, m'écriais-je à nouveau en tombant au sol. Je me suis cognée le coude mais cela valait le coup car j'avais bien ri. Les garçons me suivaient dans mon euphorie sans réellement comprendre pourquoi. Je mettais cela sur mon rire communicatif.

- Du beurre ??? C'est limite un empoisonnement, commentais-je en me reprenant. Finalement commande, vous m'avez épuisée.

- Ok pour ce soir, lança Liam. Mais je veux goûter un plat fait par toi pour savoir si on peut se marier.

- La ferme, répondais-je d'un ton ferme. Je ne serais pas ta bonne.

- T'as entendu Liam, commentait Eden en levant le doigt. Elle a dit « je serais » ça veut dire elle se projette.

Je mis ma main sur ma bouche surprise de ma personne. Fier d'avoir remarqué cela, Eden tendait sa main sur laquelle Liam tapait. Je vais leur arracher leur sourire.

***

Eden était parti pour mon plus grand malheur. Je voulais rentrer chez moi mais je venais de vivre un guet-apens. Liam s'était proposé pour me déposer chez moi. Mais voilà qu'il était 19 heures et cela n'était toujours pas dans ses projets.

On était dans le salon, installés sur le canapé lorsque je lui demandais :

- Tu vas faire quoi pendant le reste des vacances ?

Il baissait son téléphone pour river son regard dans le mien. Pendant que lui était bien allongé sur toute la longueur, j'étais recroquevillé sur moi-même dans le coin.

- J'en sais rien.
- Tu as fait tes devoirs ?
- Non, répondait-il froidement. Et toi ?
- Oui.
- Bonne élève Sherazade Refaat.

Mon nom complet dans sa bouche me rappelait un mauvais souvenir. Ce soir revenait dans mon esprit tel une vague qui allait m'emporter.

- Tu veux je t'aide, lui proposais-je.
- Pourquoi tu ferais ça ?
- Je suis là. Autant servie à quelque chose.

Il semblait réfléchir à ma demande avant qu'il ne se lève finalement du canapé. Il tendait sa main devant moi afin que je l'enlace. Ensemble, on traversait les couloirs avant de monter les escaliers.

Puis il tourna dans une pièce qui donnait sur une grande chambre. La déco était très sophistiquée. Trois murs de bois avec un seul en noir. Des meubles seulement en bois ou en métal sombre. Je lâchais sa main afin d'observer plus en détail sa chambre.

- Elle est vraiment belle ta chambre, lâchais-je. Il y avait des posters de film avec de légères décos de cinéma. Cependant, aucun contraste pour sa passion de l'art.

Il s'installait sur sa chaise de bureau pendant que j'arrivais derrière lui. Il rangeait rapidement les plusieurs feuilles qui étaient éparpillées avant de me montrer un devoir qu'il ne comprenait pas.

Je lui expliquais rapidement ce qu'il devait absolument faire pour que son devoir soit parfait. Je ne penserais pas qu'il accepterait mon aide après tout ce qui s'était passé scolairement parlant entre nous. Cependant, en cet instant j'étais sincère et ne cherchais pas à qu'il décote une mauvaise note.

Pendant plusieurs minutes, il notait les idées que je lui donnais afin d'obtenir quelque chose de concret. Puis finalement lorsqu'il se sentait satisfait, il recula sa chaise la faisant rouler sur le sol.

Je rejoignais son lit pour me poser à l'extrémité.

- Et si on sortait, lui proposais-je. Il fut surpris de ma demande qu'il avait arrêté de bouger. À l'aide de ses jambes, il avançait sa chaise jusqu'à moi.

- Tu veux aller où, répondait-il avec enthousiasme dans sa voix.

- Et si on allait au musée. Ça fait longtemps que j'ai envie d'en visiter un mais j'ai jamais eu l'opportunité de le faire.

Et comme si je venais de relever un truc énorme, des étoiles illuminaient ses yeux. Il semblait figé dans le temps ne réalisant pas encore que demain il allait parcourir des galeries d'art.

- Pour de vrai, s'exclamait-il en prenant mes mains.

- Mais oui Liam, riais-je. J'avais l'impression d'avoir annoncé à un enfant qu'on allait à Disneyland. Sa bouche n'arrivait même pas à se desceller pour me donner sa réponse. Alors tu viens me chercher à quelle heure ?

- Euh je sais pas...comme tu veux, bégayait-il. Puis soudainement, il se levait avant de se mettre à courir jusqu'à son dressing. Je tombais sur son lit afin de le voir jeter plein de vêtements au sol à la recherche certainement de la bonne tenue.

- Liam on va au musée pas un gala de charité !

- La ferme, m'insultait-il. Je veux faire des photos.

- Ok, lançais-je en me levant le rejoindre. Aller tu feras ça plus tard, dépose-moi.

- Attends, criait-il en sélectionnant une montre.

- Liam, hurlais-je en attrapant son bras. Je le tirais de toutes mes forces pour le faire quitter le dressing. Cependant, il persistait tandis que je glissais avec mes chaussettes. LIAM !

Je pris un mouvement de recul tout en tordant mes doigts. Puis d'un coup sec, je venais frapper son dos de toutes mes forces. Il lâcha un hurlement grave avant de se tourner vers moi les sourcils froncés.

- Quand je t'appelle tu réponds, le menaçais-je en levant le petit doigt. Il se frottait le dos tout en me toisant du regard.

- Cours.

- Hein- Je n'eus le temps de comprendre qu'il était d'attaque pour m'attraper. J'ai pu esquiver sa main et sans réfléchir, je me suis mise à courir. Je riais sans m'arrêter tout en circulant dans les couloirs. J'entendais derrière ses gros pas me menacer.

Puis soudainement, sa main venait empoigner mon avant-bras. Il me retournait face à lui en scellant mon bras dans mon dos afin que je ne bouge pas. Il était tout près de moi, le sourire aux lèvres. Son regard dans le mien me faisait vibrer mais je devais me l'interdire. À travers le soutien que je lui apportais, je ne pouvais me laisser tomber dans l'attachement. Je ne me le pardonnerais jamais. Seulement, lui n'avait pas cette même vision. Lorsque ses yeux tombaient sur mes lèvres et que lentement son visage s'approchait du mien, je libérais une main pour attraper sa bouche. Je la tordais dans tous les sens avant d'articuler :

- La dernière fois que tu as fait ça, je t'ai mis une gifle. T'en veut encore une ?

Il ne prit pas la peine de me répondre mais me tournait sur moi-même, libérant mon bras de cette atroce douleur.

- Je l'aurais quand ?

- Jamais, répondais-je en entreprenant de descendre les escaliers.

Puis soudainement, il déboulait les escaliers afin d'arriver à ma hauteur. Il tentait de m'embrasser mais je le repoussais de mes bras tout en riant à sa débilité.

- Aller un tout petit, persistait-il.

- Non Liam arrête, demandais-je le sourire aux lèvres.

- Shera s'il te plaît juste un mouah, imitait-il le bruit d'un bisou. Mon corps se collait contre la rambarde afin de ne pas tomber tandis que je continuais de le repousser. Son visage continuait de se rapprocher mais intérieurement, je savais qu'il n'oserait pas. Il faisait cela juste pour rire.

- Arrête Liam je ne veux pas, repris-je. Puis finalement, il arrêtait tout mouvement. Il plaça ses mains sur la rambarde aux extrémités de mon corps tout en me regardant droit dans les yeux.

- Tu ne veux pas ou tu as peur, me demandait-il.

- Je ne veux pas, répondais-je en me disant dans mon for intérieur que j'avais peur de Dieu.

- J'attendrais alors.

- Non mais ça n'arrivera jamais.

- Pourquoi ? Il penchait la tête sur le côté.

- Parce que je suis musulmane et rien avant le mariage religieux.

- Alors je répète...j'attendrais.

- C'est une demande en mariage que tu me fais là Liam, me moquais-je.

- Sur ce point c'est à toi d'attendre, me piquait-il. Je poussais son visage de ma main afin de me dégager.

- La ferme, balançais-je en riant pendant que je descendais les marches. Dans mon dos, j'entendais son rire moqueur.

***

Il était dix heures du matin et j'étais fin prête à sortir. Vêtue de manière gorpcore, l'un de mes styles préférés. Je pris ma caméra de vlog afin de filmer l'évolution de Liam. Je voulais que si le destin l'emmenait là où je le souhaitais, qu'il voie à travers des images sa personne changer.

Je traversais mon hall afin de trouver sa voiture garée devant. Rapidement, je montais côté passager et il me saluait de son sourire. Liam démarrait la voiture direction le premier musée.

- Alors en premier on va voir le British Museum, l'informais-je. Puis après on ira manger et on terminera sur un musée surprise.

- Dis-moi c'est lequel, m'interrogeait-il.

- Non c'est une surprise.

Il riait nerveusement avant de river son regard dans le mien.

- Peut-être que je l'ai déjà visité.

- C'est impossible. Mais tu as visité quel musée déjà ?

- Aucun j'ai menti. J'ai jamais eu personne avec qui y aller...et c'est triste d'y aller seul.

Il avait détourné son regard sur la route comme si me regarder dans les yeux à la suite de ses mots était insoutenable. La tristesse dans sa voix ne m'avait pas échappé mais cela sera révolu. Aujourd'hui je lui donnais l'opportunité de vivre sa passion.

Après plusieurs minutes de route, nous étions arrivés devant le musée. L'infrastructure extérieure inspirée du siècle des Roumains laissait sans voix.

Je quittais la voiture tandis que Liam avait déjà commencé à marcher vers l'entrée. De la manière dont il marchait, on pouvait voir à quel point il était excité. Cependant, il prit le temps de se retourner pour voir où j'en étais.

- Aller Shera accélère, me pressait-il en levant la main. Arriver à sa hauteur, je marchais plus lentement. Cependant, je remarquais qu'il ne me suivait pas. Lorsque je me tournais, il avait toujours la main tendue avec la bouche ouverte de choc.

- Ah merde, riais-je en trottinant vers lui. J'enlaçais sa main et on reprit chemin vers l'entrée.

Une fois à l'intérieur, le monde extérieur n'existait plus. Je ne serais mettre des mots sur ce qui nous entourait. La superficie était juste à couper le souffle. Face à cela, nos silhouettes n'étaient que des petits points.

Liam était émerveillé par la chose. Il regardait absolument partout sans apporter attention aux autres visiteurs. Sa main autour de la mienne tremblait légèrement. Je savais qu'il appréciait ce qu'il se passait.

Sincèrement, c'est lui qui menait la danse. Liam décidait de par où on allait et où on s'arrêtait. On arrivait dans un lieu au mur blanc avec pour toit un grande vitre séparée par plusieurs traits.

Il n'avait yeux que pour la structure. C'était le moment de sortir ma caméra. J'espérais qu'il ne me voit pas afin de garder que des moments naturels de lui. Cela fut compliqué de la sortir à l'aide d'une seule main mais finalement j'avais pu capturer mon moment de Liam en train d'observer le haut de la structure.

Il n'avait même pas besoin de parler pour exprimer ce qu'il ressentait, tout ce lisait sur les traits de son visage.

Après plusieurs minutes dans cette salle, il nous conduisait dans une autre. Une qui me parlait plus car elle contenait une collection d'objets de mes ancêtres égyptiens. La section égyptologie était à couper le souffle.

Des statues de déesses étaient alignées derrière une vitre. Liam s'arrêtait pour les prendre en photo. Puis soudainement, il tira ma main afin d'amener mon corps devant elle.

- Pose. Je te prends en photo avec elle, me disait-il. J'enlevais ma main de la sienne afin de lever les bras vers le ciel accompagné d'un grand sourire car celui qu'affichait Liam me réchauffait le cœur.

Une fois la session photo terminé, il reprit ma main pour continuer notre chemin. On passait devant plusieurs objets qui me faisaient vibrer.

On passait devant des hiéroglyphes et Liam s'arrêtait pour m'expliquer leur histoire. De nouveau, je dégainais ma caméra afin de filmer cet instant où il était pris par l'œuvre.

Cependant, il se tournait vers moi et vit la caméra. Son regard tombait sur elle avec un sourire malicieux affiché sur son visage.

- Tu fais quoi Shera, me sermonnait-il en riant.

- Je capture ses moments de toi où tu es épris par ta passion. Il s'approchait de la caméra pour lui faire un bisou avant de passer derrière elle pour en déposer un sur mon front.

- Merci beaucoup Shera, lançait-il en décollant ses lèvres. Il me prit dans ses bras et je pris le temps de tourner la caméra pour filmer cet instant. Cependant Liam tournait sa tête vers elle avec un grand sourire. Dans le retour caméra, on ne voyait que la moitié de mon visage à cause de ses bras qui entouraient mon cou.

- Désolé vous ne pouvez pas voir ça, lança Liam en cachant de sa paume ma caméra. Il embrassait de nouveau mon front avec tellement de respect que je le laissais faire.

- C'est le plus beau jour de ma vie, m'informait-il au creux de mon oreille. Je ne serais jamais assez reconnaissant pour ça.

- Pour quoi, demandais-je en relevant les yeux vers lui.

- Pour ta compréhension.

Chapitre 17 - Tendresse

M.Z

CHAPITRE 17

- Finalement on n'a pas besoin de changer de musée, elle est dans la galerie, lui annonçais-je en levant les yeux de mon téléphone.

- Ma surprise ?

- Oui suis-moi, lâchais-je. C'était à mon tour de tirer la main de Liam. Je suivais le chemin sur mon téléphone avec l'angoisse qui grimpait en moi. Je redoutais avec profondeur les prochaines minutes tout simplement car cette visite allait tout déterminer.

On tombait finalement devant l'entrée du musée Islamique. Des chefs-d'œuvre de ma religion étaient exposés ici même. La pièce était parsemée de mur noir pour ne laisser la lumière qu'aux objets.

J'avais ralenti la cadence afin d'admirer ce qu'il m'entourait. Puis soudainement, la main de Liam se détachait de la mienne. Je me retournais afin de lui faire face le cœur battant à mille à l'heure.

- Shera...

- Quoi tu-tu n'aimes pas, bégayais-je. Une peur habitant dans ma gorge m'empêchait de parler correctement. Je sentais légèrement mon cœur se déchirer par le lourd chagrin qu'il me prenait.

- C'est...indescriptible, lançait-il avant de river son regard dans le mien. Je ne connais pas ce type d'art, tu pourrais me l'expliquer, ajoutait-il en me tendant sa main. Je sentais la pression retomber sous ses mots. Plus de peur que de mal.

J'acceptais sa main et l'on commençait à s'aventurer dans les différents couloirs. On s'arrêtait devant un objet et Liam lisait à voix haute la description :

- Astrolabe, laiton, argent cuire, nord d'Irak. Ça sert à quoi ?

- C'est un instrument astronomique. Ça permettait de définir les heures des cinq prières quotidiennes et de déterminer la direction de la Mecque.

- C'est quoi la Mecque ?

- Le plus bel endroit du monde Liam. C'est un endroit sacré où tous les musulmans du monde se rejoignent pour prier.

- On peut y aller aujourd'hui, me demandait-il tout innocemment.

- Non on ne peut pas, riais-je. C'est en Arabie-Saoudite et les non-musulmans ne peuvent pas entrer à l'intérieur.

Il hochait la tête à mes mots avant de me tirer afin de continuer la visite. On s'arrêtait de nouveau sous l'ordre de Liam devant de simples objets du quotidien.

- Vous utilisez beaucoup les couleurs primaires, commentait-il.

- Tu verrais nos maisons au pays. Elles sont très colorées et souvent fait de carrelage. Mais le plus beau ce sont les formes que l'on créait.

On continuait d'avancer et l'on s'arrêtait de nouveau face à des tenues du pays. On retrouvait des couleurs primaires mais dans un ton plus foncé.

- Ils ont un nom les tenues ?

Je dévisageais l'une d'elles n'arrivant pas à déterminer si c'était une tenue religieuse ou non.

- Je crois que c'est un quamis ça mais je ne suis pas sûr, répondais-je en me tournant vers lui. Les Quamis sont pour les hommes. Ce sont des tenues religieuses, ils la mettent pour prier, aller à la mosquée ou même pour sortir si l'envie leur vient.

Même s'il ne répondait pas à mes explications, je pouvais lire sur son visage son intérêt à mes paroles. Il me regardait toujours avec ces étoiles dans les yeux. Et même sa main qui tremblait contre la mienne en témoignait.

- OH, s'écriait-il. Attends c'est de l'arabe, s'exclamait-il avec enthousiasme en me pointant du doigt des phrases en arabes. Tu peux traduire, je t'en supplie Sherazade.

- Mais c'est long Liam, râlais-je. Il prit l'arrière de mon crâne en otage afin de m'avancer jusqu'à la vitre me collant presque à elle. Mais lâche-moi !

- Non lis !

Je riais de nerf avant de finalement plisser les yeux pour déchiffrer. J'étais sûre qu'il avait vu la traduction à côté mais il insistait pour que je le fasse.

- Ce n'est pas de ma langue, lâchais-je finalement. Il me libérait de sa main afin de me tourner vers lui.

- C'est pas grave, pleurnichait-il. Par contre, vous avez de très belle lettre.

- Oui je confirme. Tu sais qu'on écrit de gauche à droite et non de droit à gauche. Notre livre sacré, le Quran s'ouvre du côté de derrière et non du devant.

- J'ai rien compris, sortait-il naturellement. Mais tu es mignonne à sourire quand tu parles de ta religion.

Sa phrase me donnait plus envie de sourire. J'appréciais qu'il fasse attention à tous ses détails que j'oubliais de ma propre personne. Il reprit ma main afin de continuer la visite.

- Je te montrerais avec un Quran à l'appui, lui promettais-je en lui tapant l'épaule.

Pendant plusieurs minutes, je lui expliquais l'importance de certains objets pendant que lui enregistrait à l'aide de ses oreilles. Je l'avais vu prendre quelques photos de certains objets tout comme moi j'avais capturé des instants de Liam en train de lire les descriptions.

On sortait finalement du lieu afin de rejoindre la voiture.

- Tu sais que le musée n'était basé sur ta religion. Mais plutôt sur les différentes régions du monde islamique, m'annonçait-il. Je tournais vivement ma tête vers lui, l'air renfrogné. Il tournait son regard vers moi accompagné de son rire moqueur. C'était écrit à l'entrée.

Je rivais de nouveau mon regard vers la route en croisant mes bras sur la poitrine.

- Je me sens trahie là, lâchais-je sous le rire de Liam. Bon en vrai, je me disais bien que c'était bizarre qu'il n'y aille que des objets.

- On va manger maintenant, changeait-il de sujet.
- OUI, hurlais-je. Ce qui m'offrait un ricanement de Liam.

***

On arrivait devant un fast-food qui ressemblait vraiment à ceux de ma banlieue. On entrais à l'intérieur et je rivais d'ores et déjà mes yeux sur les menus en haut de la caisse.

Je parcourais rapidement les offres avant de trouver mon plaisir. Liam et moi dictions à l'homme ce que l'on voulait, puis venait la question redoutée…

- Par carte ou espèce, demandait le caissier.
- Par carte, sortions Liam et moi à l'unisson.
- Je paye, insistait-il.
- Non c'est bon, rétorquais-je en sortant ma carte.
- J'ai dit que je payais !

Puis en venait une bataille de celui qui arrivera à insérer la carte en premier. Je poussais Liam tout en lui répétant que je payais mais il persistait. Il attrapa ma capuche afin de me reculer mais je revenais vite au galaut.

- W'Allah je paye, jurais-je à voix haute.
- Ça veut dire quoi ça encore, se plaignait-il.
- J'ai juré sur Dieu donc arrête.
- Tu crois c'est un collier d'immunité, se moquait-il. Ma mâchoire m'avait lâché. Et bas Woulaf je paye, prononçait-il mal en me poussant de nouveau.

- T'as juré ou t'as aboyé là, me moquais-je de son accent.

- Eh Sherazade...la ferme.

- Shifumi, proposais-je. Il hochait finalement la tête. Deux secondes Monsieur on règle ça à l'amiable.

- SHI-FU-MI, criait Liam. Je fus heureuse à l'instant où le ciseau me donnait la victoire contre son papier. Il soufflait d'agacement avant de se tourner vers les tables.

- Je paye seulement ma part, l'avertissais-je le mec.

- Attends pardon ? Tu comptais jamais me payer là, s'offusquait Liam.

- T'es riche chacun ses problèmes, lâchais-je. Je faisais juste ça pour n'avoir aucun dettes à ton égard. J'ai déjà connu une personne qui m'a harcelé de messages pour dix euros.

Il haussait les sourcils avant de finalement dégainer sa carte une fois mon payement accepté. J'allais m'installer autour d'une table près d'une fenêtre. Liam venait me rejoindre toujours son regard fatigué mélangé à de la colère.

- Eh mais j'ai le droit de ne pas-

- T'es une radine, me coupait-il. Je riais sachant que cela l'énervait plus. Il scrollait sur son téléphone comme pour ne pas me calculer.

- Oh regarder Monsieur est énervé...veuillez accepter mes excuses les plus sincères. Je ne cherchais pas à heurter votre égo surdimensionnés.

- Non tu abuses, continuait-il. Je pouvais te payer j'ai l'argent pour-

- Tu peux aller dire à mon père de payer la pension alimentaire parce qu'il oublie des fois qu'il a l'argent pas comme toi, le coupais-je.

- Ok j'irais mais revenons à ce que je disais, avait-il complètement zappé mes dires. Demain je paye. Tout.

- Comment ça demain, demandais-je en levant un sourcil.

- Tu m'as demandé je faisais quoi le reste de mes vacances. Et j'ai décidé de les passer avec toi, me répondait-il d'un ton sérieux.

- Et mon consentement dans tout ça ?

- Je l'ai dans un shifumi, argumentait-il en plaçant sa main dans son dos. Je retombais sur mon siège complètement choquée par sa confiance en lui. Avais-je le physique d'une chienne pour être traînée partout de la sorte. Aller Shera, me poussait-il à accepter.

- Mais non Liam je dois recharger mes batteries sociales. Je peux pas sortir deux jours d'affilés si t'as pas envie que je sois irritable, le suppliais-je.

- La ferme et mets ta main derrière ton dos. Si je gagne on restera chez moi promis.

Après mûre réflexion, je plaçais finalement ma main dans mon dos. Il se mit à épeler le mot shifumi et quelques secondes plus tard, la victoire était accordée à Liam. Son sourire montait jusqu'à ses oreilles et je me réjouissais intérieurement qu'il prenne du plaisir à me voir.

En réalité, je l'avais laissé gagner car ces tactiques de Shifumi étaient tout le temps les mêmes.

Liam n'avait pas l'opportunité de me narguer car les plateaux venaient d'arriver. Je pris ma caméra que je déposais contre le mur afin de nous filmer.

- Alors coucou le vlog ! Dit coucou, demandais-je à Liam déjà son burger dans la bouche. Il libérait sa main pour la gigoter devant la caméra. Aujourd'hui on est partie au musée, je vous mettrais des vidéos de Liam qui parle beaucoup, plaisantais-je. Cependant, l'expression que Liam affichait ne semblait pas réjouissante.

- Ça te dérangeait, me demandait-il d'un air innocent.

- Non non, m'empressais-je de répondre dans un rire nerveux. Au contraire, je t'écoutais plus que je ne regardais les œuvres. T'inquiète pas je ne suis pas mon père, plaisantais-je pour détendre l'atmosphère.

- Comment est ton père, me demandait-il entre deux crocs. Cependant, sa question me fit perdre les moyens. Le sourire que j'affichais s'effaçait lentement. Lorsque la curiosité à l'égard de mon père courtisait les gens que je coutoyais, je me braquais sans précédent. Il relevait les yeux vers moi après plusieurs seconde de silence. À ses yeux, je compris qu'il avait remarqué mon changement d'humeur.

- Il est-

- Sherazade, me coupait-il. Ne dis rien si tu ne veux pas. Je demandais par hasard parce que tu l'évoques beaucoup mais...de manière mauvaise.

- Allez Liam bonne appétit, changeais-je de sujet en prenant une frite. Bismillah.

- Bismi quoi ?

- Oh oui c'est vrai, lâchais-je. C'est un mot religieux qui veut dire au nom d'Allah. On le dit avant de manger car sinon le Diable vient partager notre repas. C'est comme une sorte de protection.

- Je peux le dire ?

- Euh, bégayais-je prise au dépourvu. Oui vas-y.

- Bismillah, répétait-il. Je l'ai bien dit ?

- Oui très bien Liam, souriais-je. Pourquoi j'étais émue à l'entente de son premier mot religieux ? Je ne souhaitais pas lui compliquer la tâche en lui expliquant qu'il fallait dire une longue phrase en arabe lorsque la nourriture était déjà consommée.

- Au fait Liam ne jure plus sur Allah comme tu l'as fait tout à l'heure en voulant répéter après moi. Ma religion n'est pas un jeu et j'aimerais que tu respectes le fait de ne pas dire ces mots qui ne peuvent pas être dit comme ça, le prévenais-je. Il me regardait les yeux ronds tout en arrêtant de mâcher avant de dire :

- Pardon. Je ne le ferais plus. Je souriais. Pour demain, reprenait-il. Il termine sa bouchée avant de reprendre. Ne prévois rien, j'ai une activité en tête.

- Je dois ramener quelques chose ?

- Juste toi, affirmait-il son regard rivé dans le mien.

***

Je venais tout juste d'arriver devant chez Liam avec une surprise aussi. Ce n'était pas grande chose et non plus quelque chose qu'il pourrait garder (jamais de la vie).

Je montais la petite pente lorsque je tournais mon regard vers la porte qui était déjà ouverte. Il était accoudé à cette dernière en train de détailler mon style streetwear. Je lui souriais en agitant ma main dans le ciel. Il partageait mon euphorie avant de sortir son téléphone pour le lever vers ma personne.

- T'as pris une photo, demandais-je une fois arrivée à sa hauteur.

- Oui regarde, affirmait-il en tournant son téléphone vers moi. La photo faisait très pinterest avec ma tenue et mes cheveux camouflé par un bonnet noir. Je tenais la bandoulière de mon sac avec ma main tout en ayant l'autre dans le ciel. J'appréciais le fait de voir mon sourire figé. T'es magnifique.

- Oh merci chou, l'appelais-je de la même manière que mes petits enfants.

- Ok viens, s'empressait-il de dire en prenant ma main. On se mit à marcher vite vers la cuisine. Une fois devant le comptoir, il entreprenais d'enlever mes affaires. Mon sac puis ma veste sautaient. Une fois cela fait, il reprit ma main afin de traverser les couloirs.

- Alors j'ai vraiment pris beaucoup de temps dans la boutique. J'espère vraiment avoir pris des bons trucs, m'expliquait-il avec enthousiasme tout en nous conduisant.

Puis finalement, il lâcha ma main à l'ouverture d'une porte. On entrait dans une grande salle de bain où une baignoire prônait. Puis à ma gauche sur le comptoir, je fus surprise de voir des centaines de produits. Il s'avançait vers eux en les prenant chacun son tour dans ses mains tout en expliquant :

- Je connais pas la nature de tes cheveux alors j'ai tour pris. Cantu, Garnier, Elsève, Acticurl. La dame m'a dit que le l'oréal sauveur de boucle était vraiment bien du coup j'ai pris toute la routine pour cheveux bouclés.

Je m'approchais des produits pendant qu'il continuait de parler. Je n'en revenais pas. Il avait vraiment acheter tout cela par simple doute sur ce que j'aimerais.

- Donc si j'ai bien compris, commençais-je en tournant mon visage vers lui. On part pour une routine complète de mes cheveux aujourd'hui ?

- Oui, affirmait-il.

- D'accord mais il y a une raison à ta soudaine envie de prendre soin de mes cheveux, demandais-je seulement.

- J'en ai pas.

- Tu mens !

- Je te la dirais peut-être un jour, rétorquait-il. Je lui lançais un regard sceptique avant de finalement demander :

Apporte la poubelle. Il partait dans le seconde la chercher. Je regardais mon reflet dans la glace et ne fut pas choquée que mon visage soit illuminer.

À son retour, il tenait la poubelle tandis que je faisais la sélection des produits.

- Cantu ça abîme les cheveux, commençais-je en les jetant à la poubelle. Anticurl ça les assèches. Garnier font de la discrimination à l'égard des cheveux bouclés. J'ai jamais autant tué mes cheveux en utilisant leurs produits. Il reste plus que Elsève alors utilisons ça.

Il posait la poubelle sur le côté afin de récupérer sur une chaise un t-shirt blanc. Il revenait vers moi en me le tendant.

- Tiens met ça pour pas te salir.

- Sal pervers ! Va m'en chercher un noir, ordonnais-je. Il suffit que tu me mouilles, on voit tout.

- J'aurais essayé, lançait-il en haussant les épaules.

Il revenait de nouveau avec un haut noir.

- Maintenant sort. Il ne se faisait pas prier et libérait la pièce de sa présence. Je refermais à clé car peu importe si nous étions proche, il ne fallait faire confiance en personne. Je me déshabillais avant de l'enfiler.

- C'EST BON TU PEUX ENTRER, m'écriais-je comme un enfant qui attendait qu'on l'essuie après sa commission.

- Ok je m'occupe de tout à partir de maintenant, me prévenait-il. Il venait prendre mon bras avant de m'abaisser près de la baignoire. Je déposais ma nuque sur la matière froide pendant que Liam chauffait l'eau.

- Attention pas de l'eau trop chaude ça casse la boucle-

- Chut, me coupait-il. J'ai regardé des tutos je vais gérer, se rassurait-il.

- Quand tu as regardé des tutos, me moquais-je.

- Hier soir jusqu'à deux heures du matin ça m'a occupé.

Je riais face à cette révélation qui me laissait perplexe. J'allais commencer à penser qu'il faisait une obsession sur mes cheveux. Doucement, il passait l'eau sur mes mèches en faisait bien attention à ne pas mouiller mon visage.

Je le regardais faire attention à chaque gestes qu'il entreprenait. Je savais qu'en cet instant un sourire niais prenait place sur mon visage mais je ne pouvais lui dire adieu. Il apportait grand soin à l'un de mes anciens complexes. Si Liam avait rencontré ma personne lorsque l'adolescence débutait m'aurait-il dit de garder mes boucles ou m'aurait-il ordonner de les lisser comme tout les autres ?

Lentement la musique Bleue jeans démarrait dans les enceintes de la maison. Je fermais les yeux afin d'être emporter par la douceur de cet musique et par la tendresse de Liam.

La sensation qui me traversait le corps me laissait sans voix. J'avais l'impression d'être un nouveau né et que Liam était la sage-femme. Ses mains dans mes cheveux qui savonnait le shampoing allaient tellement en douceur que s'en était magique.

Je sentais la mousse arriver au niveau de mon front, je relevais donc lentement les paupières. Je fus surprise de croiser immédiatement son regard qui était tendre. Lentement, ses doigts venaient repousser à l'aide de l'eau le savon sur mon front. Je le regardais à l'œuvre me délectant de son plaisir à s'occuper de ma chevelure.

- Arrête de me regarder comme ça j'ai envie de t'embrasser.

Je riais en lui offrant un sourire dès plus sincère. Ses lèvres à son tour s'incurvaient pour mon plus grand plaisir. J'espérais qu'il ne voit pas la caméra que j'avais caché derrière un produit pour homme.

Lorsque ma partie préférée de Bleue jeans passait, je me mis à la chantonner :

- But when you walked at the door, a piece of me died. I told you i wanted more. Tha'ts not what i had in minde...

- I just want it like before, suivit Liam dans un murmure.

- Je commences à avoir mal à la nuque, tu as bientôt fini ?

- Oui je rince et c'est bon. Ça va aller ?

Je hochais timidement la tête à quoi il répondait un sourire. Son regard restait rivé dans le mien pendant que l'eau coulait sur mes cheveux. Cet instant serait l'un des plus beaux que j'ai capturé. Celui où nos yeux de deux couleurs distingues s'entre-choquent dans la douceur d'un moment unique.

Puis soudainement, il se mit de nouveau à répéter les paroles mais plus avec ce chantonnement. Comme si elles mettaient destiner :

- You just need to remember, I will love you 'til the end of time, I would wait a million years, Promise you'll remember that you're mine...

Après cela, il finit par s'écarter avant de revenir une serviette en main. Il la passa sous mes cheveux avant de m'aider à me relever. Alors qu'il allait frotter mes cheveux contre la serviette, je l'arrêtais en attrapant son poignée.

- Première chose à savoir sur les cheveux bouclés. Ne jamais les sécher avec une serviette. Ça fait plein de frisottis et les boucles se cassent.

- Ok retenu, répondait-il. Je fais comment du coup ?

- La dame t'as pas fait acheter un diffuseur ?

- Si peut être, ça ressemble à quoi, me demandait-il.

- Un truc rond avec des sortes de pics. Comme si la lumière était venue à lui, il me contourna rapidement afin de fouiller dans un sac. Il ressortit finalement le diffuseur qu'il me tendait. Je m'approchais du sèche-cheveux et fut surprise qu'il était parfaitement à la bonne taille.

- Parfait, m'exclamais-je. Mais avant de faire ça, il faut mettre les produits puis définir les boucles, l'avertissais-je. Il prit une chaise dans un coin qu'il ramenait jusqu'à devant le miroir. Je m'y installais et lui tendais les produits. Il prit une première quantité.

- Liam euh plus.

- Comment ça plus ?! C'est beaucoup là, râlait-il.

- Tu as vu l'épaisseur que j'ai, râlais-je à mon tour. Ne joue pas le radin et rentre bien ta main dans le pot.

Il réfléchissait une seconde avant de finalement céder. Il ramenait sa main bien garni de produit sur mes cheveux et je lui montrais l'exemple avec quelques mèches. Il suivit parfaitement ce que je lui montrais en s'appliquant correctement. Je trouvais cela très chou comment il hochait la tête à chacun de mes conseils.

Puis finalement, je le laissais gérer quand il comprit. Liam prit un temps fou à faire toute la masse de mes cheveux. Même lorsque je lui avais dit qu'il n'était pas nécessaire qu'il définisse boucles par boucles, il avait quand même fait.

Il revenait finalement avec le diffuseur et suivit ma démonstration. J'avais beau lui parler, il était trop concentré à l'œuvre. J'avais pris mon téléphone pour le filmer à travers le miroir et même cela il n'avait pas vu.

Sincèrement, pendant qu'il se perdait dans mes cheveux, je ne pouvais m'empêcher de tourner mon regard vers le placard qui renfermait ses médicaments. Je souhaitais réellement respecter son souhait mais j'avais réellement besoin de connaître cet élément pour parvenir à l'aider.

Le médicament donc j'avais retenu le nom n'avait rien donner de congrès. C'était une alternative du somnifère donné à ceux qui travaillait beaucoup et qui avait besoin d'un minimum de sommeil.

Cela n'avait rien de dangereux à première vu s'il n'était pas consommé en grande quantité.

- J'ai fini princesse, m'avertissait-il. Il venait se placer devant moi m'incitant à me lever. Son corps me cachait le reflet du miroir, je ne pouvais donc me focaliser que sur son visage.

Son regard jonglait de mes yeux à mes cheveux. Il venait de ses mains apporter quelques boucles à l'avant de mon visage pour je dirais peaufiner son œuvre artistique. Il prit un mouvement de recul pour admirer son travail avant d'articuler :

- Parfait.

- L'artiste est-il satisfait, me moquais-je de lui en souriant.

- L'artiste n'avait pas besoin de travailler son œuvre finalement déjà bien faite.

- L'œuvre te remercie, lançais-je. On passe à ma surprise ?

- Quelle surprise- Je pris sa main ne le laissant pas terminer. On se mit à traverser les couloirs pour rejoindre la cuisine où mon sac se trouvait.

Il regardait mon sac d'un d'air intrigué et craintif tandis que je souriais comme pas possible. Lentement je venais sortir la plus belle chose que cette terre est apporté.

- Liam...ceci est un Coran.

Des mots ne suffirait pas pour décrire l'étincelle qui avait animé ses yeux et illuminé son visage. Il fallait le voir pour le comprendre.

Allah viendra à toi Liam, je te le promets.

———

Deux choses à dire :J'espère vous avez bien souris lors de ces chapitres parce que profiter, bientôt ça sera fini.La calme avant la tempête.Secondes choses :Le film Nos coeur meurtris sur netflix ?????? Les protagonistes ont trop une vibe de Shera et Liam !!! En plus l'acteur vas-y il lui ressemble un peu à Liam.Franchement j'étais trop choquée. Ils étaient là à s'embrouiller toutes les deux minutes pour après s'aider....non c'était incroyable !!!Bref regarder le

Chapitre 18 - Vérité insoutenable

M.z CHAPITRE 18

Je lui avais apporté celui traduit en anglais mais avec la version arabe intégrée. C'était le plus beau Coran que j'avais à la maison. Il était blanc avec des bordures dorées.

Il l'observait en le détaillant dans son ensemble. Alors qu'il approchait ses mains pour l'attraper, je reculais. Il relevait ses yeux vers moi surpris tandis que j'articulais :

- Il faut que tu fasses ta purification rituelle avant de pouvoir le toucher.

- Comment on fait, me demandait-il innocemment. Je déposais délicatement le Coran sur le comptoir sous les yeux admiratifs de Liam.

- Suis-moi, répondais-je. On avançait ensemble jusqu'à la salle de bain du haut qui dans mes souvenirs contenait deux robinets. Je vais te montrer comment faire et tu n'as qu'à reproduire, d'accord ?

- Oui, répondait-il. Je commençais les ablutions par les mains de manière lente afin d'être en accord avec lui. Il s'appliquait réellement dans la tâche. Une fois cela fini, il se dirigeait vers sa serviette mais je l'arrêtais.

- Dans ma religion, on a le Prophète Mohamed salla wali wa salem qui était le messager de Dieu. C'est l'homme le plus pieux que ma religion n'est connue. Alors chaque acte qu'il faisait et que l'on répète est considéré comme sunna et tu gagnes des hassanates. Par exemple le Prophète ne s'essuyait pas avec une serviette après avoir ce qu'on vient de faire...les ablutions. Il laissait sécher à l'air libre.

- C'est quoi des hassanates ?

- Des bonnes actions que tu commets et c'est comme des points. Plus tu en accumules mieux c'est.

- Donc en ayant fait ça, j'en ai gagné ?

- Exactement Liam, lui souriais-je.

- C'est cool, pouffait-il. Je riais avec lui appréciant sa compréhension et son non jugement à l'égard de choses futiles sur ma religion. On reprit chemin vers la cuisine puis en face du Coran, je me tournais vers Liam qui gardait une certaine distance.

- Approche, lançais-je en attrapant son avant-bras. Tu peux le prendre maintenant. Je le voyais pessimiste à l'idée de le toucher pourtant c'était son envie il y a quelques minutes. Est-ce que le fait d'avoir carrément fait un rituel pour toucher un simple livre c'est ce qui te refroidit maintenant ?

- Oui un peu, m'avoua-t-il dans un murmure. Il est important dans ta religion ?

- Dans ce livre de 600 pages toute la vérité sur notre monde se trouve. Il est d'une très grande importance parce qu'à travers les mots écrits et à chaque lecture de ta part, tu deviens une meilleure personne.

- C'est ce que tu veux pour moi, demandait-il. C'est pour ça que tu l'as ramené, se brusquait-il. L'intonation de sa voix avait pris une octave et je sentais d'ores et déjà son irritation.

- Non vraiment pas Liam, tentais-je de me rattraper. Tu-tu m'a dévoilé ta passion pour l'art. Je voulais en faire autant de mon côté. Tu sais déjà que je suis passionnée de cinéma alors je voulais te montrer une autre chose qui m'importait plus que tout en réalité.

Son regard transperçait mon âme. Il semblait réticent à l'idée de connaître ma religion. La dernière chose que je souhaitais était de lui imposer mes idéaux religieux. Mais comme beaucoup de personnes, la religion m'a sauvé et j'espérais faire de même avec lui.

- Mon père est très pratiquant, commençais-je la voix nouée. Il n'habite pas avec moi et je ne le vois que très peu depuis mon plus jeune âge. Alors à chaque fois que j'avais l'opportunité de passer un peu de temps avec lui, il ramenait toujours tout à la religion…jusqu'à m'oublier. Pendant des heures, il me parlait de ma religion sans jamais voir le mal alors que tout ce que j'espérais de lui dans ces moments était qu'il s'intéresse à moi. Alors…j'ai rejeté la religion de ma vie. Je l'ai fui pendant tant d'années parce que je savais que si j'étais dans la religion ça le rendrait heureux mais je ne voulais pas le rendre heureux car il me rendait malheureuse.

Ma gorge se nouait sous le peu de vérité que j'évoquais. Je détestais ces années de ma vie ou sa présence m'importait plus que ma religion. Je m'en voulais d'avoir négligé la religion au point de n'avoir réellement aucune science lorsque la religion était évoquée avec mes proches.

- Puis un jour, j'ai compris que je ne serais jamais heureuse si la religion ne faisait pas partie de ma vie. Ce que mon père n'a pas su m'apporter, Allah l'a fait. Quand le monde s'est écroulé autour de moi et que j'étais dans le flou total, une seule chose me permettait de voir encore la lumière…L'Islam.

Il me détaillait avec de la tristesse dans ses yeux. J'avais l'impression qu'il comprenait ce que moi-même je ne comprenais pas il y a de cela quelques années. Il s'approchait de moi prenant mes mains dans les siennes.

- Mais je ne veux pas agir avec toi comme mon père agissait avec moi. Je ne veux pas t'oublier au détriment de ma religion. Si aujourd'hui, je suis venue avec le Coran s'était seulement pour te montrer ce qui m'avait sauvé. Je voulais te partager ma lumière.

Une de ses mains venait essuyer une larme qui avait quitté mon œil. Lentement son front venait se déposer contre le mien laissant sa respiration régulière caresser le bout de mon nez.

- Si tu m'en parles, je t'écouterais comme tu l'as fait pour moi…mais Sherazade, commençait-il en me relevant la tête. Il passait lentement ses mains dans mes cheveux en gardant ses yeux dans les miens. Je ne pourrais pas être celui que tu veux.

Je sentais la déception me tomber dessus. Ces mots avaient heurté de plein fouet mon cœur. Prise par la douleur indescriptible de la défaite, je baissais les yeux. Je comprenais qu'il ferait l'effort pour moi mais je souhaitais qu'il le fasse pour lui.

- D'accord Liam, lançais-je en lui offrant un faux sourire. L'envie de lui parler de ma religion m'avait quitté soudainement car il m'avait fait comprendre que je parlerais dans le vent. Mes mots n'auront aucun sens dans son cœur.

Il me lâchait afin d'aller réceptionner le Coran tandis que je restais figée. Il me tendait sa main mais je ne savais si j'étais dans la capacité de faire semblant. Voyant que je ne réagissais pas, il leva mon menton de son doigt avant d'enrouler sa main dans la mienne :

- Ne sois pas déçue Sherazade, je ne veux pas te faire perdre ton temps. Crois-moi...il est déjà trop tard.

- Non, m'empressais-je de répondre. S'il te plaît Liam laisse-moi une chance. Tu te souviens de notre promesse...

- Quelle promesse ?

Celle que l'on a faite pour que je te garde en vie.

- Non oublie je ne sais pas ce que je dis, lançais-je dans un rire. Tu veux qu'on se pose où ?

- J'ai un endroit parfait, s'exclamait-il avant de nous y conduire. On montait à l'étage traversant un premier couloir avant d'en rejoindre un autre qui ne comportait qu'une porte. Il ouvrit et elle nous donnait sur une pièce complètement vide et plongée dans le noir. Seul le sol en moquette doux m'interpellait car il était différent des autres.

- On pourra venir ici quand tu voudras parler de ta religion, m'expliqua-t-il en ouvrant le volet. Je lui souriais en hochant timidement de la tête. Il n'y avait pas besoin de chaise ou encore de table, le sol pouvait remplacer ces choses. Je déposais mon fessier sur le sol avant d'ouvrir le clapet qui maintiendrait le Coran.

- Viens le poser Liam, l'appelais-je. Il venait s'installer en face avant de le poser dans mon sens. Reprends-le et mets-le sur le côté gauche. Il le reprit les sourcils froncés afin de le poser au bon endroit. Je t'avais expliqué que le Coran ne s'ouvrait pas comme un livre normal. Regarde on l'ouvre comme ça, lui montrais-je l'exemple. Comme tu peux le voir c'est le début du Coran.

- Il y a une raison ?

- Non je ne crois pas, répondais-je. Cependant s'ensuivait un silence. Avant de venir ici, j'avais prévu de lui expliquer tant de choses dans un ordre précis. Mais désormais l'envie m'avait quitté. J'avais peur de me lancer dans une chose qui n'apporterait rien à Liam.

- Shera, m'appelait-il m'obligeant à relever les yeux vers lui. Lis-moi une partie, me demandait-il. Je peux la choisir ? Je retirais mes mains afin qu'il puisse y poser les siennes. Il ouvrit une page au hasard avant de venir s'allonger sur mon côté droit, sa tête sur la longueur du Coran.

Je me raclais la gorge avant de débuter ma lecture. Son regard restait posé sur moi pendant ma récitation en anglais du Coran. Je pouvais apercevoir son demi-sourire qui illuminait une partie de mon cœur.

Cependant, il ne souriait pas pour le plaisir des mots que je récitais mais simplement car je faisais une chose que j'aimais. Depuis le début, avait-il posé des questions sur ma religion tout simplement pour me faire plaisir ?

- Ne vous laissez pas battre, ne vous affligez pas alors que vous être les supérieurs, si vous êtes croyants...

Je continuais dans ma lancée espérant qu'il se reconnaisse à travers ses mots. Je savais que le hasard n'existait pas dans ma religion et s'il avait ouvert cette page qui contenait les bons mots pour lui venir en aide cela était donc bien un message d'Allah.

Je sentais la tristesse me prendre mais je ne devais lui partager cela. Liam prit soudainement ma main pour le déposer sur sa joue me laissant manquer un battement. J'expirais avant de reprendre ma récitation. Du coin de l'œil, je vis qu'il fermait les yeux tandis que j'entreprenais de caresser de mon pouce sa pommette.

- Confie-toi donc à Allah. Allah aime en vérité ceux qui lui font confiance.

S'il te plaît Liam fais-le, me dis-je dans mon for intérieur en le regardant.

Son visage était apaisé certainement par mes mots. Il devait s'être assoupi me laissant le libre champ de verser des larmes silencieuses. Ses mots ne voulaient pas quitter mon esprit. Selon lui, il était trop tard. Mais devais-je le laisser penser cela ? Je ne pouvais me résoudre à l'abandonner mais ses mots me rendaient faible.

Dans son esprit, sa vie était consumée. Il fallait que je lui prouve le contraire.

- Est-ce que ta religion veut le bien de tout le monde, demandait-il en ouvrant les yeux. Même de ceux qui l'ont quitté ?

Je détournais mon regard vers lui, la douleur certainement dans mes yeux. Sa main sur mon poignet me permettait de m'accrocher à la réalité.

- Oui Liam, répondais-je. Mais ce n'est pas que ma religion qui le veut. C'est Allah. Nous sommes tous ses créatures même si tu ne suis pas sa religion. Il ne cherche que ton bien en te donnant des passions, des objectifs, des gens à aimer-

- Alors pourquoi nous enlever les gens qu'on aime en les faisant disparaître, me contredisait-il.

- Car le meilleur n'était pas ici pour eux, répondais-je. Allah enlève et ramène des gens dans ta vie pour une raison précise. Pour toi, elle ne sera pas évidente et peut-être que tu ne la connaîtrais jamais pourtant il y en a une afin de t'aider...toujours pour t'aider.

Il se redressait sur son postérieur en posant ses coudes sur ses mollets, le regard rivé devant lui.

- Alors pourquoi il ne m'a jamais rien offert de bon hein Shera, commençait-il à être pris par la colère.

- C'est ce que tu penses Liam pas Allah, pas moi, débutais-je. Ce qui marque ton passé et ta personnalité sont l'oeuvre de ce que tu es à présent. La douleur qui vit en toi peut disparaître par de simples mots, de simples invocations qui vont paraître infime selon toi mais grandiose auprès d'Allah. Le monde aura beau te rendre la vie difficile si tu te rapproches de Dieu rien de ce qui t'entoure ne pourra t'atteindre à nouveau. Il y a une phrase qui dit « Allah ne charge pas une âme au-delà de ce qu'elle peut supporter ». Si tu n'étais pas capable de le supporter, il ne t'aurait jamais éprouvé-

- Il s'est trompé, affirmait-il en tournant son visage vers moi. Parce que je n'arrive plus à supporter.

- Si Liam, répondais-je sagement. Car tu es là en face de moi.

Comme si ma phrase l'avait électrocuté, il était dans l'incapacité de rétorquer.

- Ne pas supporter ne veut pas dire qu'Il s'est trompé, reprenais-je. Tu ne peux pas déterminer ta capacité à supporter quand ta vie n'a pas atteint sa fin. Quand tu ne le Lui pas laissé le temps de t'éclairer. Certaines personnes ne peuvent continuer malgré les années qu'ils leur restent. Et auprès d'Allah tu n'es pas plus faible qu'un autre…Tu es sa créature. Trouver un sens à ta vie peut prendre des années et peut apparaître qu'à quelques mois de ta mort. Mais peu importe le temps que tu prends pour le trouver ce sens à ta vie « Allah ne t'a ni abandonné ni détesté ».

A mes mots, les mains de Liam venaient frotter son visage. Il tentait de rejeter mes paroles qui n'étaient que pure vérité. Mais je pouvais le comprendre, car moi aussi je ne voulais pas réaliser que mon père était un mauvais père, qu'il était méchant avec moi. Parce la réalité est une vérité qui ne veut point être acceptée. Comme soutien silencieux, je déposais ma tête sur son épaule en fixant la fenêtre. J'entendais ses sanglots qui étaient effacé par la volonté de Liam.

- Ok je me cache comme si je ne les avais pas vus, l'avertissais-je.

Les larmes étaient souvent effacées par son détenteur car elles étaient caractérisées par une forme de faiblesse. Selon moi, cela exprimait seulement la force de surmonter les épreuves et de les accepter à travers les larmes.

- Tu vois Liam c'est ça l'Islam, reprenais-je. Quand la vérité est évoquée, le cœur pleure les mots d'Allah.

il y a une chose que je ne discerne pas mensonge et vérité.

Mon père.

J'aimerais effacer cette vérité dans mon mensonge mais il affecte tant ma personne qu'il monopolise même mes mensonges.

J'étais près de lui côté passager et encore aujourd'hui, on parlait de religion. Cela ne faisait que quelques minutes que j'étais avec lui et je m'effaçais déjà.

Je devenais l'ombre de ma vie dans l'espoir qu'il m'offre la lumière. Mais malgré mes efforts pour trouver un sujet de discussion entre lui et moi, il ramenait toujours tout à la religion.

J'avais l'impression d'être inintéressante pour le pousser à changer tant de fois de sujet de discussion. Je savais pourtant qu'il ne pensait pas mal agir.

Mais aujourd'hui c'était mon jour de naissance et je l'ai sacrifié auprès de mes proches pour lui dans l'espoir qu'il m'offre son attention.

Ce fut finalement un échec.

Nous étions restés dans la même position pendant plusieurs minutes. Je savais que je n'agissais pas bien en laissant une proximité entre lui et moi et qu'aucune raison ne pouvait excuser mon comportement. Liam cependant s'accrochait au moindre contact avec moi. Je l'avais compris depuis Halloween lorsque sa main s'était scellée à la mienne.

À travers notre peau contre peau, il se permettait d'être lui-même. J'avais lu dans un livre psychologie, qu'un enfant manquant de l'amour maternel cherchait la protection dans son entourage à travers les déclarations ou les gestes. Et Liam devait certainement chercher la mienne dans le contact de nos mains. Je préférais lui offrir ce qu'il souhaitait afin d'avoir un Liam détendu en ma compagnie que de lui rejeter son plaisir.

- Ma sœur, repris Liam. Elle aurait voulu entendre ça...

Une larme solitaire coulait le long de ma pommette que je venais tout de suite effacer afin qu'elle n'atterrisse pas sur l'épaule de Liam.

- Elle entend à travers toi Liam...

Je laissais ma phrase flotter dans l'air pendant plusieurs minutes afin qu'il digère la vérité. Puis finalement, ma tête venait quitter son épaule quand je ne sentais plus l'humidité sur mes yeux. Je me levais sur mes deux jambes avant de me mettre face à Liam. Lentement ses yeux venaient dans les miens tandis que je lui tendais la main.

Elle venait se sceller à la mienne pendant qu'il se redressait. Son regard toujours dans le mien, je mimais un sourire.

- Cette journée n'aurait pas dû se finir de la sorte, plaisantait-il.

- Elle ne pouvait mieux se terminer qu'ainsi. Je te l'assure, affirmais-je. Je nous dirigeais vers la sortie alors qu'il me disait :

- Tu ne récupères pas ton Coran ?

- Non je le laisse. Il est en sécurité ici.

***

Demain encore, je devais retrouver Liam pour une nouvelle sortie. Il ne restait plus que deux jours avant la reprise des cours et j'espérais lui apporter la sagesse de ne plus me plagier.

Le soleil s'était couché sur Londres lorsque je pris mon petit carnet à idée. Je rayais celle qui disait de présenter le Coran à Liam après avoir déjà rayé celle du musée Islamique.

Intérieurement, j'espérais qu'il avait feuilleté le Coran bien que cette chance soit infime. Je ne savais quoi prévoir pour la suite malgré les innombrables idées que j'avais noté.

Je n'avais pas d'ordre de passage et il était compliqué d'évoquer la religion sans qu'il ne soit vite désintéressé. Cependant, il ne m'avait pas démontré cela aujourd'hui. Il réagissait de manière impulsive à mes dires en espérant qu'il transforme sce sentiment en un autre.

Au-delà de cela, je restais fière de moi car malgré la méchanceté de ses propos, j'avais su lui répondre avec la science.

Le chemin sera long et semé d'embûche mais je devais continuer de marcher pour lui prouver que sa vie ne devait pas se finir.

Chapitre 19 - Médicament

M.Z
CHAPITRE 19

J'étais fin prête à partir chez Liam, mon tote bag rempli d'ingrédient pour préparer un succulent plat. Je saluais ma mère qui était dans le salon avant de recevoir un appel. Je sortais mon téléphone et fus surprise de voir "papa" afficher. Je soufflais d'agacement avant de finalement décrocher. Je n'avais même pas besoin de dire qui j'avais au bout du fil à ma mère car je gardais toujours cette expression dégoûtée lorsqu'il m'appelait.

- Allô, répondais-je.
- Oui Salem Aleykoum benti ça va ?
- Salem oui et toi...
- Oui tu es chez toi ?
- Euh...oui.
- Descends, je suis en bas.

Je ne pris pas le temps de répondre que j'avais déjà raccroché. Je détestais qu'il vienne à l'improviste comme cela. Il se pensait tout permis croyant que sa fille lui accorderait éternellement son temps.

Dans l'ascenseur, je pris le temps d'envoyer un message à Liam pour le prévenir de mon retard sans lui donner la raison. Une fois en dehors de mon bâtiment et comme je m'y attendais, mon père était accompagné de ses enfants.

Ils venaient courir avant de m'enlacer de leurs bras. Je souriais faussement car je ne pouvais dégager de la haine à l'égard d'enfant. J'avançais vers mon père afin de lui faire la bise.

- On va manger, me proposait-il.

- Non je devais sortir là manger avec quelqu'un et c'est pour ça aussi que je ne vais pas rester longtemps.

- Mais les petits veulent te voir, me sermonnait-il. Je ne répondis rien déjà excédée par ses mots. Il ne se souciait pas de ce que moi je voulais. Ses nouveaux enfants passaient avant tout.

- Pourquoi tu ne viens pas à la maison, me demandait l'un des enfants. Je lui souriais avant de rétorquer d'une voix douce :

- Je suis très occupée chou je ne peux pas.

- Elle n'appelle pas non plus, plaisantait mon père. Je le fusillais du regard regrettant d'ores et déjà d'être ici.

- Toi aussi tu n'appelles pas, rétorquais-je sentant le courage me prendre. Pourtant tu es le père, c'est ton rôle de savoir si ton enfant va bien non ?

Il était resté planté là dans l'incapacité de répondre. Je répondais rarement à mon père car le peu de fois où je l'avais fait, il m'avait retourné le cerveau afin de se mettre en place de victime. Cependant, sous le regard de tous ses enfants, il rétorquait :

- C'est moi ton père. C'est toi qui as besoin de moi donc c'est normal que ce soit toi qui prennes des nouvelles de moi. Puis je me fais vieux, j'oublie.

- Mais je n'ai jamais décidé d'être ta fille, rétorquais-je au tac au tac la voix cassée. Sincèrement, je voulais l'insulter car il venait d'avouer qu'il m'oubliait. C'était génial de savoir que ton paternel pouvait t'effacer de son esprit parce que tu étais trop loin de lui. Pourtant, c'est lui qui a pris cette décision de déménager, celle de m'oublier.

- Mais Sherazade, m'appelait le seul garçon de ses trois nouveaux enfants. Ça lui fait mal que tu ne l'appelles pas. Il nous le dit tous les jours. Il aurait voulu que tu sois tout le temps avec nous.

- Eh, le coupais-je. S'il te plaît reste en dehors de tout ça. Tu ne connais pas toute la situation.

Je venais peut-être de mal parler à un enfant de douze ans mais il le méritait. C'était le rôle de mon père de lui dire de s'arrêter mais je savais comment il fonctionnait. À travers les mots de mon demi-frère, il avait la place de la victime et entendre cela le nourrissait de satisfaction.

- Les enfants on doit y aller votre sœur à quelque chose à faire, annonça mon père. Les petits venaient m'embrasser la joue avant de monter dans la voiture.

- Ma fille est énervée contre moi, continuait-il de plaisanter. Je savais qu'il cachait à travers son rire un tout autre ressenti. Je restais de marbre ne voulant pas plaisanter de cela. Mes émotions n'avaient rien d'amusement.

- Bon je vais y aller, reprenais-je rapidement avant qu'il me fasse une leçon de morale. Je lui faisais la bise et partis immédiatement sans me retourner afin de ne pas croiser son regard attristé.

MENSONGE.

Mon père était un manipulateur qui ne se laissait pas avoir par les gens. J'avais été sa première victime de son jeu. La culpabilité était un sentiment qu'il aimait me voir ressentir. À travers mes larmes et me supplications, j'étais persuadée qu'il souriait.

Je pris mon téléphone afin de démarrer ma playlist et fus surprise des dizaines de messages que j'avais reçus :

Colinisateur à moi :

Ok princesse.

Mais pourquoi ?

Tardes pas trop.

Sherazade ????

Réponds.

Tu ne veux plus venir ?

Moi à colonisateur :

J'arrive arrête de me soûler.

J'admettais avoir été dure mais malheureusement rien ne pouvait me mettre plus de mauvaise humeur que de commencer une journée en voyant mon père. Je laissais Daddy issues de The neighbourhood me bercer tout le long du trajet.

Devant la porte de Liam, je toquais une première fois. Il ne m'attendait pas déjà la porte ouverte comme la dernière fois certainement énervé contre moi. Après plusieurs secondes dans le froid, il venait finalement m'ouvrir la porte.

J'entrais sans le saluer. On avançait vers la cuisine en silence et pendant qu'il contournait le comptoir, j'articulais :

- Désolée d'avoir été méchante par message, ma journée à mal commencer.

- C'est pas grave, rétorquait-il froidement en ouvrant le frigo. Il faisait glisser un oasis vers moi avant de se placer face à ma personne, ses coudes sur la table.

Son regard fatigué dans le mien m'alertait. Des gros cernes venaient rapetisser ses yeux. Il but son café tout en gardant ses pupilles bleues dans les miennes. Je ne parvenais pas à déchiffrer les émotions qui le rendaient froid actuellement. Puis soudainement, il reprit chemin vers moi afin de se poser sur le tabouret à ma gauche.

- Pourquoi ta journée a mal commencé, demandait-il en posant sa tête sur ses bras. Il me détaillait me donnant moins envie de m'ouvrir. J'avais l'impression que ces yeux tournés vers mon visage allaient émettre un avis négatif sur chaque mot que j'allais prononcer.

Je déballais le sac d'ingrédient en fuyant son regard tout en rétorquant :

- J'ai vu mon père...

- Continue.

- Non je te jure pas besoin rien d'intéressant-

Il ne me laissait pas terminer qu'il attrapait l'arrière de mon crâne pour le poser délicatement sur le comptoir. Il voulait que je sois dans la même position que lui. Je ramenais mes bras sous mon visage avant d'expirer profondément. Le peu de fois où je parlais de mon père, mon interlocuteur me montrait clairement son désintérêt à mon malheur. Désormais, j'en ai tiré leçon et j'ai appris à me taire.

- Et si tu commençais par le début, me proposait-il un petit sourire aux lèvres. Raconter le début de mon histoire avec mon père ne demandait pas une grande force de courage pour moi.

- Euh...d'accord, répondais-je. Mon papa est parti quand j'avais trois mois. Je n'ai jamais connu ce que c'était de vivre une vie de famille. Je suis...fille unique. Et, bégayais-je avant de me lever dans un bond. Non viens franchement on parle d'autre chose.

Je commençais à m'activer dans toute la cuisine pour faire à manger tout en argumentant :

- Sincèrement qu'est-ce qu'on a foutre de ce que je vis avec mon père, plaisantais-je. Ce n'est pas comme si c'était quotidiennement étant donné qu'il est incapable de me voir plus de trois fois en l'espace de sept mois. Puis au pire, on l'emmerde hein !

Liam avait juste relevé sa tête mais son regard suivait tous mes mouvements. J'ouvrais tous les placards à la recherche de je ne sais quoi.

- Non mais attends finalement je suis obligée de commenter un truc qu'il m'a dit. Il a osé me dire « oui je t'oublie » AHAH, riais-je. T'y croit ça Liam. Mon père m'oublie...mon papa m'oublie-

Puis tout d'un coup Liam quittait sa chaise pour contourner le comptoir afin d'arriver où je me trouvais. Je savais qu'il se dirigeait vers ma personne, c'est pour cela que je reculais.

- Tu fais quoi là, lui demandais-je en le regardant avancer d'un pas lent. Lorsque je heurtais finalement le comptoir, il s'arrêtait pile en face de ma personne, les bras tendus. Je te jure Liam pas besoin d'un câlin, je vais très bien, le rassurais-je.

Cependant, il persistait en passant ses bras dans mon dos. Il collait ma tête contre son torse en caressant mes cheveux.

- Liam, murmurais-je.
- Chut Shera, me coupait-il. Je ne sais pas qui est le connard qui t'a fait croire que raconter tes problèmes n'était pas intéressant mais ce n'est pas le cas. Je ne te forcerais pas à en parler mais si tu as besoin, je suis là. Pas seulement pour te faire passer le temps mais aussi pour t'écouter.

Je vais bien.

Je vais bien.

Je vais bien.

Lui dit rien.

- Merci Liam, répondais-je simplement avant de me détacher de lui. On commence la cuisine ? Il déposait un baiser sur ma tempe avant de me contourner. Il sortait les instruments dont j'avais besoin.

- Alors on fait quoi ?
- hihi, lâchais-je en me frottant les mains. On va faire du Felfel un plat traditionnel du Maroc. Ramène les poivrons que j'ai posés sur la table.

Pendant ce temps, j'ouvrais le four qui était à ma hauteur. Je préparais la température tandis que Liam lavait les poivrons. Il revenait vers moi avec et je les déposais sur la grille.

- D'abord on va cuire ça et après on fera le reste, lui expliquais-je. Il hochait la tête tout en montant sur le comptoir. Je venais me placer en face de lui en m'appuyant au robinet. Tu as dormi cette nuit ?

- Non j'ai bu.

- Beaucoup ?

- Non sinon je serais pas là, répondait-il en regroupant ses mains. J'ai préféré fumer parce que je savais que je te verrais le lendemain.

- Et ça change quoi ?

- Que je sois présentable devant toi.

- Présentable, répétais-je en riant. T'es sur le point de t'endormir.

- Oui c'est vrai…je crois que j'ai vraiment besoin de dormir, lâchait-il à voix basse. Je le voyais ne pas se tenir droit et avoir les yeux qui n'arrivaient pas à rester ouverts. Je me redressais pour le rejoindre. J'emportais sa main et il descendait du comptoir.

On se dirigeait main dans la main vers le salon qui était ouvert à la cuisine. Je devais le tirer un peu car il marchait extrêmement lentement. À la hauteur du canapé beige, je me tournais vers lui pour l'allonger. Je venais caler un oreiller sous sa tête avant de m'éloigner pour prendre une couverture dans le coin. Je la déposais sur lui son regard suivant tous mes mouvements.

- Repose-toi le temps que je fasse à manger. Alors que je rebroussais chemin, sa main venait retenir mon poignet. Je lui faisais face quand il murmurait :

- Merci...

Je lui souriais avant de me détacher de lui. Je venais retourner les poivrons qui n'étaient pas encore au stade de brûler.

Puis soudainement, l'idée d'aller jeter un coup d'œil aux médicaments me revenait. Je n'étais toujours pas légitime de le faire mais cela me démangeait depuis bien trop longtemps. J'avais l'impression que détenir cette information me permettrait grandement de l'aider.

Je jetais un dernier regard vers le canapé avant de me diriger vers la salle de bain. C'est la main tremblante que je venais ouvrir le tiroir. Plusieurs boîtes étaient éparpillées, certaines avec le bouchon manquant. J'en pris plusieurs en photos afin de faire mes recherches plus tard car la plupart n'avaient pas d'explication concrète.

Puis finalement je tombais sur l'une au nom de quelqu'un. Emmy Bucley. C'était un antidépresseur qui était complètement vide. Une mauvaise pensée me traversait l'esprit et qui m'incitait à reposer immédiatement la boîte.

Je revenais dans la cuisine d'un pas rapide afin de ne pas me faire prendre. Rassurée, Liam n'avait pas bougé du canapé.

Je déverrouillais mon téléphone et commençais à taper les noms des médicaments sur internet. La plupart avaient la même finalité, des gélules boost d'énergie. Mais il y avait aussi des médicaments pour gérer les émotions, le sommeil, les addictions, l'anxiété...

Liam avait une pharmacie chez lui.

Cependant sur mes photos, la plupart des boîtes étaient consommées à moitié. Je ratais plusieurs battements à chaque révélation de l'utilisation du médicament. Cela pouvait lui causer des fatigues intenses et j'espérais qu'il ne contre attaque pas cela grâce aux gélules boost d'énergie.

Je ne connaissais pas la régularité de sa consommation mais elle pouvait être dangereuse.

- Tu fais quoi, me sortait de mes pensées la voix de Liam. Je relevais les yeux sur lui, sa tête dépassant du canapé. Je rangeais immédiatement mon téléphone tout en lui souriant.

- C'est bientôt prêt, repose-toi. Je t'apporte ça quand c'est fini, annonçais-je. Il me regardait avec les sourcils froncés avant de laisser retomber sa tête.

Je terminais de faire chauffer dans la poêle les tomates et les poivrons coupés. Je me demandais si une consommation de certains de ces médicaments pouvaient entraîner des insomnies.

Ces derniers temps, il semblait vraiment épuisé même s'il tentait de le camoufler, ses yeux parlaient pour lui. Je ne pouvais lui demander d'arrêter de consommer toutes ses choses. Puis se posait la question de quoi était-il addict.

Je déposais le felfel dans deux assiettes avant de les emporter dans le salon. Le tintement des assiettes qui touchaient le verre de la table basse réveillait Liam.

Mon corps me ramenait dans la cuisine où je prenais nos canettes et le pain qui accompagnait le felfel. À mon retour au salon, Liam s'enfonçait dans le canapé afin que je pose mon derrière.

Il se redressait sur un coude pour prendre la fourchette tandis que je me servais seulement du pain pour manger. Je me tournais vers lui et fus surprise qu'il me jugeait.

- Avec les doigts vraiment ?

- La ferme, l'insultais-je. Et oui c'est comme ça qu'on mange chez nous. Déjà je suis gentille, j'ai mis le felfel dans deux assiettes distinctes alors que de base c'est une seule pour éviter le gaspillage.

Ses yeux tombaient sur mes lèvres et je fus vite prise par la gêne et cette proximité. Il se rétracta finalement en tournant son regard vers la table. Il venait se poser sur le sol avant de tirer mon pull pour que je le suive.

Une fois au sol, il prit son assiette afin de verser la totalité de sa nourriture dans la mienne. Je souriais face à cette intention minime. Il prit un bout de pain et sans hésitation il le trempait dans le felfel avant de la ramener à sa bouche.

Je le scrutais afin de déterminer s'il aimait cela. Lentement, son visage pivotait vers moi. Il n'affichait aucune expression qui me laissait savoir son ressenti. Un silence pesait sur nos deux corps. Il continuait de mâcher pendant que l'air circulait dans la pièce.

- C'est PUTAIN de bon !

Je riais face à son cri. Il ne perdait pas de temps avant de replonger un bout de pain. Je me joignais à cela savourant l'un de mes plats préférés.

- Wow si je savais que les épices c'étaient aussi bons, j'en aurais acheté un placard entier.

- Il n'y a pas beaucoup d'épices là, le contredisais-je. J'ai mis que du paprika. Ce qui fait le taff ce sont les poivrons.

- J'aime pas ça.

- Beh c'est ce qui fait le plat en fait.

- Ah, rétorquait-il simplement après une énième bouchée. Bah là j'aime bien.

- D'accord Liam, le traitais-je comme un enfant capricieux. Puis l'on se mit à discuter de divers sujets tout en consumant notre nourriture. J'espérais que Liam partage ce sentiment d'oublie que je vivais en cet instant. Mes problèmes se laissaient ralentir sur mon humeur me laissant profiter pleinement de ce moment partagée avec Liam.

Les petites attentions de la vie pouvaient apporter beaucoup aux personnes qui n'avaient pas vécu. Et c'était le cas de Liam. Il devait se shooter aux médicaments, aux drogues pour oublier. Mais je voulais qu'il retienne à jamais ce moment.

Qu'il n'oublie pas que je suis là avec lui.

- Je vais me faire tatouer demain. Tu m'accompagnes ?

J'avalais de travers ce qui me provoqua une toux sévère. Liam réagissait à l'instinct en tapant extrêmement fort mon dos. Autrement, il ne m'aide pas.

- Sal co-...nard.

- Quoi, dit-il en continuant de taper mon dos.

- Ea...DE L'EAU, hurlais-je avec le peu d'air qu'il me restait.

Il s'arrêtait immédiatement pour courir jusqu'à la cuisine tandis que je mourrais. Je tentais de me relever et j'aperçus dans le miroir d'en face la couleur rouge clair que mon visage avait pris.

- TIENT, hurlait-il en se ruant vers moi. Je lui arrachais le verre de sa main tandis qu'il en profitait pour masser mon dos. J'attrapais son menton que rejeter sa tête en arrière. J'avais besoin d'espace et il était encombrant.

- Oh Seigneur, lâchais-je en reprenant petit à petit mes esprits. Tu allais me tuer, me plaignais-je à lui.

- Quoi, s'offusquait-il. Je t'ai juste parlé de tatouage.

- Ouais mais c'est pas ça ! Je suffoque et toi tu frappes mon dos mais il t'est passé quoi par la tête ?

- Eh Sherazade, m'appelait-il sans poursuivre.

- Quoi ?!

- Va te faire foutre !

- Parle bien par contre, m'énervais-je en m'approchant de lui, le doigt levé.

- Sinon quoi, provoquait-il en s'avançant d'un pas.

- Je vais te frapper.

- Vas-y princesse.

- C'est dégueulasse quand tu dis ça.

- Ah bon ? Pourtant Blanche aime bien que je l'appelle comme ça pendant qu'on-

Je posais ma main sur sa bouche afin de le faire taire. Puis soudainement, sa main venait rejoindre l'intérieur de mes cheveux. Il y mettait une petite pression qui me laissait perplexe. Cependant, cela allait à l'encontre de la tendresse de ses lèvres qui déposait des baisers sur ma main.

Je la dégageais afin de le laisser parler :

- Tu sais Sherazade je ne vais pas pouvoir tenir longtemps.

Je lui mis une gifle et une belle. Il laissait son visage sur le côté alors j'attrapais son menton pour que ses yeux se rivent dans les miens quand je le menaçais :

- Écoute-moi bien Liam Buckley. La prochaine fois que tu me fais une de ses allusions, je t'insulte de la plus sale des manières. Je ne rigole pas sur ça weld el kleb !

- PARLE DANS NOTRE PUTAIN DE LANGUE, hurla-t-il soudainement en secouant ma tête.

- J'AI DIT FILS DE CHIEN, lui crachais-je au visage. Il partait dans un rire nerveux qui me chauffait les nerfs. Lorsque son visage revenait, ses yeux tombaient sur mes lèvres quand il prononçait d'une voix enjoué :

- du er virkelig laget for meg...

———————————————

Les filles, il y a de ça un an je publiais déjà sur wattpad une histoire. Je l'ai supprimé pour la réécrire. (C'est que le tome 1)

Est-ce que vous serez tentées que je la remette tout en sachant que c'est de la dark fantaisie/romance avec beaucoup de TW.

Chapitre 20 - Løfte

M.Z
CHAPITRE 20

- Attends mais ce fils de pute m'a vraiment viré de chez lui là, me parlais-je à moi-même en pleine rue. Je riais à gorge déployée comme une folle qui sortait de psychiatrie.

Je n'avais pas compris sa réaction impulsive après qu'il m'est insulté dans sa langue aussi. À aucun moment, je ne m'étais doutée que Liam avait une autre origine. Sincèrement, je ne pouvais la deviner juste à l'aide de ses mots. C'était vraiment extrêmement moche sa prononciation.

Je pianotais sur mon téléphone pour démarrer Meddle about de Chase Atlantic dans mes oreilles. La rage me permettait de marcher d'un pas rapide. Liam avait eu un comportement de sacré con pour une futilité. Comme si je pouvais me retenir de l'insulter en arabe. Mon naturel reprenait sur moi quand la colère coulait dans ma veine.

Soudainement, un klaxon alertait mes sens. Je tournais ma tête sur la route à droite afin de voir la vitre de la voiture de Liam baissée.

- Monte Shera.

- Non, lâchais-je en continuant de marcher.

- Ok excuse-moi. Je sais pas ce qui m'a pris de te virer de chez moi.

Malgré mon silence et mon refus, il continuait de rouler doucement afin de me suivre. Je l'entendais souffler bruyamment se retenant de sauter de la voiture pour me porter comme un sac à patate.

- Reviens s'il te plaît, on n'a pas fini de manger.

- Va manger tes pâtes sans sel et viens pas me soûler, lâchais-je au bord de la crise de nerfq.

- Eh Shera-

- La ferme, le coupais-je. Liam bouge où je hurle à l'agression.

- Vas-y hurle, m'incitait-il. Je me figeais tournant lentement mon visage vers lui avant de me mettre à crier de toutes mes forces. Je me pliais afin de sortir toute ma voix. Je pouvais attendre sa porte s'ouvrir avant qu'il ne se mette à courir vers moi.

Sa main venait recouvrir ma bouche quand nos regards se croisaient.

- Ma parole, tu es folle.

Je me dégageais avant d'attraper le col de son pull.

- Arrête de me suivre comme un prédateur. T'as merdé, je rentre chez moi. Il suivit mon geste et attrapait à son tour mon pull.

- J'ai merdé. Je me suis excusé tu rentres chez moi, osait-il dire. Nos regards étaient chargés de colère malgré ma forte envie de rire, je me contenais. Shifumi, proposait-il.

- Alors là va te faire-

- Tu peux pas refuser, me coupait-il.

- Et pourquoi ça ?

- C'est notre jeu à nous et quand on peut y jouer on y joue.

Je lâchais son col seulement d'une main que je cachais dans mon dos. Il en faisait de même avec un sourire malicieux qui me donnait envie de le frapper. Pensait-il vraiment que je lui offrirais la victoire ?

- Shi-fu-Mi, lançais-je. Le ciseau me donnait la victoire. Je ne sautais même pas de joie contrairement au visage de Liam qui se décomposait. Ses yeux se laissaient bouffer par la déception. C'était énorme à voir parce qu'il paraissait vraiment triste. Je rejetais de ma main sa tête en arrière afin de partir tout en disant :

- Aller hop nike ta race.

Mes mains congelées rejoignaient mes poches tandis que j'entendais le moteur de sa voiture démarrer. Finalement, il me laissait partir.

***

Liam a calé son pas au mien. Ne me demandait même pas comment cela se fait-il qu'il soit là. Il m'avait juste suivi pendant plusieurs minutes à une dizaine de mètres de distance.

Cependant lorsque je l'ai découvert, je m'étais retournée vers lui. Étonnamment, il s'était figé son regard plongé dans le mien. Avec sa capuche sur la tête et ses mains dans ses poches, on dirait qu'il avait fait une grosse bêtise.

Il n'avait même pas tenté de se dédouaner en disant que c'était une coïncidence qu'il soit derrière moi. Au contraire, il s'était tu en attendant que je rétorque. J'avais juste poussé un soupir qui avait par la suite illuminer son visage. Il avait compris que j'acceptais qu'il me raccompagne chez moi.

On arrivait à la gare qui n'était pas blindée comme aux heures de pointe. Devant moi, une femme passait le portique de sécurité. À l'instant, où j'allais valider ma carte pour passer la main de Liam attrapait mon bras.

- J'en ai pas.
- Bah va t'acheter un ticket.
- J'ai pas d'argent.
- J'en ai pas non plus, on fait comment ?

Sans répondre, il venait coller son dos au mien en passant ses mains dans la poche avant de mon pull.

- EH SEIGNEUR, hurlais-je surprise par sa personne.
- Vite Shera y'a les contrôleurs derrière, m'avertissait-il au creux de mon oreille. Je jetais un coup d'œil et vu cinq contrôleurs qui nous guettaient d'un mauvais œil.

Je me précipitais pour passer la carte et on avançait corps contre corps face au portique qui s'ouvrait.

- EH VOUS, hurla l'un des contrôleurs. Je poussais Liam pour qu'il se décolle de moi. On tournait tous les deux nos yeux vers les contrôleurs qui couraient afin de nous attraper.

- Eh merde, lâchait-il avant de prendre en otage ma main. Il m'obligeait à courir avec lui. On descendait des escaliers qui nous conduisaient dans un couloir souterrain. Sans lâcher Liam, je me tournais une nouvelle fois et remarquais que les contrôleurs ne souhaitaient pas nous lâcher.

- C'est où Shera, me demandait Liam. Je lui faisais de nouveau face sans que l'on s'arrête de courir. Cependant, je remarquais qu'on avait loupé la sortie.

- Putain c'était là, l'avertissais-je. On rebroussait chemin mais il y avait des chances que l'on se fasse attraper. Cependant, Liam semblait déterminé. On passait en filature montant l'escalier. Seulement, un des contrôleurs attrapait violemment mon bras m'arrêtant dans ma course.

- Eh lâche-là toi, s'exclamait Liam en frappant sa paume contre le torse l'homme. Le contrôleur retombait sur ses collègues sous mes yeux ébahis. Liam reprit l'ascendant et tirait mon bras.

Arrivés sur le quai, la chance nous souriait. Mon train était là. Il ne partait pas maintenant alors on continuait de courir pour entrer à l'intérieur au dernier moment. Les contrôleurs étaient toujours à notre poursuite.

Puis soudainement, le bip qui alertait la fermeture des portes s'émettait. Liam me tira d'un coup et je passais de justesse entre les portes atterrissant contre son torse. Je tournais ma tête vers la porte et remarquais les contrôleurs devant cette dernière.

Le train démarrait doucement alors que j'étais encore blottie contre Liam. Je relevais mon visage vers lui qui était animé par l'excitation de l'interdit. Ses yeux tombaient dans les miens lorsqu'il prononçait :

- Putain c'était dingue !

Je l'observais être tout content d'avoir été un petit bandit alors je frappais de mes poings son torse. Il simulait une douleur alors que je répliquais :

- Mais tu es fou.

Je tentais de me détacher de lui mais il resserrait son emprise autour de ma taille. Il approchait ses lèvres de mon oreille afin de murmurer :

- Non restes là.

- Aller Tfou3lik, je vais m'asseoir. On a trente minutes de train, lâchais-je en le poussant. Je rejoignais une place de quatre libre me collant contre la vitre où la pluie tombait. Liam venait s'installer à ma gauche avant d'avoir le courage de me prendre un écouteur. S'il y avait bien une chose que je détestais, c'était de ne pas avoir la musique à fond pendant un long trajet.

- Tu peux mettre notre musique, demandait-il.

- Et c'est quoi «notre» musique, me moquais-je.

- LES de Donald Golver.

- Oh la musique qu'on avait écoutée dans ta voiture avant que tu me trahisses.

- Ouais voilà exactement, renchérissait-il. Je lui lançais un scarface avant de finalement la mettre. Comme s'il était chez sa mère, il posait ses pieds sur le siège d'en face et sa tête sur mon épaule.

- Jeg lover at vi skal gjøre det, lâchait-il au moment du refrain. Je baffais sa joue pour l'inciter à se redresser. Il réajustait sa capuche en rivant son regard dans le mien.

- Tu as dit quoi ?

- Que tu es étais la plus belle femme que j'ai rencontrée, mentait-il.

- Ouais...connard, l'insultais-je en pivotant vers la fenêtre. Je ne le croyais pas une seconde et son rire me confirmait que ces dires étaient faux.

Il reposait de nouveau sa tête sur mon épaule et cela restait ainsi tout le long du trajet.

***

On arrivait devant la porte de chez moi et je priais intérieurement pour que ma mère ne soit pas là. Je sortais ma clé pas encore réellement prête à l'insérer. Si ma mère était là, son objectif premier sera de faire connaissance avec Liam. Elle savait qui il était mais au-delà de "c'est le fils de la proviseur", c'était un inconnu pour elle.

- Bas vas-y insère la clé Shera, m'incitait Liam qui se tenait derrière moi. Je soufflais silencieusement avant de prendre mon courage à deux mains et de l'insérer. À ma grande surprise, je ne pouvais tourner la serrure ce qui annonçait qu'elle était là. Liam semblait avoir compris cela et sans mon autorisation, il appuyait sur la sonnerie.

On attendait quelques secondes, un temps où je le regardais extrêmement mal avant que la porte ne s'ouvre sur ma mère.

- Coucou maman, la saluais-je gênée. Son regard jonglait de Liam à moi avant de finalement s'arrêter sur lui.

- Bonjour Madame, je suis Liam un camarade de votre fille, annonça Liam.

- Bonjour jeune homme, le saluait-elle à son tour. Dieu merci elle faisait comme si je ne lui avais jamais montré les photos. Vous voulez entrer ?

- Avec grand plaisir.

- Non, lançais-je à mon tour. Il montait juste pour que je lui donne de l'argent pour acheter un ticket. Il va bien vite rentrer chez lui maman. Mais merci c'est gentil de lui avoir proposé.

- Non mais ça tombe bien Shera j'ai une annonce à te faire, reprit-elle le sourire aux lèvres. Il se peut que Liam pourrait t'apporter son aide. Entrez.

À ce dernier mot, Liam me bouscula l'épaule afin de passer devant moi. Comme un petit enfant poli, il retirait ses chaussures avant de s'aventurer dans mon salon.

Je soufflais d'agacement et pris finalement chemin vers la pièce où ils se trouvaient. Pas étonnant que Liam était déjà à ses aises, installé confortablement sur mon canapé tandis que ma mère se tenait debout de l'autre côté de la table.

- Tu veux m'annoncer quoi, demandais-je en enlevant mon manteau. J'entendais un tintement et tournais mes yeux vers ce son. Elle laissait pendre des clés me laissant dans le doute.

- Les clés de ton appartement étudiant, m'annonça-t-elle. Ma mâchoire me lâchait face à cette nouvelle. Instinctivement, mes mains venaient camoufler ma bouche. J'avais raté un battement ne pouvant croire que ma mère décidait finalement de me laisser voler de mes propres ailes.

- Pourquoi ce changement, m'exclamais-je en prenant les clés pour les analyser.

- Ces derniers jours, je t'ai trouvé très fatigué. Faire matin et soir deux heures de trajet pour rentrer chez toi doit être épuisant ma fille. Alors même si je ne veux pas que mon bébé parte, je préfère privilégiée ta santé mentale et physique.

Je n'écoutais pas plus ces explications que je la pris dans mes bras. J'étais tellement heureuse que mes lèvres s'incurvaient jusqu'à mes oreilles. Je sautillais sur place tout en gardant ma maman près de moi.

Je tournais mes yeux vers Liam qui observait cette scène d'amour entre une mère et une fille le sourire aux lèvres. Finalement, je me dégageais d'elle tout en continuant de me réjouir en sautant.

- Il faut que tu fasses tes valises, reprit-elle. On fait ton déménagement demain. Tu pourras l'aider Liam ?

- Euh...oui avec plaisir madame, s'exclamait-il.

- Oh viens Liam je vais te donner l'argent, l'invitais-je à me suivre. Il se levait dans un bond afin de cheminer jusqu'à ma chambre. Arrivée dans cette dernière, je me mis à chercher mon porte-monnaie.

Je me tournais pour lui tendre un billet et je le vis toucher du bout des doigts mes meubles. Il faisait le tour de ma chambre en détaillant chaque recoin.

- Tu es une écrivaine, commentait-il en lisant un poème accroché à mon mur que j'avais écrit. C'est toi ça, me demandait-il en tenant une photo. Je m'approchais de lui afin de la reprendre tout en hochant la tête pour confirmer son dire.

- C'est la seule photo que j'ai avec mon père, admettais-je.

- Mais ! Tu as à peine trois ans dessus, s'exclamait-il.

- C'est dingue hein, ricanais-je. En plus chez lui, y'a que des photos avec ces nouveaux enfants mais pas avec moi.

- Vraiment aucune...

- Pas une seule Liam. Ni dans un portrait, ni en fond d'écran de pc, ni même dans son portefeuille. Je suis inexistante faut que je vérifie si je suis dans son livret de famille au moins, en riais-je.

Pendant qu'un sourire amusé de la situation dessinait mes traits, Liam se contentait de me regarder avec cette tristesse dans les yeux.

- Tu crois que je ne sais pas Sherazade, reprenait-il me calmant immédiatement. Tu fais semblant d'en rire pour te protéger mais au fond de toi, tu en souffres.

- Ok chou, m'exclamais-je. Tiens ta monnaie, faut que tu y ailles. Je dois faire mes bagages, admettais-je avant de le pousser vers la sortie. Il semblait agacé par ma manière de fuir le sujet alors que c'est moi qui l'avais abordé.

On prit chemin vers l'entrée. Il saluait ma mère de la main avant de m'obliger à arrêter de le pousser au seuil de la porte. Il se tournait vers moi afin d'articuler :

- Demain j'ai mon tatouage le matin, je viens te chercher après. Soit prête.

- Oui chef.

Il déposait un baiser volé sur ma tempe avant de se mettre à courir. Je loupais le coup que je voulais lui mettre à l'épaule ce qui m'arrachait un rire.

***

Alors que je rangeais mes carnets de poèmes sous les chansons de Mitski, je recevais un appel. C'était un Facetime de Liam. J'arrangeais mon gros chignon avant de décrocher.

- EH SHERA JE SUIS PERDU !

Je m'éloignais du téléphone à cause de son hurlement qui m'avait effrayé.

- Attends comme ça tu es perdu ?
- LA GARE QUE TU M'AS DITE CE N'EST PAS ELLE !
- Y'a Rabi Liam arrête de crier !

Il reprenait son souffle complètement déboussolé. Il tournait sa tête de droite à gauche dans l'espoir de trouver je ne sais quoi. Je regardais l'heure et cela allait, il n'était que 18 heures.

- Ok Liam donne-moi le nom de la gare, lui demandais-je.
- On voit ça où ?
- SUR LES ÉCRANS IMBÉCILES !
- ME CRIE PAS DESSUS !

Je me pinçais l'arrêt du nez et il en profitait pour chercher. Il me la donnait finalement et je fus rassuré car il était seulement descendu un arrêt trop tôt.

- Ok écoute, attend le prochain train et descend à l'arrêt suivant. Tu vas pouvoir le faire où il faut que je vienne te tenir la main, me moquais-je. Comme si j'avais insulté sa mère, son visage énervé venait apparaître en gros sur mon écran, ses narines en premier plan. Je pris un mouvement de recul avant de me mettre à rire.

- Respire le taureau je rigole, reprenais-je.

- Reste avec moi au téléphone, me demandait-il la voix froide.

- Il arrive dans combien de temps le train ?

- Huit minutes.

Je soufflais d'agacement avant de finalement le déposer sur mon étagère afin de tout même continuer mon rangement. À certains instants, je jetais un coup d'œil à l'écran et ne fus pas surprise de surprendre Liam observé tous mes faits et gestes.

- C'est moche ça. Prends pas, commentait-il.

- Pardon qui t'a demandé ton avis, m'offusquais-je.

- Autant tu t'habilles autant ton pyjama Mickey est vraiment moche, continuait-il de commenter. Je me mis à regarder ce que je portais avant de tourner mon visage vers mon écran. Je lui offrais un doigt d'honneur ceux à quoi il riait.

- Eh Liam, l'appelais-je.

- Oui coeur.

- Eh évite, tu dégoûtes, repris-je. Il riait. C'est quelle langue que tu m'as parlé tout à l'heure ?

- Du danois.

- Tu le parles couramment ?

- Oui mon père vient du Danemark.

- Et... il est où ton père, osais-je demander.

- Il travaille à l'étranger mais je l'ai souvent au téléphone. Il revient pour noël si tu veux je te le présenterais.

Je me figeais quelques instants avant de détourner mon attention sur lui. À l'écran, il paraissait vraiment sincère, c'est pourquoi je répondais :

- Ok chou.

- Arrête tu me dégoûtes, reprit Liam.

Je riais.

***

On était le lendemain. Liam m'avait envoyé un message pour me dire qu'il était en chemin. J'avais convenu avec ma mère de venir dès que j'avais un week-end de libre avec supplément appel tous les jours. J'avais prévenu personne pas même mon groupe de danse où Amina. Non pas que je ne le souhaitais pas juste j'avais manqué de temps.

Ma mère descendait la dernière valise et dans le hall on attendait. Elle ne le montrait pas mais je savais que cela l'attristait. Ma mère était effrayé à l'idée que je quitte le cocon familial car cela voulait dire qu'elle était destinée à se retrouver seule.

Cela m'attristait de la savoir désormais seule malgré ma forte envie de partir. J'espérais que ma tante qui était dans la même situation qu'elle lui rendrait visite souvent. C'était vraiment triste de se retrouver à plus de quarante ans seule sans mari.

La voiture de Liam arrivait au loin et on avançait tout mes sacs carrefour rempli d'objet, nourriture ou encore vêtements. Il se garait devant nous avant de vite descendre pour contourner sa voiture. Il faisait la bise à ma mère avant de la faire à moi. Mais vu que c'était un enfant, la joue que ma mère ne voyait pas il la léchait. Je me retenais de le frapper ou encore de crier de dégoût. Ma moue écœurée lui arracha un petit sourire malicieux.

On ouvrit le coffre de sa voiture afin de le remplir. Je laissais terminer Liam pour adresser des au revoir à ma maman. On se prit dans les bras non pas pour la dernière fois mais c'était vraiment l'impression qu'on donnait.

- Ne dis pas à papa que j'ai déménagé, lui demandais-je à l'oreille.
- D'accord ma fille.

Un dernier bisou sur le front avant que je monte côté passager. Liam saluait ma mère avant de démarrer la voiture.

- Tu as fait ton tatouage ?
- Oui mais j'en ai rajouté un de plus finalement.
- Oh ok...

Il tournait ses yeux bleus vers moi.

- Tu n'as pas l'air enchanté Shera. Tu n'aimes pas les tatouages ?
- Si au contraire, lâchais-je. Si je pouvais en faire, je n'aurais pas hésité.
- Alors qu'est-ce qui t'empêche, m'incitait-il. Je tournais à mon tour mes yeux vers lui.
- La religion Liam. On n'a pas le droit de modifier la création de Dieu. Il t'a fait comme Il te souhaitait. Puis les ablutions pour faire la prière ne passent pas non plus.
- C'est logique, commentait-il. Ça veut dire que je ne pourrais jamais prier ?

Je manquais un battement. Je me figeais sur place qui par la suite me mettait dans l'incapacité de répondre. Il tournait son regard vers moi à cause de mon silence avant de se mettre lentement à rire.

- Quoi j'ai dit quelque chose de mal ?

- Non-non du tout, reprenais-je. Pour les reconvertis cela ne compte pas. Quand ils font leur conversion tout ce qu'ils ont fait avant s'efface. Auprès de Dieu, c'est comme si tu étais un nouveau né, expliquais-je. Si-si tu veux…tu pourras pri-prier, bégayais-je à cause de l'euphorie qui prenait possession de ma bouche.

- Détends-toi Sherazade, pouffait-il. Je t'ai rien promis. C'était une simple question.

Il me fallait peu pour que le poids de mon bonheur ne s'affaisse. Liam ne mesurait pas à quel point cela me faisait plaisir lorsqu'il posait de telles questions.

***

Cela faisait plusieurs minutes que l'on déballait mes affaires avec pour fond la chanson Ghostin' de Wesley Joseph. Mon appartement n'avait rien à voir avec celui d'Amina. Il était vraiment plus grand mais cela ne m'étonnait pas étant donné l'école dans laquelle j'étudiais.

C'était une grande pièce avec cuisine ouverte. Il était déjà meublé, j'avais juste à apporter mes affaires personnelles. Ce qui me faisait le plus plaisir était la chambre séparée.

Malgré mes hurlements pour dire à Liam de rentrer chez lui, il avait insisté pour m'aider à ranger. Finalement, je ne regrettais pas qu'il aille forcer car on avait été deux fois plus vite.

- Shera, m'appelait-il. Je me retournais donc vers lui.

- AAH, hurlais-je en le voyant torse nu. Je cachais immédiatement mes yeux. Mais Liam à quoi tu joues ?! Tu veux jouer le strip-teaseur pour inaugurer mon appartement imbécile !

- Mais je veux te montrer mes nouveaux tatouages, criait-il à son tour. Je ne le voyais pas mais je l'entendais s'approcher. Par surprise, il attrapait mes poignets afin de me les faire baisser. JUSTE REGARDE DEUX SECONDES !

- AGRESSION !

Il parvenait à me faire longer les bras mais je gardais tout de même les yeux fermés.

- TA AWRA LIAM !

- PARLE DANS NOTRE LANGUE !

- C'EST NOTRE LANGUE GROS CONNARD !

- Hein, bégayait-il en ne voulant pas lâcher mes poignets. Il continuait de forcer malgré mes coups pour me débattre.

- PREND UN HAUT ET CACHE JUSQU'A TON NOMBRIL !

Après quelques secondes de bug, il me lâchait et je l'entendais ouvrir mon placard. Je patientais les yeux fermés son signal.

- C'est bon comme ça ?

J'ouvrais timidement les yeux mais fus rassurée car il avait bien fait. En réalité, c'était du foutage de gueule de ma part. Je ne cachais pas ma arwa mais me permettais de lui demander à lui. Malgré cela, j'appréciais qu'il respecte mon choix.

Je laissais mes épaules retomber avant de m'avancer au centre de la pièce où il se trouvait.

- Attends parce que là j'ai pas compris, reprit-il. C'est quoi ahwa, le prononçait-il mal.

- Awra déjà, le corrigeais-je. Il faut avoir de la pudeur c'est ainsi. C'est une protection à l'égard des regards. Nous aussi les femmes on a ça mais elle est plus importante. Nous, on ne voit pas discerner les formes de notre corps donc porter de longues robes pas moulantes. Et il faut aussi cacher ses cheveux.

- Pourquoi tu ne le fais pas ? Sa voix était tellement innocente que je ne pouvais lui reprocher de m'avoir blessé.

- Je n'ai aucune raison de ne pas le faire, admettais-je à voix basse.

- C'est ton souhait ?

- Oui.

- Alors j'espérais pour toi.

- In Sha Allah, lançais-je dans un sourire.

- In Sha Allah, répétait-il parfaitement. Ça veut dire quoi ?

- Si Allah le veut.

- D'accord, répondait-il simplement. Bon regarde mon tatouage, ajoutait-il avant de se mettre dos à moi. C'est celui à droite.

« løfte » était écrit en grosse lettre italique.

- Ça veut dire quoi, demandais-je.

- Adieu.

Un frisson parcourait le long de ma colonne vertébrale. Je sentais la tristesse me monter à la gorge. Ma main plaquée sur ma bouche, je tentais de retenir mon sanglot. Alors qu'il allait se retourner à cause de mon silence, je plaquais ma main sur son dos. Je me mis à tracer les lettres afin de le faire taire quelques secondes. Il fallait que je me reprenne absolument.

- Shera...

- Hum...

Je clignais des yeux une énième fois la tête basculée afin que mes larmes ne coulent pas. Lorsque je revenais sur ce que j'étais en train de faire, le torse de Liam montait et descendait extrêmement vite. Sa respiration était-elle devenue irrégulière lorsque je me mis à le toucher ?

Il pivotait rapidement sur lui-même en attrapant mon poignet dans la volée. Ses yeux bleus se perdaient dans les miens pendant que je réfléchissais à un moyen de fuir. Cependant, j'avais un problème...j'entendais mon cœur battre plus vite dans ma poitrine.

Je perdais le nord lorsqu'inconsciemment mes yeux tombaient sur ses lèvres pulpeuses. Cela ne loupait pas à Liam car il venait finalement les approcher lentement des miennes. Son souffle irrégulier venait titiller mes narines avant que ses paupières ne souhaitent se fermer tout comme les miennes.

J'abandonnais ceux sur quoi, je m'étais toujours appuyée pour ne jamais fauter. Involontairement, mes lèvres cherchaient les siennes. Dans mon ventre, une explosion d'émotions jouait. Je reconnaissais d'ores et déjà l'erreur que j'allais commettre. La culpabilité qui comprimait mon cœur me permettait finalement de murmurer :

- On...ne peut pas.

Je laissais mon visage retomber au creux de son cou dans un soupir. Il relâchait mon poignet pour laisser sa main caresser mes cheveux. Son menton se laissait tomber sur le haut de mon crâne avant qu'il n'articule :

- Pardon je n'aurais pas dû Sherazade...

Eh je vais péter un plomb si j'écris encore un truc "mignon" !!!!
Vivement les embrouilles et la tristesse, je serais plus heureuse.
Bref dans un chapitre, c'est fini hihi...;)

Chapitre 21 - Déception

M.z

Chapitre 21

(NDA : finalement pas de dernier chapitre mignon, on passe au drame direct. Ps: c'est mon chapitre préféré depuis le début de l'histoire)

Ma vie avait basculé en une soirée. Je n'avais pu imaginer un tel sort me tomber dessus. Mes premiers mois avaient été stables mais cela serait fini après cette révélation.

J'implorais Allah pour me donner la force de confronter ces humiliations, ces regards insistants. Il y avait envie de nuire à ma personne. Je l'avais compris à la première réflexion même si je souhaitais ne pas voir la réalité en face. J'avais beau me rassurer, c'était fini.

Je devenais la proie facile.

Quelques jours plus tôt...

Ma reprise des cours s'était passée dans un silence réconfortant. J'avais rendu mes travaux à l'heure et je passais clairement mes meilleurs moments à la fac.

Liam restait collé à moi à chaque heure de la journée. Même jusqu'à l'entrée des toilettes. Il avait abandonné son groupe de pote au dépit de moi. Eden venait toujours nous rejoindre à certains repas. Aucun des deux n'apportait un jugement sur la personne que j'étais. Mes origines ne comptaient pas. C'était les seuls à avoir vu au-delà des préjugés.

Quant à Liam, il avait gardé ma religion secrète. Cependant, il arrivait des fois que cela monopole nos discussions. J'avais pu lui expliquer deux trois péchés qu'il commentait tous les jours. Comme fumer, boire et malgré le fait que cela comble son quotidien, il avait accepté mes dires sans rechigner. Cela ne voulait pas dire que je lui interdisais mais il me demandait à chaque fois quand je refusais une chose, la raison de mon non.

De plus, Liam ne lâchait pas cette habitude de tenir ma main. Même dans les couloirs de notre établissement. Je ne l'avais pas connu au plus mal, mais chaque matin le sourire qui m'offrait me promettait un avenir meilleur pour lui.

Désormais, il avait l'habitude de m'attendre près de mon casier un oasis à la main. Quand on était incapable de se mettre d'accord sur une chose au lieu de se taper dessus, on laissait place au shifumi.

C'était étrange ce qu'il me faisait ressentir. Je ne pouvais poser des mots sur les émotions qui me traversaient lorsqu'il était en ma présence. Mais j'appréciais car à ses yeux, je me sentais importante. Il me confortait dans le fait de ne pas être invisible. Il me voyait plus que n'importe qui.

La nuit tombait plus rapidement désormais. Entre deux cours, on se posait dehors les yeux rivés vers le ciel noir. C'était mes moments préférés car c'était les instants révélateurs. On avait imposé comme condition, interdiction de se regarder.

Alors Liam avait eu le courage de m'évoquer des souvenirs avec sa sœur. Il m'avait expliqué qu'Emmy avait deux ans de plus que lui. Elle était très fan de cinéma et qu'elle voulait en faire son métier. Elle voulait travailler dans l'industrie du cinéma coréen. Emmy avait charbonné pour parler couramment la langue. C'est pour cela qu'en sa mémoire, Liam s'était tatoué sur le côté droit de son cou en colonne, son prénom en lettre coréenne.

👀

À mon tour, j'avais pu lui parler du harcèlement que j'avais vécu. Lors de mes années de collège et lycée, on avait sali mon nom à cause d'une fausse rumeur. Je lui avais expliqué qu'on voulait me faire passer pour une "pute" qui envoyait son corps en photo. J'en avais souffert car cela avait simplement commencé par le fait que j'avais rembarré un mec qui me draguait. Cela était parti très loin jusqu'à me donner l'envie de disparaître. Et Liam m'avait tout simplement demandé :

- Comment tu as survécu ?

- La religion.

- Elle pourrait me sauver moi aussi ?

Je me souviens l'avoir regardé droit dans les yeux enfreignant notre condition. Mes mains avaient rejoint ses joues froides qui ne demandaient qu'à être réchauffées. C'était cela, la religion devait réchauffer le cœur froid et brisé de Liam.

Quand nos âmes parlaient de nos peines, le monde entier s'écroulait. Liam et moi nous rejoignions dans la douleur pour nous consoler. C'était sur cela que notre relation était basée. Une religion, une origine, une classe sociale nous séparait pourtant seul une souffrance constante était notre point commun.

Cependant, un mal m'empêchait d'être complètement honnête avec Liam. Ces derniers jours, un comportement inhabituel de Liam m'effrayait. Il avait des réactions impulsives qui me mettaient mal à l'aise. À certains moments, ça lui arrivait de hausser la voix sans raison. Il devenait irritable et pouvait me crier dessus. Son humeur changeait du tout au tout. Lorsqu'il me criait dessus, il pouvait deux minutes après m'implorer de la pardonner.

À côté de cela, sur le plan scolaire il déviait complètement. Il avait toujours cette hargne d'être le meilleur mais il manquait cruellement d'attention lors des cours. Sur le plan social, il refusait de parler à certaines personnes par moments. Une fois, il s'est mis à me crier dessus pour qu'on ne mange pas avec Eden. Sa main s'était renfermée sur la mienne même si je lui hurlais ma douleur.

Mais le pire restait à venir. Chez lui, un bordel s'était installé. J'avais retrouvé des placards ouverts dans sa cuisine. Des vêtements à lui en plein milieu d'un couloir. Lorsque je lui demandais pourquoi c'était ainsi, il disait oublier.

Je craignais que cela soit la cause des médicaments. Une mauvaise consommation pouvait l'entraîner à plusieurs types de comportements.

Seulement, je n'arrivais plus à supporter tout cela. Ce qui me retenait était son côté attentionné à mon égard, cette peine qui d'après lui ne partageait qu'à moi. Ces moments où c'était l'âme d'enfant de Liam qui me parlait. Je restais pour cela, pour le sauver.

Mais la fatigue marquait mes traits. Je n'arrivais plus à me concentrer sur plusieurs choses à la fois. L'école, ma foi, Liam...

Je m'oubliais au dépit de sa vie. Cependant, j'avais peur d'avoir mal procédé. Liam s'attachait de plus en plus à moi. Il m'envoyait une tonne de messages par jour. Il devenait envahissant mais que faire face à une personne qui a toujours manqué d'attention ?

Mais quoi qu'il en soit, je me suis libérée de tout cela.

Par sa faute.

Présent...

Liam était venue me chercher à mon appartement étudiant que j'habitais depuis trois semaines. Il était 21 heures et nous étions en route pour une soirée chez je ne sais pas qui.

Il voulait absolument que je vienne pour me changer les idées. J'avais donc accepté malgré ma forte envie de dormir. Après notre conversation sur la cigarette ou encore l'alcool, j'espérais tout de même qu'il en consomme moins même si je ne lui ferais pas la remarque.

- Tu es très jolie ce soir, commentait-il en tournant ses yeux de la route vers moi. Je lui souriais heureuse qu'il apprécie le fait que je ne sois pas en robe. Vous voyez on peut être belle même en gros jean.

Il prit ma main entre la sienne pendant qu'il conduisait. Cela serait mentir de dire que je ne me sentais pas bien en sa présence. Lorsqu'il était ainsi, je me sentais si confortable. Je fermais les yeux une seconde afin de profiter de l'air chaud qui se diffusait dans la voiture.

Quelques minutes plus tard, nous étions arrivés chez la personne qui faisait la soirée. On descendait de la voiture et je ne reprenais pas sa main.

À l'entrée des gobelets pour différents types de relation se tenait. Je prenais le rose celui qui correspondait au célibataire. Cependant, Liam venait me l'arracher des mains pour me tendre le vert celui pour les couples. Je remarquais rapidement qu'il en avait un aussi.

- On n'est-
- On le serait si ta religion ne te l'interdisait pas, me coupait-il. Je respecte ce choix, mais tu prends quand même le vert et tu te la fermes.

Je riais à sa remarque avant de reprendre route. On entra dans le salon sous les yeux de plusieurs personnes. Putain, j'avais pas pensé au fait que les gens verraient nos gobelets. Au pire, je m'en foutais.

On traversait la pièce à la recherche de notre groupe d'ami. Finalement, le regard de Liam s'arrêtait sur un autre groupe qui consommait de la drogue. Alors qu'il me contournait pour aller les rejoindre, j'attrapais son bras. Je lui souriais afin de lui faire comprendre. Finalement, après quelques secondes d'hésitation, il revenait près de moi en prenant ma main dans la sienne. Je levais les pieds pour lui murmurer à l'oreille:

- Merci...

J'avais dit que je ne l'empêcherais pas mais cela était différent. Je ne voulais pas retrouver Liam complètement défoncé au bout d'une taffe. On avait convenu que je venais à la soirée si à la fin, il restait en capacité de me ramener chez moi.

Il m'avait raconté entre deux cours, les yeux rivés dans le ciel noir, l'importance des soirées pour lui. Liam appréciait tant cela car il pouvait se bourrer la gueule et fumer autant qui le voulait sans culpabiliser car tous se retrouvaient à la fin de la soirée dans la même situation. Mais a contrario, eux fumaient, buvait pour le plaisir, Liam pour oublier.

Oublier sa mère.

Oublier sa passion.

Oublier l'absence de son père.

Oublier la mort de sa sœur.

C'est ce qu'il m'avait avoué finalement.

On retrouvait notre groupe d'amis dans une pièce avec un nuage de fumée au-dessus d'eux. Je restais sur le palier hésitante à rentrer face à toutes ses mauvaises choses sur la table.

- Tu veux qu'on aille autre part, me chuchotait Liam.

- Non...non ça va aller, répondais-je. On entrait laissant la porte se refermer derrière nous. C'était une salle de jeu avec une grande table de poker au centre placé dans la cave. Je me conduisais vers l'unique petite aération afin de l'ouvrir.

- Coucou beauté, me saluait Eden en m'adressant une petite accolade. Elle est là Amina ?

- Non désolée, elle ne pouvait pas venir. Demain elle a un examen blanc.

- Ok je l'appellerais tout à l'heure, m'annonça-t-il avant de rejoindre une chaise autour de la table. Des personnes fumaient des gros cigares et je surveillais Liam du coin de l'œil. Ces choses ne pourront certainement pas lui donner la capacité de me ramener chez moi.

Je passais mes bras sur les épaules de Lisa qui était assise sur une chaise. Elle tournait sa tête sur le côté pour me voir avant de m'afficher un beau sourire. Malheureusement elle portait de nouveau une perruque blonde mais ce n'était pas grave.

- Tu vas bien, lui demandais-je.

- Oui t'inquiète pas pour moi, murmurait-elle. Je savais que c'était la première fois qu'elle revenait à une soirée après l'incident d'Halloween. Au fait Shera, tu sais que je suis aussi en licence de mode. Pour le bal de fin d'année avec les stars internationales. Avec ma classe, on doit préparer des tenues pour un défilé et...j'aimerais que tu sois mon modèle.

Je me redressais mais elle attrapait l'un de mes bras. Je savais que j'affichais une expression de choc mais c'était le cas. J'étais surprise qu'elle propose cela à moi. Cependant, Lisa reprenait :

- Tu fais un mètre soixante dix-sept, c'est parfait ! Puis le thème est sur la culture. Je vais créer une robe inspirée de l'Egypte. Tu es égyptienne non?

- Euh oui, rétorquais-je. Et je veux bien être ton modèle Lisa.

Elle se levait de sa chaise dans un bond avant de me prendre dans ses bras. Les garçons tournaient leur regard vers nous se demandant ce qu'il se passait.

- T'as accepté d'être son modèle c'est ça, se doutait Eden.

- Oui, répondais-je.

- Modèle de quoi, demandait Liam.

- Pour le gala de fin d'année, répondait Lisa en se détachant de moi. La licence de mode, on prépare un défilé sur le thème de la culture.

Liam retombait sur sa chaise. Il me lançait un regard avant de se mettre à sourire. Cela voulait dire qu'il validait l'idée bien que je n'en aie pas besoin de sa validation.

Après plusieurs minutes dans cette pièce où des discussions de merde fusaient, Lisa me proposait de sortir. On se levait de nos chaises passant devant les garçons mais Liam en profitait pour m'arrêter.

- Tu vas où, demandait-il gentiment.

- Je sors.

- Tu veux que je vienne ?

- Non c'est bon.

- Ok fait attention, lançait-il avant de laisser glisser sa main tout le long de mon bras laissant une décharge électrique se propager.

Lisa et moi avions rejoint sa voiture pour parler à l'abri des regards et les conversations étaient nettement plus intéressantes. Une heure avait défilé sans que je ne le voie. Parler avec elle était un vrai plaisir. Le son de sa voix vous enivrait.

- Lisa je peux te poser une question indiscrète ?

- Oui vas-y, répondait-elle dans un sourire.

- Le père...c'était qui ?

Sa réaction était à l'opposé de celle que j'imaginais. Au lieu de perdre de ses couleurs, elle pouffait timidement avant de répliquer :

- Je savais que tôt ou tard, tu me poserais cette question...c'était Adam.

- ADAM, criais-je surprise.

- Oui ce connard d'Adam avait qui Liam et Eden traîne. Enfin je sais que beaucoup pensent qu'ils sont un trio alors qu'en réalité, c'est un duo entre Liam et Eden. Adam est vraiment différent d'eux. Il manque de respect aux femmes. C'est un putain de gros raciste et un petit blanc riche qui se croit supérieur à tout le monde, commentait-elle. Mais coucher avec lui pour un soir avait été une erreur. Et j'ai merdé en le faisant sans protection donc...voilà.

- T'as pas chopé de maladie ?

- Dieu merci non, avoua-t-elle en riant. J'ai étonné en plus. Lui qui couche avec tout ce qui bouge.

Je riais en sa compagnie appréciant ce moment de calme. Puis soudainement, mon téléphone vibrait. C'était un message d'Eden :

Guide touristique à moi :

Viens dans la cuisine on va faire un jeu.

Je montrais le message à Lisa et on quittait finalement la voiture pour l'intérieur. À l'entrée, elle me dit qu'elle doit aller pisser après avoir bu deux canettes dans la voiture. Je riais en la voyant marcher en étant plié.

Je traversais le salon afin d'atterrir dans la grande cuisine. Seulement ni Eden ni Liam étaient là. Je levais les pieds afin de les chercher mais il était introuvable.

- Ils vont arriver, m'avertissait une voix dans mon dos. Je pivotais afin de voir Blanche de l'autre côté du comptoir en face de moi. Elle souriait malicieusement avant de boire une gorgée. Je patientais les mains sur le comptoir. Puis à ma droite, une fille arrivait avec un gobelet vert et rose.

- Excuse-moi tu es Sherazade, me demandait d'une voix mielleuse.
- Oui.
- Tiens c'est ton verre et celui d'Eden. Il m'a dit de te les donner le temps qu'il aille au toilette.
- Ah merci, la gratifiais-je avant de prendre les verres. Elle me souriait puis partait finalement. Je rivais de nouveau mon regard dans celui de Blanche mais elle était occupée à parler.

Je pris une gorgée de mon verre avant de douter de la liqueur de cette dernière. Cela n'avait rien d'un coca.

- Alors tu aimes, me demandait Blanche.

Au même instant, Eden arrivait d'un couloir à ma droite avec deux verres identiques aux miens. Il venait se placer à mes côtés, son regard perplexe sur moi.

- Pourquoi tu as ces verres, me demandait-il complètement bourrée. Cependant, je ne répondis rien et gardais mon regard sur Blanche. Lentement, je recrachais ce que j'avais dans ma bouche.

- C'est quoi, demandais-je d'un ton froid.

- Oh de l'alcool, m'avoua-t-elle d'un ton enjoué. Mais pas besoin de tout boire, je voulais juste vérifier quelque chose.

Prise de colère, je lui lançais mon verre bien rempli au visage. Elle prit un mouvement de recul et les discussions autour se terminaient. Plusieurs personnes rivaient leurs regards sur la scène.

- Sale pétasse, m'insultait-elle en tentant de lisser sa robe.

- Je voulais juste vérifier quelque chose, répétais-je ces dires. L'alcool colle aussi bien au vêtement que les boissons gazeuses.

Alors que je reposais violemment mes verres sur le comptoir afin de partir, j'entendais Blanche crier :

- Ta religion musulmane t'interdit de boire de l'alcool ?

Mon cœur arrêtait de battre. Je me figeai sur place en restant dos à elle. Des flashs de téléphones venaient m'éblouir et instantanément, je me sentais prise au piège.

- Tu sais Sherazade, reprenait-elle. La première fois que tu as refusé de boire de l'alcool je pensais juste que tu étais coincée mais finalement…c'est ta religion qui te l'interdit. Pendant encore combien de temps comptais-tu nous le cacher ?

Je commençais à avoir du mal à respirer l'air de la pièce. Les regards haineux qui se figeaient sur ma personne m'obligeaient à réaliser qu'ils connaissaient finalement mon secret. C'était pour ce genre d'instant que je refusais de le partager.

J'étais une bête de foire. Il voyait en moi non plus une différence comme pour mes origines mais une menace. Voilà ce que j'étais. Et tout le monde pensait cela à cause des médias.

Prise par le courage, je me tournais vers elle. Elle marchait avec ses talons jusqu'à moi sans sentir la gêne d'être trempée.

- Je me fiche de ce que tu penses Blanche, reprenais-je.
- Oh et tu te fiches que je le sache grâce à Liam ?

Il était clair, j'étais en train de défaillir. Son sourire malicieux qui embellissait son visage me donnait envie de cogner son corps. Je devais absolument garder mon sang-froid face à tant de yeux car désormais chacun de mes actes sera relié à ma religion. Si je la frappe, ils diront que ma religion accepte cela. Si je l'insulte, ils diront que ma religion m'apprend cela.

- Je ne te crois pas, lâchais-je souhaitant laisser le bénéfice du doute à Liam. Il ne pouvait pas me trahir sur ce sujet. Il savait à quel point, j'apportais de l'importance à ma religion et à quel point elle était mal vue dans le monde entier. Le poids de sa révélation pouvait faire flancher mon futur à la fac.

- Tu n'as qu'à aller lui demander, me proposait-elle en levant le bras vers l'escalier.

Je ne voulais pas partir car ça serait lui donne raison. Mais je ne voulais pas démentir non plus. Je n'avais pas le droit de renier ma religion par peur de représailles. Mon peuple s'était battu pendant des siècles pour la faire accepter sur des terres qui étaient déjà habitées par d'autre religion.

Après quelques secondes d'hésitation, je marchais rapidement vers les escaliers sous le rire de certains. Malgré l'humiliation, je m'interdisais de baisser la tête.

Je montais les marches deux par deux. Arrivée à l'étage, j'ouvrais les portes violemment sans me soucier des gens à l'intérieur.

- Liam, l'appelais-je depuis le couloir. Des gens m'insultaient quand j'ouvrais la porte sur leur débat. Mais j'étais déjà partie en ouvrir une autre avant que leur insulte ne me vienne à mes oreilles.

Puis finalement, je trouvais Liam dans une chambre assis au sol contre le lit.

- Liam, l'appelais-je avec une voix froide. À l'entente de son prénom, il tourna sa tête vers moi et ses yeux s'illuminaient. Je compris qu'il avait énormément bu lorsqu'il se relevait avec difficulté.

J'entrais complètement dans la pièce en refermant la porte derrière nous. Liam avançait vers moi le sourire aux lèvres en levant les bras en l'air pour me prendre dans ses bras.

- Tu lui as dit, lâchais-je énervé. Et comme s'il savait exactement de quoi je parlais, il se figeait. Lentement Liam perdait de son sourire. Lorsque je compris que Blanche disait finalement vrai, un poignard invisible venait me lacérer le cœur. Une douleur indescriptible tiraillait chacun de mes membres.

Je pris un mouvement de recul sentant la tristesse m'emporter.

- Attends Shera je peux tout expliquer, s'empressait de dire Liam en réduisant la distance entre nous. Regarde-moi s'il te plaît...

Je n'étais même plus dans la capacité de river mes yeux dans les siens. L'une de ses mains venait trouver place sur ma joue avant qu'il ne commence à caresser le devant de mes cheveux.

- Je suis désolé, je-je ne voulais pas...

- Putain Liam, le coupais-je en retirant ses mains. Ma religion...c'est toute ma vie. À quoi tu pensais en lui disant ?!

- Ne t'énerves pas s'il te plaît, je te promets de tout arranger, continuait de dire la voix à deux doigts de se briser. Il persistait à vouloir me toucher malgré mes mains qui le repoussaient. Je le contournais afin d'avoir un plus grand espace.

- Tu sais ce qui va se passer maintenant hein, le sermonnais-je. Il pivotait en passant ses mains nerveusement sur son crâne. Ils vont me prendre pour cible ! M'insulter, m'humilier quand ils en auront l'occasion ! Juste parce que je suis musulmane...

Ma voix se brisait littéralement sous mes derniers mots. Imaginer la suite de ma vie était un désastre sans nom.

- Je vais tout arranger ok...je vais le faire....je vais-je vais, bégayait-il en faisant les cent pas dans la pièce.

- Je ne veux plus te voir...

Subitement il se figeait n'ayant que la force de tourner son visage vers le mien. Rapidement, il réduisait les centimètres qui nous séparaient. Ses mains rejoignaient mes joues et j'étais tellement épuisée que je n'avais pas la force de les enlever.

- Shera Shera s'il te plaît...

Il tentait de relever mon menton pour que je puisse le regarder. J'acceptais finalement de river mes yeux dans les siens malgré la larme qui s'échappait de mon œil. Elle exprimait toutes les émotions qui me traversaient. La tristesse, la déception, la colère...

- Tu-tu peux pas me faire ça Shera j'ai besoin de toi, m'implorait-il. Ses mains passaient nerveusement sur mon visage pour dégager mes cheveux. Je n'arrivais à rien articuler pas même les insultes qui restaient coincées au fond de ma gorge. Tu-tu dois me parler de ta religion et on doit aller voir ma sœur...et je-je putain s'il te plaît fait pas ça ! Hein Shera tu peux pas me faire ça...si ?

Désormais, il comprenait car dans mes yeux il lisait ma sincérité. Ses mouvements devenaient plus lents et ses paupières s'agitaient nerveusement signe de sa tristesse. Mon cœur ne battait plus aussi vite lorsqu'il me touchait. Une explosion d'émotion ne se produisait pas dans mon ventre quand il rivait ses yeux dans les miens.

L'amour avait cédé le passage à la déception.

- Shera...

Je retirais lentement ses mains de mes joues pour ne pas le brusquer. Puis je pris la décision de partir en le contournant. Avant de quitter la pièce, je me retournais vers son corps qui n'avait pas changé de position.

C'était mieux ainsi.

J'aurais pu lui dire que tout ce qui allait s'ensuivre serait de sa faute mais il était trop fragile.

Et il m'avait rendu fragile.

Vous m'aimez toujours ? Et vous allez bien ? Vous savez ce que ça veut dire du coup ? Vous envisagez la suite ? Est-ce on rentre bien dans la meilleure partie du livre ? Oui. La plus douloureuse ? Oui. Bref kiss <3

Chapitre 22 - Seule

M.z
Chapitre 22

Lorsque je suis redescendue où les festivités se produisaient, j'avais vraiment envie de rester. De prouver qu'ils pouvaient me dévisager cela ne m'atteignait pas. C'était ainsi que je souhaitais que ma soirée se termine. Cependant, ils m'avaient fait ressentir une autre émotion, la peur. Je ne combattais plus des simples jeunes qui riaient d'une réputation. Cela allait beaucoup plus loin. Dans leur regard, je pouvais lire leur envie de me faire du mal.

Ici même, je n'étais plus en sécurité.

J'avais quitté les lieux aussi vite que je ne le pouvais. Je me souviens avoir hurlé pendant mon trajet retour. Aucun bus pour me déposer chez moi après minuit. Personne à appeler.

Amine m'en voudra à mort de ne pas avoir imploré son aide mais je ne pouvais me résoudre à cela. Elle avait un examen tôt le lendemain.

Lorsque j'avais atteint le pallier de chez moi, je m'étais complètement relâchée. C'était encore bouleversée que je m'étais endormie.

Mon réveil avait retenti après que j'ai mis mon tel en mode ne pas déranger. Dans moins d'une heure, je devrais affronter toute l'école.

Je passais nerveusement mes mains sur mon visage avant de pianoter sur mon téléphone le temps que mon corps se réveille. Sans surprise, Liam m'avait appelé et harceler de messages incompréhensibles étant donné qu'il avait bu.

J'allais sur ma messagerie afin d'écouter ses vocaux à trois heures vingt-huit du matin :

- Sherazade tu es où ? Ça fait plusieurs heures que je te cherche dans la maison, tu es partie sans moi ?

- J'ai beaucoup bu...pardon. Tu peux monter à l'étage j'ai besoin de toi.

- J'ai merdé en le disant à Blanche...mais m'en veut pas s'il te plaît. Je vais arranger tout ça, je te le promets.

- Y'a un mec il voulait faire un shifumi, j'ai dit non. J'ai-jai dit c'est le jeu à moi et ma...

- AH, hurlais-je en l'entendant vomir. Je mimais une moue dégoûtée avant que ma messagerie ne passe au dernier vocal :

- Je veux plus faire la fête pour ce soir alors j'attends dans la chambre que tu viennes me chercher...Tu sais Sherazade quand j'ai perdu Emmy, j'ai pas été à son enterrement parce qu'elle ne m'a jamais parlé de son envie de mourir...Elle m'a trahi. Pour moi, je crois toujours qu'elle reviendra...

Je jetais mon téléphone, épuisée d'entendre sa voix. Alors que je faisais ma routine hygiénique, je repensais au fait que je ne peux cacher éternellement en moi la culpabilité de mes mots d'hier. Je culpabilisais à l'idée de laisser Liam seul. Il était instable et avait de besoin d'une stabilité et il m'avait fait comprendre que c'était moi qui lui apportais cela.

Cependant, je ne pouvais toujours lui pardonner pour seule raison qu'il était instable. Liam ne pouvait faire tout ce qui lui semblait correct sans subir des conséquences derrière.

Hier j'étais profondément déçue pour son manque de concentration. Comment avait-il pu faire fuiter cela sur moi ? Après tout ce que je faisais pour lui.

Je lui avais seulement demandé de garder cela secret. Et il en avait été incapable.

***

Après avoir mangé mon repas devant une vidéo youtube, il était temps pour moi de partir à la fac. Heureusement que les cours ne commençaient qu'à quatorze heures, cela m'avait laissé le temps d'être heureuse.

Je regardais une dernière fois mon reflet sur le miroir devant l'entrée. Mes gros collants épais me permettaient de ne pas trembler à cause du froid hivernal qui s'installait doucement. Je réajustais mes cheveux avant de finalement passer le seuil de ma porte.

Pour l'instant tout allait bien car je n'avais pas vu une seule insulte à mon égard sur les réseaux sociaux. Pas de post islamophobes, pas de DM avec insulte...rien.

Tout en marchant dans la rue car j'étais à cinq minutes de la fac à pieds, je ressortais la capuche de mon pull qui était sous mon blouson de l'uniforme scolaire.

Devant la porte d'entrée, je soufflais un bon coup avant de marcher la tête haute. Je tripotais nerveusement mes doigts sous mes poches tout en observant les personnes qui m'entouraient.

The perfect Girl de Mareux me permettait de pas baisser le regard. Mais comme je m'y attendais dès mon entrée, des yeux curieux se tournaient vers moi. Je n'y prêtais pas attention et continuais ma route.

J'arrivais dans l'amphithéâtre où Lisa m'attendait à notre place habituelle. Je grimpais rapidement afin de m'installer à ces côtés. Cependant, je fus surprise qu'elle ne débite pas directement des mots.

- Tu sais, lançais-je.

- Tout le monde sait, avoua-t-elle la voix basse. Je suis désolée.

- Oh ce n'est pas de ta faute, la rassurais-je en souriant. Tôt ou tard ça devait bien se savoir. Mais ce n'est pas grave, je t'ai toi, la complimentais-je.

- En parlant de ça, rétorquait-elle en prenant mes mains dans les siennes. Après le gala de fin d'année…je termine mon année aux États-Unis.

- Quoi, m'exclamais-je déçue.

- Mon père a pu parler au directeur de l'école de mode où je voulais aller. Et il m'a donné une place pour janvier.

La tristesse se voyait prendre possession de mon cœur. J'allais donc réellement me retrouver seule.

- Je suis contente pour toi, admettais-je finalement dans un demi-sourire.

- Tu ne m'en veux pas ?

- Non si c'est ce que tu voulais...

Elle me prit dans ses bras comme pour me remercier. En réalité, je ne pouvais rien lui reprocher. Si son rêve était aux Usa alors je n'avais pas le droit de lui demander de rester.

Je rivais de nouveau mon regard vers l'avant de l'amphi. Mon professeur préféré entrait sous les regards des élèves. Il se mit à déblatérer les différents devoirs que l'on aura à rendre dans la semaine.

Après que le cours avait commencé depuis plusieurs minutes, la porte s'ouvrit sur Liam. Je ne sais pas pourquoi mais je fus rassurée de le voir. Cependant, il se tenait bizarrement. Sa tenue était négligée et son regard n'avait jamais été aussi fatigué.

Il s'excusait auprès du prof pour son retard avant de chercher des yeux quelqu'un dans la salle. Lorsque son regard tombait dans les miens, il se ruait dans les escaliers.

- Eh merde, lâchais-je dans un soupir. Liam devait se maintenir aux différentes tables afin de ne pas chuter dans sa montée. Une fois à mon étage, je faisais semblant de ne pas l'avoir vu malgré tout les regards qui s'étaient tournés vers nous.

- Sherazade, murmurait-il à mon oreille en s'abaissant. On peut parler ?

- Non, répondais-je froidement en gardant mon regard sur le tableau. Du coin de l'œil, sa main venait s'appuyer sur mon cahier ouvert. Il s'asseyait à moitié sur la place libre à ma gauche. Je comprenais que Liam cherchait à capter mon regard.

- Écoute faut vraiment qu'on parle, je dois-

- T'excuser, le coupais-je en notant les dires du professeur. Pas la peine, tu es pardonné.

- Vraiment, se réjouissait-il.

- Oui, je te pardonne car dans ma religion c'est ainsi. Si Allah pardonne qui je suis pour ne pas te pardonner ?

- Mer-merci, était-il soulagé.

- Mais je ne veux quand même plus te voir, reprenais-je le regard toujours rivé droit devant moi. Malgré cela du coin de l'œil, j'avais pu voir son visage se décomposer et c'était exactement ce que je souhaitais.

- Liam, appelait Eden qui arrivait derrière lui. Eden attrapait le bras de Liam mais il ne souhaitait pas se lever. Son regard continuait de me percer afin de trouver la vérité en moi.

- Putain Shera qu'est-ce qui te prend, me sermonnait-il.

Je ne répondis rien et laissais Eden le pousser de force pour qu'il bouge. Eden ne m'avait pas adressé la parole depuis et je craignais le pire.

***

L'heure de cours s'était finie sans dégât. Lisa était partie en courant pour rejoindre son cours de mode qui commençait direct après le notre.

Je marchais dans les couloirs, la musique dans les oreilles. Il y avait toujours des yeux qui se posaient sur moi à mon plus grand regret. Je rejoignais mon casier afin de déposer mon sac le temps du déjeuner.

À ma grande surprise, lorsque je l'ouvrais des milliers de prospectus me tombaient dessus. Sur tous étaient affichés mon visage souriant avec un voile autour et une arme à feu. Pour ajouter à tout cela, « la terroriste Sherazade Refaat ».

Autour de moi des rires interrompaient mes pensées. Je restais figée ne sachant pas comment réagir. Je ne pensais pas un jour toucher un tel degré de moqueries. Mais je comprenais que ce genre de « blague » les amusait.

Je tentais de garder mon calme malgré tous les téléphones braqués sur moi. Je ramassais les feuilles avant de les fourrer en tas dans mon sac. Mon casier fermait, je me retournais pour fuir la scène mais un téléphone se plaçait pile sous mon nez.

J'éclatais ce dernier au sol sous le regard ébahi du mec à qui il appartenait.

- Ne t'avise plus de me filmer de si près si tu ne veux pas finir comme ton téléphone gros connard, l'avertissais-je avant de le bousculer pour passer. Ses amis qui me filmaient aussi riaient à présent de l'humiliation que je venais de lui offrir.

Sur le chemin pour sortir de la fac, je croisais Eden. Il s'arrêtait devant moi en réajustant la bandoulière de son sac. Je le sentais intimidé d'être en face de moi alors je lançais la discussion :

- Tu vas bien ?

- Oui...et toi ?

Il transmettait involontairement sa gêne de parler avec moi. Je ne comprenais pas comment on pouvait autant être reclus sur la religion musulmane.

- Toi aussi...

- Shera, reprenait-il. C'est pas ça, c'est juste qu'avec toutes ces choses qu'on entend sur vous...

Lentement, mon âme s'envolait par la dure réalité de ses propos. Je buvais sa cruauté dans l'espoir d'entendre meilleur mots.

- Amina l'est aussi, me demandait-il.

- Amina est musulmane oui, me reprenais-je en transformant ma tristesse par de la haine. Mais tu sais ce que tu es toi Eden ? Un lâche. Un putain de mouton qui suit l'avis des médias alors que tu pourrais simplement poser des questions à une principale concernée. Toi qui n'avais eu aucunes difficultés quand il s'agissait de parler de ma culture. Renseigne-toi aussi sur les religions ça te rendre peut-être plus intéressant.

Je le contournais sans prêter attention à son appel. Pourquoi devaient-ils tous me décevoir de la sorte. Il n'avait pas besoin de me partager le fond de sa pensée, sa manière de me regarder m'avait expliqué à sa place. Ses yeux me jugeaient et sa manière de ne pas trouver les bons mots ne rendait la situation que plus compliqué. Puis il ne m'avait pas dit « coucou beauté » comme d'habitude.

Je m'arrêtais à une poubelle extérieure de la fac et sortais toutes les affiches. Je les arrachais une par une comme le fait chaque personne qui me déçoive avec mon cœur. C'était ainsi et je devais l'accepter.

J'allais être confronté à toute cette pression sociale tout simplement car je suis musulmane. Ils tenteront de m'humilier et je devrais garder la tête haute même si l'envie de pleurer me prenait. Chacun de mes faits et gestes devra être calculé à présent.

Cependant j'avais Allah avec moi alors je pouvais tout surmonter.

Je revenais de nouveau dans l'établissement la rage dirigeant tout mon corps. J'avais faim et personne n'allait m'empêcher de manger.

Arrivée au self, je me servais mon plat sous les yeux jugeurs des cuisiniers. Lorsque je me retournais face à la grande cafet, j'avais l'impression qu'elle s'était soudainement plongée dans le silence.

Je marchais lentement dans le couloir entre les tables afin d'en trouver une de libre. Comme si j'allais m'asseoir à des tables prises, des personnes posaient leurs sacs sur les chaises. Je riais intérieurement car à aucun moment, je n'avais pour idée de m'installer près d'eux.

Sur une table seule, je laissais mes écouteurs plonger les sons extérieurs dans le silence. Je mangeais mon plat tout en surfant sur mon téléphone. Avant que cela ne soit rompu par un blond qui venait s'installer en face de moi.

- Tu veux quoi, le sermonnais-je en enlevant un écouteur.

- Je ne laisserais pas les gens te traiter comme une malpropre pendant que moi je vis ma vie dans mon coin. J'ai merdé alors on va vivre la merde ensemble.

- Liam arrête, dis-je. Tu fais une grosse erreur à rester avec moi. Regarde autour de toi comme on te dévisage.

- J'en ai rien à foutre, s'énervait-il.

- S'il te plaît je veux manger, lui demandais-je calmement.

- Dis-moi comment je peux me faire pardonner.

- PUTAIN TU NE PEUX PAS, criais-je en chuchotant. Il se figeait sur place. Tu penses pouvoir changer la mentalité de tout le monde ici ? Non alors par pitié dégage, toi non plus je ne te supporte plus.

Je ne savais pas si c'était ce que je pensais mais la colère parlait pour moi. Quand on vous piétine depuis plusieurs heures déjà, votre corps se met directement sur la défensive. Même à l'égard de ceux que vous appréciez.

- C'est ce que tu veux...

Je relevais les yeux vers lui. Son visage s'était décomposé. Il s'accrochait à mes mots comme à une bouée de sauvetage. Mais ce n'était pas le moment de faire cela car la haine parlerait pour moi jusqu'à la fin de cette journée.

Je savais que je pouvais dire une nouvelle chose blessante alors j'emportais mon sandwich afin de m'en aller loin d'ici. Étant donné qu'il faisait trop froid pour manger dans la cour extérieure, je rejoignais un couloir avec un cul-de-sac avant de glisser contre le mur.

**

Le cour de la raciste se déroulait en silence. Les meilleurs moments étaient pendant les cours parce que personne n'avait le temps de me regarder bien trop concentré sur les dires de la professeur.

Cependant, soudainement le haut-parleur de l'amphi s'activait :

- Mademoiselle Refaat est attendue dans le bureau de la proviseur.

Liam relevait immédiatement la tête de ses bras pour river son regard dans le mien. Je me relevais en prenant mes affaires avant de descendre les marches. Je ne savais vraiment pas à quoi m'attendre.

Je profitais du silence des couloirs pour me calmer un peu avant d'entrer dans son bureau. Je me sentais vraiment sous pression depuis ce matin. J'avais du mal à diriger l'idée que des connards avaient fait du montage avec mon visage.

Je toquais finalement sur la porte et suivais son accord pour entrer.

Elle était assise bien droite sur sa chaise son regard rivé sur moi. Je marchais jusqu'à son bureau et elle m'indiquait de la main de m'asseoir. Vu comme ça, elle ressemblait vraiment à Liam.

- Je voulais juste faire un point avec vous sur ce qui se passe depuis ce matin, commençait-elle.

- Je vous écoute.

- Sur le site de la fac, il y a une rubrique dédiée aux élèves. Cela leur permet d'échanger des informations. Et depuis ce matin, plusieurs messages vous concernant ont été poster.

Elle tourna l'écran de son PC vers moi afin que je lise.

"La nouvelle des premières années est musulmane."

"Elle s'appelle Sherazade Refaat appartement 8 du logement étudiant de la fac."

"Elle va salir l'image de la fac."

"C'est honteux désormais on accepte des terroristes."

Je retombais sur mon siège complètement excédée de la stupidité de certain. Elle remit son PC en place avant de joindre ses mains sur la table et de bloquer ses yeux dans les miens.

- Écoutez Mademoiselle Refaat votre religion n'était pas stipulé dans votre lettre de motivation-

- Ce n'était pas un critère à noter, la coupais-je. Elle lâchait un soupir avant de reprendre :

- Je ne vous virais pas pour cela, ne vous inquiétez pas. Les bons résultats sont là et les appréciations des différents professeurs parlent de votre sérieux en classe. Cependant par simple curiosité, vous...vous ne portez pas ce ruban islamique n'est-ce pas, demandait-elle en mimant le voile.

- Madame la proviseur, commençais-je. Avant d'intégrer votre école j'ai pris le temps de lire votre règlement intérieur afin de savoir dans quoi je me lançais. Et il n'est stipulé nulle part que le voile est interdit alors si l'envie de me balader avec un voile sur la tête dans les couloirs me prenait rien ni personne ne m'empêchera.

- Je-

- Cependant, reprenais-je prête à en découdre. Votre prestigieuse école semblait être très stricte sur le harcèlement. De plus, cela a été pendant une année votre campagne afin de donner envie aux élèves de s'y inscrire. Vous disiez prôner le anti-harcèlement. Cependant, en arrivant ce matin à l'université, j'ai retrouvé cela dans mon casier.

Je sortais la seule affiche que j'avais gardée afin de lui montrer. Elle la prit afin de l'examiner et je sentais que cela lui déplaisait.

- Alors s'il vous plaît, mettez en garde ce qui s'amuse à me harceler afin que je n'aille pas à faire justice moi-même.

Elle relevait ses yeux extrêmement vite comme si elle avait senti la menace en moi.

- Que voulez-vous dire par là Mademoiselle Refaat ?
- Je suis jeune. J'ai grandi avec les réseaux sociaux…et il est très facile de se faire entendre de nos jours. Je n'hésiterais pas une seconde à divulguer l'islamophobie que je vis au quotidien par des élèves de votre établissement.
- Je peux vous virer pour cela, me menaçait-elle. Mes lèvres s'incurvaient automatiquement car j'attendais exactement cette phrase.
- Et vous ne ferez que confirmer leurs dires. « Virée car elle vivait de l'islamophobie » ça ferait les gros titres de la presse. Si seulement ce n'était pas en totale contradiction avec les valeurs que vous véhiculez. Mais soyez-en sur Madame la proviseur, je préférais être virée que laisser des inconnus ternir l'image de MA religion.

Je pris mes affaires afin de quitter son bureau. Je la laissais dans le flou total dans l'espoir qu'elle prenne une bonne décision.

C'était incroyable comme j'étais fière de moi. Et je pouvais remercier ma mère pour cela. C'était elle qui m'avait appris à répondre car il suffisait de laisser passer une seule fois pour que les gens prennent en confiance et finissent par vous écraser.

Voilà ce que j'allais faire.

Me battre au nom de ma religion.

- Au fait Madame la proviseur, lançais-je au seuil de la porte. Vous devriez demander à votre fils comme cela sait su.

Chapitre 23 - Danger

Chapitre 23

Après mon retour en cours, les haut-parleurs s'étaient directement activés pour que Liam rejoigne le bureau de sa mère.

Je ne savais si cela avait été la meilleure chose à faire de le dénoncer mais il méritait un retour de bâton. Après ce qu'il avait fait, qu'il assume les conséquences de ses actes.

Le cours venait de se finir et Liam n'était toujours pas revenu après plus de trente minutes. Je traversais les couloirs avec Starboy de The Weeknd dans les oreilles.

Seulement, je relevais les yeux de mon téléphone car une ombre devant moi marchait extrêmement vite. Mon regard tombait dans celui de Liam. Il semblait réellement remonté et prêt à en découdre. Je compris que cette colère était dirigée vers moi lorsqu'il m'attrapa le bras violemment.

Il nous emmenait dans une salle de classe vide avant de se mettre à me hurler dessus :

- Putain tu lui as dit !

- Je lui ai conseillé de te demander comment mes convictions religieuses ont fait le tour des bouches. Tu n'avais qu'à démentir, le contredisais-je.

- Mais pourquoi tu fais ça, s'énervait-il en s'approchant de moi. J'avais trop bu voilà pourquoi je l'ai dit à Blanche.

- Et qu'est-ce qu'on avait convenu avant d'aller à cette soirée Liam, répondais-je calmement. Comme si mes mots le faisaient tilter, il ralentissait. Son pou redevenait régulier et la colère ne marquait plus ses traits. Il a suffi que je disparaisse une heure avec Lisa pour que je te retrouve soûle.

- Notre accord marchait que si tu restais avec moi, me contredisait-il. Tu as passé toute la soirée je ne sais où.

- TU RIGOLES ! Tu n'étais plus apte à me déposer chez moi, j'ai dû marcher vingt minutes à pieds en plein hiver- Tu sais quoi, me coupais-je épuisée. On a tous les deux nos torts si tu veux. Tu m'as balancé, je t'ai balancé.

- Tu pouvais impliquer tout le monde Sherazade, commençait-il. Mais pas ma mère. Je pouffais à ses dires le trouvant très culotté.

- C'est vraiment du foutage de gueule, m'énervais-je en m'adressant à moi-même. Je cherchais nerveusement dans mon sac l'affiche islamophobe afin de lui montrer. Il m'avait transmis sa colère. Je plantais l'affiche sous son nez tout en la secouant légèrement.

- Voilà ce que tu as fait Liam, reprenais-je. J'ai certes impliqué ta mère mais c'était légitime quand toi tu as impliqué TOUT l'établissement scolaire.

Son visage se décomposait lentement face à ses yeux qui lui dévoilaient la cruauté de certains. Il pensait quoi ? Que cela s'arrêterait à deux trois insultes sur les réseaux sociaux. Non ma religion était prise au piège par les médias qui ne racontaient que des balivernes. Et les gens se nourrissaient de cela.

Personne n'avait l'envie de voir la réalité en face sur l'islam. Ils préféraient garder cette image néfaste que les médias leur offraient afin de cultiver leurs haines.

- Tu n'as rien dire, reprenais-je face à son silence. Ses yeux revenaient dans les miens lorsque je rangeais la feuille. À vrai dire, tout un tas de choses se lisaient dans son regard. Je savais que me voir vivre cela l'affectait d'une manière ou d'une autre. Mais pire lorsqu'il savait qu'il en était le coupable.

- Je ne sais pas quoi te dire, rétorquait-il faiblement.

- T'inquiète je m'attendais pas à mieux, le taclais-je. Tu te souviens de ce que tu m'as dit à Halloween ?

Il reprit goût à mes mots alors je poursuivais :

- « Je serais ton ennemi à l'école mais ton amant à la tombée de la nuit ».

- Oui ?

- Efface la fin et soyons que le début, lâchais-je avant de le contourner.

- Donc tu veux vraiment que je sois ton ennemi Sherazade après tout ce qui s'est passé entre nous, s'énervait-il. Je n'avais pas le courage de me tourner vers son visage attristé.

- C'est toi qui l'as voulu Liam…

- Tu donneras raison à ma mère alors, lâchait-il avant que je ne disparaisse-

- Tu m'écoutes ?

Fais chier !

Je cherchais raison de ma venue ici. Personne ne souhaitait m'offrir le bonheur d'être seule. À chaque fois, on me coupait afin que je ne vive plus de cette solitude.

Mais comment expliqué à cette femme la raison d'en être arrivée ici.

Devrais-je juste lui dire que je n'ai jamais pu connaître le bonheur d'être entourée ? Comprendrait-elle si je lui partageais cela ?

Cependant encore actuellement, je me retrouvais face à elle à répondre à ses questions stupides. Mes yeux se perdaient dans les siens qui éprouvaient tant de compassion à l'égard de ma situation.

- Tu veux ajouter quelque chose ?

Je le sentais une larme allait couler le long de ma joue. Cela faisait si longtemps que je n'avais pas reçu un si beau regard. J'avais l'impression qu'elle me comprenait malgré toutes ses heures à chercher à avoir la moindre explication de ma part.

- Je...

Les mots se bloquaient dans ma gorge. J'étais incapable de poursuivre sans avoir l'envie de pleurer. Putain pourquoi on me faisait vivre cela à mon jeune âge !

- Tu peux le faire, m'encourageait-elle.

- Je ne veux pas arrêter de le faire...s'il vous plaît ne m'y obligez pas !

Le désespoir s'entendait dans mes mots. Mais il était vrai qu'on essayait de me retirer mon seul droit de vivre.

- C'est pour ton bien que l'on fait cela tu sais, reprenait-elle avec un sourire réconfortant. Je ne suis pas ton ennemie ma douce. Mais ce que tu fais constamment t'empêche de suivre correctement les cours ou même d'avoir une vie sociale-

- Une vie sociale, pouffais-je en répétant ses mots. J'effaçais ma pauvre larme sur ma joue. Moi je voulais avoir des amis, sortir avec eux faire des trucs d'enfant quoi. Mais on m'a privé de ça ! Parce qu'elle avait trop peur, elle pensait me protéger en m'interdisant de sortir juste en bas de chez moi mais finalement c'est à cause d'elle si je suis en face de vous.

- Tu voudrais lui dire, me demandait-elle.

- À quoi bon elle pense avoir réussi son rôle. Puis...c'est trop tard maintenant.

- Et celui qui est absent...

- J'aimerais qu'il disparaisse de ma vie.

Mes mots étaient si cruels et je le savais. Pourtant c'était le fond de ma pensée. Ce que le temps avait enfoui dans mon cœur. Personne ne m'avait offert la chance de crier alors j'avais trouvé un autre moyen de le faire.

- Vous savez madame, reprenais-je en rivant mon regard dans le sien. Quand vous grandissez dans un environnement instable, vous devenez ce que vous voyez. Et qu'ai-je vu ? Le mensonge pour s'idolâtrer. La manipulation pour être la victime. La cruauté pour l'éducation. L'absentéisme pour l'indépendance. C'est ainsi que se résume ma vie.

- Et si tu m'expliquais chacune de ses phrases une par une, me demandait-elle.

Tais-toi.

Tais-toi.

Elle veut nous faire disparaître.

Tais-toi.

Leurs mots se percutaient dans mon esprit. J'étais perdue entre la délivrance de ma douleur ou l'accumulation de ma peine.

- Le mensonge pour s'idolâtrer, commençais-je. Toute ma vie, je l'ai entendue dire des choses sur moi afin de donner une bonne image de ma personne. Que ce soit sur mes notes ou mon comportement à la maison. Je connaissais la vérité de ses mensonges, alors elle me faisait sentir nulle. Comme si dire la vérité sur moi revenait au fait qu'elle ne pouvait être fière de moi. Pourtant, elle n'était pas là pour voir ce que je faisais, pour voir qui j'étais. Soit elle était au travail soit elle sortait toute la journée.

- Et lui ?

- Lui, répétais-je. Je ne le connais pas alors je suppose que tout ce qu'il m'a raconté était faux. Il disait avoir tenté de prendre contact avec moi. Il disait avoir tout tenté pour moi. Pourtant aujourd'hui on se retrouve à se fuir.

- Ce n'est pas plutôt toi qui tentes de le fuir ?

- Je vous emmerde, m'énervais-je. Putain vous croyez vraiment que c'est ce que je veux ?! Il me donne juste envie de ne plus jamais le revoir et vous-vous me faites culpabiliser en disant ça.

Je quittais le canapé afin de faire les cent pas dans la pièce. C'était insupportable car même dans un endroit où j'étais censée trouver la paix, on parvenait à me juger.

- Ok pardonne-moi je ne voulais pas dire ça, tentait-elle de rattraper la chose. Mais si tu veux mon aide, il faut vraiment que je sache tout de toi.

- NON, hurlais-je. Pas besoin. Ma vie personnelle n'a rien à voir avec mon problème. Je suis juste folle et complètement perdue comme elle le dit. Putain personne n'avait voulu m'offrir une enfance normale ! Alors ouais j'emmerde tout le monde qui est contre ce que je fais. ! Parce que-parce que C'EST CE QUI ME SAUVE !

Je pris mes affaires et mes écouteurs avant de quitter la salle.

***

J'avais des larmes qui coulaient le long de mes joues. Actuellement, je me préparais à aller dormir. Je passais en revue mon appartement afin de pouvoir me coucher l'esprit en paix. Car si mon appartement était sale, ça ne serait pas possible.

Je rejoignais ma salle de bain avant de mettre ma crème de nuit. Une fois cela fait, je venais attacher mes cheveux dans un grand chignon pour ne pas casser mes boucles.

Cependant, une chose m'interpellait. Une petite masse de cheveux se laissait glisser entre mes doigts. J'avais l'habitude de perdre de la masse lorsque je tirais mes pointes mais cette fois-ci cela dépassait l'entendement.

Cela n'avait rien de normal et je le savais. Je pris mon téléphone afin de regarder les raisons d'une si grosse perte de cheveux. La raison qui revenait régulièrement était le stress.

- Putain pas étonnant, dis-je à voix haute. Avec ce que je vivais actuellement je ne pouvais pas être choqué. Entre la panique que Liam se tue, l'école, me gérer toute seule, ma religion mise à découverte...

J'avais de quoi me retrouver en période de stress.

Je rejoignais mon lit en laissant une musique de fond sur ma télé. Lorsque j'ouvrais un de mes réseaux sociaux, j'étais bombardée de messages. Rien d'encourageant, aucun à but de me soutenir. Mes DM se résumaient à des insultes et des menaces.

Je jetais mon téléphone afin de me laisser border non pas par leur cruauté de leurs mots mais par la voix douce d'Adèle.

***

Ma nuit fut courte car un bruit en continu me réveillait. Cela ne provenait pas de ma musique de fond mais plutôt plus loin dans mon appartement. Je me relevais en frottant les yeux afin de chercher ce son.

Puis la peur grimpait à mes jambes lorsque je compris que l'on tapait à ma porte. Je m'avançais à petit pas jusqu'à ma cuisine afin de m'armer. Les bruits étaient dupliqués ce qui m'indiquait qu'ils y avaient plusieurs personnes derrière ma porte.

Je marchais sur la pointe des pieds jusqu'au petit œil. Je ne savais si c'était une bonne idée de l'ouvrir étant donné qu'ils le seront. Je décidais finalement de coller mon oreille contre la porte afin d'entendre ce qu'ils se disent :

- Vous pensez elle est là, demandait un homme.

- Putain elle a pas pu retourner dans sa poubelle, insinuait un autre. Poubelle était vraiment un mot particulier pour définir ma cité.

- On fait quoi ?

- On doit faire comprendre à cette grosse pute de musulmane arabe que sa place n'est pas dans notre école. T'as les bombes ?

Je pris un mouvement de recul, pris par la peur qui bloquait ma respiration. Je ne savais pas s'ils envisageaient d'entrer mais il fallait que je sois prête.

Ma mère m'avait appris à gérer mes émotions même lorsque le danger me courait après. Lorsque vous êtes étrangère aux yeux de beaucoup, le danger devenait allié de votre corps. Il se faufile entre votre jambe prêt à vous sauter au cou.

Je rejoignais rapidement ma chambre afin d'enfiler quelque chose au lieu de rester en boxer et long t-shirt. Je jetais mon couteau sur mon lit afin de me vêtir de lourde chose.

Je n'avais aucune peur à devenir sauvage pour protéger mon corps de leurs mains. Il fallait que j'efface mes émotions afin de ne pas être paralysé par la peur.

Je repris mon couteau avant de me diriger vers ma salle de bain. Je cherchais un spray qui pourrait les aveugler quelques secondes. Je me mouvais dans le plus grand des silences. J'espérais encore qu'il pense que je ne sois pas là.

En revenant dans ma chambre je pris mon téléphone. Je voulais appeler Aaron ou Bems ou même encore Youssef. Mais ils étaient tous les trois trop loin pour venir m'aider.

Le danger se situait à quelques mètres de moi. Dans mes derniers appels, Liam apparaissait. J'hésitais une seconde en me disant que c'était la meilleure solution étant donné qu'il était à quelques minutes à pieds.

Cependant, je n'eus le temps de faire quoi que ce soit qu'un gros bruit alertait mes sens. Je revenais sur mes pas afin de me figer face à ma porte d'entrée.

Ils avaient pour but de me faire du mal et je le savais. Malgré mon self-control qui me permettait encore de tenir debout, ma main sur le couteau tremblait affreusement vite.

Mon cerveau s'activait afin de passer en revue tout les différents scénario que je pourrais vivre. S'ils tentaient d'abuser de moi, je n'hésiterais pas une seconde à me défendre.

Ibn Qudama a dit :

« Ahmad a dit à propos d'une femme ayant tué une personne qui voulait la violer ; Si elle l'a tué après s'être assurée qu'il voulait la violer alors elle n'encourt rien ».

Ma religion me l'autorisait alors pourquoi un pays m'interdirait d'user de la légitime défense. Une idée me venait en tête, je partais en courant dans ma chambre afin de prendre mon téléphone.

J'activais la vidéo avant de le caler dans un coin de ma table qui prenait tout l'angle du salon.

À travers, la porte j'entendais leur rire. Je ne savais pas ce qu'il foutait alors pour en avoir le cœur net, je m'approchais de ma porte lentement. J'entendais comme des bruits de spray se répétaient derrière ma porte.

Après plusieurs secondes de tremblements, j'ouvrais finalement l'œillade. Je parvenais à voir un visage d'un mec qui utilisait une bombe de peinture avant que ma vue ne soit recouverte par cette dernière.

Étrangement, mon esprit se voyait soulager. Je soufflais un bon coup comprenant qu'il était juste en train de dessiner des choses sur ma porte. Je reculais avant de glisser contre l'un de mes murs en attendant patiemment qu'ils aillent finis leur bêtise.

IMPORTANT

Je vais devoir faire une pause de quelques jours dans l'écriture parce que je me perds dans mon histoire. J'ai tout plein d'idée mais pas d'ordre de passage donc c'est assez problématique.

En espérant que je ne prenne pas trop de temps pour trouver un fil conducteur.

Kiss.

Chapitre 24 - Chagrin

M.Z Chapitre 24

J'avais quitté mon appartement en furie. Ce que j'avais vu sur ma porte à mon réveil m'avait glacé le sang. Il fallait absolument que je règle cela avec la directrice avant de commencer ma journée de cours.

Je toquais plusieurs fois et ne recevant pas de réponse, je l'ouvrais de mon plein gré. Je tombais nez à nez sur Liam debout près du bureau de sa mère les pupilles rouges.

Sa mère relevait les yeux sur moi après avoir pris le temps de desserrer ses poings. Je me figeais sur place sur cette proximité entre sa mère et son fils. Avant mon arrivée, il devait certainement se disputer car ils n'avaient pas entendu mes coups sur la porte.

- Bonjour, la saluais-je. Je dois vous parler.
- On terminera notre discussion plus tard mon fils, lâchait la directrice dans un sourire. Elle caressait dans une étreinte d'affection la joue de Liam. Cependant Liam semblait être tétanisé, incapable de

réagir. Finalement après quelques secondes le regard dans le vide, il décida d'avancer vers où je me tenais.

Avant de me contourner ses yeux venaient me poignarder. Il avait cette haine amère qui cachait au fond de lui et en un regard, il me l'avait transmis. Il s'arrêta à ma hauteur afin de chuchoter :

- Tu vas comprendre ton erreur d'avoir impliqué ma mère...

Je n'eus le temps de répondre qu'il avait déjà déguerpi. J'entrais dans le bureau afin de venir la plomber de ma hauteur. J'étais tellement remontée que je lui pointais mon téléphone sous le nez.

Elle ne clignait pas des yeux pendant plusieurs secondes avant de passer ses mains sur son visage. Je savais que la situation lui échappait et il fallait absolument qu'elle reprenne les rênes en main.

- Comment suis-je censée vivre si à trois heures du matin des étudiants viennent faire des graffitis à caractères sexuels sur ma porte !

- Écouter Mademoiselle Refaat, je ne peux rien faire si je n'ai pas le visage de ses gens.

- Donc quoi vous allez fermer les yeux sur cet incident ! Il n'y a pas de caméra dans vos logements étudiants.

- Je pense qu'il serait mieux que vous prenez du recul sur la situation, me proposait-elle en se réajustant dans son siège. Une petite dispensation de cours pendant quelques jours devrait pouvoir vous aider.

Je tombais des nus. C'était ainsi que le monde fonctionnait et je ne savais pas pourquoi cela continuait de me choquer. On préférait écouter ceux qui rentraient dans les cases de la société. Notre monde actuel avait créé pour chacune des situations, un règlement. Celui auquel je devais faire face actuellement était que c'était de ma faute si je me faisais harceler car…j'avais pioché la mauvaise religion. Ce schéma était identique aux personnes ayant vécu un viol. La personne était la victime mais devenait la coupable si elle avait le malheur d'être en mini-jupe.

- Disons une semaine et on avisera par la suite, proposait-elle en ramenant ses mains devant elle.
- Et si je trouvais ceux qui ont fait ça ?
- Je pourrais répondre en conséquence.

Je ne pris pas le temps de répondre que je me retournais pour quitter son bureau. Encore un jour où je devais prouver que j'étais la victime. Les preuves y étaient mais lorsque l'interlocuteur pouvait émettre un doute sur mes propos, il n'hésiterait pas afin de me mettre en porte à faux. Et dans ce cas de figure, le doute était si je n'avais fait cela de mon plein gré.

Je traversais les couloirs encore bien remplis d'âmes car les cours n'avaient pas débuté. Je passais devant Eden qui détournait le regard en me voyant. C'était affreux comme son comportement me blessait.

Je dévisageais toutes les personnes qui m'entouraient à la recherche de celui d'hier. J'avais bien fait de retenir son visage dans mon esprit. Puis finalement, il apparaissait dans mon champ vision. Il était contre une fenêtre en train de rire avec son groupe d'ami. À tout moment, ceux qui l'entouraient étaient présents hier.

Je pris mon téléphone afin d'activer le microphone. Je soufflais un bon coup en m'avançant vers eux. Je bousculais ces potes afin de me mettre face à lui.

Il plantait ses yeux verts dans les miens tout en se redressant. Ses bras croisés contre sa poitrine, il riait déjà de ma présence.

- Hier tu étais devant chez moi, commençais-je.

- Qu'est-ce que tu racontes ?

- Je vais être honnête avec toi. J'ai une vidéo où l'on te voit toi et tes potes faire des graffitis sur ma porte.

- Ah ouais, se moquait-il. Ses amis riaient autour moi pendant qu'il approchait son visage du mien. Alors dis-moi qui m'accompagnais ?

Putain j'étais prise au piège. Il avait su détourner la situation à son avantage. Leurs rires perpétuels me brûlaient la chair. Je n'arrivais pas à me calmer et cette défaite m'empêchait de redescendre.

Inconsciemment, je venais attraper son colback.

- Tu penses me faire peur en t'en prenant à ma porte ? La prochaine fois attaque-toi à moi directement si tu en as les couilles.

Je rejetais son corps violemment en arrière tandis qu'il méditait sur mes paroles. Je perdais pied, tout m'échappait et je détestais me sentir si faible.

Des centaines d'œil m'entouraient de nouveau à cause du scandale que je venais de taper. Je m'écartais de son groupe pour tomber sur d'autres gens qui n'hésitaient pas à me poignarder de leurs yeux.

Une douleur sourde comprimait mon cœur. Alors que je partais en direction de la sortie, mon téléphone se mit à vibrer.

C'était une notification où une photo de ma porte d'entrée apparaissait avec pour légende « La terroriste habite ici ». Les graphismes étaient humiliants. Je relevais les yeux vers Eden qui avait une certaine compassion dans ses yeux. Cependant mon regard exprimait tout autre chose.

Je repris chemin vers mon logement avec les yeux rouges de tristesse. On me congédiait chez moi car personne était incapable d'arrêter ce calvaire.

Cependant, je me dirigeais vers un magasin afin d'acheter le matériel pour repeindre et la nourriture nécessaire pour vivre une semaine chez soi.

***

Je montais les escaliers avec mes sacs de courses et la peinture blanche. Arrivée devant ma porte, je déposais au sol mes affaires afin de sortir ma clé. Cependant, mon corps décidait à cet instant de se libérer.

Je me mis à pleurer devant ma porte d'entrer la tête contre cette dernière. Je relâchais la pression de ce matin que j'avais maintenu pendant mes innombrables altercations avec l'humain.

Mon téléphone ne cessait de vibrer sous la rage de certains. Excédée de ce son en continu, je frappais légèrement mon crâne contre la porte. Je laissais mon corps se vider d'eau pendant plusieurs secondes avant de reprendre le contrôle de la situation.

Je relevais difficilement la tête afin de la faire basculer. J'effaçais mes larmes mais au même instant, mon regard était attiré par une ombre à ma droite.

Liam se tenait contre le mur le regard plongé dans le mien. Il était là depuis le début étant donné qu'il n'y avait qu'un chemin pour atteindre ma porte d'entrée.

- Pourquoi tu es là, demandais-je énervée.

- J'ai vu la photo.

- Et alors ? Ça t'a pas suffi en photo, tu voulais voir l'horreur de tes propres yeux ?!

Il se décala légèrement pour me laisser voir un pot de peinture au sol. Comprenant ce qu'il souhaitait faire, je sortais de mon sac de course mon pot de peinture afin de le déposer sur mon pallier.

J'insérais ma clé mais avant d'entrer, je lâchais :

- Je te laisse ce pot au cas où tu en as pas assez.

Je claquais la porte derrière moi avant de m'accouder à elle. J'expirais à travers ma bouche toute la pression qui reposait sur mes épaules afin de me soulager de cette douleur. Derrière Liam ouvrait le pot de peinture.

- Sherazade...

Putain comment savait-il que je n'étais pas partie !

- Je ne sais pas ce qui leur prend à agir comme ça...

Une larme solitaire s'écoulait le long de ma joue pendant que je me vidais de mes émotions. Je restais neutre face au malheur qui envahissait mon espace.

- Tu ne connaîtrais jamais ce que c'est de vivre en étant une minorité Liam.

Je me redressais finalement avec mon sac de course pour rejoindre ma cuisine. Je rangeais mes courses et c'était bien la première fois que je préférais le silence au bruit.

**

J'étais tombée dans l'enivrante tristesse d'être seule. Malgré moi, j'avais tout abandonné pour procrastiner. Je me retrouvais chaque matin chaque soir dans le même endroit, mon lit. Et cela pendant plus d'une semaine.

Mon exclusion temporaire aurait dû se terminer il y a quatre jours. Cependant, j'ai continué de me morfondre dans la solitude.

Mon esprit ne pensait plus. Mon corps ne bougeait plus. Je demeurais figée dans le temps et les sentiments. Malgré mes différentes tentatives pour m'occuper, je ne parvenais pas à rester concentrer plus de dix minutes.

J'avais été englouti par un trou noir me laissant hurler ma souffrance dans le silence. Je demeurais aveugle de la douleur poignardante qui blessait mon coeur. Mes journées étaient marquées par le vide de projets. Même dans mon esprit, il ne se passait plus rien. Mon corps m'avait lâché à son tour après avoir constaté le ralentissement de mon cœur.

Impossible de trouver la moindre motivation. Cela était dû à la lourde charge de souffrance qui était venue se poser sur moi sans mon consentement. Pourtant, j'avais tenté de paraître forte tout en combattant l'ennemi. Mais cela fut de courte durée.

Les DM ne cessaient de m'enterrer plus. J'ai défailli jusqu'à en oublier ma religion. Je ne sais même quand remonte la dernière fois que j'ai prié.

Je ne pouvais mettre aucun prénom comme coupable de ma baisse de foi. Je me pensais capable d'affronter seule tout ce qui me tombait dessus mais malheureusement comme je me retrouvais prouvait le contraire.

Je ne prenais même plus le temps de demander de l'aide à Allah.

Je savais que tôt ou tard, je regrettais cette situation. Mais lorsque je levais les paupières quelques secondes, ce qui m'entourait me rendait faible. Mon appartement était en désordre et je ne ressentais aucune gêne à cela.

Tout comme mon corps. Il avait atteint un point de non-retour. Mes cheveux n'avaient pas été détachés depuis des jours car aucune raison ne me donnait la force de prendre soin d'eux.

Je tournais ma tête sur ma gauche afin d'observer le mur dans l'espoir de me rendormir. C'était ainsi que je combattais ma tristesse. Dans le sommeil afin de ne plus exister le temps de quelques heures.

Seulement, l'alarme de mon téléphone m'empêchait de sombrer. Je le pris et fus surprise de voir qu'il était vingt d'heures. J'étais persuadée qu'on était en milieu d'après-midi.

Et comme si l'humain n'était pas déjà mal fait, il fallait que je me nourrisse pour vivre. Avec la volonté la plus minime, je parvenais à quitter mon lit. Lorsque la tristesse s'empare de vous, votre corps fonctionne sous forme de mécanisme. Je répète ses gestes chaque jour non pas par envie mais pour survivre.

Manger, aller aux toilettes, s'allonger, dormir. C'était ma routine depuis plusieurs jours à présent. Cependant, une chose me facilitait la tâche.

J'avançais comme je le pouvais jusqu'à la porte de mon entrée. Ma tête était extrêmement lourde et mes jambes étaient devenues flasques. J'ouvrais le verrou afin de tomber sur un sac de nourriture déposé sur mon pallier. Et comme si j'espérais de voir qui faisait cela depuis plusieurs jours, je tournais ma tête sur les deux côtés du couloir.

Malheureusement, cette bonne étoile préférait rester anonyme. Je prenais la nourriture en faisant attention de bien verrouiller la porte derrière moi. Depuis l'incident de la dernière fois, je craignais qu'il revienne pour autre chose.

Je venais rejoindre ma table afin de m'y installer pour manger. J'écartais les cartons qui étaient là depuis plusieurs jours pour déposer ma nourriture.

Et c'était en silence que je dégustais des sushis. Purée, je détestais vraiment ce silence.

***

J'ai eu maman au téléphone et elle avait remarqué que je n'allais pas bien. Alors elle venait à moi pourtant je n'avais toujours pas la motivation pour ranger. Je savais qu'elle criserait en voyant le foutoir mais cela reflétait bien mon esprit actuellement.

J'entendais la sonnerie se déclenchait et je me levais pour aller lui ouvrir. Je ne pris même pas le temps de voir à quoi je ressemblais dans la glace. Lorsque ma porte d'entrée s'ouvrait, le regard inquiet de ma mère se déposait sur moi. Il faisait une rapide vérification de l'intégralité de mon corps. Je tentais de mimer un sourire mais cela ne fonctionnait pas. Son visage se crispait sous l'inquiétude.

Puis finalement, elle venait m'enlacer. Je pensais qu'elle crierait ou me pousserait afin de voir l'état de mon appartement. Au contraire, elle avait lu bien des choses sur mon visage qui la préoccupait.

- Benti...

Elle prit mon bras afin de nous emmener dans le salon. Délicatement, elle m'incitait à m'asseoir tandis qu'elle restait debout à faire le tour de la pièce.

- Ok ça va aller. Tout d'abord je vais ranger ton appartement et après tu me parleras de ce qui t'arrive, proposait-elle. Tu veux dormir pendant ce temps ?

- Euh...non c'est bon, murmurais-je. Une information venait à mon esprit. Je n'avais pas ouvert la bouche depuis plus d'une semaine. Elle prit son téléphone afin d'appeler quelqu'un.

- Malika tu vas pas le croire ! Ma fille est devenue sale, je t'envoie l'adresse, il faut que tu viennes tout de suite. Dis à ses cousines de venir aussi.

Je savais que si j'avais atteint ce niveau de saleté s'était dû à ma santé mentale qui en avait pris un sacré coup. Elle tentait juste de me faire rire comme pour éveiller de nouveau mon coeur.

Je m'allongeais sur mon canapé tout en la regardant sortir des sacs plastiques. Elle s'activait pour ramasser le plus gros avant de s'attaquer au plus dur. Tandis qu'à l'intérieur de mon corps une sensation étrange était née quand j'ai entendu que ma famille allait me rendre visite.

Ma famille comptait beaucoup trop pour moi surtout quand je n'avais pas eu l'occasion de vivre cela au sein de ma maison.

***

Elles étaient toutes là. Mes tantes et mes cousines. J'aimerais vous partagez cette image d'elles qui dansaient sur du rebeu tout en rangeant mon appartement. Je n'avais pas bougé de mon canapé mais je vivais cet instant avec elles.

Le temps autour ralentissait sous la joie et leurs sourires. Je me baignais dans l'euphorie qu'elles tentaient de me partager. Malgré la fatigue immense qui me prenait, je m'obligeais à garder les yeux ouverts.

Cela faisait plusieurs heures qu'elles étaient là et aucunes d'elles ne m'avaient inondé de questions comme si mon état physique parlait pour moi. Elles acceptaient ma tristesse malgré toutes ces années où elles m'avaient connus constamment hyperactive.

Lentement, mes lèvres venaient s'incurver dans un sourire. Mon père ne participait à cela mais ce qui se présentait à moi était meilleur. Ce soutien de la gente féminine de ma famille était incomparable au reste.

- ELLE SOURIT, cria ma petite cousine de quatorze ans.

- La ferme, lâchais-je en couvrant mon visage d'un oreiller.

- Aller viens danser avec nous toi qui aimes tant ça, me tentait ma cousine. Elles venaient s'attaquer à moi à plusieurs afin de me lever. Je me voyais être tirée de tout les côtés. Cela m'arrachait un rire. Je venais accepter les mains qui m'enlaçaient.

Lentement, ma tante menait la danse. Elle m'incitait à bouger les épaules et son sourire me donnait envie de le faire. Je commençais à bouger au rythme de la musique dans l'espoir de retrouver de l'énergie.

Je voudrais que ce moment ne s'arrête jamais. J'aimerais qu'elles ne passent jamais le seuil de la porte et qu'elles ne se referment finalement sur ses bons moments.

Ma mère venait prendre la place de ma tante et elle se collait contre moi. Je reniflais son doux parfum afin de m'y noyer dedans. J'aimais la douceur de ces caresses sur mon dos.

- Je ne sais pas ce qu'il t'es arrivé ma fille, murmurait-elle à mon oreille tout en nous tournant. Mais tu sais que je t'aime et que je serais toujours là pour toi. Je suis fière de ce que tu as accompli et pour que ça ne se finisse jamais, ne laisse personne te marcher dessus.

J'entendais ses sanglots contre mon oreille. Je savais qu'intérieurement me voir dans un tel état la détruisait. Elle haïssait l'idée que le monde m'écrase. Ma mère était la seule à savoir par où j'étais passée tout ce que j'avais combattu pour pouvoir m'offrir la vie que je voulais.

Les crises d'angoisses.

La solitude.

Le manque d'amour.

La perte.

Le harcèlement.

Néanmoins tout ces évènements, elle les avait combattu avec moi.

- Tu es ma raison de vivre alors n'abandonne pas Sherazade, sanglotait-elle à mon oreille. Ne te laisses pas faire par le monde extérieur. Je sais que tu la toujours craint et que c'est pour ça que tu as toujours été casanière. Et pardonne-moi car j'en suis à moitié responsable.

Je t'ai déjà pardonné maman.

***

La nuit était tombée et après avoir raconté le récit de ma vie à ma famille, elles avaient décidé de coucher ici. J'appréciais énormément qu'elles m'accordent une nuit en leurs compagnies. Je pense que c'est ce qu'il me fallait, retourner au source.

Ma mère m'avait aidé à me laver les cheveux et je m'étais occupée du reste de mon corps. J'étais toute propre finalement. Lorsque je sortais de la douche, je fus surprise de toutes les trouver voilées. Puis ma cousine de vingt-trois ans prit la parole :

- On sait que tu as abandonné la prière ces derniers jours parce qu'on a retrouvé ton tapis prière sous une pile de vêtement.

Je souriais dans un premier temps avant de rire car elles étaient vêtues de mes vêtements afin d'être correctement couverte pour la prière. Ma petite cousine usait d'un t-shirt comme voile.

- On prie ensemble, demandais-je innocemment. Je ne savais pas si c'était l'heure de le faire mais ma cousine me tendait mon jilbeb.

Une fois vêtue, on se mit toutes les six en ligne afin de démarrer la prière. Ma tante s'était mit toute à gauche afin qu'elle la dirige.

J'entendais de nouveau la sourate Al-Fatiha pour la première fois depuis des jours. Et comme si Allah avait entendu ma peine, je ressentais un apaisement soudain.

On oubliait souvent l'importance de la prière dans la religion. On oubliait aussi souvent ce qu'elle apportait. J'avais baigné dans une tristesse accablante en oubliant le plus important par fainéantise.

Et c'est pour cela qu'Allah souhaitait que l'on s'entoure de personnes de notre religion. Car ils étaient les seuls à pouvoir nous pousser vers le haut.

Ma lumière religieuse était ma famille. Quand j'abandonnais, j'avais juste à me tourner vers eux afin de revenir près de mon Créateur.

N'oubliez pas que le monde est vaste, que les péchés sont multiples mais que le pardon d'Allah est unique. N'abandonnez pas à la première difficulté, à la première tristesse.

Nous ne serons gagnant que si nous laissons Allah guider notre vie.

Renaissez à travers l'Islam.

Chapitre 25 - Intention

M.z Chapitre 25

Si ceux qui se détournent de Moi savaient comment est Ma grande patience et Ma douceur envers eux, et Mon envie de les voir abandonner leurs péchés, leurs membres se seraient déchirés par amour pour Moi, et ils auraient donné leurs vies par envie de Me rencontrer. Si telle est Ma position envers ceux qui se détournent de Moi, alors comment sera Mon attitude envers ceux qui viennent vers Moi.

Allah.

Mon week-end s'était écoulé et j'avais décidé après la visite de ma famille de retourner à l'école. Elles avaient été une source d'énergie. Par leurs présences, elles ont alimenté d'amour mon cœur.

J'étais toujours autant fatiguée mais j'avais trouvé la force de m'habiller pour aller en cours. Je regardais une dernière fois mon reflet dans la glace avant d'ouvrir ma porte.

Cependant, je tombais nez à nez avec un petit sac sur mon pallier. Je le pris afin de découvrir à l'intérieur un starter pack petit-déjeuner.

Un post-it était accroché sur le sac et il était noté : « La force de la vérité est qu'elle dure ». C'était un proverbe égyptien. Je ne savais pas qui venait déposer tout le temps à manger devant ma porte mais j'appréciais ce soutien à distance.

Je laissais NEW MAGIC WAND de Tyler the Creator rythmer mes pas. Je mangeais mon petit-déjeuner que je parvenais à finir aux portes de la fac. Je soufflais un bon coup avant de faire mon premier pas à l'intérieur.

Plusieurs regards se tournaient vers moi et je tentais d'être le plus neutre possible. Je ne voulais qu'aucunes émotions ne s'affichent sur mon visage. Il ne fallait pas que les gens voient que j'avais vécu les pires jours de ma vie.

Je marchais la tête haute sous certains rires. Peu importe, je me focalisais sur ma musique pour me sentir forte. Puis soudainement mon téléphone vibrait :

Lisa à moi :

Retourne-toi.

J'effectuais ce qu'elle me demandait afin de tomber sur elle. Cependant, je ratais un battement. Elle était vêtue d'un voile sur la tête qui en réalité n'était pas en accord avec l'uniforme. Je m'arrêtais croisant les bras contre ma poitrine tandis qu'elle attendait la moindre réaction de ma part.

Puis finalement, je venais sourire à son intention extrêmement touchante. Elle s'approchait de moi en sautillant avant de passer son bras autour de mes épaules.

- Prête à te faire insulter, plaisantais-je.

- Plus que prête ! Je suis aussi prête à en frapper un s'il le faut. Dans quelques jours, je ne suis plus là. Alors rien à foutre.

On rigolait de ses dires sous les yeux ébahis de certains. Plusieurs détournaient le regard sans que je ne puisse poser une supposition sur cela.

- Mais je préférais que tu l'enlèves, demandais-je sagement en m'approchant d'elle. Ta tenue n'est pas vraiment appropriée pour le voile religieux. C'est pour cela qu'il est compliqué de nos jours à le porter. Il y a plusieurs conditions à respecter.

J'approchais ma main du tissu mais elle prit un mouvement de recul. La peur se lisait sur son visage qui lentement se décomposait. Je français les sourcils ne comprenant ce qu'il se passait.

- Je-je n'ai pas de perruque en dessous, m'informait-elle faiblement.
- T'es chauve en dessous ?! Mais comment t'as fait pour attacher ?
- Je peux pas l'enlever Sherazade, évitait-elle ma question. Je pris son bras afin de nous conduire loin des regards curieux. Arrivée aux toilettes, je laissais mes mains caresser ses bras afin de la rassurer.

- Lisa…ta tenue est en totale contradiction avec le respect que l'on doit apporter au voile. Et je ne t'en veux pas hein. Tu ne savais pas, souriais-je pour détendre l'atmosphère. Ton attention me va droit au cœur et je te remercie de me soutenir. Alors s'il te plaît laisse-moi t'aider à sortir d'ici comme tu es.

Je la voyais longuement hésiter, effrayée à l'idée de se dévoiler à des centaines d'élèves. Ce n'était pas une mince chose à faire. Surtout quand je voyais la beauté illuminante que lui offrait le voile. Ses yeux bleus brillaient autour de ce voile noir.

- Je-je...

Une larme longeait le long de sa joue et cela me déchirait instantanément le cœur. J'aimerais lui laisser porter le voile mais cela pouvait être mal vu. Je connaissais son intention sincère et honnête mais c'était insultant si le bas de sa tenue était composée d'une jupe.

- Lisa ne te pense pas imparfaite sans cheveux. Ce qui t'est arrivée, tu ne l'as pas voulu et tu peux être fière de tout ce que tu as accompli jusqu'ici. Moi je suis fière de toi et je le serais encore plus si tu passais le seuil de cette porte tout en marchant comme une reine avec ton crâne non camoufler. Parce que ton alopécie fait celle que tu es aujourd'hui, affirmais-je d'un ton motivant. On essaye ?

Elle hochait timidement la tête avec un petit sourire. J'approchais lentement ma main du foulard afin de lui détacher. Elle était dos au miroir et j'espérais qu'elle se regarde plus tard avec fierté. Une fois le tissu enlever, je l'admirais avec des étoiles dans les yeux pour qu'elle ne pense pas que je la trouve différente. Lisa était très belle et cette particularité faisait d'elle une œuvre d'art.

- Tu es l'une des plus belles femmes que j'ai jamais rencontré Lisa, l'encourageais-je. Elle me souriait en essuyant ces larmes et finalement, elle décidait de se retourner vers le miroir. Elle relevait son menton tout en affrontant son pire ennemi, elle. Lisa sortait un rouge à lèvres de sa poche pour rendre ces lèvres exceptionnelles.

- Je suis belle, lâchait-elle à son reflet. Je la regardais avec admiration. Sincèrement, il en fallait du courage et elle avait finalement réussi à le trouver.

- Non tu n'es pas belle, la contredisais-je. Tu es magnifique.

Elle se tournait vers moi plongeant ses yeux dans les miens. Elle prit ma main afin de m'emporter en dehors des toilettes. Certains regards se posaient sur elle mais Lisa ne semblait pas vouloir les voir. Elle ne prit même pas le temps de se tourner vers les rires étouffés de certains. Sa main autour de la sienne se voyait trembler à cause de cette pression sociale.

Je lui caressais à l'aide de mon pouce son dos de main afin de l'assurer que j'étais là. Peu importe ce qui se disait déjà sur moi, je ne l'abandonnerais pas pour me soucier de mes problèmes.

On arrivait dans l'amphithéâtre où ceux qui étaient déjà au courant à cause d'Halloween lui offraient des sourires d'encouragement. On montait ensemble les escaliers afin de s'installer à nos places habituelles. Je la voyais relâcher la pression en expirant bruyamment.

- Je t'admire, murmurais-je à son oreille avant de la contourner.
- Merci beaucoup, lâchait-elle dans un sourire.
- Lisa est-ce que c'est toi qui déposais de la nourriture devant ma porte, lui demandais-je en m'installant sur mon siège.
- Non, lâchait-elle sceptique. Je te boudais parce que tu prenais trop de temps à revenir à l'école. Et en plus tu ne répondais pas à mes messages.
- Désolée j'étais occupée.
- À rien faire ? Bref...Liam est venu te voir ?
- Il a juste peint ma porte après je ne l'ai plus revu.
- C'est cool. Nous non plus, m'avoua-t-elle.
- Attends il n'est pas venu en cours de toute la semaine, m'exclamais-je en me tournant vers elle.

- Exactement. Il a disparu de la circulation comme toi.

Je réfléchissais à pourquoi Liam aurait agi ainsi. Puis ces mots me revenaient à l'esprit. Il semblait avoir très mal pris le fait que je balance à sa mère comme si beaucoup de choses en dépendaient.

- Trop mignon ! vous vous êtes absentés en même temps, l'entendais-je jacter.

C'était impensable...il n'aurait pas-

- Lisa, m'écriais-je. Quelqu'un à des nouvelles de lui ?!

Ses sourcils se froncèrent face à l'expression que j'affichais. Elle comprenait rapidement qu'une chose clochait.

- Non-non je ne crois pas, bégayait-elle.

Je sautais de ma chaise en réceptionnant rapidement mes affaires. Je l'entendais me demander où j'allais alors que je dévalais les escaliers. Mais à mi-chemin entre deux marches, la porte s'ouvrait sur Liam.

Ses yeux rouges tombaient dans les miens pendant que mon rythme cardiaque reprenait un rythme normal.

Il s'arrêtait son regard figé dans le mien. Je le dévisageais une seconde afin de m'apercevoir des nombreux nouveaux dégâts. Ses trais étaient tirés par la fatigue. Et son expression ne s'apaisait pas en me voyant. Au contraire, j'avais la nette impression d'être une source de colère pour lui.

Mes yeux tombaient sur ses mains qui étaient tout éraflés. Des blessures même pas désinfectées défiguraient ses doigts.

Puis l'histoire reprit son cours. Liam marchait en direction des autres escaliers en détournant son regard.

***

Le cours était passé à une rapidité fulgurante. On ressortait d'ici avec un nouveau devoir à rendre pour la semaine prochaine et j'avais déjà ma petite idée.

Je saluais Lisa qui partait dans une autre direction pour son prochain cours. Je voyais les regards jugeurs de certains sur son crâne mais un de ces amis venait lui apporter du soutien en passant son bras sur ses épaules. Il déposait même un baiser furtif sur son crâne. Je me retournais pour rejoindre mon prochain cours et tombais sur le regard de Eden qui me dévisageait. Lorsqu'il m'aperçut le regarder en retour, il détournait rapidement le regard avant de foncer dans un couloir.

Putain, il m'avait tellement déçu. Mais c'était ainsi. Des fois on rencontrait des gens avec une belle allure qui semblaient être bons de l'intérieur. Nous avions partagé nos humeurs, nos rires, nos cultures dans l'espoir d'une belle amitié. Mais il a suffi qu'une vérité troublante éclate pour que notre amitié se brise. Ces mêmes personnes cachaient leurs aspects mauvais aux yeux de tous afin de paraître bon. Car en réalité, ils s'aimaient que s'ils étaient aimés.

Eden montraient tout le temps de bons aspects de sa personnalité. Et je pensais que cela suivrait après qu'il aille accepter mes origines et la couleur de peau d'Amina. Mais ma religion semblait lui proposer problème. Pourtant, il me connaissait. Jamais je ne lui ai imposé mes idéologies religieuses et jusqu'ici notre relation avait marché. Parce qu'elle était basée sur nos cœurs, notre personnalité non sur nos convictions.

J'arrivais dans la salle de travaux pratiques. Monsieur Dersy nous accueillait et lorsqu'à travers ses lunettes ses yeux bleus tombaient sur moi, il s'avançait.

- Bonjour Monsieur, le saluais-je. Liam nous contournait et il n'a pu faire un pas de plus que le professeur cria :

- Monsieur Buckley !

Liam revenait sur ses pas pour se placer à ma gauche. Le professeur nous scannait pendant une seconde avant de reprendre :

- Vous étiez vous ? Et pourquoi étiez-vous absent en même temps, demandait-il.

- J'ai été renvoyé chez moi, expliquais-je.

- Pendant une semaine, me reprenait-il. Et cela fait déjà dix jours.

- J'ai…j'étais malade, mentais-je. Je sentais le regard de Liam sur ma personne.

- Et vous Monsieur Buckley, reprit le professeur.

- J'avais pas envie de venir.

J'écarquillais les yeux. Liam avait vraiment dit cela ? Cependant, son état physique témoignait pour lui. Son justificatif pouvait passer aux yeux du prof mais pas auprès de moi.

- Si la flemme vous reprend, je n'hésiterais pas à faire un rapport qui sera directement envoyé à votre mère, le sermonnait le professeur.

- Ok, répondait Liam d'un ton las avant de le contourner. Je restais figée sur place étonnée de son comportement. Il gardait les mains dans les poches suivit d'une attitude de je-m'en-foutisme qui exprimait tant de chose.

Le professeur reprit ses esprits afin de donner le programme de son cours d'aujourd'hui.

- Par binôme vous allez me faire une vidéo présentation de l'université. Vous vous occuperez du tournage du montage et de la bande-son. Pour avoir une bonne note, penser que vous publierez cela sur le site officiel.

Je tournais mes yeux vers Liam et le vu souffler d'agacement. Je haussais les sourcils avant de finalement prendre les devants en le rejoignant. Mes bras croisés autour de ma poitrine, j'attendais qu'il tourne ses yeux vers moi. Finalement quand il n'avait plus le choix, il déposait ses yeux bleus sur mon visage.

- On prend le matériel d'abord avant de faire un plan, proposais-je.

- C'est pas toi qui décides, rétorquait-il au tac au tac.

- Respire déjà, le taclais-je à cause de sa rapidité de réponse. T'as une meilleure idée peut-être, lançais-je en le défiant de me contredire. Ses yeux regardaient partout sans prendre le temps de se reposer.

- C'est mieux si on établit un plan avant de prendre le matériel au risque de prendre des choses qui nous ne seront pas utiles. Je soufflais un bon coup avant de répondre :

- Ok si tu veux.

J'allais fouiller dans mon sac afin de prendre de quoi noter. Une fois cela fait, je revenais vers lui.

- Alors on fait quoi, reprenais-je.

- Cherche, me dit-il. Au fond on sait très bien que tu voudras faire comme tu veux toi.

- T'as fini, m'énervais-je. Non parce que si tu veux être aigri, c'est pas maintenant. C'est un travail de groupe, toute idée est bonne à prendre. Alors met y du tien sinon je refais comme la dernière fois, le menaçais-je.

- La fois où tu m'as trahi ? Vas-y Sherazade tu as le champ libre.

- Liam.

- Sherazade.

Nos regards n'éprouvaient que haine à l'égard de chacun. Il devenait insolent et je ne supportais pas cela. Liam se mit à incurver ses lèvres dans un sourire moqueur qui me donnait envie de le gifler. Cela faisait si longtemps que je n'avais pas été violente avec lui. Il ne faudrait pas que les mauvaises habitudes reviennent.

- Je vais chercher c'est bon, se résignait-il finalement en m'arrachant le carnet des mains. Je tournais ma tête vers les autres groupes qui cherchaient déjà leur matériel. Mes yeux tombaient dans ceux d'Eden. Je détournais rapidement le regard inhabité d'avoir tant de colère à son égard que cela se transmettait à travers mes yeux.

- Tiens, lançait Liam en me tendant le carnet. Je lisais rapidement ses tirets et trouvais le travail…

- Médiocre, dis-je à voix haute. On va filmer comme si on était une personne ? Non ça va être une catastrophe. Le mieux serait d'utiliser un drone pour avoir un bon point de vue.

- C'est ce que je disais, reprit-il. Quoi que je propose on fera ce que tu veux.

Merde il avait raison.

- Désolée, admettais-je face à mon erreur.

- Putain j'en ai rien à foutre, s'énervait-il. J'en ai plus rien à foutre Shera ! Viens on fait ce que tu veux d'accord ?

Je fronçais les sourcils cherchant la raison de son changement d'humeur. Il y a de cela quelques semaines Liam me suppliait de lui pardonner son erreur et aujourd'hui il ne faisait qu'appuyer mon choix.

Liam était devenu irritable voir même exécrable pour des choses futiles. Je venais de m'excuser et il n'avait su que me crier dessus.

- Ok, répondais-je simplement en pivotant sur mes talons. Je partais en direction des armoires afin de prendre le matériel nécessaire. Il me suivit et je lui tendis les différents objets dans le silence. Du coin de l'œil, je le voyais s'agiter nerveusement comme s'il était incapable de tenir en place.

- On va commencer par l'entrée du bâtiment, imposais-je. Il hochait simplement la tête et étrangement, je pouvais lire sur son visage de la culpabilité.

Il avançait d'un pas rapide vers la sortie alors qu'il fallait qu'il m'aide pour choisir le drone.

- Liam, l'appelais-je mais sans succès. Je venais trottiner rapidement jusqu'à lui avant de tirer le dos de son pull. Il manquait de trébucher sur moi mais il se rattrapait au mur. On n'a pas fini de choisir matériel !

- Il manque quoi ?

- Le drone.

- Et tu n'es pas capable de choisir le bon par toi-même, se moquait-il.

- Ah oui et comment je suis censée savoir lequel est le meilleur quand je n'en ai jamais possédé un seul hein, rétorquais-je. Il peinait à trouver ces mots. Voilà t'as raison la ferme, ça t'apprendra à ouvrir ta bouche pour jouer l'intéressant.

- Me parle pas comme ça, reprenait-il.

- Toi ne me parle pas comme ça, répétais-je en pointant mon petit doigt devant lui. Va chercher le drone tu seras gentil.

Je voyais que se déplacer sous mon ordre le mettait en rogne mais il agissait finalement après quelques secondes d'hésitation.

***

Cela faisait plusieurs minutes qu'on faisait le tour de l'établissement pour filmer chaque recoin. Liam commanditait le drone et je regardais sur le retour caméra. On venait de finir le plan sur la cour extérieure et on allait désormais s'attaquer à l'intérieur.

- Viens on fait les W.C et toutes les pièces qui ne sont pas actuellement remplis de personnes. Pendant la pause, on fera les amphis etc, proposais-je.

- J'ai mon mot à dire ?

- Y'a rien à dire là, râlais-je. Il hochait la tête avant de ramener le drone vers nous. Je le réceptionnais et on avançait ensemble vers les toilettes les plus proches. Liam se tournait vers moi et il prit la parole :

- Ouvre la porte discrètement et je fais entrer le drone.

Je m'exécutais et me mis sur le côté gauche de cette dernière. Le drone se mit à voler tandis que Liam restait focalisé sur le retour caméra.

- On te voit. Baisse-toi, me demandait-il.

Je me baissais.

- Encore.

Je me baissais de nouveau.

- Encore.

J'effectuais.

- Encore.

- Je rentre dans le sol aussi ?

- Une prochaine fois, se moquait-il avant de faire avancer le drone. J'ouvrais lentement la porte et me relevais lorsqu'il pénétrait la pièce. Je rejoignais rapidement Liam qui faisait deux trois manœuvres avec l'objet afin d'avoir un bon plan du lieu.

- C'est parfait, le félicitais-je.

- Je sais.

Je relevais mes yeux vers lui et nos regards se croisaient. J'en avais oublié l'animosité qui planait entre nous. Et pendant une seconde, j'avais pu constater que lui aussi avait enterré cette haine. Cependant, elle revenait au galop et on détournait presque immédiatement nos regards.

OK CE CHAPITRE EST NULLE MAIS JE SUIS TOMBÉE DANS UNE GROSSE DÉPRIME (je pense aller voir un psy) MAIS JE PRÉPARE DU TRÈS TRÈS LOURD POUR LA SUITE !!!!!!

ON ESPÈRE REVENIR AVEC UN CHAPITRE PAR JOUR À PARTIR DE DEMAIN.

Chapitre 26 - Compassion

M.z Chapitre 26

Lisa ne devait pas tarder à arriver à mon appartement. Pendant ce temps, je préparais le montage de mon devoir demandé par Monsieur Brown. Il souhaitait que notre vidéo exprime l'impact d'un mensonge. Il n'y avait pas meilleur sujet que celui-ci.

J'effectuais des collages de journaux tout en laissant les voix de politiciens tourner tout au long de la vidéo. Il ne me restait que très peu à faire et je me félicitais d'avoir pu finir tout cela ce matin.

Puis subitement l'interphone de mon appart ce mit à sonner. Je partais ouvrir à Lisa et pendant qu'elle montait les escaliers, je retournais près des différentes tenues que j'avais étalé sur mon lit.

Lorsqu'elle toquait, je venais lui ouvrir afin d'accueillir sa personne mais aussi tout son matériel de mode. Je l'aidais à porter ces sacs qu'on emmenait près du canapé.

- Putain c'est grave ! Notre université est riche grâce aux dons des parents et ils sont pas foutu de mettre un ascenseur dans les logements étudiants, se plaignait Lisa en reprenant son souffle. Je riais face à son agacement rivant mon regard sur la perruque qu'elle avait enfilé. J'étais un peu déçue mais je ne pouvais lui reprocher quoi que ce soit.

- Viens je vais te montrer ce que j'ai, lui proposais-je. Rapidement, on cheminait vers ma chambre et lorsque son regard tombaient sur mes tenues traditionnelles marocaines, ses yeux tombaient de ses orbites. Elle s'approchait afin de les prendre entre ses mains.

- Oh mon Dieu, elles sont magnifique !

- Euh ouais, répondais-je gênée. Seulement ce sont des tenues traditionnelles marocaines...

Son visage pivotait vers moi et ses sourcils se froncèrent d'incompréhension.

- Mais on devait en faire une traditionnelle égyptienne non ?

- Sauf que j'en ai pas.

Ses bras retombaient avec le caftan en main. Afin de ne pas laisser planer plus le doute, je repris :

- Je suis égyptienne du côté de mon père et malheureusement, il ne m'a jamais ramené de tenue traditionnelle. Je n'ai rien à te montrer.

- Comment ça se fait ?

- Je ne connais pas mon père.

C'était un mensonge mais une vérité à la fois. Ce n'est pas parce que je voyais mon père ou connaissais son lieu d'habitation que je le connaissais réellement. Je ne pourrais jamais énumérer des qualités venant de lui n'ayant vu que ses mauvais côtés. Je ne pourrais jamais dire à quoi ressemble réellement mon pays étant donné que je n'ai jamais voyagé pour aller dans sa ville natale. Aux yeux de la loi, il était seulement mon père biologique. Aux yeux de mon cœur, il était un inconnu.

- Oh je suis désolée Shera, lâchait-elle en s'avançant vers moi.

- Enfin qu'est-ce que je dis, me reprenais-je. Je le connais fin je l'ai déjà vu mais...ça va plus loin que ça. Entre autres, je suis égyptienne sans vraiment l'être...

- Tu connais quoi concrètement de ton pays, me demandait-elle. Tout en cheminant au salon avec son ombre qui me suivait, je lui admettais :

- J'ai des connaissances sur l'antiquité égyptienne. Cléopâtre cette reine !

- Ok pas grave, on va faire sans modèle, décidait-elle finalement. Tu m'excuseras si je suis hors sujet parce que sur internet impossible de trouver des tenues égyptiennes qui pourraient me donner des idées.

Je venais m'installer sur mon tapis tandis qu'elle ramenait tout son matériel de couture sur la table. Elle sortait un carnet de dessin et prit son crayon.

- Ok donc j'avais pensé à une tenue avec le ventre ouvert. Ça rappellerait le côté oriental de ton pays, expliquait-elle. Je hochais la tête attendant la fin de son dessin avant d'émettre un jugement. Je m'opposerais à son travail si je trouve que cela sexualise les tenues traditionnelles de mon pays.

***

Lisa était partie depuis plusieurs heures à présent avec un croquis en poche. On s'était mis d'accord sur une tenue qui respectait ma culture. Je ne m'y connaissais très peu mais je pouvais déterminer ce qui allait à l'encontre de nos principes.

Je venais me servir un verre de seven up en attendant le live d'un joueur streameur. Seulement, des bruits de pas derrière ma porte m'alertaient.

Je venais à petit pas me caler devant ma porte en prenant bien soin d'enregistrer avec mon téléphone. J'avais retenu la leçon de la dernière fois.

Mon œil s'approchait lentement du cache œil et je fus surprise de voir les cheveux brun d'Eden. Me rappelant que je n'avais pas verrouillé ma porte après le départ de Lisa, je venais l'ouvrir brusquement sur lui.

Il se figeait immédiatement son corps légèrement baissé car il déposait un sac devant ma porte. Son regard remontait lentement sur moi sans qu'il ne bouge le reste de son corps.

- TOI, m'écriais-je. Je venais m'accouder à ma porte tout en riant nerveusement. Il venait par la suite se redresser en laissant le sac au sol.

- Coucou beauté, lâchait-il gêné.

- J'aurais dû m'en douter. Tu as l'intention de racheter mon amitié avec de la nourriture ?

- Euh non c'est juste que, bégayait-il. Tu étais pas censé me voir.

- Je n'aurais pas voulu te voir oui, rétorquais-je. Mais tu es là désormais, je t'écoute.

Il tripotait nerveusement ses doigts et avait le regard fuyant. Plein de petits signes qui m'alertaient de son angoisse. De plus, mon regard énervé n'arrangeait en rien sa situation.

- Je peux entrer, demandait-il timidement. Je le dévisageais une petite seconde avant de lui céder le passage à mon appartement. Afin qu'il sache dans quel état j'étais, je venais claquer violemment ma porte d'entrée.

Je le dépassais afin de venir m'installer sur une chaise de table. Alors qu'il décalait celle en face de la mienne, je levais la main pour l'arrêter tout en articulant :

- Reste debout, tu vas vite ressortir.

Mon téléphone filmait toujours.

- J'ai été maladroit avec toi, admettait-il se tenant droit devant moi alors que j'étais installée comme un directeur RH. J'avais des a priori sur ta religion-

- Lesquelles, le coupais-je.

- Sur le fait que c'est une religion de guerre qui ne voyait que par la violence avec tous les attentats faits pas des musulmans.

- Ils ne sont pas musulmans, lui assurais-je. Fais la différence entre islamiste et musulmans. Comme moi j'ai fait la différence entre les blancs riches arrogants et les blancs riches gentils.

- Je suis désolé, admettait-il d'une petite voix. J'ai merdé et je m'en excuse. Je t'ai mis dans le même sac sans chercher à me renseigner.

- Exactement, l'enterrais-je.

- Tu veux bien qu'on oublie ça...s'il te plaît ?

Je me levais afin d'être à sa hauteur. J'avais lu et entendu à travers sa voix à quel point, il culpabilisait. J'acceptais ses excuses bien évidemment mais étais-je prête à oublier ?

- Tu as été tolérant sur mes origines et je t'en suis reconnaissante, commençais-je. Tu te souviens m'avoir posé une tonne de questions sur ma culture ?

- Oui.

- Et bah c'est ça que j'attendais de toi quand tu as su pour ma religion. Que tu viennes me voir pour me poser des questions afin que je puisse détruire tes préjugés. Mais ce qui m'a le plus blessé Eden ce n'est même pas ça...C'est le fait que tu m'as lâché quand j'avais le plus besoin de soutien. Tu m'appréciais pour ce que j'étais et tu m'as lâché juste parce que tu as su que j'étais musulmane ? Ton raisonnement n'avait aucun sens. On n'aime pas une personne pour sa religion ou encore sa couleur de peau mais pour sa personnalité. Pour ce qu'elle est au fond. Et toi Eden ce que tu m'as montré était que tu te comportais comme un suiveur des médias. Ceux qui ne se renseignent que grâce à la télévision.

- Je sais Sherazade, commençait-il. J'ai paniqué. C'était si soudain, je ne m'y attendais pas. Puis quand on a arrêté de se parler, j'ai réalisé que j'agissais comme un connard. Que je n'avais aucune raison d'arrêter de te fréquenter parce que tu étais musulmane. Puis quand j'ai su que tu avais été virer pour une chose que tu ne pouvais contrôler, je me suis senti coupable. Coupable de n'avoir rien fait...

- Et ton délire de m'apporter à manger c'était quoi ?

- Une manière pour moi de pas m'éloigner de toi, avoua-t-il. J'ai hésité plusieurs fois à toquer chez toi mais j'ai jamais réussi…je me sentais trop con-

- Tu l'es toujours, le coupais-je. Son visage se décomposait sous le ton froid que j'avais utilisé. Puis finalement, je venais lui sourire en frappant son épaule. Il souriait à son tour et ses épaules venaient retomber sous la pression.

- Encore désolé, reprenait-il. Plus jamais je me fierais aux avis de personne qui ne connaissent pas le sujet.

- Surtout quand tu as une amie qui EST le sujet. Il venait me serrer contre lui et j'acceptais son accolade. Je ne pouvais lui en vouloir car lui contrairement à d'autre avait appris de son erreur. Je supposais qu'il avait fait des recherches avant de venir à moi. Il semblait avoir compris que le mal ne pouvait venir d'une religion, de ma religion.

- On mange, proposait-il.

- Va chercher ton sac de bouffe, lançais-je. Il partait en direction de la porte. Au passage, tu crois que je vis avec ma famille pour autant les garnir tes sacs ?!

- La dernière chez Liam tu m'as choqué quand tu as englouti une pizza entière en l'espace de quinze minutes, admettait-il en revenant vers la table.

- Pas mon meilleur score.

***

Quatre jours s'étaient écoulés depuis mon retour à la fac. Seigneur, je renaissais de leur haine à mon égard. Dieu avait entendu ma prière

de supplication. J'avais trouvé la force dans leur colère de me voir quotidiennement.

Je marchais de manière assurée sans me soucier une seconde des regards déplaisant qui se posaient sur moi. Il devait être pas loin de dix heures du matin lorsque je cheminais vers mon premier cours de la journée.

Avant cela, je faisais un tour vers mon casier. Je ne fus pas surprise de le voir taguer d'insultes. Je m'arrêtais une seconde devant lui sans faire le moindre mouvement. Des rires derrière moi se faisaient entendre.

À leur grande surprise de ceux qui pointaient leurs téléphones sur moi, je souriais à la vue de leurs idioties. Je venais prendre mon téléphone de ma poche afin de capturer ces graffitis.

Je savais que plusieurs se demandaient comment cela se faisait que j'acceptais leurs moqueries. Cependant, moi je savais parfaitement à quoi je jouais. Ils voulaient me détruire en utilisant ma faiblesse. Seulement, ils ne pouvaient déduire que ma religion était ma plus grande force.

Contrairement à eux, il n'y avait rien à détruire à part mon cœur. Mais à l'inverse eux avait tant à perdre.

- Arrête de filmer connard, cria Eden à l'égard d'un garçon qui se tenait vraiment proche de moi. Je pivotais ma tête vers les cris et vu Eden le tirer en arrière par sa blouse.

Je riais avant de cheminer vers lui. Je venais passer ma main autour de son bras pour le tirer vers moi. Lorsque ses yeux tombaient dans les miens, je chuchotais :

- Je t'ai dit de ne pas intervenir.

- Seulement s'ils ne t'approchent pas trop.

- Reste à ta place, crachais-je dans un murmure. Laissez-les s'attaquer à moi. Ne leur montre pas que je peux compter sur quelqu'un.

Il semblait méditer sur mes paroles pendant quelques secondes avant de hocher la tête. Puis, il venait marcher plus loin devant moi. Je réajustais ma veste avant que cela soit bien cadré.

J'arrivais à mon amphithéâtre qui était déjà rempli d'âme. Lisa serait absente jusqu'au gala car elle devait peaufiner les derrières détails pour son vol direction les USA.

Lorsque j'arrivais à ma rangée, de nouveau je retrouvais des graffitis sur ma table. Je levais mes yeux sur les regards curieux de plusieurs étudiants. Je leur souriais franchement afin qu'il ne détecte aucune tristesse sur mon visage alors qu'il était écrit « TERRORISTE ! SOUMISE ! RETOURNE CHEZ TOI».

De nouveau, je prenais une photo afin de marquer le coup. Je pivotais légèrement mon corps sur les deux côtés afin d'avoir tout parfaitement.

J'étais tant excitée par cette adrénaline de haine. S'ils savaient...

***

Les exposés défilaient et grâce à ma place au fond, je passais constamment en dernière. Le meilleur pour la fin comme on dit. Blanche venait se réinstaller à sa chaise après son travail médiocre sur le mensonge.

- Liam Buckley c'est à vous, annonça le professeur. Cependant, le dénommé était affalé sur sa table, la capuche repliée sur sa tête. Eden venait le frapper violemment sur le crâne afin de le réveiller. Liam se levait en sursaut et Blanche venait lui susurrer des mots à l'oreille.

- Je n'ai pas fait mon travail Monsieur, admettait Liam de manière étourdie.

- Je vous demande pardon, s'offusquait le professeur au point d'enlever ses lunettes.

- J'ai manqué de temps.

- Vous viendrez me voir à la fin de l'heure, ordonna le professeur. Liam ne prit pas le temps de se tourner vers moi qu'il replongeait la tête la première sur la table. Madame Refaat c'est à vous, m'appelait le professeur.

J'emportais ma clé USB sous le regard de plusieurs. Arrivée près du pc, je l'insérais préparant la vidéo avant de revenir vers mes pas. J'appuyais mon postérieur contre le bureau tout en dévisageant les personnes qui se tenaient devant moi.

- Le mensonge, commençais-je mon pitch. Quand est-il de celui-ci perpétuer par ceux considérés comme les porte-parole de la vérité ? Si le mensonge-

Je me faisais couper par des rires insensés du côté des mal élevés. Je pivotais légèrement mon buste vers elle tout en rivant mon regard dans celle qui rigolait à gorge ouverte, Blanche.

- Porte-parole de la vérité, riait-elle en répétant. Cela concerne qui au juste?

- Si seulement tu avais su te taire jusqu'à la fin de mon explication, commentais-je. Tu peux peut-être respecter mon travail ? Je sais que cela ne fait pas partie de tes valeurs, mais tu peux essayer, demandais-je en lui souriant faussement.

Des rires étouffés dans la salle se faisaient entendre me laissant sourire doucement. Pendant une fraction de seconde, mon regard se tournait sur Liam qui ratait toute la scène en ayant la tête dans ses bras.

- Mais Monsieur, pouffait Blanche en me pointant de la main. Elle est avachie sur votre bureau. C'est irrespectueux.

- Pas étonnant venant d'une fille de quartier, commentait Adam. Continuez...

Le professeur rirait son regard sur le mien, un léger sourire caché.

- Je peux, lui demandais-je. Il hochait la tête comprenant exactement ce que je demandais. Je montais donc complètement sur la table, les jambes se gigotant dans l'air. Quelqu'un voit-il un inconvénient à ma manière de me tenir malgré l'appropriation du professeur ?

J'attendais une seconde l'opposition de quelqu'un mais personne osait de nouveau parler.

- Bon...donc place à mon travail, lâchais-je avant de clic droit sur la souris.

Ma vidéo se mit en route et la première séquence était tirée d'un tableau télévisé qui déblatérait des bêtises sur ma religion. J'affichais plusieurs journaux papier qui remettaient la faute sur l'Islam pour des absurdités.

- Le danger c'est l'islamisation de l'Angleterre. Parce que lorsqu'on apprend l'arabe on devient islamiste et terroriste.

Une douleur sourde.

- Il faut interdire le voile car c'est une tenue islamiste ! Les femmes sont soumises à l'homme c'est en totale contradiction avec le féminisme.

Un poignard.

Comment expliquer au monde que le voile n'est une soumission à l'égard d'aucuns hommes. C'est un choix fait par la femme concernée. Aucun n'a le droit de s'interposer sur la décision de la femme.

- Des gens tuent au nom de leur Dieu nommée Allah !

Entendre ces phrases de ma vidéo me brisait le cœur. Mais c'était la réalité des choses. Nous étions enterrés dans les médias afin d'animaliser ma religion. Allah, notre Dieu ne nous a jamais demandé de tuer en son nom. C'est un mensonge créer par ces islamistes qui ne connaissaient rien de leur religion. Jamais un musulman de cœur ne s'associerait à ces terroristes qui proclament le nom d'Allah avant de se faire exploser.

Ma vidéo se terminait sur des images qui représentaient parfaitement ma religion. Une séquence était avec ma famille et moi en train de festoyer pendant l'Aïd. Ce jour sacré qui met un terme à notre ramadan. Là c'était celle où l'on coupait le mouton. J'avais pu capturer un extrait de mes cousins qui faisaient de la lutte dans l'herbe. On entendait en fond les rires aigus des membres de ma famille.

Puis la dernière séquence était dédiée à ce moment unique qui n'arrive qu'une fois dans l'année. La prière de l'Aïd. Ce matin où tous les musulmans sont conviés à prier à la mosquée.

Il y avait tant de monde que je m'étais retrouvée à prier dehors. J'avais levé ma caméra afin d'enregistrer à jamais ce moment où tous les corps entraient en connexion. Par l'appel d'Allah, nous étions tous là pour Lui.

Je tirais des applaudissements de mes geeks préférés à qui je souriais sincèrement.

– Monsieur, s'écria Adam rapidement en se levant de sa chaise. Le professeur qui était assis au premier rang se tournait. Nous sommes dans une école laïque ! Il est interdit de prendre parti pour une quelconque religion.

– Déposez votre derrière sur votre chaise Monsieur Miles, s'énervait le professeur. Je connais le règlement intérieur et ce n'est pas vous qui allez me l'apprendre. On se passera de vos commentaires !

Liam avait relevé sa tête, son regard rivé sur Adam. Je ne pouvais distinguer la moindre émotion sur son visage. Quant à Eden, il m'adressait un pouce en l'air discrètement.

– Bon, reprenait le professeur en se mettant face à moi. Madame Refaat, votre projet caractérise parfaitement le mensonge. C'est exactement ce type de mensonge que je souhaitais voir dans les projets et je vous félicite pour cela, m'acclamait-il. Je souriais. Malheureusement, l'utilisation d'une religion pour démontrer un fait est formellement interdite dans l'établissement et je ne peux passer devant cela.

Je ne répondis rien car je savais pertinemment que j'étais en tord.

- On parlera de votre note à la fin de l'heure.

Je récupérais ma clé USB sans me faire prier. Lorsque je remontais les escaliers, je croisais le regard de Liam qui n'exprimait pas même de l'empathie. Il paraissait mort.

***

La fin de l'heure avait sonné et je patientais sur ma chaise que tout le monde sort afin de discuter avec le professeur. Lorsqu'il ne restait plus que Liam le professeur et moi, je descendais les marches.

Je restais appuyée à une table du premier rang afin de laisser place à la discussion entre le professeur et Liam. Je ne pouvais voir Liam qui était dos à moi. Pendant que Monsieur Brown rangeait ses affaires, il articulait :

- Vous êtes l'un de mes meilleurs élèves et je ne veux pas que votre moyenne chute. Partagez-moi donc la raison de votre relâchement Monsieur Buckley.

Ce que le professeur ne voyait pas était les doigts de Liam qui se tripotaient nerveusement dans son dos. Il était dans une grande phase d'angoisse. Face au silence de Liam, le professeur reprit :

- Si vous avez besoin de parler, je suis là Liam. Ne me traitez pas seulement comme votre professeur. Moi aussi je suis passé par là...

Sans que je ne comprenne mon comportement, je m'avançais vers Liam. Lentement afin de ne pas le brusquer, je passais mes doigts dans les siens afin de les démêler. Il acceptait ma main dans les siennes sans me repousser. Je touchais les lignes de sa paume avant de rejoindre ses doigts. J'entendais le soupir de Liam qui semblait finalement se détendre. Il relevait la tête pour river son regard dans celui du professeur. Ses mains venaient cesser les tremblements pendant qu'il articulait :

- J'ai...j'ai des problèmes personnels qui m'empêchent de me concentrer à l'école.

De mon pouce, je faisais des petits cercles sur le dos de sa main.

- Vous souhaitez en parler seul à seul, demandait le professeur. Puis subitement, il dégageait ses mains pour que ses bras longent son corps. Je hoquetais de surprise avant de finalement m'éloigner.

- Je reviendrais vers vous si j'en ai besoin, déclara-t-il avant de cheminer vers la sortie. Il ne m'adressait pas même un coup d'œil.

On le regardait sortir avant que le professeur racle sa gorge afin d'attirer mon attention. Je rivais mon regard dans le sien et avant qu'il ne parle, je lâchais :

- Je comprendrais le zéro-

- Vous faites vous harceler Sherazade, me coupait-il. Je pris un mouvement de recul surprise par ses mots. Je ne savais pas si j'étais étonnée plus par sa question ou par le fait qu'il m'appelle par mon prénom.

- Les gens sont sur moi parce que je suis musulmane, expliquais-je. Donc oui on peut dire ça.

- Et vous allez bien ?

- Oui, oui Monsieur, le rassurais-je en lui souriant.

- Restez forte, ne les laissez pas vous atteindre, me conseillait-il. C'est étonnant que cela continue de se produire en 2022...

- Ce n'est pas donner à tout le monde d'être ouvert d'esprit, blaguais-je.

- Je ne vous mettrais pas un zéro, m'affirmait-il. C'était excellent et j'ai été très touché par le message que vous avez essayé de faire passer. Je vous mettrais non notée pour que cela n'affecte pas votre moyenne.

Je n'arrivais pas à réaliser la bienveillance de cet homme. C'était une personne qui avait la lumière d'Allah dans son cœur. Je ne connaissais pas ses convictions religieuses et peu importait parce que ses yeux brillaient par la gentillesse qui se dégageait de son corps par une odeur délicieuse.

- Merci beaucoup Monsieur, le remerciais-je sincèrement. Je peux vous poser une question ? Il hochait la tête. Pourquoi êtes-vous si gentil avec moi ?

- Parce que tu as besoin d'un père...

- Pardon ?

- J'ai dit il te faut bien du soutien-

Une larme de colère quittait mon œil. Encore aujourd'hui les mêmes mots étaient répétés, la même douleur perpétuée. Et ce même silence faible qui m'empêchait d'évoquer ma souffrance.

Il était têtu, indomptable. Même si l'erreur venait de lui, dans son subconscient elle venait de moi.

Je pris mon téléphone à clapet que ma mère m'avait donné lorsque je ne dormais pas chez moi. Je composais son numéro et patientais devant la fenêtre qu'elle réponde. Il était vingt-deux heures passé quand je me sentais déjà de trop.

- Maman, chuchotais-je en larmes.
- Ma fille qu'est-ce qu'il y a, s'inquiétait-elle.
- S'il te plaît viens me chercher. J'en peux plus, la suppliais-je.
- Tu sais très bien que je ne peux pas chérie. Tu es à plus d'une de route. Demande-lui qu'il te dépose demain matin.

Je lui raccrochais au nez car toujours ses mêmes mots revenaient. Je ne pouvais lui en vouloir du fait que je sois une putain d'indécise.

Je lui avais dit oui pour qu'il m'emmène chez lui. Puis finalement, je regrettais une fois arriver.

Je répétais cette scène en boucle tous les week-ends dans l'espoir de changer le scénario. Mais je restais toujours impuissante face à lui.

Ces mêmes mots.

- ARRÊTE DE LE FAIRE!

Ces mêmes phrases.

- TU VAS TUER TON ESPRIT !

Ces mêmes personnes.

- On veut ton bien...eux ne le souhaitent pas.

Ces mêmes embrouilles.

- Parle purée ! Tu vois c'est à cause de ta mauvaise éducation qu'elle est comme ça.
- Et toi tu étais où pendant son éducation.

***

Dernier cours avant le week-end. Je rejoignais Liam qui avait déjà récupéré tout le matériel nécessaire pour terminer notre vidéo de l'université.

On marchait dans le couloir en silence pour rejoindre les salles de sport. Il filmait avec le drone les salles de danses puis lorsqu'il me donnait le feu vert, je venais réceptionner le drone.

On avançait à l'unisson dans les vestiaires qui étaient vides à cet heure-ci.

- Tu te souviens, me demandait-il.

- De quoi ?

- Tu as commis un péché ici...avec moi.

- Et tu en es fier de ça Liam, m'agaçais-je.

- Plus maintenant.

Je voulais lui demander ce que cela signifiait mais il venait tourner sur une rangée de casier. Je venais le rejoindre mais il n'y était déjà plus.

- Liam, l'appelais-je dans l'espoir qui me réponde. Puis subitement, un souffle frais venait caresser mon cou. Je voulais me retourner mais la main de Liam qui retenait mon menton me l'interdisait. Il n'y mettait aucune pression.

- Je ne veux pas que tu me regardes, murmurait-il au creux de mon oreille.

- Pourquoi, lui demandais-je gentiment.

- J'ai-j'ai fait des bêtises quand tu n'étais pas là.

Ses doigts sur mon menton tremblaient sous la pression de ses mots. Si cela se serait produit avant que je ne sache ses idées sombres, je l'aurais rejeté mais là...il n'invoquait que ma compassion.

- Qu'as-tu fait Liam, le rassurais-je d'une voix douce. Son soupir venait se propager sur une de mes boucles. Alors qu'il semblait réfléchir à ses mots, sa main retombait et son bras venait encercler mon buste. Je venais poser mes doigts sur son bras qui était couvert d'un gros pull épais.

- J'ai regardé sur internet...c'est interdit dans ta religion, annonça-t-il avant que son menton ne se pose sur le haut de mon crâne. Son cœur battait extrêmement fort contre mon dos.

- Rien n'est interdit sans raison. Et la raison ne veut que ton bien...

- Je sais...je sais Shera, m'appelait-il de nouveau ainsi.

- Tu veux bien me dire s'il te plaît, demandais-je tout de même. Derrière moi, il s'agitait ne sachant pas s'il pouvait me confier sa douleur.

- Pourquoi tu as pris ma main dans la tienne tout à l'heure alors que tu me détestes pour ce que j'ai fait, me questionnait-il.

- Liam je ne te déteste pas, soufflais-je. Par ton erreur, j'ai appris et aujourd'hui j'avance. Si j'ai pris tes mains c'est parce que tu tremblais et...je voulais te montrer que j'étais là pour toi.

- Tu seras toujours là pour moi hein, murmurait-il la voix tremblante. Je fermais les yeux face à la douleur explicite dans sa voix. Chaque mot qu'il prononçait lentement, son cœur se brisait.

- Que si tu souhaites avancer, admettais-je. Un long silence planait dans les vestiaires. Puis subitement, il me tournait vers lui et je ratais un battement. Je n'avais pas vu Liam d'aussi près depuis un certain temps et l'horreur marquait ses traits. Il avait des sortes de griffures sur la mâchoire, ces cernes creusaient ses yeux rouges. Quant à son cou, il était marqué par des grosses rougeurs.

- Je ne fais que reculer depuis des mois.

Chapitre 27 - Incompréhension

M.z Chapitre 27

(Je précise au cas-où quelqu'un se fait la réflexion, ce qui se passe dans ce chapitre est très réaliste, vous le comprendrez très bientôt)SORRY DE L'AVOIR DEPUBLIER J'AVAIS OUBLIÉ UNE CHOSR

Je venais d'arriver chez Liam et il ne m'attendait pas sur le pallier. La porte était ouverte, je pénétrais donc sans lui. Mes jambes parcouraient le long couloir entre les escaliers afin de rejoindre la cuisine ouverte au salon. Des placards étaient restés ouverts comme des pots de confiture. Il y avait même un gilet à Liam près du robinet.

Sur le comptoir, il y avait un oasis. Je souriais bêtement avant de tourner mon regard vers le canapé. Il y était installé couvert d'un plaid.

- Coucou, lâchais-je tout en posant mes affaires sur le comptoir avant de le rejoindre. Cependant, ce que je trouvais sur la table basse me laissait sans voix. Il y avait des mégots de cigarette, des bières vides et des médicaments.

Ces paupières se soulevaient quand je posais ma main sur son épaule. Il peinait à faire le moindre mouvement.

- Tu es là depuis combien de temps, me demandait-il d'une voix faible.

- Je viens d'arriver.

Il se redressait et mon cœur ratait un battement. Des cicatrices marquaient l'entièreté de ses bras de Liam. Elles étaient récentes celles sur l'avant-bras contrairement à celles proches de l'épaule qui se voyaient n'être plus rouge.

Cela ne semblait pas le déranger que je vois cela car avec tout ce qu'il avait consommé cette nuit, il ne s'en souciait pas.

- Je vais me doucher, lâchait-il en contournant le canapé. Je le regardais disparaître dans un couloir avant que je rive mon regard sur la table. Rapidement, je récupérais la poubelle dans la cuisine afin de tout jeter. Une fois cela fait, je revenais sur mes pas avec les médicaments en main. Je touchais la canette qui m'avait laissé et remarquais qu'elle était chaude.

Je fourrais tous les médicaments dans mon sac afin d'aller plus tard demander à un pharmacien leur utilité.

Je décidais de monter à l'étage me plaçant devant la porte de sa salle de bain. Il prenait bien sa douche et cela me rassurait. Alors que je souhaitais redescendre, je fus attirée par une porte entre-ouverte.

Je pénétrais et les souvenirs me revenaient. La première fois que j'étais venue chez Liam, je m'y étais introduite sans son autorisation.

Toutes ses peintures se tenaient ici. Je parcourais rapidement des yeux ses œuvres sublimes. Certaines inspiraient la gaieté d'autres étaient son antonyme. Mais une attirait plus particulièrement mon œil.

C'était un portrait d'une fille blonde qui ne souriait pas malgré le décor fleuri derrière elle. Je m'approchais afin de l'analyser et rapidement une idée de qui appartenait ce visage me venait en tête.

Emmy.

C'était fascinant comme les détails étaient bien là. Liam l'avait dessiné jusqu'à son grain de beauté au-dessus du sourcil. J'étais impressionnée par une telle précision. Il devait vraiment exploiter son talent.

Puis soudainement, j'entendais la porte de la salle de bain s'ouvrir. Je venais me plaquer contre un mur afin que lorsqu'il passe devant, il ne me voit pas.

Alors que je l'entendais descendre les marches, je heurtais un tableau. Ce dernier qui n'était pas fini me laissait une trace de peinture noire sur la fesse. Je soufflais avant d'y jeter un coup d'œil.

Et c'est à cet instant que mon cœur s'est illuminé. Un mot en arabe était écrit sur le haut de la toile où un œil était dessiné.

□□□□□□

Mon prénom. Et cet œil en amande aux longs cils m'appartenait. Il n'avait pas encore peint la pupille mais je me reconnaissais aux détails du trou de cils dans le coin extérieur.

- SHERA, hurla Liam d'en bas. Je pris mes jambes à mon cou et redescendais rapidement. Lorsque je revenais dans le salon par le couloir des toilettes, il ne me demandait même pas où j'étais.

- On se met au travail, proposais-je. Il hochait la tête avant d'emporter son PC sur la longue table du salon.

***

Cela faisait à peine une heure que nous avions commencé le montage de la vidéo présentation de l'université. On avait fait cela dans le calme pour une fois.

Je n'avais pas arrêté de lui jeter des coups d'œil. Même à l'intérieur de chez lui, il gardait sa capuche. Les marques sur sa mâchoire s'étaient multipliées comme si une colère envahissante l'obligeait à s'infliger de la douleur physique.

- Tu n'as pas chaud, demandais-je en relevant mes yeux de mon PC. Il devait au moins faire vingt degrés dans sa maison.

- Non, lâchait-il froidement sans même regarder. Je m'appuyais contre la table afin de voir où il en était.

- Mais, m'offusquais-je en voyant qu'il avait supprimé une partie de la vidéo. Sale hmar ! Il faut le garder ça, lui montrais-je du doigt.

- Me parle pas dans ta langue, râlait-il sans pour autant montrer la moindre émotion. Je reculais face à son visage qui avait pivoté vers le mien. Il me regardait d'un air méchant et cela me mettait mal à l'aise.

- C'est bon pas besoin de me regarder mal comme ça, plaisantais-je.

- Tu commences vraiment à m'énerver.

Je ne savais pas pourquoi mais sa phrase n'avait pas amené que de la colère en moi mais aussi de la tristesse. Je serrais les poings face à la vague d'incompréhension que je me prenais.

- Liam, l'appelais-je pour qu'il tourne ses yeux vers moi. Tu t'adresses à qui là ?

- Toi Sherazade.

Je ne réfléchissais pas et fermais violemment mon PC en le rangeant dans mon sac. Je quittais ma chaise la laissant racler contre le sol. Du coin de l'œil, je le voyais se passer les mains sur le visage tout en soupirant.

- Bordel ce n'est pas ce que je voulais dire, tentait-il de se reprendre.

- Si je t'énerve tant que ça, je vais partir. Mais ne reviens pas vers moi en réclamant mon aide, lâchais-je en passant mon sac sur mon épaule.

- Ce n'est pas de ma faute, me hurlait-il dessus tout en me bloquant le chemin.

- Bouge de là Liam.

- Non écoute. Je-je veux pas être méchant avec toi ! Juste ne-ne soit pas contre moi.

- Mais je ne comprends rien de ce que tu veux Liam !

Il se mit à faire les cent pas dans la pièce les mains sur son crâne. Il se grattait nerveusement les cheveux avec une telle force que je fus impressionnée. On dirait que Liam cherchait ses mots mais il ne parvenait à rien articuler.

Je pris donc chemin vers la sortie cependant il le remarquait et venait m'attraper par les épaules. Liam venait me plaquer violemment contre un mur et je hoquetais de surprise face à la douleur qui m'a prise.

- Merde...merde, répétait-il en boucle face à mon visage crispé. Je relevais mes yeux dans les siens et le poussais de toutes mes forces. Il cognait le comptoir alors que j'ôtais mon sac. Une douleur sourde me prenait dans l'épaule mais ma colère était si grande que ma souffrance en devenait minime.

- POURQUOI TU M'AS POUSSER, hurlais-je. Ses paupières tremblaient tout comme ses mains. Il se redressait et alors qu'il voulait s'approcher de moi je reculais.

- Je-je ne voulais pas te faire-faire du mal, bégayait-il.

La situation s'avérait être plus grave que je ne le pensais. Liam avait complètement changé et toutes ces situations en témoignaient. Les changements d'humeur soudains de Liam me laissaient perplexe.

Je le voyais terrifié à l'idée que je me sois éloignée de lui. Je n'avais pas peur de sa personne et de ses comportements impulsifs. Seulement, je voulais qu'il comprenne qu'il ne pouvait pas agir ainsi avec moi.

- Qu'est-ce qui t'arrive ces derniers jours, demandais-je calmement. Il voulait me le dire, je le lisais sur son visage. Mais aucun mot ne parvenait à sortir de sa bouche. Je voulais qu'il m'admette qu'il souhaitait en finir avec sa vie.

Juste une simple phrase, et je mettrais corps et âme pour le sauver.

- C'est quoi ces marques sur tes bras, reprenais-je face à son silence. Et comme si je venais d'admettre la mort de la reine d'Angleterre, Liam perdait de ses couleurs. Ses yeux remontaient dans les miens et rapidement il était animé par la colère.

- Tu-tu as vu mon corps, commençait-il doucement à s'énerver. PUTAIN POURQUOI TU AS FAIT ÇA !

- QUAND JE SUIS ARRIVÉE TU ÉTAIS À MANCHE COURTE ! JE SUIS PAS ALLER VOIR DE MON PLEIN GRÉ !

Subitement, Liam venait fuir la conversation en retournant dans le salon. Je le suivais tout en continuant de lui hurler dessus même si j'admettais que ce n'était pas la meilleur méthode.

- TU TE RELÂCHES À L'ECOLE ! TU DORS JE NE SAIS PAS À QUELLE HEURE POUR PASSER TA NUIT A CONSOMMER DES CHOSES ILLICITES.

- CE NE SONT PAS TES AFFAIRES !

- ALORS NE RÉCLAME PAS MON AIDE !

Il marchait dans tout les sens afin de fuir ma présence. Cependant, je restait son ombre jusqu'à entendre la source de ses problèmes. J'espérais qu'il me crache involontairement son secret afin de calmer les tensions pour laisser place au soutien mutuel.

Cependant, j'en avais assez de marcher dans tout les sens sans qu'il ne m'accorde son attention. Alors J'attrapais son colback quand on passait devant la table. Je montais sur une chaise afin de paraître plus grande que lui. Et cela fonctionnait car il plantait ses iris bleus dans les miennes.

- J'ai besoin que tu me parles, criais-je mais de manière plus calme qu'il y a quelques instants.

- C'EST TROP TARD SHERAZADE COMPREND-LE !

- MAIS POURQUOI !

- PARCE QUE DANS QUELQUES MOIS JE NE SUIS PLUS LÀ !

Et là mon cœur tombait à mes pieds. Je perdais en force et en colère. Sa cage thoracique se soulevait au rythme de sa douleur.

- Ma mère...m'a inscrite à l'armée, reprenait-il comme pour me rassurer. Ma main retombait lentement lâchant mon emprise sur son pull. La pièce plongeait dans le silence laissant place à la parole à travers les yeux.

- Tu ne vas pas y aller Liam, lui demandais-je avant que ma voix qui ne se brise. Savoir qu'un jour, je ne le reverrais plus non par à cause de la mort mais par le choix de sa mère piétinait mon cœur. C'était bête mais je m'étais attachée à Liam.

- Tu veux que je reste, me questionnait-il toujours son visage levé vers le mien. Je ne répondis rien donc il reprit :

- C'est le meilleur pour moi. Crois-moi, elle n'a pas choisi par pur hasard.

- C'est ce que tu veux...

- Que si tu le veux, rétorquait-il.

- Arrête de faire comme si tout dépendait de moi Liam, le reprenais-je.

- Pourtant c'est ce que tu aimerais...avoue-le.

- C'est ce que j'aurais voulu avec mon père pourtant ce n'est pas le cas.

- C'est ce que j'aurais voulu avec ma mère pourtant ce n'est pas le cas non plus.

Il était là le problème. Liam et moi recherchions l'affection d'un de nos parents. Mais aucun n'était parvenu à se l'accaparer. Alors involontairement, nos âmes se concertaient afin de s'offrir mutuellement ce manque.

À travers l'intention que j'apportais au bien être de Liam, il se voyait recevoir ce qui lui avait été lâchement refusé.

À travers l'amour que m'apportait Liam, je me voyais recevoir ce qui ne m'avait jamais été donné.

Parce que oui Liam m'aimait même s'il ne me l'avait jamais dit. Il ne suffisait pas de sortir ces sept lettres pour l'affirmer, les actes parlaient de manière explicite sur les sentiments d'autrui. J'espérais ne pas me tromper car lorsque l'amour paternel manque, la dépendance affective vous prend.

Et elle peut vous faire voir des choses qu'un regard n'exprime pas.

Je fus extirpée de mes pensées par mon téléphone qui sonnait plus bas sur la table. Nos regards se tournaient vers ceux derniers, et « papa » y était affiché. Mon cœur se serrait une seconde puis je rivais de nouveau mes yeux dans ceux de Liam.

- On reprend notre embrouille dans quelques minutes, lâchais-je en descendant de ma chaise. Je pris mon téléphone et partis en direction de la baie vitrée. Une fois dehors, je la fermais derrière moi mais j'entendis Liam dire :

- Notre discussion Shera, pas notre embrouille. C'est dans tes veines d'arabe d'être toujours énervée-

- Allô papa, commençais-je. Mauvaise idée d'être sortie dehors pour prendre l'appel.

- Oui Salem benti, tu m'as envoyé un message pour que je t'appelle.
- Oui en fait l'école où je suis, propose un gala de charité pour clôturer cette année. Il y aura des personnes très influentes du monde entier afin de pourquoi pas se faire repérer. Seulement, il demande que l'élève soit accompagné d'un parent.
- T'as demandé à ta mère, me coupait-il.
- Euh non…ils ont mis une règle stupide qui consiste à que si je suis une femme c'est au père de venir et inversement pour les hommes.
- Oh je vois...

Un silence se plaçait pendant l'appel téléphonique. J'espérais qu'il avait compris que j'attendais sa présence.

- C'est quand, demandait-il.
- Dans une semaine et demie, le jour du nouvel an.
- Je ne pense pas pouvoir.

LIAM

Elle était en train de hurler sur son téléphone. Avec la chanson Yebba's Heartbreak de Drake qui passait dans les enceintes, je n'arrivais pas à l'entendre.

Je restais appuyé contre ma chaise à la regarder se disputer avec son père. Mon cœur se serrait face à son visage dessiné par la colère. Mon corps ne cessait de s'agiter car je ne savais pas quoi faire.

Était-elle énervée contre moi ?

Voudrait-elle que je sorte ?

M'apprécie-t-elle ?

Ces mêmes questions revenaient à chaque fois que je perdais pied. Nuits et jours cela me hantait car ce qu'elle ne savait était que Sherazade m'avait donné un espoir.

Si minime pourtant mais assez grand pour combler ce trou dans mon cœur. Peu à peu il s'agrandissait sous les déceptions, les mots tranchants mais elle parvenait toujours à apporter sa lumière.

« Je voulais te partager ma lumière, l'Islam. »

Et si c'était Shera ma lumière ?

Bordel, je suis tellement fatigué de penser. J'avais besoin d'oublier alors mon corps me conduisait à la baie vitrée. Je la déverrouillais pour la rejoindre et tout de suite ses mots me frappaient.

- COMMENT TU PEUX DIRE QUE C'EST DE MA FAUTE PAPA ! JE T'AVAIS APPELER POUR TE DEMANDER DE VENIR ET LE JOUR J JE T'AI ATTENDU PENDANT DES HEURES...

Je fermais mon gilet que j'avais enfilé en l'attendant tout en m'appuyant contre ma table extérieure. Je l'observais tandis qu'elle était perdue dans sa conversation. Elle se passait plusieurs fois les mains nerveusement dans les cheveux. Shera ne semblait plus rien contrôler.

Puis soudainement, elle se figeait face à moi le regard vide. Je ne savais pas ce qu'il venait de lui dire mais ses yeux exprimaient tant sa tristesse.

- Papa, lâchait-elle lentement. Tu as raison. C'est à moi la petite fille qui doit chercher après toi. C'est à moi de t'obliger à te déplacer pour ma remise des diplômes, pour mon anniversaire, pour mon hospitalisation, pour mes premiers pas, pour mon premier mot...c'était à moi de te demander d'être là.

Elle prit une grande inspiration pendant qu'une larme solitaire quittait son œil droit.

- Et aujourd'hui c'est aussi à moi de t'annoncer que je ne veux plus te voir...cela ne devrait pas trop bouleverser ton quotidien mais je veux que tu voies ce que ça fait d'être considéré comme un inconnu pour sa fille.

Puis elle raccrocha.

Son corps tremblait par ce froid hivernal. Je détaillais chacune de ses boucles, observait chacun de ses gestes, attendait la moindre faiblesse.

Mais elle restait figée dans le temps et dans la tristesse.

- Shera, l'appelais-je pour qu'elle revienne. À son nom, ses yeux revenaient dans les miens. D'un signe de la main, je l'invitais à me rejoindre. Elle ne prit pas longtemps à se décider avant d'avancer à petit pas.

Arrivée à ma hauteur, son regard restait sur mon buste. Je venais ouvrir mon gilet avant d'attraper ses bras pour les amener autour de ma taille. Elle acceptait sans rechigner en entrelaçant ses doigts dans mon dos.

Je savais qu'elle n'avait pas le droit de me toucher. Que sa religion lui interdisait tout toucher à l'égard d'un homme. Mais Emmy m'avait appris une chose en dix-huit ans d'existence. Un câlin peut réparer le cœur souffrant. Il suffisait que nos corps se rencontrent pour que nos battements s'unissent.

Quand je n'étais qu'un enfant et que le monde m'obligeait à faire face aux hurlements de colère, je m'empressais de chercher les bras de ma grande sœur. Cela ne m'aidait pas réellement car le bruit était incessant.

Seulement, aujourd'hui j'offrirais ma vie pour la serrer une dernière fois dans mes bras.

- Je suis si fatiguée Liam...tellement fatiguée.

Elle aussi était fatiguée.

Sa tête se déposait sur mon torse et je le remerciais secrètement de ne pas m'avoir repoussé. Mon menton prenait place sur le haut de son crâne et on restait là quelques secondes sous l'abri du toit qui nous protégeait de la pluie.

Je refermais mon gilet sur elle et laissais mes mains dans mes poches. C'était le gilet de mon papa, il était donc assez grand pour nous accueillir. C'était le seul souvenir qui me restait de ce passage douloureux de la vie d'Emmy et moi.

C'était étrange mais ce rapprochement inattendu entre nous me satisfaisait. J'allais laisser tomber ma colère à mes pieds préférant focaliser mon esprit sur chaque geste timide qu'elle entreprenait.

- Dans deux jours, commençait-elle. Je vais manger avec mon groupe de danse. Ils m'ont demandé de t'inviter.

- Oui.

- Oui quoi ?

- Je viens avec toi, répondais-je presque immédiatement.

Je préférais sortir avec elle et me savoir stable que commettre les pires souffrances dans les pièces vide de ma maison.

***

Sherazade

On était finalement rentré après que nos pieds ne puissent plus bouger. Je rangeais mes affaires car il se faisait tard. Liam avait proposé de me déposer et j'avais accepté. Mais alors que je l'attendais sur un tabouret de la cuisine, Liam commençait à se déplacer de manière anxieuse dans le salon.

- Shera tu n'as pas vu mes médicaments, demandait-il en jetant tous les oreillers du canapé au sol. J'étais dans la merde clairement parce qu'il dormait actuellement dans mon sac.

- Pourquoi ? Tu n'en as pas besoin Liam, lâchais-je dans un rire pour apaiser les tensions.

- PUTAIN SI, hurla-t-il. Il marchait à grand pas afin de venir me plomber de sa hauteur. Ses mains tremblantes venaient se poser sur mes joues lorsqu'il mimait un faux sourire. S'il te plaît, ils sont où hein ?

- Euh je-

Je n'eus le temps de terminer ma phrase que Liam venait prendre mon sac pour faire tomber la totalité de son contenu sur la table. Je lui hurlais d'arrêter mais il les cherchait nerveusement. Lorsque finalement il les trouvait, de ses poings serrés les boites se réduisaient.

- Pourquoi tu les as, demandait-il calmement.

- Je-je m'inquiétais de savoir que tu avais tout ça en ta possession alors je voulais faire mes recherches, tentais-je de me justifier.

Seulement, son regard avait changé pour celui que je détestais. Liam, l'appelais-je en posant ma main sur sa joue.

Il la rejetait violemment avant de venir se focaliser sur les boites. Il les ouvrait toutes afin que des gellules tombent sur sa main.

- NON, hurlais-je en frappant sa paume. Les médicaments tombaient au sol. Je pris un mouvement de recul et pendant une seconde un silence dévastateur planait dans la pièce.

Mais seulement, cela fut de courte durée. Liam venait s'approcher dangereusement de moi attrapant mon visage en coupe.

Je n'appréciais pas comment il me tenait alors je venais lui foutre un coup de genoux dans ses parties intimes.

- Putain Liam qu'est-ce qui te prend, m'énervais-je. Il se relevait avant de foncer sur les boites de médicaments. Je me mis à courir vers lui et on se battait littéralement pour les détenir.

Lorsque je parvenais à attraper celle qu'il intéressait le plus sans que je ne puisse réfléchir, je mettais les deux pilules restantes de la boite dans ma bouche.

Liam se figeait sur place.

- Putain Shera recrache, me demandait-il en criant.

Je les avalais malencontreusement par son corps qui s'était approché brusquement du mien. Il m'incitait à ouvrir la bouche et je tirais la langue pour lui montrer qu'il n'y avait plus rien.

- Dis-moi c'est quoi, lui demandais-je.

- PUTAIN SHERA RECRACHE !

Il attrapait ma mâchoire tout en tentant de rentrer ces doigts dans ma bouche. Je sentais la panique dans ses gestes. Liam ne parvenait pas à se contrôler que lentement ses yeux se mirent à briller comme s'il était à deux doigts de la crise d'angoisse.

- Je t'en supplie lys, il faut que tu recraches !

Mon cœur tombait à mes pieds quand des larmes se tenaient au-dessus du précipice. Sa cage thoracique se soulevait à un rythme affolant. Ses mains continuaient de forcer le barrage de ma bouche mais je persistais en les rejetant.

- Dis-moi ce que sait Liam, lui demandais-je d'un ton froid. Je demeurais énervée malgré ses larmes qui m'attristaient.

Son corps entier tremblait sous la détresse. Cependant, cela prenait une mauvaise tournure. Lima venait se retenir à mes épaules pour ne pas tomber car subitement il était pris par une crise d'angoisse.

- Putain Shera...je suis malade.

Chapitre 28 - Cicatrice

M.z
Chapitre 28

(Chapitre court parce qu'il était vraiment pas prévu dans l'équation)

Je me retrouvais la tête au-dessus de la cuvette, mes cheveux maintenus par Liam.

- Ouvre la bouche, me demandait-il. J'exécutais son ordre et deux de ses doigts entraient dans ma bouche. Cependant, quand il n'était pas loin de me faire vomir, je reculais ma tête. Encore et encore...

Liam commençait à perdre patience mais je pouvais voir qu'il tentait de se contrôler. Il m'avait obligé à rejoindre les toilettes sans me donner la moindre explication sur ces médicaments.

- Aller laisse-moi faire Shera, lâchait-il. Il récupérait des boucles qui tombaient à l'avant de mon visage. Puis de nouveau, il recommençait mais cette fois-ci je le laissais faire. Je vomissais donc les médicaments que je venais d'ingurgiter.

J'entendais le soupir de Liam avant qu'il ne relâche son emprise sur moi pour me tendre une verre d'eau. Pendant qu'il s'adossait au mur, je venais le boire. Un silence planait dans la pièce pendant que je le rejoignais sur sa gauche.

On restait là à fixer le lavabo devant nous en attendant que nos cœurs reprennent un rythme régulier. Cette journée était éprouvante, je me questionnais sur tant de choses. Sur ces comportements, ses mots, ses gestes violents...

Je n'avais aucune explication et il m'en fallait si Liam souhaitait que je quitte sa maison aujourd'hui. Cependant, je craignais le pire. De quoi Liam était malade ?

- Parle-moi, demandais-je en tournant mon visage vers le sien. Il continuait de fixer droit devant lui, le regard perdu comme très certainement ses pensées.

- J'ai le TDA (trouble de l'attention), m'annonça-t-il en ramenant ses jambes vers son torse afin de poser ses coudes sur ses genoux. Et comme si c'était pas déjà suffisant, j'ai un trouble associé...

- Lequel, demandais-je.

- L'addiction, m'avoua-t-il en plantant son ses yeux dans les miens. J'avais l'impression qu'il recherchait une réponse dans mon regard. Tu t'en fou ?

- Non Liam, le rassurais-je. C'est juste que je ne sais pas quoi faire...

- Comment ça, s'intéressait-il à chacun des mots que je prononçais.

- Je ne sais pas comment t'aider...

Et comme si mes mots avaient l'effet d'un électrochoc, il se figeait. Il donnait l'impression d'avoir tant attendu ses paroles. Car lentement, un sourire naturel étirait ses lèvres. Mais lorsqu'il se rendit compte de sa réaction, il l'effaçait.

- Parle moi de ton trouble, lui demandais-je afin d'être plus renseigner.

- Le TDA est un trouble que j'ai depuis mon enfance. Seulement, il s'est compliqué pendant mes études supérieur. J'ai tellement du mal à me concentrer sur une seule tâche que je vais partir en commencer plusieurs. J'ai des problèmes de sommeil qu'il m'arrive de rester éveillé jusqu'à quatre du matin. Il m'arrive des fois d'oublier de fermer un placard, de ranger un vêtement...

- D'accord et tu as un traitement à suivre, le questionnais-je.

- Ouais des médocs qui me permettent d'être plus concentré.

- Tu...les prends toujours hein?

Au début d'année Liam semblait être maître de lui-même. Lors de nos travaux commun, il ne semblait pas être déconcentré mais plus le temps passaient et mes venus chez lui étaient récurrentes, plus je remarquais les signes qu'ils m'avaient évoqués.

- Non ça ne sert plus à rien, affirmait-il. Je savais à quoi il faisait référence mais je préférais me voiler la face. Lors de mon dernier rendez-vous chez le psy, je lui ai parlé du fait que mon trouble s'aggravait. Il m'a demandé d'alerter ma mère pour qu'elle puise m'aider à la maison. Tu sais ce qu'elle m'a dit Shera, pouffait-il en tournant son visage vers moi. « Je fais des recherches sur internet et ils disent que pour les gens comme toi, l'armée c'est bien »

il riait aux propos tranchants de sa mère sur sa situation mais au fond de lui une douleur poignardante se cachaient.

- Elle cherche à se débarrasser de moi, remarquait-il. Ma propre maman...

Il laissait retomber sa tête pour cacher à mes yeux sa peine.

- Elle sait pour tes addictions ?

- Certainement pas, répondait-il immédiatement. Elle m'enverrait sans me consentement en hôpital que je sois majeur ou non. C'est son rêve de m'enfermer. Quand j'étais plus jeune, elle le voulait déjà même si ça existait pas pour mon trouble. Elle voyait en moi un échec face à ma soeur qui elle, était très intelligente, très polie. Alors que moi je coupais la parole aux gens, je parlais très vite et étais incapable de faire quoi que ce soit pour aider parce que j'oubliais, m'avoua-t-il. Mais il y a avait un seul domaine où je parvenais à rester concentré...le dessin.

Ce que m'avouais Liam me peinait. Aucun enfant ne méritait de ce sentir à l'écart ou d'être dans l'ombre d'un autre enfant. Chacun grandissait à son rythme et avait son domaine qui le définissait.

- Tu continues le dessin ?

- J'ai repris récemment...parce que j'ai trouvé ma muse.

J'étais contente pour lui.

- Quelqu'un sait pour tes troubles ?

- Eden, répondait-il. Seulement pour mon TDA. Je ne peux pas me faire à manger tout seul sans oublier d'éteindre le feu. Alors il me dépose toujours des repas sur mon pallier.

Je souriais face à l'intention gentille d'Eden. Sans explication et seulement avec mon âme, je rampais afin de me mettre face à Liam.

Il fronçait les sourcils ne comprenant certainement pas ce que je souhaitais faire.

Je plaçais mes mains sur ses genoux en gardant un sourire aux lèvres afin qu'il m'offre sa confiance. Il écartait donc finalement ses jambes qui laissait glisser contre le sol.

- Je peux les voir, lui demandais-je gentiment. Son visage semblait perdre de sa couleur cependant la couleur de ses yeux s'intensifiaient. Je savais que le coeur de Liam me parlait à travers ses yeux. Car bien qu'il soit effrayé par le fait que je vois ces cicatrises, son cœur si brisé ne demandait seulement que sa douleur soit entendue.

Fébrilement, il remontait l'une de ses manches. Je laissais mon regard tombé dessus sous ses yeux attentifs. Elles étaient si nombreuses que chacune d'elles étaient une fissure pour mon âme.

- Pourquoi tu te fais mal Liam ?

Je tentais qu'à travers la douceur de ma voix, il ne perçoit aucun jugement. Je voulais qu'il se sente à l'aise et en confiance en ma présence. Ses yeux continuaient de briller d'une étincelle qui illuminait mon cœur. Mes questions devaient lui apporter tant de bonheur car je jouais le rôle d'une mère.

Une maman te questionnera toujours sur tes douleurs car même si toi tu ne vois pas ce qui te pourris, ta mère a ce lien invisible avec ton âme qui fait qu'elle entend chaque cri intérieur que tu pousses.

- Une douleur physique efface une douleur mentale, expliquait-il.
Je m'approchais plus afin d'être entre ses jambes. Lentement, mes doigts venaient à la rencontre de ces cicatrises. Immédiatement, son

buste se soulevaient face à mon touchée. Pourtant, il ne le refusait pas.

- Il n'est pas une maladie, un souci, une tristesse, un mal, une angoisse ou même une épine qui n'atteint le croyant sans qu'Allah ne lui efface par cela une partie de ses péchés.

- Qu'est-ce que tu dis ?

- C'est une parole d'Allah, admettais-je le sourire aux lèvres. Mes doigts continuaient de se balader sur ces cicatrices afin qu'il ne se sente pas inconfortable de les montrer. Il m'observait avec ce regard attentif cherchant raison dans mes propos.

- Allah...

Il répétait ce nom lentement avec douceur et délicatesse comme si sa vie en dépendait. Il laissait l'arrière de sa tête s'appuyer contre le mur pendant que lentement ses paupières s'abaissaient.

- Allah..., dit-il à nouveau mais avec un léger sourire aux lèvres. Continue Sherazade.

- Ne soyez pas triste Allah est avec vous...Ne laissez pas leurs paroles vous attristez...Il s'agit seulement de patienter pendant un temps, et ensuite tu te reposeras pour l'éternité...

Liam souriait. Et son sourire était signe de ma joie.

- Appelez Moi, Je vous répondrez...

- Comment, demandait-il en relevant ses paupières.

- Pendant la prière ou lors de Duaa.

- Comment on fait ça ?

- La prière se fait cinq fois par jour et elles ont chacune un nom. Au lever du soleil Fajr, en début d'après-midi Dhor, en pleine après-midi

Asr, au couché du soleil Maghreb et une pendant la nuit Icha. Elles sont obligatoires dans notre religion. C'est ce moment où tu as un rendez-vous priver avec Allah. Tu peux lui demander ce que tu veux, il te répondra.

- Il t'as déjà répondu ?

- Oui tant de fois Liam, m'exclamais-je en souriant. Un truc tout bête avant j'avais de l'acné sur le visage. J'ai pleuré sur mon tapis de prière et quelques semaines après tout était parti. Puis il y a des choses que tu demandes qui sont encores plus belles quand elle se réalise.

- Donne-moi un exemple, lançait-il en se redressant. Puis une chose me venait à l'esprit. Je parlais de ma religion aux toilettes. Je mettais ma main sur ma bouche et Liam commençait à être pris de panique à cause de mes yeux qui s'était subitement équarquillés. Il jeta un coup d'oeil à son bras pensant que c'était à cause de cela mais je venais le rassurer :

- Je peux pas parler de ma religion ici Liam, murmurais-je avant de rire doucement.

- Pour- Il ne finit pas sa phrase comprenant certainement pourquoi. Il se levait et pris ma main. Allons dans la salle dédiée à ta religion.

On avançait main dans la main vers la pièce. Une éternité semblait être passé depuis la dernière fois où il m'avait tenu la main ainsi.

Arrivé dans la pièce, on s'asseyait sur le sol près du Coran ouvert. Je tournais une seconde mon regard dessus et fus déçue que la page était toujours la même que la dernière fois. Cela voulait dire qu'il ne l'avait pas touché depuis ma venue.

- Vas-y dis moi, se réjouissait-il.

- J'ai perdu mon grand-père, commençais-je. Il vivait seul après le décès de ma grand-mère. Alors à tour de rôle, ses enfants venaient lui ramener à manger. Ma mère et moi on venait le dimanche. Et avant que l'on parte, il disait toujours la même chose en me frottant le dos...Allah y barek. Et il me complimentait toujours en arabe auprès de ma mère. Il disait que j'étais quelqu'un de gentille et-

Sans que je ne puisse le contrôler, je me mis à pleurer de vrai larmes. Je n'arrivais pas à continuer le reste de mon histoire. Mon grand-père était une lumière dans ce monde. C'est là que je réalise l'importance de la religion dans le coeur d'un humain. Mon grand-père était un être si pieu qu'une lumière l'illuminait constamment à n'importe quelle heure de la journée. Ses joues fripés formaient un soleil lorsqu'il se mettait à sourire. Malgré les années qui ont défilés, son visage était toujours gravé dans mon esprit.

- Tu veux que je ne te regardes pas, lançait Liam en venait essuyer mes larmes. Je secouais négativement la tête avant de prendre une grande inspiration pour continuer mon récit.

- Je veux que tu me vois pleurer Liam, admettais-je. Sois témoin de la joie que m'apporte la religion...

Il venait prendre mes mains dans les siennes et on se mit à expirer et inspirer ensemble afin de calmer ma petite crise. Lorsque j'étais fin prête à reprendre mon récit, je rivais mon regard dans le sien.

- Et après son décès, j'ai imploré son pardon lors d'une prière de ne pas avoir passé plus de temps avec lui. J'ai demandé à Allah de lui accorder le Paradis car il le méritait. Et quelques jours après, il m'a rendu visite…J'ai revu mon grand-père dans un rêve. Il frottait mon dos et me disait Allah y barek mais il ajouté une chose…

Le visage de Liam s'illuminait bien que la pièce soit plongé dans le noir avec pour seule lumière celle de l'extérieur.

- « Le temps était court mais il deviendra éternel. »

- Ça signifie quoi ?

- Si tu laisses la religion, commençais-je en touchant le Coran. Prendre place dans ton cœur, continuais-je en laissant ma main sur sa poitrine. Alors Allah t'accordera le temps éternel Al Jannah, le Paradis là où le monde est meilleur.

Liam déposait sa paume sur la mienne et j'entendais son cœur battre.

- Je peux lui demander quelque chose, me questionnait-il innocemment.

- Essayons d'accord ? Il hochait la tête. On va faire une Duaa. Donc mets tes mains comme ça, lui montrais-je en levant mes paumes vers moi en les liant. Maintenant répète après moi : Ar Rahman-Ar-Rahim…

- Ar…Rahman

- Ar-Rahim, reprenais-je.

- Ar…Rahim, répétait-il parfaitement. Je lui souriais donc pour le féliciter. Ce sont des prénoms d'Allah, Il en a 99 au total, avouais-je. Maintenant il faut prier sur le Prophète…Alluma Salli Allah sayydina Muhammed wa alla allihi wa sahbihi wa sallam…

- C'est trop dur Shera ! Râlait-il.

- On va y aller mot par mot, lui proposais-je. Donc je répétais de nouveau lentement et il les prononçait très lentement afin de ne pas se tromper.

- Maintenant dis en silence ce que tu veux Liam.

Il venait fermer ses yeux afin peut-être de maximiser sa demande. J'en profitais donc pour faire mon invocation aussi.

Allah offre l'envie de vivre dans le cœur de Liam.

- C'est bon, m'affirmait-il en ouvrant les yeux.

- Et maintenant tu redis Alluma Salli Allah sayydina Muhammed wa alla allihi wa sahbihi wa sallam...

On remédiait au même procédé que la première fois et à la fin, je lui montrais le geste de passer ses mains sur son visage avant de s'arrêter de la pointe de ses doigts sur son menton. Une fois cela fait, on se relevait ensemble pour quitter la pièce.

- J'ai ma réponse sous combien de temps, me demandait-il.

- Tu n'attends pas un colis Chronopost là, affirmais-je.

On cheminait jusqu'à sa cuisine. Je ne connaissais rien aux conséquences de ces deux troubles et si je souhaitais lui venir en aide, je devais me renseigner.

Seulement, une chose m'alerta. Liam disait ne plus prendre ses médicaments alors comment se fait-il, qu'il en avait autant sur son comptoir.

- Tu es addict à quoi Liam, lui demandais-je alors qu'il allait en direction du salon.

- L'alcool.

Je fronçais les sourcils. Lentement et afin de ne pas l'alerter, j'avançais vers les médicaments. Il cherchait frénétiquement ses clés lorsque je regardais les différentes boites. Je pris rapidement mon téléphone afin de trouver le traitement de la TDAH et aucuns médicaments ne correspondaient à ceux devant moi.

- Tu fais quoi, entendais-je une voix dans mon dos. Je pivotais une boite à la main et son regard restait fixe sur la boite que je maintenais.

- C'est quoi ces médicaments, demandais-je. Sa jambe droite se mit à bouger frénétiquement alors que ses paumes frottaient son pull. Liam était habité de tic au visage qui le faisait grimacer. Tout son corps était en mouvement excepté ses yeux.

- Shera on doit y aller, me demandait-il. Je m'approchais donc de lui mais il prit un soudain mouvement de recul. Shera...

- Liam à quel fin utilises-tu ces médicaments, persistais-je. Et sans que je ne le voie venir, il me dérobait la boite des mains afin d'ingurgiter trois gélules. Puis soudainement, son corps se calmait sous le manque. Liam m'avait menti, il n'était pas addict à l'alcool mais aux médicaments.

- Viens on y va, lâchait-il plus zen en me contournant afin de poser la boite sur le comptoir.

- Je vais rentrer à pied.

- Quoi, s'offusquait-il en revenant vers moi.

- Tu ne conduiras pas avec ça dans ton corps. On se voit dans deux jours Liam, lançais-je avant de me diriger vers la porte. Et comme si cela l'arrangeait, il me laissait partir.

Je me détestais du fait de le laisser seul chez lui. Comme je l'imaginais, Liam en consommera sans pouvoir s'arrêter certain que cela l'apaiserait. Il restera allongé sur son canapé, ses pensées enfuies au fond de son esprit. Il ne sera pas même capable de prendre chemin aux toilettes.

Car cet ainsi qu'agit la drogue sur le corps. L'aspect extérieur ne subira que très peu de changement contrairement à l'intérieur qui pourrira à chaque nouvelle consommation.

Je fus extirpée de mes pensées en pleine rue par un message sur mon téléphone. Il provenait de Monsieur Brown directement sur le site de l'établissement :

"Bonjour Madame Refaat, je suis désolée de vous annoncer cela mais quelqu'un vous a dénoncé auprès de la direction sur votre projet "le mensonge". Vous êtes convoqué chez la principale ce lundi. Je tenterais de passer afin de vous défendre.

Cordialement Monsieur Brown."

Chapitre 29 - Angoisse

M.Z

Chapitre 29

(TRÈS IMPORTANT LISEZ AVANT DE LIRE LE CHAPITRE :Si la scène que j'ai écris ou simplement une phrase vous dérange à l'égard de la religion et que j'ai pas su bien faire passer le message, je vous prie de me le dire en commentaire de manière bienveillante, j'écouterai vos avis et je supprimerai la scène si plusieurs d'entre vous est offusquées, gros big love je vais stresser en attendant vos réponses)

Le week-end venait de s'écouler avec pour seul sentiment qui m'habitait, l'angoisse. Excepté Liam qui m'avait volontairement viré de chez lui car il avait découvert ses médicaments dans mon sac, je m'étais retrouver à paniquer chaque instant de la journée jusqu'à aujourd'hui à cause du message de Monsieur Brown.

Ma place dans l'université était mise en jeu suite à la vidéo sur l'Islam que j'avais faite. Malgré mon envie de lutter contre cette islamophobie omniprésente autour de moi, je ne pouvais rejeter Liam de mes pensées.

Il était atteint d'un trouble qui me semblait complexe à travers les réponses d'internet. À première vue, je ne pouvais être d'une aucune aide pour lui. Ce trouble se formulait sous forme de grosse chute de concentration. Cependant, le traitement dont il me parlait pouvait grandement lui venir en aide dans ces tâches quotidiennes. Au début de notre rencontre, il devait le prendre étant donné qu'il pouvait rester plusieurs heures focaliser sur une même tâche.

Cependant, j'avais trouvé des activités qui pourraient focaliser toute son attention. Mais il semblait déjà le faire. Le dessin serait une manière de concentrer la personne atteinte de TDA. Alors je me faisais la promesse de lui apporter la motivation afin qu'il reprenne à plein temps le dessin.

Seulement, Liam me donnait plus de nouvelles. Des dizaines de messages, j'avais laissé. Aucune réponse ne m'avait été donnée. À côté de ce trouble, celui qui lui faisait avoir des addictions se trouvait très compliqué à gérer. Il pouvait avoir des changements d'humeur et des excès de colère qui le pousserait à dire des choses affreuses. Malgré sa complexité, je voulais l'aider peu importe ce que cela en coûtait. Je serais m'adapter à ses remarques ou à ses pulsions violentes lorsque je lui retirais ses médicaments.

Il le fallait car je ne pourrais regarder Liam couler. Je lui montrerais comment nager afin qu'il revienne sur le ruisseau de sa vie. Celle où il trouva but, envie, joie afin d'assurer son avenir.

Je fus extirpée de mes pensées par la présence de mes amis au loin dans le restaurant. Je dépassais les rangés afin de les rejoindre. Lorsqu'ils m'aperçurent, chacun leurs tours ils se levaient afin de m'adresser une accolade. Il y avait comme invité la copine de Aaron, je venais donc me placer sur la place à sa gauche où en face de moi se tenait personne.

- Comment ça va celle qui ne donne plus de nouvelles, me reprochait Bems d'un ton humoristique. De tous, il était le plus sensible et très famille. Il suffisait qu'il n'entende pas notre voix une seule fois dans la journée pour qu'il se sente rejeté.

- Elle va très bien celle qui ne donne plus de nouvelles, répétais-je en me moquant de lui. Je suis désolée les gars mais les cours me prennent la tête.

- Ne t'excuse pas, reprenait Aaron en tournant ses yeux noirs vers moi. On est tous occuper par nos projets personnels. C'est pour ça qu'on est là...pour se retrouver.

- Où est Liam, me demandait Jessica.

- Oh euh, bégayais-je. Il a pas pu venir.

**

Une heure était passée. Une heure que mon cœur battait la chamade car dans à peine quelques minutes, j'avais mon rendez-vous avec la proviseur. Avant de venir, j'avais vomi à cause de l'angoisse. Et là, je me retrouvais à bouger nerveusement la jambe et à ne pas avoir l'appétit.

Puis tout d'un coup, derrière la vitre le corps de Liam se tenait. Je me relevais brusquement et attirais l'attention de mes amis. Liam me vit laissant son regard sombrer quelques instants dans le mien. Puis finalement, il venait nous rejoindre. Mes amis le saluaient mais ses yeux ne cessaient de revenir vers moi. Liam souriait mais il n'avait rien de sincère.

Il paraissait toujours autant fatigué et ces yeux avaient encore cette teinte rouge. Lorsqu'il venait pencher son corps au-dessus de la table pour saluer Jessica dans le coin, il trébuchait. Aaron attrapait son bras afin qu'il ne chute pas complètement.

- Mec ça va, le questionnait Aaron.

- Ouais t'inquiète, répondait immédiatement Liam en se détachant de lui. Il venait s'installer sur la chaise en face de la mienne. Lorsque son regard se levait vers le mien, je retombais lentement sur ma chaise sans pouvoir le quitter des yeux. Tu vas bien ?

- Pourquoi tu n'as pas répondu à mes messages, le sermonnais-je.

- J'ai oublié, avoua-t-il en ramenant ses mains sur la table. Il cherchait refuge dans les miennes mais je refusais de lui donner.

- Je me suis inquiétée...putain Liam, chuchotais-je.

- Je sais, admettait-il d'un ton las. J'aurais dû te donner une réponse, c'est moi qui est en tord.

Je soufflais d'agacement tellement épuisée par tant de choses. Mais je n'arrivais pas à le tenir responsable des choses qu'il traversait. Mais le savoir absent alors que je ne suis pas en sa présence m'inquiète. J'étais toujours là à m'imaginer le pire.

- C'est pas grave, l'excusais-je. Tu as fait quoi de ton week-end ?

- Tu ne veux pas savoir.

- Si. Parle.

Son dos retombait sur sa chaise et l'un de ses tics m'alertait. Son index tapait nerveusement le bois comme s'il était anxieux de me partager ces mésaventures. Il posait son téléphone sur la table et alors qu'il était prêt à parler, Bems le questionna. Liam déviait son attention et je laissais mes yeux retomber. Cependant, un post-it sur sa coque attirait mon attention. Je le retirais et il était noté « Rejoindre Shera pour le déjeuner lundi ». Mes lèvres s'incurvaient dans un sourire qui n'était pas invisible des yeux de Liam.

- Mon trouble me fait oublier certaines choses. Alors je préfère les noter pour m'en souvenir, me renseignait-il avec un sourire. Je savais que cela l'arrangeait de changer de sujet et je n'en prendrais pas compte. Il était toujours difficile d'admettre des choses qui ne peuvent pas être embellies par des mots. Pour mon âme et conscience, je ne le forcerais pas à me l'avouer, je préférais que cela vienne de lui.

Je pris mon téléphone et vu l'heure qui se rapprochait de mon rendez-vous. L'anxiété reprenait part de mes membres mais elle devenait plus brutale à quelques minutes de sa source. Je sentais lentement mon cœur accélérer le rythme. Il fallait absolument que je sorte de ce lieu qui m'oppressait par ces sons et par ce monde.

Je me levais sous le regard attentif de Liam.

- Je reviens, il faut que j'aille aux toilettes, lançais-je. Mes amis détournaient rapidement leur attention de moi mais pas Liam. Je divaguais entre les tables afin de vite rejoindre les toilettes que j'espérais plus silencieuses.

Mon corps devenait de plus en plus lourd tout comme ce poids que je portais depuis des semaines. Mes mains tremblantes se maintenaient au robinet dans l'espoir de retrouver un équilibre. Je respirais sous forme de grande bouffée pour que l'air revienne dans mes poumons.

Mais rien ne marchait, je dégringolais dans l'affreuse sensation d'angoisse. C'était rare que cela m'arrive mais quand elles étaient omniprésentes, je ne trouvais jamais de solution rapide pour les calmer.

Je passais nerveusement de l'eau sur mon visage afin de me calmer mais j'arrivais toujours à la même conclusion. Lentement, je tombais contre le mur la main sur ma poitrine. Ma réaction n'était pas qu'engendrer par mon rendez-vous. Mon corps relâchait toute la pression qui habitait en moi depuis un certain temps.

Je n'avais jamais laissé le temps à mon corps de s'adapter à tous ces changements. Mon esprit comme mon corps encaissaient sans dire un mot. Car je n'avais pas le droit d'abandonner ou de me plaindre.

Cette autorisation de laisser ma personne se reposer, je ne me l'étais jamais accordée. Pourtant il le fallait si je ne souhaitais pas me laisser mourir lentement de l'intérieur. Répéter que tout allait bien constamment ne résoudrait pas mes problèmes. Je devais admettre à moi même que tout allait mal afin d'avancer. Je devais cesser de supporter une charge pensant que cela était ma destinée. Il fallait que je laisse la vérité me frapper pour finalement me relever.

Dans un premier lieu, je devais me battre contre cette crise d'angoisse qui m'emportait. Et comme si, mon seul espoir d'une aide m'avait entendu, Liam entrait.

Lorsque ses yeux me virent au sol, il s'empressait de me rejoindre. Ses mains venaient rejoindre mes bras dans l'espoir peut-être de trouver une manière de m'aider. Je laissais mes yeux tomber dans les siens mais il était trop perturbé pour me regarder. Dans ses pupilles bleus, je pouvais lire tant de choses. Et ce sentiment d'inquiétude qu'il l'habitait ne mettait pas familier.

C'était donc cela que j'aurais dû vivre avec mon père. Lorsque je tombais, papa devait me relever ? Et j'avais dû mal à l'admettre car je m'étais toujours relevée seule sans réclamer l'aide de qui que ce soit. Pourtant, actuellement je ne repoussais pas Liam. Je le laissais me soulever à l'aide de ses bras. Je le laissais me coller contre le mur, prendre mes bras afin qu'il les positionne le long de mon corps, poser sa main sur mon ventre et écouter sa voix qui me rassurait.

- On va respirer ensemble Sherazade...

Il prenait sa première inspiration et je suivais. Je suivais, les mots entremêlés dans mon esprit. Pourquoi je le laissais faire ? Il jouait involontairement, le rôle d'un père. Celui qui par ces mots te rassurait, par ces gestes te réconfortait.

Je n'avais jamais connu telles choses. On m'avait retiré ce bonheur tant d'années que j'avais commencé à être jalouse des relations père/fille de mes copines. Mais cette attente fut finalement fructueuse. Liam pouvait être ma bouée de sauvetage. Celui qui m'aiderait à cheminer vers cet amour magique. Cet amour imaginaire qui me ferait penser à un rêve.

- Expire maintenant...

Pourtant sa douceur ne m'aidait pas. Je continuais de couler à cause de ses pensées. Mon corps ne se laissait plus flotter au-dessus du rivage. Il s'abandonnait finalement à la dépendance affective en se noyant.

Ma crise d'angoisse ne cessait de faire battre mon cœur follement laissant Liam s'inquiéter de plus en plus. Sa main sur mon ventre tremblait et je ne sais pas pourquoi je trouvais cet instant de panique mignon.

Mais il y a une chose que je n'arriverais pas à partager. Mon corps m'envoyait des messages. Il me parlait de son mal-être constant. Perte de cheveux, sommeil bancal, les ongles rongés, plaque rouges sur le corps...

Je les voyais pourtant je fermais les yeux. Parce qu'il y avait plus important. Liam. Je mourrais physiquement au dépit de sa survie.

- Shera...pour-pourquoi tu pleures ?

Une larme avait certes quitter ma joue mais elle n'éprouvait pas ma tristesse. Mais plutôt ma joie. Celle d'avoir trouvé la personne à qui je pouvais finalement m'accrocher sans risquer de tomber.

J'étais sur de mes propos. Parce que le contexte en témoignait. Liam était arrivé, il y a à peine quelques minutes et contrairement à mes amis, il avait su voir ma détresse.

- Promets moi d'arrêter, lâchais-je dans un souffle. Ses yeux revenaient automatiquement dans les miens. Je pouvais me laisser noyer dans cet océan si beau que ses pupilles bleus m'offraient.

- Quoi, bégayait-il. Sa main enserrait mon bras afin que je ne chute pas. Je me sentais faiblir mais peu importait, je voulais l'entendre dire.

- Promets moi d'arrêter Liam...

L'expression de son visage me confirmait qu'il avait compris de quoi je parlais. J'avais besoin de savoir qu'un jour au l'autre, il arrêterait de se droguer si je souhaitais entrer complètement dans sa vie. Notre relation ne devrait même pas exister mais je n'ai pas su mettre un terme à ces si peu de choses que l'on avait construites ensemble.

- Shera s'il te plaît respire avec moi, continuait-il d'inspirer/expirer.

Seulement, j'avais cessé de le suivre.

- Dis-le et je respirerais avec toi nūrī...

C'est comme cela qu'avait défini mon père sa nouvelle femme. Sa lumière au bout du tunnel. Et la mienne était Liam. Je me le rappropriais.

- Je te le promets, avoua-t-il finalement après plusieurs secondes d'hésitation. Je reprenais les inspirations avec lui pourtant je ne parvenais pas à ma calmer. Mon cerveau avait décidé de m'envoyer tous les souvenirs douloureux maintenant afin de m'enterrer plus bas que terre.

Seulement, Liam qui était à bout d'idée semblait s'agiter. Comme s'il était stressé à l'idée de commettre une erreur. Lentement, je le voyais s'énerver contre lui-même. Sa main libre passait nerveusement sur ses cheveux et il était dans l'incapacité de me regarder.

- Putain...putain...

Mais lorsque son bras qui me maintenait me quittait, je trébuchais sur le robinet. Cette situation reflétait parfaitement ce que je ressentais à l'égard de Liam. Sa joie devenait mienne, sa tristesse se partageait avec celle qui m'habitait. Il suffisait seulement qu'il s'éloigne de moi pour ressentir des sentiments négatifs qui me feront douter de moi. Mais à contrario, quand il était avec moi, je ressentais toute la joie que pouvait habiter un humain.

Lorsque Liam entendait mon coude cogner le robinet, il se retournait la culpabilité rongeant ses traits. Il revenait de nouveau vers moi en tenant fermant mes bras.

- Ne m'en veux pas, lâchait-il en posant ses mains sur mes joues. Et sans que je ne le vois venir, il déposa ses lèvres contre les miennes. J'écarquillais les yeux une seconde avant de finalement les laisser se fermer. Je ne comprenais pas son geste si soudain mais lentement, je me laissais bercer par ce baiser. Mes mains cessaient tous tremblements pour maintenir le bas de son t-shirt.

J'entendais les battements de mon cœur reprendre un rythme normal lorsque sa langue entrait en contact avec la mienne. Un tas d'émotions explosaient en moi et pendant quelques instants, j'oubliais qui j'étais. L'une des mains de Liam se frayait un chemin jusqu'à mon ventre certainement pour savoir si j'avais repris un rythme normal. Et c'était finalement le cas car sa bouche quittait la mienne.

- Tu vas bien, me questionnait-il sans que ses mains ne quittent mes joues. Cependant, je ne répondis rien. Ses yeux inquiets tentaient certainement de déchiffrer la moindre réponse sur mon visage mais j'étais figée.

Je pensais et repensais à ce qui venait de se passer. Puis une réalité me frappa, j'avais pêché. Le prophète salla wali wa salem nous avait prévenu : Quand un homme et une femme (non marié) se trouvait dans une même pièce la troisième personne était le Sheytan.

Cependant, le visage de Liam près du mien me donnait envie de recommencer ce péché. Le Sheytan me susurrait ces mots qui me poussaient à revivre cet instant unique avec ce garçon qui n'était pas lié à moi auprès de Dieu.

Le Sheytan s'immisçait dans mes organes me poussant auprès des lèvres de Liam.

« Ce n'est qu'un petit péché »

" FAIS-LE"

« Aller Sherazade tu vas aimer »

" FAIS-LE"

« Ce n'est qu'un petit péché »

" FAIS-LE"

« Aller Sherazade tu vas aimer »

" FAIS-LE"

« Ce n'est qu'un petit péché »

" FAIS-LE"

« Aller Sherazade tu vas aimer »

" FAIS-LE"

Je me laissais bercer par ses mots qui autrement ne me faisaient pas culpabiliser. Je devais m'écarter de Liam pourtant je ne le faisais pas. Pourtant mon coeur connaissait la gravité de cet acte.

La puissance du Sheytan devenait trop lourde pour m'empêcher de reculer. Lentement, je laisse ma foi diminuer et une porte s'ouvrait au Sheytan. J'étais dans l'insouciance du fait de péché pourtant c'était cela que je m'apprêtais à faire.

" FAIS-LE"

« Fais-le tu as déjà fait tant péché en le laissant avoir des contacts physiques avec toi ! Un de plus ce n'est rien »

" FAIS-LE"

Je rapprochais donc mes lèvres des siennes dans un silence assourdissant. Mes paupières retombaient pour profiter de cet instant. Seulement, les mains de Liam quittaient mes joues. Lorsque j'ouvrais les yeux, il avait reculer.

- Qu'est-ce que tu fais, me sermonnait-il en fronçant les sourcils.

Rapidement, je me sentais prise par la gêne. Il m'avait repoussé et son acte bienveillant avait finalement laisser rentrer de nouveau la religion dans mon cœur. Immédiatement, un sentiment de culpabilité me prenait. Malgré qu'il m'avait arrêté, je regrettais d'avoir quand même désirer ses lèvres.

Une colère contre moi grandissait lentement dans mon corps.

- Pourquoi tu m'as embrasser, demandais-je d'une voix froide.

- Parce que ça permet au cerveau de se focaliser sur le baiser pour te faire oublier ta crise d'angoisse, admettait-il. Mais si tu vas mieux, je ne veux pas le refaire.

Je n'osais même pas demander pourquoi. Il avait été plus fort que moi face au désir de péché. Savait-il que cela était péché ? L'avait-il fait pour mon bien ?

Une chose était sur, le regret me rongeait. Je laissais mes yeux lui adresser un au revoir avant de quitter la pièce. Je me sentais si honteuse d'avoir été faible face au Sheytan. Je l'avais laissé me conduire dans le péché.

Un plaisir éphémère pour un regret éternel.

C'était ainsi que ce caractérisait chaque péché que je pouvais faire. Finalement, je ne tirais que pendant un certain temps une joie à l'idée d'avoir contredit les paroles d'Allah. Mais peu importait combien de temps cette joie restait...la réalité me rattrapait toujours.

Je tombais pour la culpabilité car ma foi en prenait un coup. La société dans laquelle je grandissais banalisait tant de péchés que certains musulmans ne savaient même pas discerner le bien du mal.

Certains oubliaient les raisons des interdictions. Allah nous demandait de ne pas agir à certains moments pour ne pas que l'on regrette par la suite. Car Lui seul savait ce qui était bon pour la survie de notre coeur.

Mais le peuple du Prophète Mohamed ne cessait de régresser. Cette Dunya devenait de plus en plus puissante qu'elle nous éloignait de nos devoirs de musulmans. Si l'on s'attachait trop à ce bas monde, il était sur que l'on causerait notre perte.

Aujourd'hui les relations hors mariages ont été banalisées. Nous étions arrivés à un point, où ne pas avoir été en couple dans sa vie était synonyme d'être une personne coincée. Seulement, connaissait-il le châtiment de ces personnes qui sortaient ensemble sans avoir témoigné de leur amour auprès de Dieu ?

"On les suspendra par leurs sexes, les hommes par leurs pénis et les femmes par leurs seins. Ils vont se regarder brûler l'un devant l'autre et ils se diront des insultes...Et ils se verront fondre l'un devant l'autre. Et ce qu'il restera de leurs corps fondus coulera dans un ruisseau."

Et j'étais tombée dans cela. Malgré mes intentions honnêtes, j'avais péché. Mon âme le savait mais pourtant je continuais. Les mains de Liam me touchaient, je péchais. Ma foi diminuait et je laissais le Sheytan s'immicer dans notre relation.

Seulement, je venais de toucher un point qui m'attristait. Ses lèvres avaient rencontrer les miennes malgré mes dizaines de promesses auprès d'Allah que je me préserverais. Pourtant, au fond de moi, je savais que je tomberais à partir du moment où j'aimais lorsque Liam me tenait la main.

Les relations hors mariage ne se caractérisaient pas seulement que par cela malheureusement. La femme ne pouvait pas être amie de l'homme. Aaron, Bems, Youssef, Eden, Liam...

Ils n'avaient pas leurs places dans ma vie pourtant, je les avais laissés entrer. Seul Allah connaissait mes vraies intentions. Mais peu importait, il fallait que je retourne dans ses bonnes paroles. Si je souhaitais conserver ma foi, je devais suivre ce que me demandait Allah.

Car rien n'était interdit pas simple hasard. À travers, cette interdiction des relations hors mariage, Allah protégeait notre coeur de la tristesse. Il savait que cela nous conduirait tôt ou tard dans une peine destructrice car cette personne qui était avec nous pouvait nous quitter à tout moment.

Je n'arrêterais pas d'invoquer le pardon d'Allah pour les péchés quotidien que je faisais dans l'espoir qu'il me pardonne.

Mais n'oublie pas toi qui lis cela...Allah est très miséricordieux. Il n'est jamais trop tard pour te faire pardonner. Peu importe, les péchés que tu as commis. Il suffit de laisser ton cœur parler pour toi lors de tes invocations afin que ton repenti soit entendu d'Allah.

***

Je me retrouvais devant la porte du bureau de la principale, l'angoisse à son maximum. Et je n'eus même pas le temps de me calmer que la porte s'ouvrait sur la mère de Liam. Je réajustais ma blouse afin que cela soit bien cadrer.

- Installez-vous, m'ordonnait-elle en pointant du doigt la chaise en face d'elle. Vous savez pourquoi vous êtes là, Mademoiselle Refaat.

- Oui, admettais-je. Que souhaitez-vous me dire ?

- Vous savez très bien qu'il est formellement interdit de prendre partie pour une religion dans une école laïque.

- Je sais oui.

- Alors pourquoi l'avoir fait dans un devoir, me blâmait-elle. Je répondis rien. Il n'y avait pas cela dans votre école ?

- Je vous demande pardon ?!

- Vous étiez dans une école musulmane, me demandait-elle.

- Je n'ai pas à vous répondre, lançais-je offusquée. Cependant, je souhaiterais m'expliquer sur mon devoir. Le sujet principal était le mensonge. Je trouvais parfait de représenter cela à travers mon projet. Cependant, je m'excuse si j'ai enfreins une règle de l'école.

- Mais c'est inadmissible, s'emportait-elle. Vous êtes boursière, votre place n'est pas assurée en ces lieux, donc je vous prie de rester discrète.

- Que voulez-vous dire par là, m'offusquais-je.

- Vous êtes là à exposer votre religion, me blâmait-elle en jetant des piles de feuilles sur la table. Il ne vous a pas conseillé Edwin, le boursier de l'an dernier ?

- Quel type de conseil devait-il me donner ? Je vous écoute, la poussais-je à parler.

- Vous irez lui demander de vous même.

- Je manquerais de temps malheureusement. Dites moi madame que je les applique directement après ma sortie de votre bureau, lui souriais-je faussement.

Elle déposait son paquet de feuilles qu'elle n'arrêtait pas de tripoter depuis tout à l'heure afin de river son regard dans le mien.

- Vous voyez hein, lâchait-elle en agitant sa main devant son visage. Il est…noir. C'est peu commun ici c'est pour cela qu'il est là en plus. Cela devait être compliqué pour lui de s'intégrer pourtant je n'ai pas eu besoin de le recevoir une seule fois dans mon bureau.

- Donc si j'ai bien compris, commençais-je. Vous acceptez des boursiers différents des élèves qui intègrent généralement l'école afin de faire de "la diversité" ?

- Oui bien sur, confirmait-elle avec enthousiasme. L'image que renvoie notre école est importante !

Je pouffais de rire face à l'idiotie de ses propos.

- Vous venez seulement d'admettre que vous acceptez la diversité afin de donner une bonne image à votre école, me moquais-je d'elle. N'avez-vous pas honte ?!

- Je vous demande pardon, s'offusquait-elle.

- Comment avez-vous procédé à l'admission des boursiers ? À la couleur de peau ? Au nom de famille étranger ? Avez-vous acceptez mon admission simplement parce que j'étais arabe ?!

Ma voix s'emportait. Je sentais la colère grimpait en moi à cause de cette femme qui ne semblait pas comprendre ce que je lui expliquais.

- Vous avez bégayez simplement pour dire que Edwin était noir, cela vous dérange-t-il autant de dire le mot noir, la blâmais-je.

- Mademoiselle Refaat parlez-moi sur un autre ton, m'ordonnait-il en levant le petit doigt.

- Et vous traitez nous autrement, rétorquais-je en me levant de ma chaise. Admettez-le...notre présence vous dérange.

- Maintenant ça suffit, criait-elle en se levant. Vous êtes virée temporairement ! Désormais sortez de mon bureau, m'ordonnait-elle.

- Admettez-le, continuais-je de répéter. Vous l'avez sous-entendu ça changerait quoi si vous l'assumez en disant les termes !

- Mais c'est pas bientôt fini, s'énervait-elle. Vous voulez que j'assume d'être raciste ?! C'est n'importe quoi, la preuve vous êtes là devant moi. Si j'avais un problème avec vous et vos origines JAMAIS je ne vous aurais accepter dans mon école.

- C'est bien ça le problème, lâchais-je en reprenant un ton calme. Vous offrez chaque année l'opportunité à un pauvre d'intégrer votre prestigieuse école. Si seulement, vous faisiez cela dans la discrétion, je pourrais croire vos propos. Mais au lieu de cela, chaque année vous le médiatisez. Vous vous servez de cela pour attirer l'œil sur votre école.

- Oui et alors, cria-t-elle. Si je ne montrais pas que notre école se différencie des autres écoles pour enfant riche, personne ne voudrait faire de dons. Et vous n'auriez pas eu l'opportunité d'étudier ici !

- Merci, lâchais-je. C'est exactement ce que je voulais entendre.

Elle ne me rappelait pas à l'ordre lorsque je quittais la pièce. Et seulement une fois que la porte claquait, je laissais mes larmes couler. Par l'atrocité de ses propos et cette exclusion, je ne parvenais pas à me retenir de déverser ma tristesse.

Petit à petit tout s'écroulait autour de moi.

Coucou, je suis de retour !

AVANT TOUT, j'espère que mon chapitre ne vous a pas déplu et si c'est le cas vraiment dite le moi. Même si vous n'avez pas l'habitude de commenter, je suis prête à entendre votre avis. Je préfère préciser si c'est mon erreur, je ne cherchais à banaliser aucun péchés, ni même à l'idolâtrer et si je le fais involontairement, dites le moi afin que je rectifie mon erreur :)

Je vous avais promis de publier un chapitre par jour et j'ai pas tenue ma promesse :/

J'ai été me ressourcer chez mes cousines (comme Shera quand sa famille est venue chez elle pendant sa phase de déprime) pendant plusieurs jours et je n'ai pas ouvert mon PC une seule fois.

Mais je suis de retour chez moi donc je devrais reprendre un rythme.

Bref gros bisous <3

Chapitre 30 - Rencontre

M.z
Chapitre 30

On était le lendemain de mon exclusion. J'avais reçu un mail qui disait que je devais tout de même me présenter au gala de charité. D'une part, cela me réconfortait d'être présente afin de ne pas handicaper Lisa pour son projet. Elle m'avait envoyé en photo la robe terminée et j'avais si hâte qu'elle soit sur mon corps.

Je m'attachais à cet évènement afin de masquer ma tristesse. Liam m'avait bombardé de messages mais je n'avais répondu à aucun d'eux.

Je ne pouvais plus lui faire face après avoir eu la faiblesse de vouloir recommencer ce baiser. Intérieurement, j'entendais ma douleur et ce regret éternel qui faisait battre mon cœur.

J'avais entendu un Imam dire que lorsqu'une créature commet un péché, un rond noir se dessinait sur son cœur. L'Imam craignait que ses frères et sœurs se laissent tomber dans le péché constant. Car lorsque le cœur deviendra complètement noir, le cœur est considéré comme mort. Il sera donc pour lui difficile de revenir vers la religion. Le repenti sera éprouvant car le cœur ne battra plus pour l'Islam.

J'avais si peur de cela que je ne pouvais de nouveau ressortir de chez moi sans enlever ce point noir. Même s'il ne m'était pas visible, mon corps ne souhaitait que prier. Mon esprit ne réclamait que le pardon d'Allah.

Je me pensais libre en l'embrassant mais c'était seulement ce que voulait me faire croire le Sheytan. Les séries véhiculaient aussi cette idée. Dans l'industrie du cinéma, les religions étaient représentées comme un fardeau pour la personne pratiquante. Pour le cas de l'Islam, les personnages se dévoilaient, commettaient des péchés majeurs pour unique but de « se délivrer de ce poid ».

Mais cette représentation était fausse. Aux yeux des musulmans, elle était une insulte. Notre religion ne cherchait pas à nous oppresser mais à nous protéger. Cette protection qui se construisait comme un barrage lorsqu'on respectait les paroles d'Allah n'avait que pour objectif de nous éloigner du malheur.

Seulement, j'ai laissé mon barrage se fissurer me laissant tomber dans une tristesse sombre. J'avais désobéi pour un plaisir éphémère. Malgré mes invocations pour demander pardon, je continuerais de m'en vouloir pour cela.

Je sentais mon cœur se resserrer lorsque je quittais mon tapis de prière. Mais peu importait, je devrais vivre avec cela. Je m'accrochais à ces différents versets qui parlaient de la Miséricorde de Dieu.

Il le fallait si je souhaitais avancer.

***

Je regardais une émission à la télévision bien installée sous un plaid avec un paquet de chips à la main. Je n'arrivais même pas à rire aux blagues des animateurs tellement j'étais blasée.

Cependant, soudainement quelqu'un tambourinait sur ma porte. Je me précipitais afin de rejoindre mon entrée.

- SHERA OUVRE, entendais-je la voix de Liam derrière. Je l'ouvrais et tombais sur un Liam tout transpirant et essoufflé.

- Liam il est vingt-deux heures, qu'est-ce que tu fais ici ?!

Il passait devant moi sans répondre à ma question. Je le suivais en refermant la porte derrière moi. Il tenait un sac à la main qu'il jeta sur mon canapé pour enlever sa veste.

- On est dans la merde, lança-t-il.

- Comment ça « on », demandais-je en me plaçant devant lui. Il arrêtait tout mouvement pour river ses yeux bleus dans les miens.

- Déjà pourquoi tu ne réponds pas à mes messages, me blâmait-il.

- On s'en fout ! Bref comment ça « on », répétais-je.

- Non pourquoi tu ne répondais pas, restait-il têtu.

- Eh Liam !

- Shera !

- Mon appartement ! Je te vire quand je veux donc répond à ma putain de question, m'énervais-je. Sur son visage naissait un sourire malicieux qui ne prit pas la peine de cacher.

- Ok j'ai perdu, lâchait-il dans un rire en levant les mains en l'air. Mon père vient de rentrer au pays, il est là dans moins d'une heure.

- Ok et donc ? Donne la chute, m'impatientais-je.

- On va dîner avec lui, m'annonça-t-il. Ma mâchoire me lâchait sous la surprise. Cependant, je m'attendais à une blague de sa part seulement, son visage restait impassible. Alors je me mis à rire nerveusement.

- TU es dans la merde, reprenais-je. Je ne viens pas, ajoutais-je en rejoignant mon canapé.

- Ah parce que tu crois que tu as le choix, rétorquait-il en mettant ses mains sur sa taille. Je lui ai envoyé une photo de nous alors malheureusement pour toi Sherazade, je ne peux pas demander à une autre jolie fille de prendre ta place.

- Va dans mon quartier, tu vas en trouver plein des arabes aux cheveux bouclés, balançais-je en augmentant le son de ma télé.

- Aucune ne sera à la hauteur.

Il s'avançait vers son sac qui était près de moi pour en sortir des vêtements neufs. Il les balançait sur son épaule afin de sortir une longue robe rouge en satin.

- Tiens celle-là, elle est pour toi, admettait-il en me la laçant sur le visage. Lorsque je la dégageais pour lui hurler dessus, il partait en direction de ma salle de bain. Je sautais de mon canapé afin de lui courir après. Seulement, il fut plus rapide que moi et la porte claquait derrière lui. Je tambourinais dessus tout en criant son prénom.

- MON CONSENTEMENT LIAM!

- J'EN AI PLUS RIEN À FOUTRE !

- LIAM SORS D'ICI !

J'avais beau hurler, il ne m'écoutait pas. Je ne viendrais pas et cela était clair. S'il voulait vraiment ma présence à ce dîner, il devra m'habiller de lui-même. Je retournais sur mon canapé afin de bouder tandis que j'entendais l'eau couler derrière la porte.

Les minutes passaient et je n'avais pas bougé le petit doigt. J'attendais les bras croisés qu'il sort de ma salle de bain. Et tout d'un coup, j'entendais mon sèche-cheveux se déclencher. Je haussais les sourcils face à l'aisance qu'il avait dans MA maison. Puis finalement la porte s'ouvrait sur Liam en costard.

Lorsque ses yeux tombaient sur ma personne pas apprêtée, la colère venait dessiner ses traits.

- SHE-

- Mon maquillage était dans la salle de bain, le coupais-je. Il se tournait afin de vérifier avant de revenir vers moi. Son visage était marqué par son idiotie. Je souhaitais vraiment en cet instant lui crier CHEH, mais je me retenais.

Puis soudainement, il avançait d'un pas rapide vers moi afin d'attraper mon bras.

- EH, criais-je face à la force qu'il y mettait dans sa poigne. On rejoignait la salle de bain et je le voyais fouiller dans ma trousse à maquillage.

- Monte sur le lavabo, m'ordonnait-il.

- Hein ?

- Monte, répétait-il. Je lâchais un soupir avant de finalement m'exécuter. Il venait face à moi avec sérieux. Il déposait du fond de teint liquide sur l'ensemble de mon visage qu'il venait étonnamment bien étaler.

- On n'a pas le temps donc je vais faire ça vite, lançait-il en revenant vers ma trousse à maquillages.

- Comment tu connais ?

- Je t'ai déjà dit. Ma sœur et moi étions très proches, expliqua-t-il. Je la regardais souvent faire...

- Comme tu l'as fait pour moi, me souvenais-je de la fois où il m'avait observé à travers le reflet du miroir. Il s'arrêtait de faire mon contouring face à mes mots. Je pensais avoir fait une erreur de dire cela mais lentement un sourire illuminait son visage.

- Exactement comme je l'ai fait pour toi mit lys.

- Ok bouge, lâchais-je en l'écartant afin que je saute du robinet. Je courais à travers mon appartement.

- SHERAZADE REVIENS TOUT DE SUITE, hurlait-il depuis la salle de bain. Je me dépêchais de retourner dans la pièce avec mon objet fétiche. Je déposais la caméra sur un coin afin qu'elle filme ce moment unique.

De nouveau sur le robinet, il reprenait son activité sur mon visage avec un petit sourire timide. Je souriais à mon tour face à cette remontée de souvenir. Je ne l'avais pas repris depuis la dernière fois et cela m'attristait d'avoir zappé tant de bons moments. Mais malheureusement, notre quotidien joyeux avait basculé du jour au lendemain. Mais pour rien au monde, je ne souhaiterais rebobiner ce qu'il s'était passé entre nous. C'était un bout de notre histoire.

- On n'est pas au spa, ouvre les yeux et dit moi si je me trompe, demandait-il. Il repartait dans ma trousse mais ce qu'il pensait être de l'eye-liner était finalement du khol. Il revenait vers mes yeux sûr de lui mais je pris un mouvement de recul.

- Non ça Liam je vais le faire, dis-je. Je lui pris des mains tandis qu'il fronçait des sourcils. Je pivotais sur moi-même, les jambes repliées près de mon corps. Il se plaçait à ma gauche afin d'observer ce que je faisais.

Je plaçais donc le bâton au-dessus de mes cils inférieurs afin de refermer mon œil dessus. Lorsque je me mis à le bouger de gauche à droite, Liam mimait une grimace.

- Mais ça fait pas mal ?!
- La ferme, lui dis-je. Je soulevais finalement ma paupière une fois cela finit et Liam fut finalement impressionnée par le résultat.
- Je peux faire l'autre, me demandait-il innocemment.
- Certainement pas, riais-je. Tu vas me crever l'œil.

Afin de me venir en aide, il venait détacher mes cheveux pour s'en occuper. Seulement, je grognais face à son manque de délicatesse.

- Le colon fait ça avec douceur s'il te plaît, l'insultais-je.
- Le, s'offusquait-il une seconde avant de se mettre à rire. Il rehaussait mes boucles à l'aide d'un peu d'eau sur ses doigts. Il savait finalement y faire depuis la dernière fois et je souriais face à l'implication qu'il y mettait.

Il lâchait un soupir après l'effort fini avant que son attention se pose sur son téléphone. Je terminais mon deuxième œil, lorsqu'il releva ses yeux vers moi. Son expression était marquée par la panique avant qu'il ne s'adoucisse quand il se mit à m'admirer. Ses yeux divaguaient sur les différents partis de mon visage et ses étoiles dans ses pupilles ne faisaient que gonfler mon ego.

Puis, la panique le reprenait quand deux minutes après son téléphone l'alertaient du message qu'il avait reçu.

- Putain on doit y aller maintenant, hurlait-il. Il courait pour quitter la salle de bain alors que je redescendais du robinet. Je restais au seuil de la porte afin de le voir cavaler dans tous les sens. Il remplissait mon sac à main de chose qui pourrait me servir. Puis il revenait vers moi avec mes talons ouverts noirs. Je n'eus le temps de dire quoi que ce soit que ces bras encerclaient ma taille pour me porter.

Il me plaçait sur son épaule et je ne me débattais même pas sachant ce qu'il faisait. J'avais lu sur son téléphone le message de son père qui l'alertait de sa présence au restaurant.

- Super confortable, commentais-je à voix basse alors qu'il me portait partout tout l'appartement. Il ne prêtait pas attention à mes dires très occupés à prendre le maquillage nécessaire.

- Merde, merde, répétait-il en paniquant. N'empêche, son épaule n'était finalement pas si confortable pour mon abdomen. Je maintenais de mes mains le bas de son costard afin de ne pas chuter lorsqu'il se mit à courir vers ma chambre.

- Tiens, cria-t-il en me tendant de sa main mon sac. Je le réceptionnais afin qu'il garde de son bras libre mon manteau. Sincèrement, je ne serais expliquée pourquoi je ne l'avais pas forcé à me reposer au sol. Mais il semblait tellement stressé que je préférais le laisser gérer sans émettre mon avis.

Toujours de mes mains sur le bas de son costard, il courait désormais vers la sortie. J'avais les pieds nus qui frappaient légèrement son torse.

- Je vais vomir, lâchais-je faiblement à cause des secousses alors que j'avais la tête à l'envers.

- Quoi, se précipitait-il de dire en pivotant sur lui-même pensant que j'étais derrière alors que je suis sur son épaule. Ma tête cogna tellement violemment le mur qu'un bruit sourd résonnait dans mon appartement.

- Arh, râlais-je de ma main sur mon crâne.

- Pardon lys, lâchait-il en me reposant au sol. Il dégageait quelques boucles afin de regarder si je saignais. Je baissais la tête pour maximiser son observation. Lorsqu'il lâchait un soupir, je compris que ce n'était rien de grave. Il relevait ma tête de son doigt sur mon menton tout en souriant. Tu peux courir ?

Je ne répondis rien que je me tournais vers mon entrée afin de courir jusqu'à cette dernière. Il me suivit avec un petit rire étouffé. Je claquais la porte et on se mit à débouler les escaliers vitesse grand V alors que je n'avais pas de chaussures.

Cependant, il allait nettement plus vite que moi et j'avais cette impression de compétition. Elle me suivait partout lorsque j'étais avec lui. Seulement, pas pour lui car il se tournait vers moi pour voir où j'en étais. À une marche de différence, il me tendait sa main que j'acceptais. Je tenais de mon autre main le bas de ma robe afin d'aller plus vite.

Arrivé aux pieds de marche, il lâcha ma main pour foncer en dehors du hall. Seulement, je m'arrêtais.

- LIAM, hurlais-je mais il ne m'entendait pas. Je le voyais jeter mon sac sur la banquette arrière avant de monter côté conducteur. Il faisait démarrer la voiture afin de partir mais son bon sens le reprit. Il ressortait immédiatement ses yeux tombant dans les miens. Il revenait vers moi en courant tout en lâchant :

- J'ai oublié mon colis !

Je ne pouvais pas marcher sur le sol en neige sans chaussures. À ma hauteur, il reprit son habitude. Il me balança violemment sur son épaule en gardant son bras autour de mes cuisses. Il traversait la rue à vitesse grand V afin d'ouvrir sa portière pour me jeter sur le siège passager.

Il contournait rapidement sa voiture et j'en profitais pour récupérer mes talons que j'enfilais.

- Mets ta ceinture je vais rouler vite, me balançait-il.

- Hein ?! Mais pas trop quand même, lâchais-je dans un faux rire car j'étais effrayée. Il m'offrait un petit sourire malicieux avant de démarrer en furie la voiture. Je m'accrochais à mon siège et souhaitais rester ainsi jusqu'à l'arrivée. Seulement, mon maquillage n'était pas fini. Je devais enlever un peu de khol pour ne pas que cela assombrît dans sa globalité mon regard.

Je pris donc mon courage à deux mains en attrapant mon sac à main sur la banquette arrière. Revenant à ma place, je regardais mon reflet dans le petit miroir de sa voiture. Un coton-tige à la main, je tentais du mieux que je peux de ne pas me crever l'œil.

Cependant, Liam prenait un rivage sur la gauche et je me cognais à ma portière.

- WELD EL KLEB, hurlais-je.

- undskyld mit lys (pardon ma lumière), répondait-il. Je le regardais de travers en entendant dans son intonation une insulte.

Je décidais de passer à mes lèvres mais le ronronnement de son moteur m'avertissait que je n'arriverais pas à les faire sans me louper. Je tentais tout de même en m'approchant du miroir. J'y allais tout doucement face aux tremblements de mon siège.

J'entendais le rire de Liam et me demandais vraiment qu'est-ce que je faisais ici. Quoi qu'il arrive cette soirée sera forcément meilleure que celle que je comptais passer. J'avais fini mes prières de la journée et sortais avec ce soulagement de me dire que je ne prendrais pas de retard sur elles.

Sans faire exprès et surtout à cause d'un dos-d'âne, mon crayon à lèvres longeait ma joue. Je me tournais lentement vers Liam, la colère animant mon regard. Ses yeux s'arrêtaient sur moi et il se mit à rire.

- C'est bon j'y vais comme ça, lâchais-je en croisant mes bras sur ma poitrine.

- Non non Shera, se moquait-il.

- Non tu vas assumer !

- Ok c'est bon on est arrivés, commentait-il. Il s'arrêtait sur le bas-côté et lorsque le moteur était éteint, il détachait ma ceinture et la sienne. De ses yeux, il m'incitait à continuer mon maquillage. Alors je repris en effaçant les dégâts.

Il récupérait une chose sur sa banquette arrière pendant que je terminais mes lèvres avec un gloss. Je cherchais mon blush dans mon sac pour ajouter de la couleur sur mes joues. Une fois mes pommettes rougis, je terminais sur de l'highlighter sur le creux de mes yeux.

Alors que j'allais prévenir Liam que j'avais fini, je le voyais galérer pour mettre sa cravate. Alors que j'approchais mes mains pour l'aider, il les reculait.

- Attends, lâchait-il en redémarrant le moteur de la voiture. Il contournait la rue pour revenir à l'entrée d'un hôtel. Face à l'immense porte, un voiturier venait s'arrêter à la portière de la voiture. Cependant, Liam ne sortait pas. Il récupérait une bouteille d'eau et un paquet de médicaments. Je sentais mon cœur sortir de ma poitrine. Il n'allait tout de même pas faire cela devant moi après sa promesse.

- Ne t'inquiète pas, me dit-il avant d'en prendre deux. C'est mon traitement contre mon trouble.

- D'a-D'accord.

Il me souriait avant de sortir de sa voiture. Je la quittais à mon tour et la voiture partait avec le voiturier. Liam venait attraper mon bras pour nous placer sur le bas-côté. Une fois devant moi, je laissais mes mains attraper sa cravate. Ses yeux ne me quittaient pas perforant mon cœur par l'intensité de son regard. Voyant que je parvenais à la nouer sans encombre, il me demandait :

- Comment tu as appris ?

- Tu vas trouver ça bête, lâchais-je dans un petit rire.

- Jamais venant de toi, répondait-il d'une voix douce tout en laissant son doigt mettre une mèche de cheveux derrière mon oreille.

- Il y a un youtubeur américain qui tient une chaîne...Dad, who i do (papa, comment je fais). Il t'apprend les choses essentielles comme nouer une cravate.

- Mais ce n'est pas plus pour les garçons qui ont grandi sans leurs pères ?

- Disons que j'ai appris pour ceux qui en auraient besoin, lâchais-je. Et comme s'il venait de comprendre, un voile de tristesse me camouflait le bleu profond de ses pupilles. J'ai commencé à apprendre tout ça très jeune. Des garçons avec qui j'ai grandi n'ont pas de père. La plupart étaient les aînés d'une grande fratrie. À travers les vidéos de ce Monsieur, j'ai appris à devenir un papa pour eux. Et aujourd'hui, ils le font pour leurs petits frères.

Je relevais mes yeux vers lui une fois mon travail fini. Cependant, il ne se mit pas à courir pour rejoindre son père. Liam restait planté là devant moi avec un petit sourire ravi aux coins des lèvres.

- C'est très bienveillant de ta part, me complimentait-il.

- On est très famille là où je vis, admettais-je. Quelques secondes défilaient sans que l'un de nous détache son regard de l'autre. On y va, reprenais-je timidement.

Il prenait ma main dans la sienne et on se dirigeait vers l'entrée. Je le regardais marcher un peu plus loin devant moi. Il était très beau dans ce costard qui serrait sa taille. Ses cheveux commençaient lentement à repousser, on voyait donc plus ce blond platine. Cependant, mes yeux s'arrêtaient sur son poignet. Je pouvais y voir une entaille qui laissait mon moral retomber.

Il se tournait vers moi à ce même moment et la gêne le prit. Alors qu'il souhaitait se détacher de moi, je maintenais sa main pour lui montrer que je n'étais pas mal à l'aise. Il semblait apprécier cela alors il laissait nos doigts se rencontrer. On ne se tenait plus seulement la main, on se connectait.

On entrait ensemble dans l'hôtel immense aux couleurs doré. Le plafond était si loin de nous pourtant chaque recoin était parfaitement illuminé. L'architecture parlait de la richesse des lieux. Chaque meuble brillaient peu importait la difficulté d'accès. Quant aux personnes qui animaient l'hôtel. Leurs bijoux et leurs vêtements qui scintillaient me donnaient envie de les admirer pendant des heures.

- Shera, lançait Liam en se tournant vers moi. Je pouvais lire sur son visage à quel point il était subitement gêné. Est-ce que...on voit que j'ai consommé ?

Il n'avait pas besoin d'en dire plus. J'avais compris ce qu'il me demandait car mon cœur avait loupé un battement. Je n'avais même pas su faire attention à lui. L'intonation qu'il avait utilisée ressemblait à celle d'un enfant qui avait commis une bêtise. Je me sentais engourdie par la tristesse tandis que je détaillais ses traits. Cela m'inquiétait de ne rien percevoir sur son visage car cela voulait dire que désormais il arrivait à le camoufler.

De plus, il n'avait donc pas tenu sa promesse. Mais je ne pouvais être étonnée de cela. Je lui demandais d'arrêter une addiction et ce n'était pas une simple envie de ma part qu'il le ferait arrêter.

- Non on ne voit rien, lâchais-je d'une voix peinée en baissant les yeux.

- Ne m'en veux pas s'il te plaît, me suppliait-il en relevant ma tête laissant sa main caresser ma joue.

- Je ne t'en veux pas, le rassurais-je. Et je ne veux pas que tu culpabilises même si ça m'attriste, d'accord ?

Il souriait un instant avant de déposer un doux baiser sur ma tempe. Liam me conduisait vers un côté de l'hôtel qui n'était d'autre que le restaurant. Il s'étendait sur des dizaines de kilomètres avec une décoration très chic. On s'arrêtait face à un homme qui lui demandait le nom de sa réservation. Liam avait lâché ma main pour chercher son téléphone qui sonnait.

Je restais en retrait pendant que l'homme cherchait son nom de famille sur la liste. Une fois trouvé, il se décalait pour le laisser passer, je suivais donc. Seulement, l'homme venait me barrer la route.

- Votre nom, me demandait-il.

- Liam, l'appelais-je.

- Oui lys, dit-il en se tournant. Son visage rayonnant perdait immédiatement de sa lumière. Il revenait vers moi en écartant l'homme qui osait faire front contre front avec moi. Elle est avec moi, lâchait-il énervé.

- Monsieur je dois contrôler son identité.

- Je vous dis qu'elle est avec moi, reprenait Liam en le surplombant de sa hauteur. Je voyais ses poings se serrer face à l'injustice que je vivais. Je venais encercler de ma main son bras afin de le reculer de l'homme. Lorsque ses yeux retombaient sur moi, à travers mon regard je lui demandais de se calmer. Il venait prendre retrait me laissant finalement parler :

- Je souhaiterais parler à un responsable de votre comportement désobligeant à mon égard.

- Nous n'avons pas besoin de passer par cela, s'enfonçait-il. Sortez seulement une pièce d'identité.

- Pour quelle raison ?

- Simple formalité Madame.

- Un contrôle d'identité ne peut être fait en ces lieux pour la raison insuffisante que vous m'avez donné. À moins que vous souhaitiez enfreindre la loi qui interdit le contrôle d'identité dans des lieux publics sans justificatif valable, je vous demande de me céder le passage.

J'avais tant connu ses préjugés basés sur mon physique qui se différenciait des clients habituels que j'avais appris mes droits par cœur afin de ne pas me retrouver inférieur à eux.

- Liam, lançait une personne derrière. L'homme s'écartait afin d'accueillir un homme d'une cinquante d'années je dirais. Ces yeux sombres figés sur Liam venaient finalement se poser sur moi.

- Monsieur, ces personnes sont-elles avec vous ?

- Oui c'est mon fils et sa compagne, justifiait donc le père de Liam. Que se passe-t-il ?

- Veuillez m'excuser-

- Il souhaitait me contrôler car mon visage ne devait certainement pas lui être familier, le coupais-je. J'aimerais voir un responsable.

- Shera, murmurait Liam à mon oreille. Je savais qu'il souhaitait que je m'arrête mais le comportement de l'homme avait fait chauffer mes nerfs.

- Je suis le responsable, m'informait son père. Enchanté Sherazade, je suis Tobias le père de Liam, se présentait-il en me tendant sa main. Je le serrais la gêne faisant trembler mes doigts. Nous reparlerons de votre comportement plus tard Hector, lançait-il à l'homme.

Puis de la main Tobias m'invitait à avancer devant lui. Liam calait son pas au mien et je murmurais afin que son père ne nous entende pas :

- Tu as dit que j'étais qui pour toi ?
- Ma petite copine, m'informait-il.
- Y'a wili wili...
- C'est une insulte ?
- Non mais me tente pas, le menaçais-je.
- C'est ici, nous avertissait son père. On se plasait sur une table ronde à trois chaises qui était contre une vitre qui donnait la vue sur l'immensité de la ville. Liam venait tirer ma chaise et je le remerciais des yeux. Il venait se placer par la suite à ma droite laissant son père en face devant moi.

Plusieurs couverts se tenaient devant moi et Dieu merci je regardais des séries historiques, je connaissais donc l'ordre.

- Alors comment se fait-il que mon garçon me présente une fille, demandait son père d'un ton gentil. Il n'inspirait pas à première vue la méchanceté. Je me tournais vers Liam afin qu'il réponde seulement il semblait tout timide. Il s'amusait à plier et replier la serviette sur ses cuisses. J'étais extrêmement gênée à mon tour. Savoir que j'étais la première à me tenir devant son père alors qu'aucune promesse liait Liam et moi me mettait mal à l'aise.

- En vérité, commençait Liam en relevant les yeux. Nous ne sommes pas ensemble. Elle est...juste très importante pour moi.

Mon cœur se mit à battre plus vite dans ma poitrine. La chaleur me montait aux joues et je craignais que cela se voie. Malgré ma tentative de camoufler ma joie, un sourire apparaissait sur mes lèvres et même sur ceux de son père.

- Wow, réagissait son père. Je suis très content alors car elle a l'air d'une chic fille.

Il parlait comme si je n'étais pas là de quoi me mettre mal à l'aise.

- Alors vous êtes dans la même licence, demandait son père.
- Ou-
- En licence de cinéma elle est, me coupait Liam.
- Oh d'accord ça te plaît, reprenait Tobias. Cependant, pendant une seconde mon regard restait sur Liam. La réaction rapide qu'il avait eue m'avait légèrement étonnée.
- Oui c'est exactement ce que je voulais faire, répondais-je.
- Tu souhaiterais faire quoi plus tard ?
- J'ai une vraie passion pour la création de contenue. Tout ce qui touche les angles de caméra, le côté artistique. Donc l'idéal serait d'être réalisatrice.
- C'est un très beau métier, admettait-il. Pendant le gala de charité, des réalisateurs venant des USA seront sur place. Ça sera l'occasion pour toi de tenter ta chance.
- Oui vous avez raison, annonçais-je dans un sourire. Seulement, j'avais un tout autre projet ce jour-là qui occupait toutes mes pensées.

- On commande, lançait Liam en levant la main pour appeler un serveur. Je regardais la carte pendant qu'ils commandaient ce qu'ils voulaient.

- Et vous Madame, me demandait le serveur. Seulement, je n'avais pas eu le temps de feuilleter toute la carte qui affichait des prix exorbitants pour des choses que je pouvais moi-même faire.

- Liam commande pour moi. Je te fais confiance, demandais-je.

- Donnez-lui la spécialité, rétorquait Tobias. C'est un nouveau plat du chef. Tu seras la première à le goûter, admettait-il dans un sourire.

- Et un oasis aussi s'il vous plaît, ajoutait Liam. Je lui souriais. Je n'avais même pas pensé à ma boisson quant à eux qui avait déjà leur bouteille de vin sur la table.

Pendant que les plats arrivaient, on se mit à discuter de divers sujets. Tobias m'avait expliqué sa passion pour le voyage. Il adorait traverser le globe afin de s'échapper de la réalité dure du travail. Contrairement à la mère de Liam, il tenait plusieurs lieux dans différents pays dont un hôtel en Égypte.

J'avais une impression de déjà-vu. Il exprimait avec une telle facilité son intérêt pour la culture comme Eden. Ses raisons principales de ses voyages étaient de découvrir comment vivaient les gens. Il aimait parfois laisser son téléphone loin de lui pour faire une immersion complète dans un pays. En conclusion, c'était quelqu'un de très humain proche des racines des pays et non des choses folkloriques sur lesquels les pays misaient pour attirer les touristes.

- Une fois j'ai emmené mes enfants en Corée du Sud, expliquait-il. Un mois avant le voyage les deux s'étaient amusés à regarder des kdramas tous les jours pour retenir quelques mots, riait-il. Je le suivais dans son euphorie en regardant Liam.

- C'était le voyage préféré d'Emmy, rétorquait Liam en plombant l'ambiance.

- Tous les voyages étaient les préférés d'Emmy, reprenait son père. Elle se réjouissait tout le temps des voyages que je vous proposais. Pour se souvenir d'où elle allait, Emmy gardait toujours avec elle son appareil photo, admettait-il. Et toi Liam, tu avais toujours un carnet de dessin pour dessiner certains endroits...tu l'as toujours ?

- Oui je te le ramènerai si tu veux, proposait Liam.

- S'il te plaît, lâchait son père d'une voix plus triste. Ces moments me manquent.

C'était triste d'entendre cela. Tous ces moments partagés entre famille qui ne pourront être refaits. Ils survivaient dans leurs souvenirs.

Liam venait poser ses coudes sur la table afin de poser sa tête sur ses poings. Cependant, je remarquais que son costard retombait au niveau de ses poignets laissant à découvert ses cicatrices. S'il avait eu temps de mal à me les montrer, alors j'imaginais que son père ne connaissait pas leurs existences. Volontairement, je venais encercler son poignet afin de le faire retomber sur la table.

Ses doigts cherchaient à attraper les miens pour les faire remonter afin de les unir. Cependant le regard que je lui lançais l'alerta. Il venait donc replier ses bras sous la table. J'espérais ne pas l'avoir rendu inconfortable. Cependant, il mimait à l'aide ses lèvres un « merci » qui me rassurait.

Sauvé par le serveur qui déposait nos plats nous sortant de cette phase triste. J'observais l'assiette bien garnie de choses que je n'arrivais pas à identifier.

- Il y a des cornichons, demandait Liam.

- Oui je crois, répondait Tobias. Sans que je ne puisse dire quoi que ce soit Liam prenait mon assiette afin de décortiquer le plat à l'aide de ses couverts pour chercher les cornichons.

Je le regardais faire une seconde incapable d'émettre le moindre mot. Puis finalement, il échangeait nos plats face à la complexité de savoir où sont les cornichons.

- Je vais te donner mon avis à sa place, lançait Liam.

- Tu en es allergique Sherazade, me demandait son père.

- Ou-oui...

Comment Liam le savait-il, je ne lui avais jamais dit. Pendant que son père venait demander une chose au serveur, Liam venait se pencher vers moi pour me susurrer à l'oreille :

- Dans ton dossier scolaire. Ton allergie était évoquée.

Ses yeux bleus revenaient vers moi laissant nos visages très proches. Aucun de nous deux se réajustait sur son siège pendant une seconde. Mais afin de clôturer la discussion secrète, Liam déposait un petit baiser furtif sur mon nez avant de revenir bien droit sur son siège.

Je fus surprise de sa révélation et mon esprit fut brouillé. Pendant qu'ils discutaient entre père et fils, j'en profitais pour observer le plat. Finalement celui de Liam était peu garni donc cela se terminait très vite. Mais j'avais pu observer dans les autres tables qu'ils prenaient tous leurs temps pour terminer l'intégralité du plat. Pas moi.

J'allais vraiment ressortir d'ici affamé.

- Bismilah, murmurais-je avant de prendre ma première cuillère. Seulement, mon mot attirait l'attention du père.

- Tu es musulmane ?

- Oui, répondais-je sur la défensive.

- Oh wow. Ta religion est vraiment magnifique, lançait-il un sourire aux lèvres et tout de suite, je fus apaisée. J'ai pu côtoyer des gens de ta religion qui était tous très bienveillants, très serviable. Lors de mon voyage en Arabie saoudite, ce fut un vrai plaisir d'entendre l'Adhan à certaines heures de la journée, admettait-il.

- Je rêverais de pouvoir l'entendre ici, rétorquais-je.

- Je suis totalement d'accord avec toi ! Les récitations sont très belles, reprenait-il. Il m'arrive des fois de lire le Coran.

C'était cela que j'appelais être ouvert d'esprit. Celle où il était possible de parler avec des gens sur tes convictions sans recevoir le moindre jugement. Lorsqu'il m'avait parlé de ses innombrables voyages dans tout le globe, j'avais ce pressentiment qui me disait qu'il avait rencontré ma religion. C'est pour cela que j'avais dit Bismilah à voix haute afin de lancer le sujet.

- Je reviens. Je vais aux toilettes, nous prévenait Liam. On l'observait s'éloigner peu à peu puis lorsque mon regard revenait vers son père, il lança :

- Je peux te poser une question ?

- Oui je vous en prie, rétorquais-je le sourire aux lèvres.

- Liam se plaît-il dans sa licence ? Parce que je sais que cela est sa passion mais depuis le début des cours, il ne m'a pas appelé une seule fois pour m'en parler...pourtant il aimait tant me montrer ses nouvelles peintures.

- Monsieur...Liam n'est pas en licence d'art, admettais-je en prenant des pincettes.

- Que dis-tu, rétorquait-il en se redressant sur sa chaise. Il est où alors ?!

- Avec moi en licence de cinéma.

Et comme si les morceaux du puzzle venaient de se coller dans son cerveau, il retombait de manière exaspéré sur son siège. Ses mains passaient nerveusement sur son visage avant qu'il ne réplique à voix basse :

- Je vais vraiment finir par tuer cette femme...

_____

AVERTISSEMENT

2 chapitres et vous pourrez bientôt sortir vos mouchoirs.

Moins de 10 chapitres et DREAM c'est fini.

Chapitre 31 - Humiliation

M.z Chapitre 31

Ce qui s'était passé était que ma révélation avait mis un terme au repas. Tobias avait simulé une urgence pour quitter le restaurant.

Il avait adressé une dernière accolade à son fils qui semblait déçu de lui. Puis, il m'avait remercié de ce moment qui qualifiait de magique. Cependant, je l'avais gâché.

Liam et moi avions rejoint la voiture en silence car la tristesse jouait avec son cœur. Il roulait plus doucement qu'à l'aller et afin de me mettre à l'aise, j'ôtais mes talons qui me faisaient extrêmement mal.

- Tu as faim, me demandait-il en rompant le silence.

- Réponds à mes prières et emmène-moi à un fast-food, rétorquais-je immédiatement attendant ses mots depuis le début. J'entendais son rire silencieux qui réanimait mon cœur de bonheur.

- Tu étais magnifique ce soir, me complimentait-il en tournant son regard vers moi à un feu rouge.

- Toi aussi Liam, rétorquais-je. Tu étais très beau.

J'étais pour complimenter les hommes. Ceux qui se recevaient le moins de compliments. Il était bien de rappeler à quel point il pouvait être magnifique. Le compliment pouvait venir de tout le monde et être reçu par n'importe qui.

Surtout quand face à moi un garçon à la coupe militaire, aux yeux bleus avec de longs cils blonds et un tatouage qui ornait le long de son cou se tenait.

On s'arrêtait au drive de Quick et je lui donnais le nom de mon menu. Une fois nos commandes avec nous, on allait direction ma résidence. Cependant, je ne préférais pas l'inviter à l'intérieur. Il était tard et j'avais peur qu'il me demande de dormir chez moi.

Alors on se mit à déguster notre repas dans sa voiture de riche.

- J'ai appris pour ton exclusion, c'est pour ça que tu ne répondais pas à mes messages ?

- Oui et non, répondais-je. Le bisou est compris dedans.

- J'ai fait ce que tu m'as appris pour demander pardon à Allah, admettait-il sans me regarder. Comme ça s'appelle déjà ? Des dwaa ou...duaa, c'est comme ça qu'on le dit non ?

Ma bouche s'était scellée face à ces termes. Il disait cela tout naturellement comme si c'était la chose la plus normale qu'il puisse faire. Cependant, cette révélation avait un impact direct sur mon cœur. Je ne réalisais pas ce que venait de me dire Liam. Il s'était rapproché de la religion sans passer par moi.

Je mourrais pour ces mots.

- Oui duaa, tu-tu l'as bien dit, bégayais-je. Il relevait ses yeux de ses frites pour les river dans les miens. Ce petit sourire en coin qu'il ne laissait que voir lorsque je bégayais avait pour habitude d'illuminer mon cœur.

- Regarde dans ton sac, m'invitait-il. Je le récupérais et y trouvais à l'intérieur ma petite caméra de vlog. Sans plus attendre, je l'activais afin de la placer devant nous. On se réajustait tous les deux sur notre siège afin d'apparaître dans la vidéo.

- On est beaux tous les deux, commentais-je en ramenant sa tête contre la mienne à l'aide de ma main sur sa joue. Je voyais dans le retour caméra, ses yeux ne cessant pas de me fixer. Il me détaillait toujours avec ce regard que j'aimais tant.

Je me promettais intérieurement qu'il ne s'éteint jamais.

- On peut se poser des questions, proposait Liam.

- D'accord commence, m'exclamais-je.

- Ta plus grande peur ?

Ne pas réussir à te sauver.

- Humm, faisais-je semblant de réfléchir. Mourir sans être voilée...à moi, reprenais-je. Ton plus grand rêve ?

- Je dirais...réussir à arrêter mon addiction.

- C'est quand la dernière fois que tu as consommé ?

- J'étais en plein dedans quand j'ai reçu le message de mon père, m'informait-il. Et pendant quelques secondes, le silence s'installait. Ne sois pas triste pour moi ma lys, murmurait-il en caressant ma joue.

- Je ne le suis pas, affirmais-je en m'écartant de lui. Qu'est-ce qui te fait croire ça, balançais-je dans un faux rire.

- Tes yeux ont arrêté de briller.

Je m'arrêtais une seconde de bouger pour le fixer. Tant d'années où cacher ma tristesse était si simple. Le temps t'apprend à camoufler chaque émotion qui attire la curiosité afin de te morfondre dans ta douleur une fois seule dans ta chambre. Mais aujourd'hui, Liam l'avait vu quand moi-même je ne souhaitais pas la voir.

- Je peux te poser une question Sherazade ?
- Oui.
- Pourquoi tu restes souvent seule ?

Cela personne ne pouvait le percevoir à moins de me surveiller. C'est pour cela que je le transmettais à travers-

Je tombais encore plus bas à chaque nouveau rendez-vous. C'était tant difficile de ressasser le passé qui restait bien mon présent à l'heure actuelle. Mais il le fallait si je voulais voir le bout du tunnel.

- Tu veux bien me partager où tu en es ?
- Elle sait pour lui, admettais-je faiblement. Elle pense pouvoir l'aider mais c'est si compliqué pour lui d'avancer.

Je n'avais jamais autant parlé depuis le début de mes consultations. Toujours les mots restaient bloqués dans ma gorge à cause de cette dure désillusion de la réalité.

- Est-ce que je peux dire son nom ?

Je relevais mes yeux afin de les laisser glisser dans les siens. Elle me demandait la permission tandis que je nageais dans le doute de cela. Quel nom ? Je hochais la tête.

- Dis-moi Liam va-t-il s'en sortir ?

Cela devait bien faire une heure et demie que j'étais avec lui dans la voiture. Pour résumer, on vidait notre sac. C'était plaisant ce genre de soirée ou absolument rien ne dictait nos propos. Personne pour nous contraindre de parler, on laissait libre à nos cœurs. Nos rires se mélangeaient dans l'ombre de la lune pour seul son, ses éclats de voix.

Je pourrais passer la nuit avec lui. Lui comme moi étions apaisés par un tel moment. Seulement, Liam avait attiré mon œil plusieurs fois. Il avait des tics que je n'avais jamais remarqués auparavant. Ses mains frottaient nerveusement certaines parties de son corps. Il avait ôté sa veste sous prétexte qu'il avait chaud alors que dehors, il faisait moins dix degrés.

Et lentement, il perdait de l'intérêt à l'égard de notre conversation. Liam ne m'écoutait plus laissant son regard se perdre dans le vide. À certains moments, il se tournait vers moi hochant la tête sans suivre mes propos. J'avais commencé à me taire à cause de ce traumatisme que m'avaient laissé les gens qui jouaient de cela volontairement.

- Reviens à l'université demain, me demandait Liam après de longues minutes de silence.

- Tu sais très bien que ta mère m'a exclu.

- On s'en fout, lâchait-il. Je veux que tu déjeunes avec moi.

- Je ne sais pas, lâchais-je dans un sourire. Il se tournait vers moi prêt à m'engueuler mais mon sourire le calmait. Bien sûr que je viendrais. Je serais toujours là pour mon colonisateur préféré.

- Je te remercie ma petite arabe préférée.

- Évite.

- C'est raciste ?

- Fétichiste va, plaisantais-je.

Puis soudainement, Liam venait sortir un paquet de cigarette de sa poche. Je le regardais galérer à l'allumer par cause de ses mains qui tremblaient. Le feu qui était proche de son visage me laissait voir des gouttelettes sur son front.

Puis une fois qu'il allumait et qu'elle rejoignait ses lèvres, un apaisement soudain prit l'entièreté de son corps. Cependant, les fenêtres n'étaient pas ouvertes et je ne souhaitais pas qu'il fasse cela devant moi. Alors je l'arrachais d'entre ses lèvres la tenant derrière mon dos.

Il releva sa tête de son siège afin de plonger son regard en colère dans le mien. Je riais mais ces yeux devenus subitement sombres éteignant mon euphorie.

Je tentais d'ouvrir la fenêtre pour jeter le mégot mais je ne pouvais le faire le contact de la voiture éteint. Liam venait approcher dangereusement son visage du mien me menaçant de toute son arrogance.

- Sherazade donne-moi cette cigarette, retenait-il sa colère. Mes yeux jonglaient d'un œil à un autre. Ce Liam pouvait me faire peur mais j'avais été tant habituée à cette colère qu'elle pouvait exploser, je résisterais.

- Ouvre la fenêtre Liam, lui demandais-je gentiment. Puis sans que je ne le voie venir, la main de Liam venait attraper ma nuque. Cela n'avait rien de douloureux mais je savais qu'il voulait exercer une pression sur moi mais cela ne marchait pas.

- Donne.la.moi.

- Pas devant moi Liam, lui demandais-je calmement. Seulement, il ne démordait pas. Si tu la veux tant alors je rentre chez moi.

- Pars.

Il n'avait même pas hésité. Pas une seule seconde. Ces mots étaient sortis comme s'il attendait impatiemment cela. Je lui tendais donc et pris mon sac avant de quitter la voiture en furie. J'avais juste eu le temps de le voir retomber sur son siège en fermant les yeux afin de profiter de sa cigarette.

Je marchais direction mon hall en fouillant dans mon sac à la recherche de mes clés. Cependant, je me souvenais avoir oublié ma caméra. Alors j'optais pour faire demi-tour.

Cependant, je m'arrêtais dans l'ombre afin de le regarder. Et il suffisait que mes yeux voient cela pour m'envoyer dans un trou noir. Je laissais mes paupières retomber n'ayant pas assez de force pour le regarder faire.

Mon envie de courir pour le prendre dans mes bras était si grande mais je me retenais laissant une larme solitaire quitter ma joue.

**

J'étais rentrée chez moi, le cœur meurtri. J'avais pris le temps de retourner à sa voiture récupérer ma caméra. Liam avait été nonchalant avec moi et cela m'énervait car à cause de ce que je savais, je n'arrivais pas à le tenir responsable de son comportement.

Le manque pouvait causer tant de mauvais comportements et Liam en était la preuve.

Alors que je me changeais, mon téléphone sonnait. Je le récupérais afin de voir qu'Eden m'appelait en Facetime. Je réceptionnais un gilet afin de cacher mon buste nu.

- Allô, lâchais-je sceptique de son appel à une heure du matin.

- Allume ta télé Sherazade.

L'heure était au drama car si Eden ne m'appelait pas beauté avant d'engager une conservation cela voulait dire que rien de bon s'annonçait.

J'allais directement sur la chaîne d'information en augmentant le son de ma télévision.

- Un drame frappe notre pays. Lors d'un marché de Noël à Londres, une attaque terroriste a eu lieu à 22 heures 45. Les coupables n'ont pas encore été identifiés mais il semblerait que cela soit une attaque de l'organisation Daesh. Nous espérons avoir plus d'informations.

J'éteignais ma télévision ne souhaitant pas entendre le reste des absurdités des journalistes. À coup sûr, le pays entier comptait remettre la faute sur l'Islam. C'était tellement plus simple d'associer Daesh à l'Islam pour eux.

Il fallait que je repose ma tête afin de me reconstruire ma santé mentale qui ne faisait que de dégringoler. Je rivais mon regard sur mon téléphone afin de voir Eden manger un sandwich.

- Pourquoi tu m'as appelé moi au fait, demandais-je par curiosité.

- J'ai pensé à toi en voyant ça.

Je plissais les yeux et lorsqu'il se rendait compte de ces mots quelques secondes plus tard, il recrachait sa bouchée.

- Oh putain pardon. Ce n'était pas péjoratif. Juste-
- T'inquiète j'ai compris, le rassurais-je. Étant donné qu'auparavant, Eden aurait cru ses paroles mensongères des médias, il se sentait responsable de m'informer de cela après notre petite discussion sur la vérité sur ma religion.
- Tu ne m'en veux pas hein ?
- Non t'en fait pas, reprenais-je. Je dois te laisser je suis fatiguée. On se voit au gala.
- Bonne nuit beauté.

Je coupais l'appel et tombais sur mon matelas. Avant que mes yeux ne se ferment pendant plusieurs heures, je prenais mon téléphone une dernière fois.

Moi à Colonisateur :

Pardon je ne voulais pas t'énerver.

***

Malgré le vu que m'avait mis Liam à quatre trente du matin, je m'étais quand même préparée afin de déjeuner avec lui. C'était complètement stupide la manière dont j'agissais. Cependant, je ne savais quoi faire. J'étais bloquée dans un trou noir avec ce sentiment d'incertitude qui ne faisait que gonfler en moi.

Je venais d'arriver à la fac avec mon uniforme pour ne pas faire tache. Malgré mon exclusion, je ne souhaitais pas me faire remarquer. Même s'il était facile de me différencier des autres avec mes épais cheveux.

Je marchais à travers les différents couloirs à la recherche de l'amphithéâtre. Cependant certains regards moqueurs se posaient sur moi. Malgré le temps qui défilait, leur haine à mon égard ne cessait d'accroître.

Seulement, aujourd'hui c'était différent. Je sentais un mal rôder autour de moi. Mon cœur se mit à battre plus vite face à la pression sociale qu'exerçaient ses bourges sur moi. J'aimerais en cet instant trouver repère chez un de mes amis mais je ne voyais aucun d'eux.

Lentement, des caméras se figeaient sur moi afin de me filmer. Je fronçais les sourcils ne comprenant pas leur intérêt soudain. Une chose se tramait et pour ma sécurité, j'ôtais mes écouteurs.

Puis il a fallu que je tourne mon regard sur la droite afin de sentir mon âme quitter mon corps. Je ne pourrais mettre des mots sur ce que mes yeux voyaient. Le manque de respect avait atteint son paroxysme face à une caricature de mon Créateur qui avait une bulle rattachée à sa bouche qui disait des choses obscènes.

Une tristesse bruyante m'empêchait de canaliser mes pensées. Je défaillais face à l'insulte que je recevais de plein fouet. Les rires autour de moi ne faisaient qu'augmenter ma souffrance. Qu'avait-il de drôle de rire d'une religion ?

Les mots me manquaient face aux âmes noires de ceux qui avaient commis cela dans le seul but de me blesser. J'étais simplement figée face à la grande affiche qui prônait sur le mur.

Puis Allah me donnait finalement la force de bouger. J'avançais d'un pas menaçant vers cette dernière afin de l'arracher. Une fois entre mes mains, je me retournais vers les personnes qui me filmaient.

Ils m'encerclaient afin de me faire sentir comme une bête de foire. Malheureusement, leur téléphone devant leur visage m'empêchait de voir qu'ils étaient. C'est pour cela que je leur demandais :

- Baissez vos téléphones afin que je voie visages sales !

Et comme je le voulais certains obéissaient pensant être les rois du monde d'assumer d'être des salops. Lentement, un sourire satisfait s'affichait sur mon visage. Il ne savait pas à qui ils avaient affaire.

Lorsque je fus satisfaite des images, je les poussais de mes bras afin de m'éloigner d'eux. Puis au loin, je vis Adam et Blanche qui m'observaient.

Alors que je souhaitais les rejoindre car il était sûr qu'ils étaient les auteurs de cela, ils partaient en direction d'une salle.

La porte claquait derrière moi une fois à l'intérieur. Les deux se tenaient les bras croisés contre la poitrine, une fierté dessinant leurs traits de visage.

- Il est évident que c'est vous, commençais-je.

- Tu apprécies le dessin d'Adam ?

Je ramenais l'affiche devant moi afin de la regarder une dernière fois avant de la déchirer. Mes yeux n'osaient même pas se poser sur la caricature d'Allah. Il était interdit d'oser même l'imaginer.

- Il s'est inspiré d'un journal français Charlie Hebdo qui semble avoir l'habitude de caricaturer ta religion, commentait-elle en s'avançant vers moi, ses talons claquant sur le sol. Pour la petite histoire, ce journal s'est fait attaquer par des terroristes islamistes-

- Je suis prêt à parier tout mon héritage que ceux qui ont commis l'attentat d'hier à Londres sont musulmans, commentait Adam derrière.

- Tout comme ceux de tous les attentats qui ont eu lieu dans le monde entier, ajoutait Blanche à quelques centimètres de mon visage. Alors qu'elle s'attendait à des larmes de ma part, je me mis à rire lentement. Son visage se décomposait et je repris finalement mon sérieux.

- Il est si facile pour des incultes comme vous d'associer tous les crimes du monde à l'Islam, admettais-je. Je ne suis pas ici pour vous cultiver c'est pour cela que je vous laisse déblatérer des idioties sur ma religion...mais ne soyez pas surpris si un jour vous en payer les conséquences.

Puis c'est au tour de Blanche de rire de mes dires. Je gardais un sourire victorieux abordé mes traits.

- Que comptes-tu faire même ?
- Demande à Liam, répondais-je. Il a déjà goûté à ma vengeance.
- Tu es pitoyable, me jugeait-elle en se tournant vers Adam pour le rejoindre. Leurs rires n'étaient pas une aide à ma colère. Cela ne faisait que gonfler ma tristesse. Tout cela n'était que faux semblant. Intérieurement, je souffrais pour ce que mes yeux avaient vu.

- Si vous souhaitez me faire du mal, faites-le ! Frappez-moi, insultez-moi, je n'en ai rien à foutre, craquais-je. Mais ne touchez pas à ma religion car c'est la pire chose que vous puissiez faire.

- Alors on continuera, admettait Adam.

Un poignard en plein milieu de mon cœur venait se planter. J'étais prête à tout supporter mais ma religion était la seule chose que je ne souhaitais pas qu'on touche.

Derrière moi la porte claquait violemment contre le mur. Je pouvais voir dans le reflet de la vitre d'en face Eden et Liam entrer en furie. Ils venaient se poster à mes côtés. Leurs poings étaient serrés lorsque leurs yeux tombaient sur l'affiche déchirer au sol.

- Ça ne vous suffit pas de me harceler de DM où vous me demandez de mourir, espérer que l'on me viole ! Putain vous êtes vraiment sans cœur !

Je laissais ma colère faire rage par cause de la fierté qu'ils affichaient.

- Je vais vraiment te péter la gueule Adam, cria Eden. Cependant, je venais retenir son bras. Ses yeux tombaient sur mon visage et je ne pouvais le regarder afin de ne pas pleurer.

Je les retenais avec toute l'envie que je pouvais y mettre. Ma gorge commençait à se nouer mais je devais parler une dernière fois.

- Le mal que vous me faites, vous retombera dessus un jour ou l'autre...que je sois encore en vie ou morte.

Je prenais direction vers la sortie suivie des garçons. Il n'était pas mal d'admettre une douleur, un mal. Peut-être qu'ils se nourriront de cela afin de m'anéantir mais mon honnêteté devrait être. Depuis le début de ce harcèlement, j'avais banalisé ce que je vivais.

Je continuais de vivre un sourire lumineux sur mes lèvres cachant à mes proches que ma peine. Mais une fois que le soleil se couchait, ma tristesse se réveillait. Je me laissais englober par toute cette injustice, ces insultes, cette haine que véhiculaient toutes ces personnes qui ne m'aimaient pas.

Je pénétrais dans les toilettes pour filles afin de foncer dans une cabine car il était sûr que les garçons ne se soucieraient pas de la pancarte « pour fille ».

Je détestais me sentir faible. Mais il arrivait des périodes passagères où le monde s'effondrait autour de toi sans que tu ne puisses rien y faire. Je ne pouvais qu'accepter mon triste sort en cet instant.

Alors lentement, je laissais ma peine défigurer mes traits.

- Beauté ouvre la porte s'il te plaît, lâchait Eden d'une voix douce en toquant sur la porte. Ma main sur la bouche, je tentais de faire taire mes sanglots.

J'étais à bout de toutes ces choses qui me tombaient dessus. J'en venais à regretter d'être venue dans cette école alors que c'était mon plus grand rêve.

- Nous ne sommes pas contre toi. On te le promet...s'il te plaît ouvre la porte, continuait de me demander Eden.

Comment faire taire une douleur quand elle continuait d'être nourri pas des montres tels que Blanche et Adam.

- Dis quelque chose toi, murmurait Eden certainement à Liam mais je l'entendais. Liam se raclait la gorge avant de tapoter sur la porte.

- Donne-moi ta main Sherazade, me demandait-il.

Je ne comprenais pas comment voulait-il que je fasse cela. Mes larmes continuaient de dévaler sur mes joues, impuissantes face à cet amas de tristesse.

- Mon amour s'il te plaît donne-moi la main, murmurait Liam. Je relevais la tête face un bruit au-dessus de moi. Liam avait passé sa main par-dessus la porte et elle n'attendait que moi. J'hésitais une seconde avant de finalement laisser ma main glisser dans la sienne.

- Je suis là, me rassurait-il.
- On, reprit Eden un peu énervé.
- Ta gueule ce n'est pas le moment, lui murmurait Liam.

Je me mis à rire doucement face à cette petite dispute en silencieux. C'était pour cela qu'il était important de s'entourer. S'il ne m'avait pas suivi afin de me consoler, j'aurais continué de laisser ma peine m'engloutir.

- Arrête de trembler Sherazade, me demandait gentiment Liam. Puis finalement, je le lâchais. EH !

J'ouvrais la porte et sa montée de colère retombait. Ils m'observaient tous les deux ne sachant certainement pas quoi dire. Cependant, j'appréciais leurs sourires réconfortants. J'essuyais mes joues afin de leur sourire à mon tour.

- On peut te faire un câlin, proposait Eden. Alors que j'acquiesçais, Liam lança :
- Non pas toi que moi.

Mon regard surpris croisait celui d'Eden puis on se mit à rire face au sérieux que tenait Liam. Je levais les bras en l'air afin de les prendre tous les deux dans mes bras. Je me laissais emporter par l'honnêteté de ce câlin.

- J'ai failli pleurer, plaisantait Eden. Je riais.

- Tu fais quoi ce soir, me demandait Liam alors que j'avais ma tête enfouie contre lui.

- Rien, répondais-je en me détachant.

- Viens à la maison ce soir, me proposait Liam. On fête Noël mon père et moi. Il serait ravi de te revoir.

Je cogitais une seconde avant de finalement accepter. Il était préférable que je ne me retrouve pas seule lorsqu'une telle tristesse voilait mon cœur.

- Et c'est toujours moi qui ai invité nulle part, se plaignait Eden.

- Va te plaindre à Amina, se moquait Liam.

- Attends quoi, m'offusquais-je. Tu lui reparles ?!

- J'ai été honnête avec elle et elle a décidé de me pardonner, m'informait Eden. Moi aussi je l'ai invité à mon repas de famille ce soir.

ET ELLE NE M'A RIEN DIT !

***

Liam allait arriver d'une minute à l'autre. Après avoir passé deux heures au téléphone avec Amina à s'insulter parce qu'elle comme moi n'avions donné aucun update à nos relations bancales, je m'apprêtais finalement pour rejoindre Liam.

J'avais opté pour un pantalon noir large et un col roulé de la même couleur. Ajouter à tout cela des bijoux dorés et des escarpins. Je terminais de relever mes cheveux dans un chignon détaché afin que mes lunettes de vue aient le monopole de mon visage.

Mon téléphone se mit à sonner et je répondais à Liam.

- Est-ce que mon colis est prêt ?

- Oui, répondais-je. Mon chauffeur privé est-il en bas de chez moi ?

- Oui madame il vous attend.

Je raccrochais avant de me mettre à courir dans mon appartement pour faire rapidement mon sac. Une fois cela fait, je partais en direction de ma porte d'entrée.

Je rejoignais rapidement Liam qui m'attendait contre la porte de sa voiture. Il était accoudé à cette dernière, son regard détaillant ma tenue un sourire aux lèvres.

Une fois à sa hauteur, il m'ouvrait la porte et je m'y introduisais. Il contournait sa voiture et venait me rejoindre côté conducteur afin de faire démarrer la voiture.

Pendant qu'il conduisait d'une main son téléphone d'une autre, j'observais le paysage. Je ne savais réellement pas pourquoi j'y allais.

- Liam ?

- Oui lys.

- C'est une insulte ?

- Oui.

- Ok, répondais-je. Nūrī aussi c'est une insulte, lui rappelais-je la fois où je l'avais appelé ainsi. Bref, c'est juste pour te dire que Noël est une fête religieuse chrétienne et non musulmane. Alors je te préviens juste que s'il y a des choses à faire, à respecter pendant le réveillon…je ne les ferais pas.

- D'accord, répondait-il simplement. Mais tu sais que je suis athée ? Et que Noël pour nous c'est juste une fête commerciale.

Son regard moqueur ne me quittait pas une seconde. Je me sentais gênée d'avoir été bête de la sorte. Je détournais le regard vers le paysage après lui avoir souri. Acheter des trenchs ça donne chaud.

Puis lentement, une musique démarrait dans les enceintes de sa voiture. Les de Donald Glover.

La musique tournait en boucle puis finalement nous arrivions devant chez lui. Il se garait devant l'entrée principale cependant, il ne quittait pas sa voiture.

- On y va, lui proposais-je en gardant ma main sur la poignée. Bien que nos regards étaient figés, je détournais mes yeux une seconde afin de voir sa jambe bouger nerveusement.

- Tu veux parler de ce qui s'est passé tout à l'heure, me demandait-il gentiment. Je laissais ma main retomber sur ma cuisse.

- Je suis juste fatiguée ces derniers temps et là c'était la goutte de trop, lui expliquais-je.

- Est-ce...que je te fatigue...

- Non Liam, le rassurais-je dans un sourire en passant ma main dans ses cheveux. Ne te sens pas concerné d'accord ?

Ses yeux jonglaient d'un œil à un autre. Puis finalement, il hochait timidement la tête. Je lui souriais une dernière fois avant de me tourner pour ouvrir la porte.

Je quittais la voiture seulement, je n'entendais pas la sienne de portière. Je me retournais pour le voir encore à l'intérieur à me regarder. Il baissait la vitre afin que j'entende :

- Vas-y je te rejoins dans deux minutes.

- Pourquoi ?

- Shera s'il te plaît vas-y, me demandait-il. Seulement, je restais attentif à chaque geste. Ses mains qui frottaient son pantalon, sa jambe qui s'agitait nerveusement, son impatience...

Il était en manque.

J'étais dans ce doute de le laisser faire ou rester. Je pouvais lui hurler dessus quoi qu'il en soit, ce soir Liam allait consommer. Je décidais donc de retourner dans la voiture.

- Sherazade tu fais quoi ?
- Fais-le, lâchais-je d'un ton sec sans le regarder. Fais-le mais devant moi Liam.
- Je...putain, balançait-il énervé.

C'était cela que Liam avait fait hier soir. Ma caméra avait enregistré ce moment où il consommait ses médicaments. Liam n'avait pas même attendu de rentrer chez lui pour satisfaire ses besoins démontrant à quel point a consommation était régulière.

Après plusieurs secondes d'hésitation à le voir m'observer du coin de l'œil. Il sortait ses médicaments de la boîte à gants. Je pourrais retenir son bras, l'empêcher mais j'en étais incapable.

Je tournais lentement ma tête vers lui afin de ne pas l'alerter de mon observation. Sans hésitation, il mettait cinq gélules dans sa bouche avant de retomber sur son siège. Les signes qui me laissaient disparaissaient lentement. Liam paraissait prêt à dormir.

Ses yeux étaient fermés et l'entièreté de son corps détendu.

- Et si ton père le voyait, suggérais-je en faisant référence à sa consommation de drogue à quelques minutes de Noël.

- Je n'en ai plus rien à foutre finalement. Il repart dans un autre pays demain matin, admettait-il. On peut y aller, lâchait-il plus détendu. Seulement quelques minutes avaient défilé semblant être une éternité. On sortait tous les deux de la voiture cependant, mon esprit resté figer.

Je n'arrivais pas à réaliser ce que je venais de faire. J'avais laissé Liam commettre une erreur tout en restant spectatrice de son malheur. Car l'addiction n'était qu'un plaisir éphémère. Le regret avait déjà pris part de moi.

Il venait caler son pas au mien en ramenant sa main dans la mienne. Seulement, j'étais dans l'incapacité de bouger le petit doigt. Je peinais même à cligner des yeux.

- Laisse-moi prendre ta main Shera, me demandait-il. Je lui ouvrais l'accès après qu'il y force l'entrée.

On se dirigeait vers son entrée et son père nous acceuillait. Je laissais mon regard tomber dans celui de Tobias. Cependant, ses yeux rouges m'interpellaient. Ils étaient en contradiction avec son sourire.

- Entrez, s'exclamait Tobias. Soit le bienvenue Sherazade !

Je lui souriais en avançant main dans la main avec Liam dans sa cuisine. Il venait s'abaisser à mon oreille afin de me murmurer :

- Il ne sait pas que tu es déjà venue ici.

Je hochais timidement la tête alors qu'on tournait dans le salon. Seulement, assis sur une chaise se tenait la mère de Liam.

Elle relevait les yeux vers nous, le visage fermé. Immédiatement, la main de Liam venait compresser la mienne. Une légère douleur aux articulations me prenait mais ma haine à son égard était si grande, que la douleur physique ne devenait qu'infime.

- Ce n'était pas cela que j'imaginais quand je te demandais de faire d'elle ton ennemi, commentait-elle.

- Je préfère t'avoir toi en ennemie qu'elle maman.

Elle n'eut le temps de répondre que le père de Liam arrivait derrière nous. Il massait les épaules de son fils pour le stimuler en affichant un grand sourire. Alors que Liam lâchait ma main pour avancer jusqu'à la table, je restais figée.

Le regard de sa mère se mit à observer chaque recoin de la pièce comme si elle ne connaissait pas ce lieu situé à quelques mètres de sa résidence.

Finalement, je rejoignais Liam sur la chaise de droite afin d'être en face de son père. Je me mis à observer la décoration très festive. Le sapin de Noël était vraiment très grand et décoré si minutieusement.

Tobias commençait à servir les différentes assiettes tandis que Liam n'arrivait pas à détacher son regard en colère de sa mère situé en face de lui.

- Pourquoi tu l'as invité, demandait Liam à son père.

- Je suis ta mère respecte moi, rétorquait-elle immédiatement.

- On y viendra. Mangeons d'abord, proposait son père en découpant sa viande. J'appréciais le fait qu'il avait un poisson pour moi, même si je détestais cela.

- Non parle papa, insistait Liam.

- Je t'ai appris la patience pourtant, commentait sa mère. Apprends à te taire lors des repas.

Je me sentais de trop en ces lieux.

Liam soufflait exaspéré de la situation qui lui échappait. Alors qu'il retombait sur sa chaise, j'en profitais pour glisser sous la table ma main dans la sienne. Il prenait en rage et je le constatais, il devait se canaliser s'il souhaitait avoir le contrôle sur la situation.

Alors que le silence reprenait pendant quelques minutes, le temps que les assiettes se vident, Tobias demandait :

- Alors mon fils, comment se passe tes études ?

Je relevais paniquée les yeux vers lui. Nos regards se croisaient une seconde comme s'il craignait que j'intervienne.

- Bi-bien papa, bégayait Liam.

- C'est le meilleur de sa promo, commentait sa mère. Bien sa seule victoire tiens, ajoutait-elle dans un murmure. Alors que j'avais lâché la main de Liam pour manger, sous la table il tapotait ma cuisse réclamant urgemment ma main. Je lui donnais afin qu'il utilise comme antistress.

- Nathalie ne soit pas trop dur avec lui, rétorquait son père. Il aurait pu être le meilleur de l'école d'art s'il ne restait pas dans l'ombre de sa sœur morte...

Puis tout d'un coup, la main de Liam perdait en force et mon cœur en battement. Un silence pesant avait suivi les mots de Tobias. Mes yeux se dirigeaient lentement vers ceux de Liam seulement, ils étaient bloqués dans ceux de sa mère.

Et je ne serais mettre des mots sur toutes les émotions par lesquelles passaient Liam. Puis soudainement, un rire nerveux faisait vibrer les murs. Tous les regards se tournaient vers le détenteur de ce son, Tobias.

- Mon fils...mon fils déteste le cinéma, lâchait-il en tentant de contrôler sa colère. De ses mains sur la table, il se relevait d'un air menaçant. À tout moment, son père explosait.

- C'était le meilleur pour lui-

- IL EN EST TRAUMATISÉ, hurla Tobias.

Sa mère quittait la table pour faire les cent pas dans le salon suivi des hurlements de Tobias.

- Tu l'as forcé à faire la même licence que sa soeur alors qu'il est passionné d'art ! POURQUOI ?!

- Dessiner va l'emmener nulle part, se justifiait Nathalie en hurlant. Je tournais mon regard vers Liam pendant que ses parents se disputaient. Et ses yeux étaient animés par tant d'incompréhension. Il semblait ne pas avoir l'habitude de voir et d'entendre ces scènes.

- Liam, l'appelais-je mais il ne répondait pas à aucun de mes signaux. Je tentais de le faire réagir en prenant sa main mais il ne réagissait toujours pas.

Puis un souvenir me venait. Je démêlais mes écouteurs que j'enfilais dans ses oreilles avant de démarrer Les – Donald Glover. Et lentement, son cerveau se connectait. Ses paupières retombaient et une larme solitaire coulait le long de sa joue droite.

- Tu n'as pas le droit de décider pour lui, argumentait son père.

- Ce n'est pas toi qui vas m'apprendre à éduquer mon enfant ! Où étais-tu toutes ces années ?!

- Tu as fait un procès pour avoir la garde alors que je t'avais proposé de les prendre !

- C'est vrai que cela aurait été meilleur pour eux de bouger constamment de pays en pays, s'énervait sa mère. Puis son père lançait un regard vers son fils avant de reprendre :

- Han har redan förlorat sin syster och du tar bort hans passion också, (Il a déjà perdu sa sœur et tu lui retires aussi sa passion)

Seulement, je ne comprenais plus à partir de là. Subitement, mes écouteurs retombaient dans mes mains. Je relevais la tête vers Liam qui avait ouvert les yeux afin de se concentrer sur la dispute.

- Jag tänker på hans framtid ! (Je pense à son avenir moi !)

- She-Shera...je-...n'arrive...pas à...com-comprendre...

- Ce n'est pas grave Liam, le rassurais-je. Je me tournais vers lui sur ma chaise afin de maintenir son bras en place car il commençait à s'agiter.

- PARLER DANS NOTRE PUTAIN DE LANGUE, éclatait de colère Liam. Il avait quitté sauvagement sa chaise afin de taper des poings sur la table. Le silence avait plongé la pièce dans un mal-être général.

Puis subitement, Liam contournait la table pour quitter la pièce. Je le poursuivais car il était instable et le savoir dans cette colère l'entraînerait à faire des choses qu'il regretterait.

Et là, l'impensable se passait.

Normalement le prochain chapitre sera composé de deux parties. Une joyeuse, une forcément plus triste.

Et on n'arrive dans la dernière partie du livre, c'est bien sad :/

Chapitre 32 - Balance

M.Z

Chapitre 32

- Recommence…oublie et recommence Sherazade.

- Pourquoi tu me demandes ça ?

- Mais c'est toi qui le demandes…

On était à quelques heures du gala de charité. En premier lieu, il y aura le défilé. C'est pour cela que je me retrouvais devant une coiffeuse, une femme et un homme s'occupant esthétiquement de moi. Lisa était là pour superviser tous les détails.

Ils me maquillaient à la tradition de mon pays. Le khol rendait mon regard noir avec pour supplément un trait d'eye-liner en forme de chat. Mes cheveux avaient été spécialement lissés car mes ancêtres égyptiennes avaient plus ce type de cheveux que celui de mon naturel.

Je me laissais traiter comme une petite reine et les maquilleurs étaient très respectueux en suivant à la lettre un modèle de maquillage égyptien. Il n'y avait aucuns ajouts pour embellir mon maquillage. Une fois cela fait, on venait placer sur mon visage la pièce finale.

Un voile noir avec des pièces dorées qui scintillaient. Ce voile camouflait le dessous de mes yeux. Il était retenu par des fils dorés qui encerclaient le contour de ma tête retombant sur l'avant de mon front.

- Tu es mais juste magnifique Sherazade, me complimentait Lisa.

- Vous avez fait du très bon boulot, admettais-je à l'égard des maquilleurs en me relevant. Je remerciais Lisa pendant qu'elle me conduisait vers ma tenue. Les maquilleurs/coiffeurs sortaient de la loge et on se retrouvait finalement seules.

- Tu es prête à la voir en vrai, proposait Lisa le sourire aux lèvres. J'étais tout excitée à l'idée de découvrir le bijou de Lisa. Puis tout d'un coup, elle ouvrait le rideau.

La tenue était accrochée à un cintre me laissant l'apercevoir en entier. Je ne réalisais pas la merveille qui se tenait devant moi. On avait opté pour un mélange de culture. Egyptien pour les bijoux qui entouraient par des fils dorées mes cheveux afin de retomber sur mon visage en un léger voile noir laissant apercevoir entièrement que mon regard. Et marocain pour la caftan noir aux détails doré qui épousaient les formes de mon corps.

- Tu es juste-

Lisa en perdait ses mots mais ses yeux qui s'ouvraient en grand face à la découverte de son œuvre sur mon corps exprimaient sa joie. Elle était faite sur mesure pour mes un mètre soixante dix sept. Il était rare de trouver des vêtements à sa taille dans ce monde qui offrait l'opportunité de s'habiller qu'aux filles mince et petite.

- Tu pourras la garder si grâce à toi une styliste me remarque ce soir, m'annonçait Lisa.

- Je serais ravie de l'exposer dans ma chambre, répondais-je.

Puis soudainement quelqu'un venait tambouriner sur la porte tout en hurlant :

- PLUS QUE DEUX MINUTES AVANT LE DÉPART !

Il avait suffit que d'un regard entre Lisa et moi pour qu'on mette à exécution ces instructions. Elle attrapait la traîne afin de m'aider à marcher.

Lorsque j'ouvrais la porte, un amas de personne circulait dans les fins couloirs. Des tenues traditionnelles revisitées habillaient les mannequins. Certains devaient vraiment exercés ce métier, pas étonnant s'ils étaient payés pour être ici.

Je suivais le mouvement pour rejoindre la fil indienne mais à ma gauche, je vis Liam entrer.

- T'es qui toi, le sermonnait un homme.

- Va te faire foutre, l'incendiait Liam en cherchant une personne du regard. Lorsqu'il me vit, un sourire s'affichait sur ses traits. Il venait caler son pas au mien mais je n'avais pas le temps de lui accorder la moindre attention.

- Pars, criais-je au dessus du raffut sonore. Je zigzaguais afin d'éviter la foule tandis qu'il continuait de me suivre.

- Mais attends on doit parler d'hier-

- Il n'y a rien à dire, le coupais-je.

Je cherchais ma position dans la fil indienne sous les cris de tous les préparateurs.

- S'il te plaît Shera accorde-moi une minute, continuait Liam. Lorsque je trouvais ma place, je me tournais vers lui afin de faire face à ses traits défigurés par la frustration. Il était à deux doigts de me rentrer dedans.

- Parle, l'incitais-je. Il hochait frénétiquement la tête et lorsque ses yeux rencontraient les miens, il y avait cette lueur étrange qui couvrait son regard.

- Putain tu es incroyablement belle, lâchait-il en caressant sa mâchoire. Ses yeux cherchaient à voir à travers mon voile noir transparent qui laissait légèrement apercevoir mes lèvres rosés.

- Liam parle j'ai pas le temps, reprenais-je en voyant les personnes devant moi prêt à défiler.

- Euh...je...hier, perdait-il ses mots. Il semblait complètement hypnotisé par ma personne, que j'en lâchais un rire.

- On parlera plus tard, lui proposais-je.

- Ouais-oui il faut.

Je me mettais en face de la file indienne et malgré cela il partait pas. Alors je lui tapais le torse pour l'inciter à s'en aller. Il trébuchait et venait de nouveau se reconnecter à la réalité.

Plus qu'une personne devant moi et c'était à mon tour. On m'avait finalement laisser la dernière place. De ce que m'avait expliquer Lisa, lorsque je monterais sur le podium, un désert sera affiché en grand derrière moi.

Il se mouvera aux pas que j'effectuerais plongeant la salle dans une ambiance égyptienne. Puis venait finalement mon tour. Je prenais la main de celui qui s'occupait de l'ordre du défilé afin de monter les marches.

Derrière moi, des gens venaient repositionner la traîne de plusieurs mètres puis finalement, je me lançais. Je relevais le menton mon regard plongé droit devant moi.

Les lumières autour de moi s'étaient éteintes. Seulement une seule faisait s'instiller l'argenté de ma robe. Je vidais mon esprit et ne cherchais pas à croiser le regard de qui que ce soit.

Le voile derrière moi suivait. Il était si fin que je ne sentais pas la lourdeur sur ma tête. Chacun de mes pas étaient maîtrisés et j'allais lentement comme Lisa me l'avait demandé.

Arriver à la fin du podium, je m'arrêtais une seconde laissant les yeux des curieux contempler les détails de ma tenue. Les photos étaient interdites et cela me rassurait car je ne pouvais donc être déstabilisée.

J'appréciais le regard de certain sur les coutures, les formes traditionnelles de ma tenue. Elle représentait parfaitement mes deux pays et je ne pouvais qu'en être fière. Je tournais sur mes talons afin de revenir en arrière.

Je marchais lentement basculant mes hanches de chaque côté. Lorsque je revenais derrière la scène, je lâchais un long soupir. Par cause de stresse, j'avais retenu ma respiration.

Je me dépêchais de rejoindre ma loge afin de changer de tenue. J'espérais avoir attirer l'œil de styliste afin que Lisa soit interpellée pour son magnifique travail.

Je remis mon costard blazer noir accompagné de mes talons de cette même nuance. Je laissais seulement apparaître la peau nue de mon buste.

C'est donc une main dans la poche du pantalon que je retournais dans la pièce centrale sous les regards de certain. Je n'avais pas pris le temps d'enlever le maquillage sombre qui me convenait parfaitement.

Rapidement, Eden et Liam venaient me rejoindre calant leurs pas au mien. On aurait penser à deux gardes du corps avec leurs costards d'homme d'affaires et leurs mains dans les poches.

On venait rejoindre le contour d'une table haute où étaient posés des verres. Je prenais le jus d'orange tandis qu'ils tendaient leurs champagnes afin de trinquer.

- Trinquons dans quelques minutes si vous le voulez bien, lançais-je en prenant une gorgée. Tout de suites, leurs yeux s'arrondissaient. Ils ne comprenaient point de quoi je parlais contrairement à Lisa qui attendait mon signal.

- De quoi parles-tu, me demandait Eden.

- De ma future plus grande fierté, admettais-je. Liam ne prenait pas la parole certainement à cause de notre altercation ou de sa peur. Il avait goûté à l'une de mes vengeances et m'avait démontrer à quel point, elle était amère.

- Je reviens mon père m'appelle, nous annonçait Eden. Ils nous quittaient et un léger silence s'installait. Je plongeais mon regard dans la pièce afin de chercher les victimes de mon piège. Je voulais être prête afin de détailler chacune de leur réaction.

On dit que lorsque la haine vous gagne d'une tendance régulière et violente, elle se transmet sous forme d'idée ingénieuse.

— Sherazade, m'appelait Liam. Je ramenais mon regard vers lui.

— Mon cadeau, le coupais-je. Tu disais par message vouloir m'offrir un cadeau. Tu l'as pris avec toi ?

— Est-ce que tu me le demandes maintenant parce que tu sais que dans quelques minutes je vais te détester ?

— Probablement, répondais-je avec un léger sourire malicieux. Seulement ce n'est pas dans quelques minutes mais maintenant, ajoutais-je avant de soulever mon bras pour faire retomber ma manche. Mon regard tombait une seconde sur ma montre et l'instant qui suivait, la pièce était plongée dans le noir.

Seulement quelques bougies permettaient la circulation de lumière. Malgré le regard de Liam qui se perdait dans la salle afin de comprendre, je restais figée sur lui.

Plusieurs personnes hoquetaient de surprise ne comprenant pas ce qu'il se passait. Puis soudainement, une vidéo démarrait sur l'écran où avait été diffuser le désert.

Tous les regards se tournaient vers la diffusion de ma vidéo.

— Lorsqu'on naît avec une nationalité minoritaire dans un monde dicté par une seule même origine, il est difficile de faire sa place, lançait ma voix modifiée. Votre milieu social sera toujours évoqué afin de vous rabaisser. Votre origine sera toujours associée à des stéréotypes insultants. Votre religion sera toujours discriminée par incultes du domaine...

Liam me lançait un regard d'alerte lorsque son esprit connectait tous les petits éléments que j'avais laissés sous-entendre. Quand mon secret (pas vraiment secret) avait éclater au grand jour, j'ai pris la responsabilité de filmer mon quotidien à l'aide d'une petite caméra qui était glissé sous mon blouson. J'ai poussé à bout chaque personne afin qu'il me jette en plein visage leurs pensées les plus insultantes.

- Mais savez-vous ce qu'il y a de plus dure dans tout cela, reprenait ma voix modifiée. Ce ne sont pas les insultes que l'on reçoit au quotidien lorsqu'on est une personne issue d'immigration ou de religion non majoritaire. Mais bien cette injustice de savoir qu'une personne blanche de souche ne subira jamais une conséquence à ses mots. Alors permettez-moi de les exposer au grand jour étant donné qu'il n'y aura pas de représailles...après à ce sujet c'est à vous de voir.

Puis un écran surjouait ma voix. Et là, coup de tonnerre. Les scènes défilaient les unes après les autres. Insultes sur insultes. Racisme sur racisme. Islamophobie sur islamophobie.

Les personnes qui riaient de moi et me filmaient. Les mots obscènes que j'entendais lorsque je marchais dans les couloirs. Les DM qui me demandaient de me suicider, de me faire violer ou encore de retourner dans mon pays.

Les propos islamophobes de Blanche et Adam. Les affiches insultantes sur ma religion qui étaient placardées un peu partout dans l'université.

Tout était révélé au grand jour. Je détaillais chacune des réactions qui était plaisante à voir. Blanche se décomposait aux bords des larmes. Adam commençait à se faire disputer par ses parents.

Toutes les personnes les plus importantes de ce pays étaient présentes car leurs enfants étudiaient ici. C'était si drôle à voir car ma haine dissimulée sous mes pleures se laissait enfin révéler au grand jour.

Plusieurs personnes s'indignaient sous les propos évoqués en boucle dans la vidéo. Puis soudainement, Eden revenait vers moi. Il approchait sa bouche de mon oreille afin de me susurrer :

- Est-ce que j'apparais dans ta merveilleuse vidéo ?

Je me tournais vers lui afin de lui faire face.

- Tu aurais très bien pu. Mais j'ai décidé de te pardonner.

Il souriait avant de rire. Ses yeux revenaient sur l'écran et je venais de nouveau lui faire face. Seulement à ma droite, Liam n'était plus là.

Plusieurs personnes commençaient à hurler d'éteindre cette vidéo mais cela était impossible. Mes petits geeks de ma licence s'occupaient de cela afin qu'il n'y est aucune interruption.

Je cherchais du regard Liam qui était finalement plus loin avec sa mère qui commençait à hausser le ton. Alors que je souhaitais les rejoindre, Blanche venait se placer devant moi. Son maquillage était malheureusement ruiner à cause de ses larmes.

- Sale petite pétasse, me crachait-elle au visage.

- Quoi ça ne te plaît pas, la narguais-je en souriant. Je m'approchais un peu plus d'elle. Je t'avais prévenu que ma vengeance serait de taille.

Mon regard retombait sur sa mère qui l'avait suivi.

- C'est vous, me demandait-elle d'une voix rauque.

- Moi, m'indignais-je en me pointant du doigt. Dites-vous cela parce que je suis la seule personne de couleur dans cette salle ?

- Euh-je, bégayait-elle. Je lui souriais avant de la contourner. Je marchais en direction de Liam qui semblait nettement anxieux. Sans aucun doute, je venais m'interposer entre sa mère et lui. Elle commençait à agiter ses mains devant son visage et cela ne me plaisait pas. J'espérais que cela ne déplaise pas à Liam car malheureusement, je ne pouvais voir sa réaction.

- La vidéo n'est pas finie, l'informais-je.

- Je vais vous virez Sherazade, me partageait-elle me laissant rire doucement.

- Et comment au juste ? Jusqu'à preuve du contraire, rien ne prouve que je suis derrière cette vidéo. Si vous cherchez à me virer, je contesterais cette demande et nous devrons passer vous et moi devant le conseil municipal.

Elle ne voulait pas me lâcher du regard. Ses yeux me transperçaient l'âme et malgré ce stress intense qui faisait trembler mes jambes, je ne baissais pas le regard.

- Liam sache que tu vas payer pour elle, lâchait-elle en lançant son regard par dessus moi. Alors qu'elle levait la main pour pointer son doigt devant son visage, j'attrapais violemment son poignet plus que excédée.

- Le problème est avec moi, commençais-je. N'impliquez par votre fils dans cette histoire. Il n'est pas celui sur qui vous pouvez remettre chacune de mes erreurs. Et que nous soyons bien clairs madame Buckley, ajoutais-je en approchant mon visage du sien et en resserrant mon emprise autour de son poignet. La violence sur mineur est passible de plusieurs années de prison. Ne me forcez pas à trouver une preuve incontournable qui vous fera perdre tout ce que vous avez bâti.

- Vous dites que mon problème est avec vous et que je ne devrais pas impliquer mon fils, rétorquait-elle en retirant violemment son bras de mon emprise. Pourtant vous venez d'insinuer que je bas mon unique enfant afin de me faire mettre pression. Et comme vous venez de l'affirmer, je ne veux absolument pas perdre tout ce que j'ai bâti...et pour cela je suis prête à tout.

Elle terminait sa phrase sur cela avant de partir en direction de parent afin de calmer la situation. Tout le long de cette discussion armés de menace, Liam avait scellé ses doigts entre les miens qui s'agitaient nerveusement dans mon dos. Il avait entrepris le même geste que moi lors de sa discussion avec notre professeur. Je commençais à me calmer tout doucement en laissant mes mains entre les siennes.

Pendant une seconde, je fermais les yeux sous les cris indignés des parents. Je laissais mon corps être bercer par la douceur du geste de Liam. Il caressait à l'aide de son pouce ma paume de main. J'appréciais la douceur qu'il y mettait.

Cependant, ma vidéo n'était toujours pas finie et je me reconnectais à la réalité lorsque ma voix modifiée résonnait dans les haut-parleurs.

- J'ai tenté de lutter en vain pour revendiquer mes droits souiller. Il est difficile d'être entendu même par ceux sur qui vous êtes censés pouvoir compter...

Je tournais mon regard vers Eden. Il devait certainement s'attendre à se voir seulement c'était la voix de la principale qui résonnait. Et là un silence plongeait dans la salle. Les invités comme les professeurs se taisaient une seconde pour entendre chaque mot qui sortait de sa bouche.

« Si je ne montrais pas que notre école se différencie des autres écoles pour enfant riche personne ne voudrait faire de dons. Et vous n'auriez pas eu l'opportunité d'étudier ici ».

La déception se lisait sur la plupart des visages. À quoi s'attendaient ses riches qui offraient des donations à cette école. Je savais qu'actuellement, je détruisais la réputation. Mais il avait détruit bien plus chez moi.

J'avais tout caché laissant mon cœur pourrir par cette rancœur. Mais je devais faire écho de ma rage. Elle était si immense que si je ne la libérais pas, elle aurait pu se propager par inadvertance dans tous mes organes vitaux afin de les réduire à cendre.

Puis soudainement, la main de Liam venait lâcher la mienne. Je venais me tourner vers lui et son regard éteint n'évoquait rien de bon.

- Je vais fumer, admettait-il.

- Je peux te rejoindre dans quelques minutes, lui demandais-je afin de savoir s'il était énervé contre moi. Il haussait simplement les épaules avant de partir en direction de la sortie. Je n'avais pas mesurer l'impact que cela pouvait avoir sur Liam mais l'important n'était pas là.

J'entendais des bruits talons s'approcher rapidement de moi. Lorsque je me tournais vers le son, une main giflait violemment ma joue.

- Comment pouvez-vous diffuser cela, s'indignait la proviseur. Je massais ma joue tout en riant de la situation. Tous les yeux étaient rivés sur nous car la vidéo était arrivée à son terme. Elle avait involontairement perdu son self-contrôle devant les yeux de ses donateurs.

- Comment pouvez-vous affirmer que cette vidéo est de moi, répondais-je assez fort pour que tout le monde entend. Comme je disais plus tôt à la mère de Blanche, cette accusation se base-t-elle sur le fait que je sois la seule personne de couleur de cette pièce ?

Plusieurs murmures s'entendaient après mes mots. Nathalie jetait des coups d'œil à chaque personne pour s'assurer qu'on ne parle pas d'elle. Cependant, elle était au cœur de chaque discussion.

- Vous me violentez maintenant madame la proviseur, reprenais-je face à son silence. Comme votre fi-

- Tais-toi ! On réglera cela demain à l'université.

Elle quittait la salle sur cette phrase. Il semblait que plusieurs invités réfléchissaient sur le sujet. J'espérais faire appel à eux pour ruiner la réputation de l'école.

- Dernière chose, lança Lisa en revenant de derrière. Elle marchait telle une reine du haut de ses talons afin de rejoindre mes côtés. Parents d'élèves problématiques, veuillez m'écouter attentivement ! Régler ce problème d'éducation si vous ne souhaitez pas que ces extraits où l'on entend et voit votre enfant ne soient diffusés sur le net...parce qu'une fois publié, il n'y aura pas de retour arrière et pas d'excuse qui tienne.

- En espérant que le message soit passé, ajoutait Eden en venant se joindre à mes côtés. Donateurs et donatrices, un petit conseil. Conserver votre argent ou distribuez le à des associations caritatives qui construisent des écoles pour des enfants qui sont réellement dans le besoin...pas comme celle de vos enfants super friqués et assurer jusqu'à leur mort.

Sous ce jolie discours, un silence plongeait la salle lorsque finalement la lumière revenait. Puis, certains parents prenaient leurs enfants (plus vraiment enfants) par le bras pour les emmener dehors.

Je crois finalement avoir gagné. La salle se vidait peu à peu et mes amis me quittaient aussi après mes remerciements. Lorsque les femmes et hommes de ménages arrivaient pour ranger la salle, je prenais direction vers la sortie.

- Madame Refaat, m'appelait quelqu'un. Je me retournais vers le professeur Brown en lui affichant un sourire. Il venait se placer devant moi en réajustant ses lunettes.

- Très appréciant votre prestation, admettait-il un peu gêné. Je voulais juste vous dire avant que vous partiez, que je compte envoyer vos devoirs à un producteur américain de publicité. Lors de la soirée, je lui ai parlé de vous, m'avoua-t-il. J'aurais aimé vous le présentez mais on manquait de temps, riait-il.

- Mon-sieur c'est...très gentil, bégayais-je. J'étais émue par ces propos. Il avait prit le temps de me présenter à des personnes importantes afin de me faire un nom.

- Oh ce n'est rien Sherazade, rétorquait-il. Et sur un instinct, j'encerclais mes bras autour de lui. Il hoquetait de surprise avant de me rendre ce câlin.

- Merci beaucoup Monsieur, lançais-je contre lui.

- Il n'y a pas de soucis...benti.

Je n'arrive pas à me détacher de cette envie de vie...

- Bonne soirée, lâchais-je en le lâchant. Il me souriait avant de partir dans une direction opposée à la mienne.

Devant l'entrée, il n'y avait plus de voitures excepté celle de Liam. Je l'apercevais dos à moi certainement entrain d'observer la forêt, une cigarette à la main.

Sous le gravier, mes talons l'alertaient de ma présence. Il se tournait vers moi en jetant son mégot par terre. Mes yeux suivaient son geste et il rétorquait directement :

- Je vais le ramasser.
- Je vois que tu as retenu la leçon de notre première rencontre, admettais-je en croisant mes bras contre ma poitrine. Il s'avançait de manière las, les mains dans les poches. Je n'arrivais pas à déchiffrer les émotions par lesquels, il passait.
- Je ne sais pas quoi en penser, lançait Liam. Je laissais quelques secondes se passer après ses mots afin de ne pas rétorquer trop précipitamment. Seulement, il ne trouvait pas meilleurs mots, alors je rétorquais :
- Il n'y a rien à penser. J'ai juste montrer ce que je vivais au quotidien. En quoi, j'ai merdé ?
- Je n'ai pas dis ça Sherazade, reprenait-il en allumant une nouvelle cigarette. Il stressait et je le ressentais. Juste...c'est l'école de ma mère. Elle y tient beaucoup.
- Et alors Liam, rétorquais-je en haussant la voix. Je devais faire quoi ? Accepter d'être lynchée tout les jours ? Me taire sur la vérité ? Toutes les personnes qui sont passés sur la vidéo méritaient d'être exposé y compris ta mère.

- Tu-tu as aussi mis ma mère, s'offusquait-il. Puis finalement, je fronçais les sourcils. Alors qu'il était resté neutre depuis le début de la conversation, Liam venait rapidement laisser exprimer ses émotions. Il semblait être épris par la colère.

- Oui elle a tenu des propos raciste lors de notre rendez-vous après notre bisou, admettais-je. Et comme si je venais d'admettre la chose de trop, Liam explosait littéralement. Il marchait autour de moi en frottant son crâne nerveusement. Je ne cherchais même pas à l'arrêter préférant le laisser évacuer ses émotions.

Ses doigts qui maintenaient sa cigarette tremblaient et j'attendais patiemment qu'il revienne vers moi afin de réclamer mon soutien. Car je le connaissais désormais bien trop bien. Ses émotions qui le subjuguaient devenaient une répétition dans sa vie. Je le sentais se retenir de m'insulter ou même de me hurler dessus. Et la raison de cette abstention était évidente. Liam n'avait pas seulement fûmer de la cigarette, il avait aussi consommé des médicaments.

Elles devaient provoqués en lui un certain apaisement malgré cette grande colère. Cependant, ce silence me pesait alors je le rompais :

- Tu es énervé contre moi.

Il ne répondit rien évitant complètement ma prise de parole.

- Liam putain réponds-moi, reprenais-je avec désespoir. Puis il revenait finalement vers moi prenant mes joues entre ses mains.

- Non,non, répétait-il en plongeant son regard dans le mien. Tu as bien fait. Je suis fier de toi Sherazade, admettait-il en déposant un baiser sur ma temps. Je dois y aller on se voit demain.

Puis il prenait chemin vers sa voiture avant de filer sans un mot de plus. Sa réponse était si expéditive que je n'avais pas pu assimiler tout dans ma tête. Je n'arrivais pas à interpréter sa réaction. Surtout quand il venait d'oublier que c'était sa responsabilité de me déposer chez moi après le gala.

***

(Il faut absolument écouter en boucle la musique Mercy de Shawn Mendes sinon interdiction de lire la suite)

Je retournais finalement en cours. Peut-être pour la dernière fois mais c'est pas grave, j'avais défendu mon honneur. Comme à son habitude, Liam avait disparu de la circulation en ne répondant à aucun de mes messages.

Lorsque j'arrivais finalement à l'université, je le cherchais instinctivement du regard. Involontairement, mes yeux tombaient dans ceux de certaines personnes que j'avais humilié. La haine était tant exprimée par leurs traits durcis.

Bien évidement, l'incident restera privé tant que je ne décide pas de rendre l'affaire publique. C'est pour cela que je marchais librement dans le couloir car aucun d'eux ne souhaiterait mettre la pression à une personne qui avait de quoi ruiner leur vie.

J'arrivais à la hauteur de mon casier afin de récupérer mes affaires me préparant à mon exclusion définitive. L'annoncer à ma mère ne sera pas une lourde de tâche car elle sera quoi qu'il arrive de mon côté.

Elle sera là pour m'épauler pendant ma recherche d'une nouvelle école.

Seulement, au détriment de ma fuite, je laissais derrière moi une personne dans le besoin. C'est pour cela que j'allais admettre à Eden les envies suicidaires de Liam. Si je ne pouvais le surveiller 24/24h comme je le faisais depuis tout ce temps, quelqu'un devra se charger de cette tâche.

J'envoyais donc un message à Eden pour lui indiquer ma position en laissant un peu de suspens dans mon message pour qu'il se dépêche de rappliquer.

Je prenais le temps de texter aussi Liam pour lui demander de venir me dire au revoir. Je dramatisais peut-être la chose mais c'était surtout pour le pousser à venir.

J'allais donc en direction de la salle que je leur avait indiquer dans mon message. Je m'installais sur une table en tirant ma jupe. À travers mon téléphone, je regardais mon reflet avant que la porte de la salle ne claque.

Mais alors que je me retournais un sourire aux lèvres, ce n'était aucun de mes deux amis. Mais plutôt trois garçons dont un qui refermait à clé la porte.

Il avait suffit que d'un seul regard malsain pour que tout mes sens soient en alerte. Je sentais la peur me monter à la gorge lorsqu'il s'approchait dangereusement de moi.

- Vous voulez quoi, tentais-je de dire d'un ton menaçant. Mes jambes cognaient une chaise à force de reculer pour les fuir.

- On veut que tu payes pour ce que tu as fais, admettait l'un d'eux. Et puis tout d'un coup, le blond venait me sauter dessus en attrapant violemment ma gorge.

Je commençais à me débattre en le repoussant mais les autres arrivaient pour me maintenir. Mes cris étaient silencieux sous une main. Je laissais la colère maîtrisée mon corps qui s'agitait dans tout les sens.

Pourtant, bien que les émotions qui me tourmentaient contrôlaient chacun de mes gestes, mon cerveau restait focalisé sur les endroits où se poser leurs mains. Mes hanches…l'intérieur de mes cuisses…ma poitrine.

Je sentais la colère fait rage en moi qu'ils peinaient à me maintenir statique. Mais cela était déjà trop. Je subissais l'atrocité des mes actes. Ma parole contre mon corps. Ils riaient aux éclats en touchant ce que j'avais toujours cherché à préserver.

Puis l'un d'eux se mit à filmer chaque détails de ma bataille. Et lentement ma chemise était arrachés sous la douleur sourde qui faisait battre follement mon cœur.

- VOUS ALLEZ ME VIOLER ! VOUS ALLER ME VIOLER !

J'avais beau les avertir de l'acte grave qui souhaitait commettre, rien ne les arrêtaient. Une main pelotait mon sein sans que je ne puisse y faire quoi que ce soit. Mes bras étaient maintenus si fort que je ressentais plus mes poignets.

Ma défense était si faible face à ces trois garçons. Je perdais en force et eux gagnaient en espace. Mes hurlements restaient bloqués dans ma gorge paralysé par cette peur.

Puis soudainement, l'un d'eux fut tiré en arrière par la cravate. Je me permettais d'ouvrir grand les yeux qui m'offraient dans mon champ de vision Eden.

Sentant, la sécurité venir à moi, j'éloignais avec violence le dernier qui me retenait. Et alors qu'Eden attrapait mon bras pour me mettre derrière lui afin que mes trois agresseurs restant devant nous, Liam arrivait par la porte arrière qui était verrouillé.

Il avait cassé la poignet pour pénétrer alors qu'une autre était ouverte. Mais ses yeux ne tombaient pas dans les miens mais sur le bout du tissu qui était au sol. Et sans que personne ne voit la chose venir, Liam fonçait vers celui qui tenait le téléphone. Il explosait au sol avant de revenir à la charge en tabassant l'un d'eux.

Et contrairement à Eden qui me protégeait de son corps imposant des regards curieux qui avaient pénétré dans la pièce, Liam était incontrôlable.

Il se déchaînait littéralement sur le garçon. À califourchon sur lui, ses poings visaient que son visage déjà bien ensanglantée. Toute l'énergie qu'il avait perdu était revenu comme par magie.

Eden se retournait rapidement vers moi sans laisser ses yeux tomber sur mon buste nu. Il enlevait sa veste afin de l'enfiler autour de mon corps. J'abaissais ma jupe qui était remontée tout en haletant.

Mon souffle se coupait sous la pression des regards autour de moi. Puis comme une protection qui tombait, Eden s'éloignait pour attraper Liam. Mais il le repoussait violemment et Eden heurtait une table.

J'étais incapable de faire la moindre chose. Voir Liam se battre pour moi ne me procurait aucun plaisir. Je demeurais figée par la peur qui continuait de circuler dans mon sang.

- Liam, arrivais-je à sortir faiblement. Son prénom n'était qu'un souffle. Cependant si personne ne l'arrêtait, mon agresseur pourrait mourir sous les coups. Liam y mettait une hargne personnelle qui allait au-delà de tout.

Il se battait pas seulement car j'avais été agressé, il laissait toutes ses émotions cachées sortir au grand jour. Il avait ce besoin de rejeter tout ce qui le tuait à petit feu.

- LIAM, hurla une femme au loin. Et comme si elle venait de lui jeter un sortilège, le poing de Liam restait figé dans les airs. Sa mère s'approchait de lui en furie en attrapant violemment son bras.

Il se redressait en fuyant son regard. Cependant, il trouvait la force de rejeter son emprise sur son bras. Puis il venait se tourner vers moi. J'avais le regard baissé incapable de soutenir notre contact visuel.

Puis soudainement, ses pas suivaient ceux de sa mère et ma douleur restait intact.

***

LIAM

Elle n'avait su me regarder seulement un instant. Pas même un regard, elle ne m'avait accordé poignardant mon cœur si violemment qu'il avait cessé de battre.

Mais l'état de son corps avait parlé pour elle. Sa respiration irrégulière qui faisait monter et descendre rapidement sa cage-thoracique, ses pieds rapprochés, ses bras autour de sa poitrine qui exprimait son envie de disparaître. Ses paupières qui ne parvenaient plus à cligner des yeux car elle ne réalisait pas ce qu'elle vivait. Son regard sur le sol qui parlait de sa gêne et de son envie de fuir.

Et tout ce que j'avais su faire était de la regarder dans l'espoir d'avoir le courage de dire le moindre mot. De lui dire à quel point, j'étais désolé de ne pas avoir été là plus tôt. D'avoir dit à Blanche qu'elle était musulmane. D'avoir oublier qu'elle souffrait au détriment de mon malheur.

Je ne parvenais pas à réaliser tout ce qu'elle endurait tout les jours sans que je ne sois capable d'intervenir.

- On va régler ton comportement, m'affirmait ma mère en direction de son bureau. C'était la seule pièce qui ne contenait pas de caméra.

J'avais les poings serrés, énervé de ne pas avoir pu lui parler. Si j'en avais le courage, je ferais demi-tour afin de courir dans ses bras. Et si elle ne souhaitait plus me prendre la main ? Et si elle me sortait de sa vie me tenant responsable de son agression ?

Et si j'étais responsable ?

La porte du bureau de ma mère se fermait derrière moi me condamnant impunément à la douleur. J'avançais au centre de la pièce la laissant me contourner.

- Frapper un élève, me blâmait-elle. Tu veux que je te fasses la même chose ?! Est-ce que tu prends en compte que des gens ont pu te prendre en vidéo et que cela circula sur le net ! Tu penses une seconde à la réputation de mon école, hurlait-elle son visage près du mien.

- Elle-elle s'est faites agressée, tentais-je de me défendre. Mais ma voix ne portait pas autant que lorsque je me disputais avec Sherazade. Le son qui sortait de ma bouche était si faible qu'il fallait plongé une pièce dans le silence pour m'entendre.

Et comme si je venais de sortir un argument non valable, sa main se portait violemment sur ma joue. Je ne cillais pas tant habitué à cette violence. Mes mains s'agitaient dans mon dos et qu'est-ce que je ne pourrais pas faire pour sentir ses doigts contre les miens afin de m'apaiser.

Seulement, en cet instant je devais combattre ma mère seul.

- Elle le méritait après ce qu'elle a fait hier, rétorquait-elle. Je t'avais demandé de ne plus t'approcher de cette fille et pourtant tu continues de le faire…dis-moi Liam tu cherches à me provoquer ?

- Dis-moi Emmy tu cherches à me provoquer ?

- Non maman, Liam-Liam avait besoin de moi pour un de ces devoirs, lançait Emmy.

J'observais ma sœur à travers la porte du placard, se faire écraser son pied nus avec le talons de ma mère car elle m'avait juste aider à faire mes devoirs.

- Ma-maman j'ai mal.

- Arrête de bégayer, affirmait-elle en me giflant à nouveau.

Seulement, je ne parvenais plus à retenir ma tristesse. Une larme solitaire coulait le long de ma joue sous le regard attentif de ma mère qui allait prendre en colère.

- Tu pleures maintenant, se moquait-elle avant d'enfoncer son ongle dans le lobe de mon oreille. Dis-moi tu as coupé tes cheveux car dans quelques mois, tu rentres à l'armée...ou pour éviter que je te les tires ?

La douleur m'était insupportable mais je n'avais pas le droit de bouger si je ne souhaitais pas qu'elle augmente ses violences physiques.

Puis je fus sauvé par un appel téléphonique. Pendant quelques secondes, son regard restait dans le miens avant qu'elle ne me lâche pour aller répondre.

- La jeune fille qui s'est faite agressée est en train de monter les marches afin de venir vous voir.

- D'accord, répondait ma mère à la secrétaire. On a pas fini, m'avertissait-elle avant de s'installer sur son siège, signe qu'il fallait que je parte. Mais alors que je pivotais sur mes talons direction l'entrée, elle lâchait une dernière phrase.

- C'est toi qui aurait dû te suicider...au moins Emmy savait être domptable.

C'était les mots de trop. Ceux que même avec toute la volonté du monde, vous ne pouvez pas supprimer de votre esprit. Elle continuera de me hanter chaque nuit comme la mort de ma sœur que j'avais déjà sur la conscience. Mais contrairement à moi, ma mère semblait s'en être remise et attendait que je disparaisse à mon tour.

Je lui offrirais cela comme cadeau.

Il n'y avait plus rien qui pouvait continuer de me retenir. J'avais abandonné ma passion afin de satisfaire ma mère en copiant les rêves de sa fille décédée. J'avais même emménagé dans la maison de ma sœur afin de rester encrée à elle. Je survivais à travers les souvenirs partagés avec Emmy, je me disais.

Seulement, cela n'était plus suffisant. Je pris un bout de papier, où j'écrivais une simple phrase afin de la donner à l'unique personne qui embellissait ma vie par sa présence.

Cependant, elle commençait à perdre en lumière à cause des choses que je lui faisais subir. Et je ne pouvais plus supporter de la voir tomber afin de m'aider à avancer. Elle essayait en vain et ces efforts resteraient à jamais gravé dans mon esprit.

Si je pouvais, je me graverais son visage sur mes paupières afin de la voir même dans un sommeil éternel.

Une fois le mot écrit, je pliais la feuille. Mais alors que je relevais les yeux, elle était là en face de moi en marchant de manière las dans le couloir.

Mon corps s'était figé par cette peur qui habitait en moi quand je la voyais. Cette peur pouvait être si délicieuse quand son euphorie accompagnée la mienne. Mais lorsqu'elle était animée par cette tristesse accablante, ma peur devenait morose, déroutante.

Elle continuait de marcher le regard baissé vers le sol. Je passais devant elle sans qu'elle ne prête attention à ma personne, perdue dans ses pensées.

Seulement, de nouveau je m'arrêtais enfin de pivoter vers elle. Il ne restait plus quelques mètres avant qu'elle n'atteigne le bureau de ma mère.

Plus que quelques secondes qui déterminerait mon avenir.

Offre-moi cet espoir mit lys...

Je patientais, le cœur palpitant. Toute ma vie était en jeu sans qu'elle ne le sache une seule seconde. Savait-elle à quel point, elle comptait pour moi ? Parce que actuellement, j'étais prêt à continuer de vivre si seulement, elle se retournait.

Offre-moi cette espoir mit lys...

Mon poing enserrait la feuille et je fermais les yeux, effrayé de faire face à mon avenir. Mais alors qu'une larme solitaire coulait le long de ma joue, une main encerclait mon poing.

Tu m'as offert cette espoir mit lys ?

***

SHERAZADE

Je n'avais pas su expliquer avec des phrases complètent ce qu'il m'était arrivé. La directrice n'a pas tenu compte de ma vidéo d'hier soir car elle n'avait su trouver de preuves concrètes. C'était bien ma seule victoire. Mais encore une fois, elle m'obligeait à rester chez moi pour une durée indéterminée afin de me « reconstruire ». Je savais qu'elle voyait à cela une manière de m'expulser.

J'avais donc acceptée sans rechigner. On m'avait refilé un bas de jogging avec un pull afin que je rentre chez moi confortablement. Mais alors que je reprenais mon téléphone pour la première fois depuis l'incident, je trouvais des dizaines de messages d'Eden et non de Liam.

Alors que je lisais mes messages en ouvrant la porte qui me conduisait au hall, je tombais immédiatement sur Eden.

- Comment tu vas beauté, me lançait-il en s'approchant de moi. Et de manière bienveillante, il ne posait aucune mains sur moi. Je relevais faiblement les yeux vers lui car ma douleur devait se lire sur mon visage.

- Je vais bien, arrivais-je à formuler en souriant faussement.

- Sherazade, je suis sincèrement désolé pour ce qu'il t'est arrivée-

- Ne t'excuse pas, le coupais-je. Tu n'es pas responsable et Dieu seul sait ce qu'il serait arrivé si tu n'étais pas intervenu. Et je te remercie pour cela.

Eden me regardait d'un air admiratif comme un papa le ferait pour sa petit fille qui accomplirait ses premiers pas. J'appréciais ce regard réconfortant dans lequel je pouvais me noyer.

- Tu peux me faire un câlin si tu veux, admettais-je en constatant que cela le démangeait. Et il exécutait directement cela avec un telle douceur que j'aimais. Il semblait y aller délicatement comme pour ne pas me brusquer. Ses bras restait bien haut dans mon dos.

- Si tu as besoin de quoi que ce soit je suis là, m'informait-il. Peu importe l'heure, appelle-moi. Je laisserais mon téléphone en vibreur. Et si tu veux venir chez moi pour dormir en paix, il n'y a pas de soucis. Je peux te préparer une chambre. Et si tu as faim, dis-moi je t'apporterais des petits plats.

- Tu les déposeras devant ma porte, plaisantais-je. Son rire doux me réconfortait me permettant de me focaliser seulement sur cela.

- Oui beauté, je les déposerais devant ta porte si tu ne veux pas que je rentre...Sherazade, je ne te forcerais pas ma présence si tu souhaites te retrouver seule. Je peux comprendre ce besoin mais saches que je serais éternellement là.

Et ces mots étaient la goutte de trop. Je craquais dans ces bras afin que ma douleur ne soit pas vu. Malgré mes petits cris de détresse, Eden continuait de m'encercler de ses bras me laissant pleurer silencieusement dans ses bras. Je relâchais toute la pression qui pouvait m'habiter depuis des mois.

Même si Liam ne le ressentait pas, il était une source d'anxiété. J'aimais le soutien que je lui apportais mais cette peur constante qu'il me quitte demeurait toujours dans un coin de mon esprit. Et je m'étais promise de ne jamais craquer devant lui. Alors j'en profitais pour le faire quand il ne m'entourait pas.

Je m'écartais finalement d'Eden qui cherchait sous mon regard attentif une chose dans sa poche.

- Liam m'a demandé de te donner ça, m'affirmait-il en me tendant un papier. Je ne l'ai pas lu.

Je le pris et une phrase en danois était écrite.

Jag höll inte mitt löfte, mitt ljus förlåter mig.

Je ne voyais que par le mot que je connaissais car il se l'était tatoué. Löfte qui signifiait adieu. Et cela ne faisait qu'un tour dans mon cerveau. Mes yeux s'équarquillaient face à ses mots que ne pouvait comprendre.

- Eden où est Liam en ce moment, demandais-je la force reprenant part de moi.

- Euh je crois qu'il est rentré chez lui. Sa mère a dû lui demander.

Je n'attendais pas une seconde de plus pour partir en direction de sa maison. Je me mis à courir dans les couloirs et malgré les appels d'Eden rien ne pouvait m'arrêter.

Le froid me frappait le corps en ce mois d'hiver. Rien ne couvrait mon cou et même si la maladie allait se joindre à moi bientôt, je ne pouvais me permettre de ralentir.

Je courais en effectuant toutes les prières qui puissent exister afin de retrouver Liam chez lui en bonne et du forme. Je remettais tout en jeu oubliant absolument dans l'entièreté ma matinée catastrophique.

Mes jambes commençaient à faiblir sous la pression de mon coeur. Pourtant, je me surpassais quitte à en perdre ma vie. Je n'avais pas le droit de ralentir ou juste de prendre une pause pour retrouver mon souffle.

Je traversais les rues sous les klaxons des voitures car je n'y étais pas autorisée. Mais aujourd'hui, je me permettais tout...tout pour lui.

J'abandonnais ma douleur pour joindre la sienne en espérant le sauver de cela. Mon coeur battait follement et mes jambes ne cédaient pas. J'y était presque et même si mon corps m'envoyait déjà des signes d'alertes depuis des mois, je continuais.

Les larmes me montèrent aux yeux et elles deviendraient des glaçons si elles se versaient. Le froid s'immisçait sous le pull où j'étais nue. Mais j'y étais presque.

Puis soudainement, lorsque je traversais une rue une voiture arrivait à vive allure. Je n'eus le temps de le voir et mon corps se figeait en plein milieu de l'autoroute.

Je n'eus seulement le temps de recroqueviller mon corps.

Cependant, Allah était avec moi et la voiture s'arrêtait à quelques centimètres. Je prenais cela pour un signe de Dieu qui me demandait de continuer...d'aller sauver Liam.

- Vous allez bien mademoiselle, me demandait l'homme en sortant de sa voiture.

- Oui oui par-don, arrivais-je à dire avant de reprendre chemin vers chez lui. Je remontais une rue presque arrivée à destination.

Mon cerveau ne pouvait s'empêcher de me faire jouer les scénarios les plus horribles mais je gardais espoir. Malgré le stresse qui me gagnait et faisait flageoler mes jambes, je continuais.

Toujours continuer d'espérer.

J'arrivais finalement à son grillage et m'empressais-je de sonner. Les secondes semblaient être une éternité. Je hurlais son prénom dans l'espoir qu'il m'entende mais je n'avais aucune réponse.

Alors, je pris mes jambes à mon cou et je me mis à grimper la barrière. Mon jogging restait accroché et se déchira sur tout le long de ma cuisse. Je déviais vite mon regard de l'incident afin de courir l'allée.

Arrivée à sa porte, je tambourinais sur cette dernière en hurlant son nom. Mes poings me faisaient mal mais jamais assez que celle qui serrait mon cœur.

Sans réponse, je contournais l'entrée afin d'arriver vers la porte arrière. Cette dernière était aussi fermée alors je me mis à regarder à travers la grande baie-vitrée. Je tapais dessus mais Liam ne répondait pas.

Et ce qui m'alertait était les cachets de médicament sur la table. Je ne pris pas le temps de réfléchir que j'attrapais une chaise extérieur que je venais fracasser contre la vitre.

Elle se cassait en un coup et sans faire vraiment attention, je pénétrais et ma main éraflait un bout de verre. Ma paume se mit à saigner violemment mais je n'avais pas le temps de faire attention à ma blessure physique.

- LIAM !

Je m'écriais en boucle dans l'espoir de l'entendre. Je regardais rapidement la grande pièce avant de foncer dans celle du rez-de-chaussée mais il était introuvable. Je montais les marches par trois toujours en hurlant son nom.

Ma voix commençait à perdre en force comme tout le reste de mon corps mais mon coeur dictait ses ordres sans chercher à entendre l'avis des mes organes.

J'ouvrais pièce par pièce. Sa salle d'art, sa chambre, les toilettes...puis la salle de bain.

Ma vision était une horreur. Liam était allongé sur le sol complètement inconscient. Des médicaments était éparpillés partout sur le sol.

Et cela faisait tomber mon coeur au sol. Je me précipitais vers lui en le secouant dans l'espoir qu'il se réveille mais rien n'y faisait.

- LIAM ! LIAM S'IL TE PLAIT !

J'étais à bout de force congestionnant peur et détresse. Je m'empressais d'écouter les battements de son coeur...

Silence.

Lourd et difficile à entendre.

Mes larmes commençaient à se dévaler sur mes joues mais je devais me rependre. Je faisais l'erreur de laisser la peur prendre le dessus sur moi. Alors malgré mon envie de le serrer fort dans mes bras. Je m'empressais d'appeler le numéro d'urgence.

Un bip...

Deux bip...

- Bonjour qu'elle est votre urgence ?

- Mon...il-il-il a pris des médica...ments !

Je n'arrivais pas à calmer toutes ces émotions qui me traversaient. Je peinais juste à me concentrer sur ma respiration qui devenait irrégulière.

- D'accord calmer-vous madame, commençait la jeune femme. Où êtes-vous situé ?

- A Londres ! Dans le...le centre...rue Wall Street numéro 47.

- Une voiture arrive bientôt. Nous allons procéder ensemble aux premiers soins pour une overdose...vous m'entendez madame ?

- Ou-oui...

- Calmez-vous ça va aller. J'ai besoin que vous soyez attentifs à ce que je vais vous dire. Comment vous appelez-vous ?

Je continuais de secouer Liam le coeur battant à vive allure. Ma vue commençait à se flouter et je sentais bientôt mon corps tomber. Mais je me l'interdisais, je devais résister.

- Sherazade, répondais-je après une grande inspiration.

- Très bien Sherazade, commençait la dame. Pouvez-vous basculer sa tête en arrière ?

J'exécutais son ordre. Mes mains tremblaient sous le stresse de me dire que peut-être la vie de Liam était entre mes mains.

- C'est fait Sherazade ?

- Ou-oui.

Je caressais la visage de Liam pour une raison qui m'échappait.

- Calmez-vous, répétait-elle.

- PUTAIN JE SUIS TRÈS CALME, m'énervais-je.

- Ok...comment s'appelle-t-il ?

Mes larmes devaient désormais se compter par centaines. Je commençais à perdre espoir. S'il avait quand même essayer de s'ôter la vie c'était que j'avais fait des efforts en vain...ou que tout simplement, il n'était pas suffisant.

- Sherazade vous êtes encore là ?

- Oui, reprenais-je. Il s'appelle...Li-Liam.

- D'accord est-ce Sherazade vous pourriez mettre votre doigt sous le nez de Liam pour savoir s'il respire ?

Je ne répondais pas afin de faire ce qu'elle me demandait. Je plaçais mon doigt sous son nez et attendait patiemment.

- Y'a Allah s'il te plaît...je t'en supplie.

Mais rien. Pas même une légère respiration. Et mon cœur loupait un battement puis deux. Comme lui, je ne parvenais plus à faire rentrer l'air dans mes poumons.

- Sherazade est-ce que vous sentez de l'air ?

- Non putain non...il-il respire plus ! Mon copain ne respire plus ! S'il vous plaît sauvez-le!

- Calmez-vous s'il vous plaît, la voiture ne devrait pas tarder pour prendre le relais. Sherazade est-ce que vous savez si Liam à du naxolone chez lui ?

- Quoi ?

- Du naxolone c'est un antidote spécifique pour les opioïdes, les médicaments pour lesquels on peut avoir une dépendance.

- Non enfin...J'en sais rien, répondais-je en tirant mes cheveux. Je me levais en furie afin de chercher dans ses placards. Je ne cherchais même pas à faire attention. Toutes choses qui n'indiquait pas naxolone se retrouvait au sol.

Cette situation commençait à m'en faire voir de toutes les couleurs. La dame continuait de me parler mais je n'entendais rien. Mes mains tremblantes envoyaient tout au sol. Mes yeux ne cherchait qu'un seul mot mais après plusieurs secondes de recherches, il n'y avait rien.

Je me retournais et son corps n'avait toujours pas bougé malgré mes prières. Mais le voir de nouveau au sol me faisait réaliser.

Il était mort.

Je m'écroulais au sol, la douleur perçant mes tympans car je ne retenais plus mes cris. Je pleurais sans pouvoir m'arrêter et la seule chose que je cherchais, c'était de le toucher.

Ma main rejoignait pour la dernière fois la sienne et je laissais retomber ma tête contre son torse. Ma douleur exétériorisait avant qu'elle ne soit éternellement mélangé à ma culpabilité.

Je n'avais pas pu le sauver.

- Y'a Rabi je t'en supplie sauve-le ! Maudis-moi, condamne-moi à un avenir malheureux mais s'il te plaît Allah sauve-le.

Je ne pouvais trouver repère qu'en Allah désormais. Je n'avais rien à porter de main pour le sauver à part Allah. Alors je me mis à invoquer sa miséricorde par toutes les manières possibles.

Je relevais la tête afin d'admirer Liam une dernière fois pour graver son image dans mon esprit. Mes mains tremblantes trouvait repères sur ses joues froides.

- Je t'aime...alors s'il te plaît ne m'abandonne pas Nuri.

Puis tout d'un coup, plusieurs personnes nous entouraient. L'un deux venait me soulever afin de m'éloigner de Liam mais je me débattais contre ses mains qui voulaient m'enlever mon première amour.

Je hurlais à plein poumons de le laisser près de moi, une dernière fois. Je me refusais de l'abandonner. Je lui avais promis d'être là pour lui et malgré cela, il avait décidé de s'ôter la vie.

Liam s'était suicidé.

- On l'emmène, annonça un secouriste. Elle est blessée.

Alors qu'il portait Liam jusqu'à la voiture, je suivais le mouvement. Mon corps tout entier tremblait sous la pression et malgré les mots de soutien d'une secouriste, ma peine ne parvenait pas à se calmer.

J'allais le rejoindre si je continuais à agir de la sorte. Une femme m'installait dans une autre voiture et malgré mon envie d'être avec lui, je n'avais pas le droit pour laisser la place au secouriste.

Dans la voiture, ma tristesse continuait de se déverser. Je m'arrachais les cheveux épuisé de ressentir ce mal être. Il me bouffait de l'intérieur m'empêchant de respirer correctement. Je toussais sans que je ne puisse à côté respirer.

Une secouriste tentait de calmer la crise d'angoisse qui menaçait de m'engloutir mais il était trop tard, je commençais à perdre pied. Mais je devais garder espoir.

Garde espoir Sherazade.

Garde espoir Sherazade.

Pour lui.

Pour Emmy.

- Il est pas mort...il est pas mort...

Pendant tout le long du voyage vers l'hôpital, je répétais en boucle ses mots sans prêter attention à la secouriste qui tentait d'engager une discussion avec moi.

Puis on arrivait finalement. Les deux voitures de secouristes se garaient et je sortais en furie. Je voyais le brancard de Liam et me précipitait vers lui. Lorsqu'on entrait du côté des urgences, on attirait l'attention de tout les soigneurs.

- Overdose excessive d'opioïdes ! Naxolone injecté, annonça un secouriste à voix haute.

J'arrivais à la hauteur de Liam et pris sa main dans la mienne mais elle était si froide. Je caressais sa joue tout en suivant le rythme de la brancarde.

Seulement, je fus de nouveau éloigné de lui quand il partait en direction des blocs opératoire. La porte se refermait sur lui et mon espoir s'éteignait dessus.

Je tombais lamentablement sur mes genoux.

***

Je patientais dans la salle d'attente assise sur une chaise. Eden était devant moi en train de faire les cents pas tout en se rongeant les ongles. Je gardais la tête baissé, le mal se voyant être en possession de tout mon corps.

- Pourquoi putain pourquoi, s'offusquait Eden. Je n'avais pas évoquer la possibilité d'un suicide à Eden. Pas même un seul mot était sorti de ma bouche depuis son arrivée.

Puis la mère de Liam revenait avec un café dans la main avant de s'installer à ma droite. La salle plongeait dans le silence quelques secondes me laissant entendre mon cœur battre faiblement.

Une infirmière avait recous mon bras et depuis je ne sentais plus la douleur. En réalité, celle à l'intérieur de moi devenait plus grande à chaque seconde qui défilait. Je craignais me noyer dedans car maintenant plusieurs heures avaient défilé.

Si cela prenait autant de temps c'est qu'il y avait un espoir ?

Un espoir.

Garde espoir.

Soudainement, un médecin avançait soudainement vers nous.

- Vous êtes les proches de Monsieur Buckley ?

Sur ses mots, je sautais de ma chaise pour m'approcher de lui. Eden venait poser ses mains tremblantes sur mes épaules en attendant le verdict final. Mon coeur allait exploser s'il ne nous donnait pas vite la réponse. Le médecin regardait son carnet avant d'ôter ses lunettes et de plonger son regard dans le mien.

- Je suis désolé...

Lightning Source UK Ltd.
Milton Keynes UK
UKHW020832250123
415939UK00015B/538